Dond

Novela

Alicia Giménez Bartlett

Donde nadie te encuentre

Premio Nadal 2011

DESTINO

El papel utilizado para la impresión de este libro es cien por cien libre de cloro y está calificado como **papel ecológico**.

Avinguda Diagonal, 662, 6.ª planta. 08034 Barcelona (España)
www.edestino.es
www.planetadelibros.com5

Imagen de la cubierta: Fosco Maraini/Gabinetto Vieusseux Property
© Fratelli Alinari
Fotografía de la autora: © Dani Mandràgora
Primera edición en Colección Booket: febrero de 2012

Depósito legal: B. 438-2012
ISBN: 978-84-233-2070-7
Impreso y encuadernado en Barcelona por: blackprint A CPI COMPANY
Printed in Spain - Impreso en España

Biografía

Alicia Giménez Bartlett (Almansa, Albacete, 1951) vive en Barcelona desde 1975. Ha publicado, entre otras, las novelas *Exit*, *Una habitación ajena* (Premio Femenino Singular 1997), *Secreta Penélope* y *Días de amor y engaños*. Con la serie protagonizada por la inspectora Petra Delicado se ha convertido en una de las autoras más traducidas y leídas del mundo: *Ritos de muerte*, *Día de perros*, *Mensajeros de la oscuridad*, *Muertos de papel*, *Serpientes en el paraíso, Un barco cargado de arroz*, *Nido vacío* y *El silencio de los claustros*. Ha recibido los prestigiosos premios Grinzane Cavour en Italia y Raymond Chandler en Suiza.

Sin el libro de investigación *La Pastora. Del monte al mito,* de José Calvo, nunca hubiera podido escribir la presente novela. Para él mi agradecimiento y amistad.

Primera parte

Barcelona, septiembre de 1956

Carlos Infante observó con satisfacción que el cielo era claro y soleado aquella mañana. Cualquier otro día le hubiera dado exactamente igual el tiempo que hiciera. Bastaba con llevar un paraguas si llovía o ponerse su viejo gabán si hacía frío. Pero aquel lunes era especial en cierto modo, o al menos podía serlo. En su vida monótona, en la vida monótona de todos los españoles, una simple cita inesperada podía convertirse en un acontecimiento singular. Y él tenía a las doce una cita que, de tan inusual, se le antojaba casi imposible. Había pensado en la posibilidad de que se tratara de una estúpida broma de alguno de sus compañeros periodistas, de una equivocación, de un malentendido. Pero no, el matasellos indicaba claramente que el sobre provenía de París. Leyó la carta una vez más mientras desayunaba café en su oscura cocina.

«Estimado señor Infante: he leído con enorme interés su artículo del mes pasado en *La Vanguardia*. Mi nombre es Lucien Nourissier. Soy psiquiatra y profesor en la Sorbona. Me encuentro disfrutando de un año exento de empleo y sueldo y estoy empleando este tiempo en redactar mi tesis doctoral sobre la posibilidad de una tipología diversa de delincuentes que poseen un claro perfil psicopatológico. El personaje protagonista de su artículo me fascinó desde el principio. Conozco el movimiento del maquis en España, pero nunca se me hubiera ocurrido pensar que aún hubiera alguno de sus miembros en búsqueda y captura policial. Los rasgos de esa Pastora a quien usted ha dedicado su trabajo son de un interés enorme para mis investigaciones: un ser cruel y despiadado, de sexo dudoso, solitario, capaz de sobrevivir en la montaña y de esquivar a sus innumerables perseguidores hasta el punto de hallarse libre aún, es para mí un objeto de estudio prioritario. Necesitaría saber más sobre esa mujer ya que, aparte de su artículo, no creo que exista documentación alguna...»

Más adelante le pedía una reunión en Barcelona. No se reciben todos los días cartas así. «La Pastora», ése era el artículo que había interesado al francés. Comprensible en realidad, porque quizá era lo único interesante que había escrito y publicado. Sus colaboraciones esporádicas como periodista libre nunca trataban temas demasiado apasionantes: «Setas venenosas», «Boxeadores españoles», «Coleccionistas de automóviles de época»...; tampoco podía correr el riesgo político de escribir sobre asuntos más incisivos. Se ganaba la vida o, mejor dicho, ganaba lo justo para vivir. Con «La Pastora» había bordeado el territorio de lo peligroso. En todas las comisarías de Barcelona estaba colgada la foto identificativa de aquella mujer, la única que existía. Era una imagen impactante y extraña. En ella aparecía la retratada de medio cuerpo, vestida de negro, con un rostro duro y regular, de ojos gélidos. El policía que le ayudó en la documentación hizo algo sorprendente. Tomó un papel y tapó verticalmente la mitad de la cara de la bandolera: la parte visible pertenecía sin duda a una mujer. Luego desplazó el papel a la otra mitad, y lo que se veía era un hombre. Naturalmente, para que su artículo pasara la censura, tuvo que atenerse a la versión oficial que circulaba sobre La Pastora y llenarlo de expresiones rotundas: «una mujer sin entrañas», «un ser violento y despiadado», «la autora de incontables crímenes atroces», «una hiena sedienta de sangre»... Cuando acabó de escribirlo se dio cuenta de que, en realidad, no sabía gran cosa sobre el personaje. Poco podría pues contarle al tal Nourissier aparte de lo que parecía haberle fascinado. Pero no importaba, aquella cita pondría una cierta emoción en su vida miserable. ¡Tenía un admirador extranjero!; pocos estaban en situación de afirmar lo mismo en aquel país cerrado al mundo.

Se arregló con esmero. Su vestuario no ofrecía muchas posibilidades entre las que escoger, pero procuró que su camisa estuviera limpia, los pantalones bien planchados. A las once salió a la calle, caminó sin prisa. En los alrededores de la Plaza de Cataluña, la gente se movía al impulso de sus propios problemas. Nadie daba la sensación de estar paseando o disfrutando de la ciudad, sino de desplazarse de uno a otro lugar con la determinación indiferente que impone la rutina. Infante lanzaba a los ciudadanos miradas desdeñosas: funcionarios, comerciantes, militares, amas de casa..., una fauna repetida hasta el asco que parecía haber muerto en vida. Al menos él no pertenecía a ningún grupo reconocible sino que iba solo por el mundo, sin más.

La cita se había acordado en el bar Zurich, sentados en el interior si llovía, en la terraza si lucía el sol. Escogió una mesa en la que no pudiera verse observado en exceso por los transeúntes. Espantó con un amplio gesto de la mano a las palomas que asediaban su espacio. Se había provisto de un periódico, convencido de que debería esperar: no es lo mismo quedar con alguien que vive en la ciudad que con un tipo que llegaba aquel mismo día desde París. Pero se equivocó; apenas habían pasado cinco minutos de las doce cuando estuvo seguro de haber avistado a Nourissier entre la gente. Nadie sino un extranjero podía llevar la boina colocada de aquel modo: ladeada, ligeramente inclinada sobre la frente, como un actor o una mujer. Lo observó un momento: era alto, bien parecido, levemente pelirrojo, vestido con ropa demasiado invernal. Vio cómo se paraba ante las mesas y paseaba la vista por ellas como si estuviera hipnotizado. Infante se levantó y fue hacia él, interceptando su ángulo de visión.

—¿Doctor Nourissier?

—Usted es Carlos Infante.

Se dieron la mano sin sonreír, casi sin mirarse a la cara. Era como si, una vez frente a frente, ninguno de los dos estuviera seguro de querer estar allí. A Infante le sorprendió el buen acento español de aquel hombre, su aire melancólico, el porte elegante que contrastaba con su expresión de aturdimiento. Vio cómo enseguida sacaba unas gafas de sol y ocultaba sus ojos azul claro.

—Discúlpeme, estoy un poco cegado por tanta luz.

—Ya ve que está usted en un país lleno de felicidad: público en los bares y luce el sol —dijo Infante en tono irónico.

—Es verdad —musitó el francés mirando al suelo.

Pidieron dos jarras de cerveza al camarero. Cuando las trajo se miraron el uno al otro con cierta violencia. Infante elevó la suya teatralmente:

—¡Brindemos por que tenga usted una buena estancia en Barcelona!

Bebieron un primer trago. El español lo apuró con la intensidad y urgencia de un condenado. Nourissier lo hizo escuetamente, saboreándolo después. Empezó a hablar entonces con cierta precipitación:

—Señor Infante...

—Llámeme Carlos, por favor. Debemos de tener casi la misma edad. ¿Cuántos años tiene usted?

—Cuarenta y tres.

—Yo tengo treinta y nueve, no es una gran diferencia. Pero disculpe, le estoy interrumpiendo y seguramente su tiempo estará muy ocupado en Barcelona.

—No, en realidad he venido exclusivamente para hablar con usted —dijo Nourissier con vehemencia—. Quería felicitarle por su magnífico artículo.

—¿Ha hecho un viaje tan largo sólo para felicitarme?

—¿Es que no ha leído mi carta con atención?

—¡Por supuesto que sí! Cuando me la hicieron llegar desde el periódico me dejó estupefacto saber que me leen hasta en Francia. También me intrigó que un ilustre profesor de la Sorbona se interese por un tema tan local.

—En psicopatología no existen temas locales; todos los hombres, de cualquier nacionalidad, resultamos al final bastante parecidos, aunque la mujer que usted describe quizá sea única en sus características. Creo que puede convertirse en un elemento muy importante para mis investigaciones. Su reportaje me pareció magnífico, de verdad.

Infante se quedó mirándolo con una media sonrisa que no significaba nada. Dio otro trago concienzudo a su jarra. Por fin sonrió abiertamente, tensando todos los músculos de la cara.

—Mi reportaje es pura basura, querido doctor, eso lo sabe usted tan bien como yo. Un hombre culto no puede haberse dejado impresionar por todas esas frases truculentas: «mujer sin corazón», «asesina despiadada», «monstruo de la naturaleza»... ¡No me subestime, por favor!

—Sé muy bien que todo eso obedece a cuestiones de... estilo. Lo que me impresionó es comprobar hasta qué punto conoce usted bien los detalles de la historia, la orografía de las montañas donde esa mujer ha estado operando, la psicología de los habitantes del Maestrazgo.

—No tiene ningún misterio. Mi familia es originaria de Càlig, un pueblecito de la zona. He visitado muchas veces esas sierras: el Maestrazgo, Els Ports...

Son lugares muy bellos, muy salvajes, desconocidos aún para mucha gente. Y la dichosa Pastora se ha convertido en una especie de mito general: la asesina a quien nunca logró atrapar la Guardia Civil. Pero si he de ser sincero le diré que dudo de que pueda escribir ninguna tesis con lo que yo sé.

—Según usted, esa mujer está viva aún, escondida en algún lugar de esos montes.

—Eso dice la gente y eso afirma también la Guardia Civil, pero hace dos años que no ha cometido ninguna fechoría, nadie la ha visto, nadie sabe dónde empezar a buscarla. Lo más probable es que su cadáver esté pudriéndose en alguna zanja. De todas maneras, aunque yo le hiciera una lista pormenorizada de todas las habladurías que sobre ella circulan, ¿eso le serviría para una investigación? Me temo que no.

—No es eso lo que quiero de usted.

—¿Entonces?...

—Quiero hablar con La Pastora, encontrarme con ella personalmente —declaró Nourissier en tono apasionado y solemne.

El cuerpo de Infante sufrió un visible estremecimiento, puso la espalda recta, los ojos desorbitados, tomó el brazo del francés y lo apretó con fuerza:

—¿Se ha vuelto usted loco? ¡Baje la voz! ¿No sabe dónde estamos, nadie le ha informado del régimen político que impera en este país? ¡Aquí hay oídos por todas partes!

—Discúlpeme; no pensé que...

—¿Tiene algún compromiso para cenar esta noche?

—No. Permítame que le invite yo.

—Espéreme a las nueve en Los Caracoles.

Sobre una servilleta trazó un croquis con la localización del restaurante. Nourissier la guardó en su bolsillo como si se tratara de un tesoro. Después Infante se levantó y, antes de marcharse, dijo en voz baja:

—No tengo antecedentes políticos, pero toda precaución es poca. Espero que lo comprenda.

Carlos Infante se perdió entre el tumulto de la calle Pelayo. Caminó hacia la universidad como un autómata. Se sentía conmocionado por lo que acababa de oír. Nunca hubiera pensado que el extraño con el que había ido a reunirse estuviera completamente loco. Tanto el tono de la carta como su apariencia inicial le habían hecho creer que se trataba de un hombre de ciencia sensato y estudioso. Pero no, debía de ser un perturbado. Su pretensión de un encuentro con La Pastora lo señalaba como tal. A no ser que..., a no ser que fuera un periodista encubierto bajo una falsa personalidad para no levantar sospechas. Hizo cábalas. Sin duda, la hipótesis del periodista hacía que las cosas encajaran mejor. No era un profesor de la Sorbona sino un redactor de *Le Monde* que pretendía valerse de él para publicar un reportaje insólito. En Francia existía un gran interés por los temas políticos españoles. Todo aquel asunto del maquis, último reducto antifranquista cuyos valientes hombres luchaban en el monte, casaba a la perfección con la idea romántica que los franceses solían formarse acerca de España. Por eso Nourissier hablaba tan bien español, era simplemente un especialista en el país del sur.

En su sonámbulo paseo había llegado hasta la Facultad de Letras. Entró en el claustro, dio un par de vueltas alrededor sin dejar de pensar. Era consciente de que, en el nerviosismo del momento, lo había citado para cenar, pero sólo se había sentido impulsado a hacerlo por el deseo de largarse cuanto antes del Zurich. Tener trato con un hombre que no está en sus cabales acaba siendo siempre una complicación, sobre todo en las circunstancias políticas en las que España se hallaba. De pronto se sintió aliviado. La estrategia que debía seguir estaba clara: no se presentaría en Los Caracoles. El francés no tenía su dirección, puesto que no había escrito remite en la carta en la que le respondió proponiéndole una cita. Si se decidía a llegar hasta el periódico para preguntarla le dirían que no pertenecía a la plantilla y no le darían jamás ese dato. Estaba libre de cualquier compromiso. «*Au revoir, docteur Nourissier*. Regrese usted con el rabo entre piernas a su hermoso país.» ¡De buena se había librado! Por fortuna era un tipo prudente; sólo la curiosidad lo hubiera impulsado a asistir a aquella cena con el francés, pero la curiosidad era un lujo que solía pagarse caro en aquellos tiempos.

Pasaba más de media hora de las nueve y el español no había comparecido aún en Los Caracoles. El retraso de Infante le parecía inconcebible, aunque sabía que la puntualidad no se contaba entre las virtudes del país. Se moría de hambre. Acostumbrado a cenar a las ocho, su estómago rugiente le daba un ultimátum. Al llegar al restaurante se había sentido animado y lleno de vitalidad. La singularidad del local, de forma irregular y caprichosa, con vericuetos imposibles en los que igualmente se habían instalado mesas para los clientes, le pareció el colmo de la originalidad. De igual manera, que la cocina ocupara el centro del restaurante y sólo tuviera como separación leves mamparas de cristal, le permitió vislumbrar y oír el pandemonio de órdenes, gritos y trasiego que allí reinaba. Por un momento tuvo la impresión de que en España el tiempo no había transcurrido, y de que aquel lugar muy bien podía ser un figón de los que Lope de Vega incluía en sus comedias.

Requirió del camarero que le buscara un sitio discreto porque no quería enfrentarse de nuevo a los resquemores de Infante con respecto a la privacidad.

Éstos le parecían en el fondo bastante infundados. Cierto que en España la represión de Franco tenía atenazados a los ciudadanos, pero dudaba de que en una gran urbe como Barcelona todos ellos estuvieran bajo vigilancia. A no ser que el periodista le hubiera mentido y sí pesaran sobre él antecedentes policiales de tipo político, lo cual complicaría sus planes.

Pidió unas aceitunas que le supieron deliciosas, pero descartó beber alcohol; quería que sus sentidos permanecieran en guardia. A decir verdad, la impresión que le había causado Infante no era óptima. Parecía un individuo no demasiado fiable, había algo en él áspero y descreído. Su sonrisa estaba teñida de cinismo y su mirada revelaba desconfianza. También había creído ver en sus gestos un tono defensivo que denotaba inseguridad. Claro que quizá estaba dejándose llevar por su deformación profesional al analizar prematuramente a un hombre del que nada sabía y con el que apenas había hablado durante media hora. En cualquier caso, era él mismo quien estaba haciendo gala de una cierta inseguridad al preguntarse íntimamente si no había cometido una estupidez dejándose llevar por el impulso de venir a España. Siempre había sido vehemente con respecto a su trabajo. Sus maestros lo habían prevenido en contra de esa fogosidad, pero sin resultados. Él seguía convencido de que el apasionamiento es un estímulo necesario para poner en marcha cualquier investigación. Más tarde llega el trabajo, las reflexiones, el tesón, la estabilidad que hace posible avanzar y finalmente alcanzar metas.

El plato de aceitunas estaba vacío y en su estómago se había desatado una verdadera tempestad. Por primera vez se dio cuenta de que estaba haciendo esfuerzos por enmascarar una realidad a cada instante más notoria: Infante no se presentaría. El simple planteamiento de su pretensión de encontrarse con La Pastora lo había puesto en fuga. Había calculado mal, el interés que aquel hombre tuviera en el personaje se había agotado al estampar su firma en el artículo. No todo el mundo desea profundizar en una investigación. Una terrible desolación se instaló en su pecho: ¡tantas conjeturas inútiles, tanto tiempo desperdiciado llegando hasta allí! Debía haberse dado cuenta antes de que el suyo era un plan imposible. Llamó al camarero y pidió vino, la carta para escoger su cena; no podía marcharse sin haber hecho ningún gasto. Cuando estaba bebiendo la primera copa lo vio llegar.

—Veo que se adapta usted perfectamente a las costumbres del lugar —dijo Infante sonriendo.

—Y usted, ¿es costumbre en España presentarse a las citas con tanto retraso?

—No, pero tenía que pensar, y le aseguro que he estado a punto de no venir.

—Pero está aquí.

—Sí, aquí estoy, y muerto de hambre además. ¿Me deja que elija yo la cena?

Pidió jamón, gambas, setas con salsa, embutidos y una gran ensalada. Mientras toda aquella comida salía a la mesa, se extendió en floridas explicaciones gastronómicas sobre la cocina típica española. Nourissier, haciendo un esfuerzo por no abalanzarse groseramente sobre los platos, lo miró con inquietud:

—No quisiera parecerle maleducado, pero no es el interés por la mesa lo que nos ha reunido esta noche.

—Tiene prisa por entrar directamente en materia, ¿verdad? ¡De acuerdo!, dispare ya.

—Quiero que me diga qué probabilidades hay de encontrar a La Pastora.

Infante se tomó su tiempo para responder. Luego, tras chupar una gamba con delectación, dijo llanamente:

—Muy pocas, doctor, por no decir ninguna. Piense un poco: si la Guardia Civil no ha sido capaz de dar con esa bandolera en dos años, no sé cómo se las apañaría usted para hacerlo.

—Yo no tengo la más mínima opción, lo sé, pero nunca había pensado en ir solo a buscarla. El plan es que usted me acompañe: conoce a la gente, conoce el lugar. Estoy convencido de que esa mujer debe de estar recibiendo la ayuda de algún habitante de la zona. Si visitamos los pueblos, si usted lanza una voz aquí, otra allá...

—No sabe lo que está diciendo. ¿Qué quiere, que me formen un consejo de guerra? Esa bandolera ha sido declarada enemiga pública. Se le atribuyen veintinueve asesinatos. ¿Ha oído usted bien?: veintinueve muertes. Si lanzo una voz aquí y otra allá al día siguiente tendremos a toda la Guardia Civil en pleno llamando a nuestra puerta.

—Usted sabrá esquivar ese riesgo.

Infante suspiró, tomó otra gamba y la mordió con mal humor, como si quisiera lastimarla. Miró a su interlocutor con seriedad:

—No está siendo razonable, Lucien. ¿Tiene la más mínima idea de lo que supondría su plan? Deberíamos viajar por la región durante un tiempo indefinido, alojarnos en fondas y pensiones, hablar con gente. ¿Con qué coartada haríamos todo eso, diciendo que busca usted a La Pastora para psicoanalizarla?

—Podemos inventarnos cualquier cosa. Soy un antropólogo que desea investigar las costumbres del país, un geólogo que estudia el paisaje; cualquier cosa. Y usted pasará siempre por ser mi ayudante en plaza, alguien que percibe un sueldo por su trabajo. No veo nada sospechoso en esa tapadera. El único problema práctico es que tendría que faltar un tiempo en *La Vanguardia*.

—No pertenezco a la redacción. Trabajo por mi cuenta. Yo propongo temas para reportajes y el periódico los compra. Así me gano la vida, de modo que no puedo permitirme estar sin escribir y, en efecto, ése sí es un problema práctico.

—En ningún momento he pensado que me ayudara sin recibir nada a cambio. Llegaremos a un acuerdo económico que sea beneficioso para usted.

—Pongámonos en la peor de las circunstancias, que es sin duda la más probable: no encontramos ni rastro de La Pastora.

—Asumo esa posibilidad pero, mientras buscamos, es evidente que recabaremos información igualmente valiosa para mi estudio.

—Hay una pregunta que quiero hacerle, Lucien: ¿no será usted periodista, verdad?

El rostro de Nourissier se contrajo con una mueca de profundo desagrado. Dejó de comer, colocó los cubiertos sobre el plato, negó varias veces con la cabeza:

—No tiene ningún derecho a sospechar de mi honestidad. Me llamo Lucien Nourissier, soy psiquiatra. Trabajo desde hace años en el estudio de las personalidades psicopatológicas tendentes al delito. Desde que leí su artículo sobre La Pastora me ha obsesionado la figura de esa mujer. Lo tiene todo para ser importante en mis investigaciones: la duda sobre su identidad sexual —¿es hombre, mujer, transexual?—, sus comportamientos antisociales, su adscripción ideológica a la guerrilla antifranquista, su capacidad de vivir en la naturaleza, su facilidad para matar seres humanos. Saber más sobre ella significaría mucho para mí. Ésa es toda y la única verdad. Si no me cree tendré que inventar algo que le suene mejor.

—No se ofenda, debe comprender que hay cosas que chocan en usted.

—¿Por ejemplo?

—¿Cómo llegó a sus manos un ejemplar de *La Vanguardia*, y por qué habla usted tan buen español?

—Mi madre era española. Se enamoró de mi padre, psiquiatra, durante unas vacaciones en la Costa Brava. Se casaron. Ella volvió poco por aquí, pero siempre conservó su suscripción a *La Vanguardia* como vínculo con su país, eso es algo que hacen muchos catalanes. Cuando murió, yo la renové a mi nombre en una especie de homenaje. ¿Le parece difícil de creer?

—No, por supuesto que no.

—De todos modos aquí tiene mi pasaporte, en él está escrita mi profesión.

Infante inmovilizó con la mano el gesto de mostrarle el pasaporte. Luego se restregó varias veces la servilleta sobre los labios.

—¿Tomará algún postre, doctor?

—Estoy esperando su contestación a lo que le propongo.

—Necesito madurar la idea.

—Mañana por la tarde debo regresar a París.

—Venga a desayunar a mi casa. Sobre las once es buena hora. Aquí tiene la dirección.

Nourissier se tumbó vestido sobre la cama al regresar a su hotel. De pronto, se sentía enormemente cansado. Hasta aquel momento, la excitación del viaje y la curiosidad de encontrarse con el periodista habían mantenido su cuerpo en tensión. Sin embargo, una vez en su habitación, notaba cómo los músculos se le iban a aflojando poco a poco. Le dolían las piernas, la nuca. Hizo un esfuerzo por levantarse, debía ir al aseo, ponerse el pijama. Necesitaba dormir. Había puesto en práctica la primera parte de su plan, ya no había nada que estuviera en su mano, ahora sólo cabía esperar la decisión del español. Extraño individuo, pensó; a pesar de haberse mostrado abordable, de haber acudido a la cena indicando así su interés, no estaba seguro de que fuera a aceptar el trato propuesto. Carlos Infante le desconcertaba. No había sido capaz de averiguar cuál era su flanco débil, aquel por el que sería posible entrar y mover su voluntad hasta dejarse convencer. ¿A qué razones atendería, ideológicas, científicas, o sólo el dinero haría palanca sobre su decisión? No se había significado en ningún aspecto, no parecía tener inquietudes o creencias, era como una rama joven en un árbol: susceptible de ser zarandeada por el viento, pero manteniéndose siempre en el mismo lugar. La aventura no parecía ser tampoco una meta para él. Quizá había conjeturado mal, quizá se había dejado llevar por la leyenda del español valiente y gallardo, del quijote pronto a enrolarse en causas utópicas, en empresas fuera de lo común. Pero era inútil darle más vueltas, la suerte estaba echada, el día siguiente traería consigo la solución.

Cerró los ojos. Sabía cómo serenar el ánimo por muy nervioso que estuviera. Aunque su trabajo lo apasionara, siempre había conseguido refrenar la impaciencia y convertirla paulatinamente en un estado de calma interior. Desafortunadamente, Evelyne no estaba junto a él. Echó de menos a su esposa, a sus hijas. Ellas tres formaban el núcleo principal de su vida, un espacio cálido y tranquilizador en el que no penetraban los rigores de la enfermedad mental, los casos clínicos terribles con los que debía enfrentarse en el desarrollo de su profesión. Abrió los ojos de nuevo, pensó en llamarla por teléfono pero se dio cuenta de que era muy tarde ya; los horarios franceses en nada se parecían a los españoles. Tomó un libro y empezó a leer, seguro de que el sueño pronto lo rescataría de la incertidumbre.

A la mañana siguiente se despertó vigoroso y optimista. Sabía perfectamente dónde se encontraba y por qué. Mientras desayunaba se fijó en la gente que llenaba el comedor del hotel. Nadie hubiera dicho que aquél era un país salido no hacía tanto de una guerra civil, un país de ciudadanos encerrados en una dictadura sórdida y triste. Parejas vestidas a la moda, hombres de negocios y algún turista comían y charlaban, proporcionando a la mañana un aire de normalidad. Recordó a Infante en el Zurich, pidiéndole alarmado que bajara la voz. Quizá exageraba, o quizá era cierto que, bajo las tranquilas apariencias, manaban ríos subterráneos de represión y violencia. No podía permitir que eso lo asustara, probablemente el periodista sólo pretendía magnificar los riesgos, engrandecer su papel, a no ser que su único objetivo consistiera en buscar una excusa para su negativa a participar en el plan. Inútil especular más, pronto saldría de dudas. Se bebió su café.

El taxi lo dejó frente a un edificio de pisos en la calle Industria después de un trayecto que se le había antojado interminable. Aquel barrio no tenía el lustre y la distinción de la Barcelona burguesa, pero también estaba animado. La gente lo miraba con curiosidad, probablemente se daban cuenta de que era extranjero. Cuando entró en la oscura portería del número que Infante le indicó eran las once en punto. La escalera estaba despintada, llena de desconchones y letreros grabados con la punta de algún objeto metálico: corazones traspasados por flechas, testimonios de presencia —«Pablo estuvo aquí»— o simples palabras malsonantes. No había ascensor. En los descansillos, un pequeño foco brindaba una anémica claridad. Llamó a la puerta de Infante, ajada y negra como una vieja esclava. Olía a verdura hervida, se oía el eco de alguna radio.

—¡Adelante, *mon cher ami*!, sea usted bienvenido a mi humilde morada. ¿O sería más exacto decir a mi pobre cueva?

Carlos Infante iba vestido con una camisa de cuadros juvenil aunque gastada, que lograba contrarrestar su figura un tanto rechoncha y su calva incipiente. Sin embargo, tras esa primera impresión positiva, todo lo que pudo ver Nourissier formaba parte de un catálogo de decrepitudes. El piso, de techos amarillentos y paredes con papel pelado a retazos, se hallaba en un deplorable estado de conservación. Montones de libros, periódicos y revistas se extendían por el suelo del pasillo. El salón estaba decorado con muebles viejos, un sofá desvencijado y un aparato de radio. En el vidrio de la ventana podía apreciarse una considerable resquebrajadura. En general había polvo, muchísimo polvo, blanco y delicado. Aun acostumbrado a dominar sus emociones, Nourissier tuvo dificultades para no manifestar sorpresa: ningún periodista se veía obligado a vivir así en Francia. Infante advirtió su reacción.

—Juraría que no aprecia usted demasiado el estilo de mi hogar —su tono irónico se había hecho mucho más marcado que el día anterior—. Le ruego que tome asiento aquí, en el sofá. Yo ocuparé este taburete, que es una preciada herencia del inquilino anterior. ¿Puedo ofrecerle algo de beber? Se me ha acabado el café, pero con un poco de suerte puedo encontrar en la cocina un par de bolsitas de té.

—Ya he desayunado, no se preocupe. Lo importante es que hablemos.

—Muy bien, empezaré yo. He pensado con detenimiento en el trabajo que usted me propone, porque un trabajo es, y así hemos de considerarlo tanto usted como yo, y... bueno, me parece una empresa de extraordinaria dificultad tal y como le dije. Sin embargo..., sin embargo, existe una posibilidad, si no de encontrar a La Pastora, sí de buscar más información sobre ella, información directa y que no venga lastrada por ninguna censura oficial.

—¿Entonces ha decidido aceptar?

—Aún no he terminado. Serán necesarios al menos tres meses para llevar a cabo la búsqueda. Conociendo la zona y siendo hijo de una oriunda del lugar, cabe pensar que yo tenga cierta facilidad para conseguir información pero, aun así, necesito tiempo. Naturalmente nos veremos obligados a viajar de pueblo en pueblo y a alojarnos en pensiones o fondas. De modo que se impone alquilar un coche que nos transporte durante toda la estancia y también habrá que pagar los alojamientos y las comidas. ¿Cree que su universidad estará dispuesta a desembolsar esos gastos o deberá hacerlo usted mismo?

—No piense en el dinero. Lo tendrá.

—Bien. Si después de esos tres meses no hemos conseguido que usted se entreviste con la bandolera, daremos igualmente la expedición por concluida. Permanecer en la montaña más tiempo sería atraer en exceso la atención de la Guardia Civil sobre nosotros y ése es un riesgo que no estoy dispuesto a asumir: yo vivo en este país y aquí he de continuar. Pasado ese período, usted toma la información que hayamos recopilado y regresa a Francia con ella. ¿Le parece todo correcto?

—Estoy de acuerdo en todo. Hablemos de sus honorarios.

—Para empezar le diré que le he hecho venir a mi casa a propósito. Quería que viera que no vivo en el lujo y que mi necesidad de dinero es real. Una vez dicho esto, le informo de que mis honorarios consistirán en ciento cincuenta mil pesetas. Me entregará cincuenta mil al comienzo del viaje, cincuenta mil al final y las otras cincuenta mil se harán efectivas sólo si logramos encontrar a La Pastora. Espero que le parezca justo.

Nourissier abrió mucho los ojos, se pasó la mano por la cara, titubeó.

—Eso es mucho dinero, usted lo sabe bien. Quizá una cifra excesiva a mi modo de ver.

—También es excesivo el proyecto que me propone. Son tres meses en los que no podré trabajar en lo mío, tres meses en los que me retiro de la circulación, con lo cual los periódicos se van olvidando de mí. Todo eso contando con que se tratara de un empleo normal, pero éste no lo es, doctor, éste es un tema al que debe añadirse la etiqueta de especialmente peligroso.

—No le estoy pidiendo que nos internemos en un continente desconocido como conquistadores. Hablamos de alojarnos en pueblos civilizados, de hablar con gente normal...

—España no es en estos momentos un país normal sino una dictadura bastante sangrienta, ¿es necesario que se lo recuerde? Toda la zona rural está bajo el mando de la Guardia Civil. ¿Quiere que le explique los métodos que suele emplear la Guardia Civil?

—Sé con qué reputación cuenta la Guardia Civil.

—Ganada a pulso, se lo aseguro. Pero no es sólo eso; las zonas de Els Ports y el Maestrazgo por donde tendremos que movernos son duras, inhóspitas, atrasadas, peligrosas en sí mismas. La gente es desconfiada por naturaleza y está escamada tras los últimos años. Alguien puede denunciarnos incluso por cosas imaginarias. Y los riesgos no acaban ahí. ¿Se ha parado a pensar que andamos a la búsqueda de una asesina? Se trata de una mujer desesperada, sola en el monte, acosada, armada y consciente de que su vida tiene un precio. Si algún habitante de algún pueblo está en realidad ayudándola como usted cree, es muy posible que la alerte de nuestra presencia, que le diga que la buscamos si llega a enterarse. ¿Cómo cree que puede reaccionar La Pastora llegado el caso, invitándonos a tomar el té en su escondite?

El psiquiatra, abrumado por la diatriba de Infante, se miraba las manos cuidadas, masajeaba suavemente sus dedos largos. Al fin levantó la vista y dijo en voz muy baja:

—De acuerdo, tendrá esa cantidad. Queda descartado pedirla en el departamento de mi universidad, pero cuento con recursos personales para afrontarla. ¿Quiere que firmemos un contrato privado?

El periodista soltó una carcajada histriónica y se quedó mirándolo, divertido.

—No creo que fuera un documento de mucha validez. Me temo que tendremos que fiarnos el uno del otro. ¿Confía usted en mí, doctor Nourissier?

El médico lo miró durante un instante, luego declaró con toda calma:

—Nunca confiaría del todo en alguien que sólo actúa por dinero.

—Somos entonces antagónicos. Yo no confío en los que se apasionan demasiado por ideas.

—Intentaremos salvar esas distancias.

—Eso espero.

—¿Cuándo empezamos?

—Dentro de un mes. Necesito tiempo para prepararlo todo, tantear el terreno, buscar contactos, perfilar las estrategias.

Nourissier sacó un pequeño calendario de su bolsillo, lo consultó.

—¿Le parece bien el tres de octubre? Yo llegaré un día antes desde París.

—Trato cerrado. Hay algo que quiero preguntarle: si encontramos a La Pastora, una vez que se haya entrevistado con ella, ¿piensa denunciarla?

—No, en ningún caso. Mi labor es analizar, no juzgar; y reclamo de usted que tampoco lo haga.

—Pierda cuidado, no pienso intervenir en el curso de la historia. En cualquier caso, tiene usted mucha suerte de ser francés; en España siempre juzgas o eres juzgado. Éste es un país de jueces y reos, ya lo verá.

El psiquiatra se encogió de hombros, se puso en pie y empezó a enfundarse su elegante gabán de paño gris. Le dio la mano a su anfitrión sin mirarlo a la cara y enfiló la salida a toda velocidad. De pronto no soportó por más tiempo la visión de aquella casa destartalada. Necesitaba aire fresco, librarse del cosquilleo que le provocaba en la nariz el polvo que flotaba en el aire. Cuando ya había descendido dos pisos, oyó la voz de Infante llamándole por el hueco de la escalera:

—¡Lucien, cómprese pantalones de pana y jerséis gruesos! Allí adonde vamos puede hacer mucho frío. ¡Hágase también con una zamarra de piel!

—¿Una qué?

—Cualquier prenda de abrigo que no sea el precioso gabán de cachemir que lleva puesto. Dudo de que sea adecuado para el monte.

El francés no respondió. Retomó la bajada con mal humor. El perenne tono mordaz de su futuro compañero de viaje empezaba a resultarle desagradable.

Infante cerró la puerta y sonrió. Tal y como había advertido desde el principio, aquel tipo era un niño pera, un auténtico hijo de papá. Había calculado bien la cantidad que podía pedirle, aunque probablemente hubiera sido posible aumentarla un poco más. Daba igual, ciento cincuenta mil pesetas y su propio mantenimiento durante tres meses estaba bien. No contaba con las últimas cincuenta mil porque estaba seguro de no encontrar a La Pastora. ¡Valiente fantasía!; debía tratarse sin duda de un soñador, de un individuo quimérico, idealista, poco práctico. Aunque a él poco le importaba si andaba tras una bandolera o el mismísimo Toisón de Oro. Haría su trabajo, cobraría y en paz. ¡Viva la ciencia!, exclamó para sí. Acto seguido lamentó no tener siquiera una botella de anís para celebrar su buena suerte con un traguito.

Tortosa, 3 de octubre de 1956

El río Ebro corría con fuerza por su cauce arrastrando algunas ramas de árboles, generando a su paso remolinos terrosos. La visión de Tortosa desde el puente era espectacular: calles abigarradas, montañas muy cercanas circundando la ciudad, el palacio episcopal en la misma ribera, las torres de la catedral, el castillo morisco en una loma... Nourissier no pudo por menos que sorprenderse ante tanta belleza. Infante sonrió:

—Sí, muy bonito. Pero esto es como París comparado con los pueblos a los que vamos. En cuanto nos adentremos en el macizo montañoso de Els Ports se acaba la civilización y entramos en el salvaje mundo rural.

El psiquiatra, incómodo por el papel de inexperto turista en el que su compañero parecía encasillarlo, protestó con suavidad:

—Nunca me ha asustado el mundo rural.

—Le advierto que éste no es el armonioso campo francés con sus cuidadas granjas y su amable vegetación. Esto es seco, escarpado, pobre, pedregoso.

—No se preocupe, de pequeño me apuntaron a

los niños exploradores —dijo Nourissier, uniéndose a las ironías del español.

Cruzaron el puente en su furgoneta de alquiler. Infante guardó silencio para no perturbar las miradas admirativas al paisaje que lanzaba el francés. Su plan era pasar un par de días en la ciudad, hablar con su contacto y aprovisionarse de bebidas alcohólicas que en los pueblos pequeños serían difíciles de encontrar.

—¿Qué suele beber usted, Lucien?

—Bebo poco.

—Tengo la intención de comprar varias botellas de buen alcohol: whisky, coñac... Las noches que nos esperan serán largas. Estamos en otoño, el sol cae temprano. No habrá cines, ni teatros; tampoco periódicos o revistas. Para oír la radio las condiciones atmosféricas no siempre serán buenas. Sé que mi conversación es apasionante, pero quizá no nos venga mal animar las veladas de modo artificial, ¿no le parece?

—He traído libros, papeles para trabajar.

—Yo también he traído todos los libros que la bibliotecaria ha querido prestarme sabiendo que no voy a devolverlos en tres meses, pero insisto en que una copa de vez en cuando nos vendrá bien.

—Tomaré un poco de vino de la zona, eso me bastará.

—¡Que Dios le ampare! El vino de esta tierra tiene más grados que el alcohol de quemar y prácticamente sabe igual.

—No importa, lo probaré.

Infante hizo un gesto con ambas manos: «Allá usted». Las expectativas de confraternización con su compañero se le antojaron más que menguadas. Tanto mejor, la convivencia excesivamente estrecha crea problemas. En cualquier caso, él no pensaba renunciar a un pequeño alijo de contrabandista pagado, naturalmente, por la bolsa de la expedición.

Se alojaron en el Siboni, un hotel *art déco* que daba la impresión de lujo y esplendores un tanto pasados. Al bajar sus equipajes de la «rubia», Infante se dio cuenta de hasta qué punto la impedimenta del francés era más voluminosa y elegante que la suya: una pesada maleta de cuero y un gran bolsón de viaje a juego, frente a su mochila de lona, acartonada y descolorida por el uso. Era obvio que un francés rico necesitaba muchas más cosas para vivir que un español pobre.

Comieron en el restaurante del hotel. El periodista pidió todo cuanto pudo tragar, no pensaba desaprovechar las ocasiones de gozar de una buena mesa. Por el contrario, Nourissier estuvo parco, casi ascético: una simple ensalada y un bistec.

—Esta tarde puede hacer un poco de turismo por la ciudad mientras yo preparo una cita con mi contacto.

—¿Qué esperamos de su contacto?

—En el año 54 todas las fuerzas del maquis se habían retirado a Francia. La actividad de la guerrilla se daba por terminada. Sólo quedaban dos maquis, mejor dicho, dos desertores del maquis operando por su cuenta en la zona: La Pastora y su compinche Francisco. Estaban solos, aislados, desesperados. Vivían de lo que robaban a los masoveros: pequeños asaltos en los que se llevaban comida o un poco de dinero. Sin embargo, el dos de agosto deciden asaltar la masía de los Nomen, ricos industriales.

—Leí la descripción de ese asalto en su artículo.

—Leyó la versión oficial; yo quiero que nos enteremos de lo que en realidad sucedió aquella noche. Francisco no salió vivo de allí. A La Pastora no han vuelto a verla desde entonces. Teóricamente sigue escondida en el monte. Suba conmigo a mi habitación, le daré los recortes de periódico que reseñan esos hechos.

Nourissier empezó a inquietarse. Infante era periodista y, como tal, podía decantarse por los aspectos de crónica que los acontecimientos ofrecían. Sin embargo, a él poco le importaba la historia, lo único sobre lo que quería saber era acerca de la personalidad de La Pastora. Pero nada podía hacer, debía dejarse conducir e ir sacando sus propias conclusiones al hilo de las informaciones que obtuvieran.

Al subir a la habitación de Infante y ver las numerosas carpetas que éste había traído consigo se tranquilizó un tanto. Al menos era evidente que había preparado su trabajo a conciencia.

—Tenga, éstos son recortes del diario de Tarragona de los que yo saqué la información. Écheles una ojeada. Luego vaya a dar una vuelta por Tortosa, diviértase mientras yo ando en busca de la pérfida Pastora. Esta ciudad tiene un punto romántico que le encantará.

Nourissier se tensó visiblemente:

—Cuidado, Carlos, no juegue conmigo. Puedo parecerle un imbécil pero no lo soy y no he venido aquí en busca de romanticismos.

—¡En ningún caso! No pretendo ofenderlo ni tomarlo a chacota. Se trata sólo de mi sentido del humor, un tanto especial. Le pido disculpas.

—Está bien, no tiene mayor importancia.

—Nos veremos a las siete de la tarde en la recepción del hotel. Le presentaré a mi contacto y veremos qué nos cuenta. Se trata de un periodista local, amigo mío desde hace años, absolutamente fiable. Intentaremos partir de la desaparición de La Pastora e ir hacia atrás, rastreando sus pasos. ¿Le parece correcta la estrategia?

Asintió y se retiró a su habitación de mal humor. Su experiencia en el conocimiento de la psicología humana lo había llevado a pensar que podía comprender a cualquiera y también convivir civilizadamente con cualquiera sin la menor preocupación. Obviamente estaba equivocado, había ido a dar con un tipo esquinado y correoso de cuya personalidad se le escapaban las claves. ¿Qué era Carlos Infante: un cínico, un amargado, un vividor, un extraño superviviente de aquel aire, viciado de posguerra, que se respiraba en el país? De todo ello tenía un poco, pero había algo más en él, algo inasible y perturbador. Era como si no experimentara el más mínimo aprecio por sí mismo ni por los demás; y resultaba difícil relacionarse con alguien que no poseía vínculos afectivos. Tratar con Infante equivalía a enfrentarse a la indiferencia de una piedra, a la inconcreción de un soplo de aire.

Descabezó un breve sueño y luego paseó por la ciudad. Si a su llegada le había parecido artística y luminosa, recorriendo sus calles al atardecer la encontró misteriosa, oscura, de una tristeza gris. Percibió que, desde que habían salido de Barcelona, los contornos de la realidad iban desdibujándose poco a poco y se sentía conducido a través de una niebla inquietante e incómoda. Su condición de científico y hombre racionalista, al igual que la vida tranquila y ordenada que llevaba en París, no eran los antecedentes ideales para que asimilara cambios bruscos con facilidad. No se trataba sin embargo de miedo. La clandestinidad en la que iba a desarrollarse aquella búsqueda no le causaba el menor desasosiego. Finalmente era un ciudadano francés y no creía que el Gobierno español fuera a cargar contra él en caso de presentarse dificultades. Llegado al extremo de ser acusado de espía o elemento subversivo, la diplomacia de su país acudiría en su ayuda. El máximo riesgo que corría radicaba en ser expulsado de España. Pero lo que en realidad le desazonaba era la obligación de desplazarse con cautela por escenarios ajenos a su mundo, dependiendo siempre de otra persona. No estaba acostumbrado a algo así.

Entró en la catedral. Quedó impresionado por el silencio, el frío, la oscuridad del aire, el olor del incienso. Las iglesias góticas francesas estaban prácticamente vacías de adornos y riquezas. Sin embargo, allí reinaba un gran abigarramiento: imágenes de santos, cuadros representando sangrientos martirios, retablos, sillerías labradas, vírgenes, cirios encendidos, cepillos para limosnas, tapices semivelados por la mala iluminación. Algunas ancianas, el pelo cubierto con mantilla negra, rezaban o dormitaban en bancos de madera. Un sacristán barría el suelo tosiendo de vez en cuando. Se sintió sobrecogido por la solemne lobreguez, y un imperioso deseo de marcharse se apoderó de él. Creyó que las calles le trasmitirían un poco de vida y bullicio, pero no fue así: estaban casi deshabitadas, con poca luz. Casi no había comercios ni bares. Era como si el influjo siniestro de la catedral se extendiera por los alrededores. Los pocos transeúntes con los que se cruzó guardaban un silencio estremecedor. Sólo se oían las pisadas en la acera. La noche había desterrado la impresión de serena belleza que la ciudad le produjo al llegar. Aquella visita le había inoculado una extraña tristeza. Sonrió, quizá el periodista no estaba tan equivocado con respecto a la necesidad de beber alcohol, porque en aquel momento se hubiera tomado una copa.

Cuando vio a Infante entrando en el hotel se alegró de poder hablar con alguien e incluso bromear, pero el español no quería perder ni un minuto.

—¿Está listo, Nourissier? Mi amigo nos espera en un cuarto de hora.

Le dio un vuelco el corazón, ahora empezaba realmente la expedición que tanto había esperado. Abandonaron la recepción caminando deprisa. Se adentraron por callejas tenebrosas hasta llegar a un bar situado bajo un arco románico medio derruido. Se trataba de una especie de taberna llena de inmensas barricas de vino. Una radio emitía música. Sentado a una mesa de madera había un hombre esperándolos. Los trámites de presentación fueron muy breves.

—Miguel piensa que sabe algo más sobre lo que sucedió la noche del asalto a la masía de los Nomen.

—¿Lo sabe de fuentes fiables?

El hombre, que era delgado y serio como la muerte, hablaba en voz baja y paseaba la mirada huidiza por el rostro del psiquiatra sin fijarla en ninguna parte.

—Por Tortosa y los pueblos de alrededor circulan muchos rumores sobre esa noche. La gente cuenta cosas sobre tiroteos, luchas cuerpo a cuerpo, navajazos...; nada de eso se puede creer. Lo que pasó dentro de la casa no lo sabe nadie, nadie. Pero la información que yo tengo me ha llegado por alguien a quien le doy todo el crédito.

—Adelante.

—La mañana siguiente al asalto, la Guardia Civil encontró manchas de sangre en la cerca que rodea la finca de los Nomen. Más adelante, en una acequia que hay hacia el norte, volvieron a encontrar sangre, y también el vómito de un hombre. Uno de los guardias se fijó en que alguien había cortado las ramas de un árbol. En una loma encontraron por fin a un hombre muerto. Era el maquis Francisco, que estaba en busca y captura desde hacía mucho tiempo. Tenía varias heridas de bala, y las llevaba todas vendadas con mucho cuidado. También le habían atado muy fuerte los pantalones a los tobillos con un trozo de venda para que no le manara la sangre y dejara un rastro. Al lado del cadáver estaba la rama cortada del árbol, que habían usado como muleta. La Guardia Civil llegó a la conclusión de que La Pastora, que iba con él, intentó llevárselo consigo hasta el último momento. Lo curó como pudo y, cuando Francisco cayó muerto, abandonó el cuerpo en un claro y le dejó su arma colocada sobre el pecho.

Se hizo un silencio absoluto. Apuraron sus vasitos de vino. Nourissier estaba absorto, ausente, como transportado a otra dimensión. La pausa se prolongó hasta parecer ilógica. Miguel se impacientó:

—Puede estar seguro de que todo eso es cierto.

El francés despertó de pronto, miró a su interlocutor con aire desconcertado:

—Le creo. —Hizo ademán de llevarse la mano a la cartera y dijo casi en un susurro—: Permítame que compense un poco el tiempo que le he hecho perder.

Miguel miró a Infante con ojos centelleantes de cólera.

—¿Pero qué hace este tipo? —le preguntó en catalán.

Infante se lanzó rápidamente sobre el brazo de Nourissier y lo paralizó:

—Eso no es necesario.

—No pretendía ofenderle.

—Hago esto porque quiero, porque Carlos es mi amigo.

—Lo sé, y le pido perdón.

Una hora más tarde, mientras cenaban en el hotel los dos solos, Carlos Infante le espetó sin aviso previo:

—No vuelva a intentar pagarle a nadie, doctor, a nadie. Puede que los españoles formemos parte de un país atrasado y pobre, pero somos muy orgullosos, ¿comprende?, mucho.

—Lo lamento. Pensé que era un modo de agradecer su interés.

—Piense lo que piense no tome ninguna iniciativa de ese tipo sin consultarme.

—¿Sabe de dónde ha sacado su amigo la información?

—Sí, lo sé, pero no voy a decírselo. Ya le advertí que estamos tocando un tema peligroso y que cuanto menos sepa, mejor será para usted. No puedo estar revelándole las fuentes de mis informadores. Tiene que fiarse de mí de una maldita vez, y si no cuento con su confianza absoluta será mejor que lo dejemos aquí. Puedo devolverle el dinero que me ha dado hasta el momento.

Nourissier bajó la vista, apretó las mandíbulas tragándose sus deseos de contestar. Emitió un breve mugido en señal de aceptación. Siguieron comiendo. En cuanto el francés hubo terminado el único plato pedido, se levantó de la mesa pretextando que estaba cansado.

—¿A qué hora salimos mañana? —preguntó.

—A las nueve, no es preciso madrugar.

—¿Puedo saber adónde iremos o considera que eso es darme demasiada información?

Infante lo miró irónicamente, le dedicó una sonrisa de oreja a oreja.

—Vamos a La Sénia, un pueblo bastante pequeño. Nos quedaremos unos días allí. ¿Le parece suficiente?

—Buenas noches —concluyó el psiquiatra, y salió dando zancadas de hombre muy apresurado.

En cuanto llegó a la habitación sacó los cuadernos en blanco que había traído consigo. Se sentó frente al escritorio y anotó:

«Hoy primer contacto testimonial con la sujeto.

La situación la muestra en un estado de clara desesperación. Vemos cómo ella y su compañero han llevado a cabo un arriesgadísimo atraco. De hecho tan arriesgado, que podemos apuntar la posibilidad de que se trate de un acto suicida, uno de esos actos que las personas llevan a cabo cuando su vida se mueve en una indefinición muy poco satisfactoria. Debemos pensar que los dos compañeros se han separado del grupo guerrillero que daba sentido a sus actuaciones, a su vida. No sólo eso, sino que ese mismo grupo ya no existe. La sensación de aislamiento, soledad e inutilidad se vuelve máxima. Las fuerzas de seguridad intentan cazarlos como si fueran alimañas. El conflicto interior se desata al comprobar que todo aquello por lo que habían luchado ha desaparecido, con lo que, psíquicamente, su actuación hasta aquel momento queda deslegitimada ante los demás y ante ellos mismos. La decisión de "dar un golpe" de dificultad mayor a la habitual viene probablemente dictada por un deseo inconsciente de ser atrapados. El compañero de la sujeto, llamado Francisco como nombre de guerra, es muerto en el asalto en circunstancias que no hemos podido aclarar. La reacción de la sujeto es intentar el socorro de su compañero, arriesgando incluso su propia vida, puesto que sabe que son perseguidos. Lo venda, intenta curarlo y llevarlo consigo en su huida. Su acción se basa en los sentimientos de piedad y compañerismo. Esta primera información no concuerda, pues, con el retrato previo de la sujeto con que contamos y que la muestra como persona incapaz de actos altruistas y de emociones humanas. Cuando Francisco muere, la sujeto huye sola por fin, pero realiza un acto simbólico dejando junto al caído su arma. Es una señal de homenaje, de intento de devolver al compañero muerto la dignidad de guerrillero. Con esa acción vuelve a poner orden en el caos que los había convertido a ambos en simples piezas de caza».

Había escrito todo aquello de un tirón. Dejó la pluma y se quedó pensando, con la mirada perdida en la penumbra. Aquella mujer perdida en el monte tenía valor. Alguien con el corazón oprimido por el miedo no hace lo que ella hizo, no se detiene para procurar atenciones a alguien que está a punto de morir. Y ahora, sola por completo, escondida en aquel lugar alejado de la civilización, ¿qué pensará? ¿Cuál será el estímulo que la hace sobrevivir? ¿Qué hay en su cabeza: genuinas ideas políticas, odio a sus enemigos o se trata de una mente extraviada? Hubiera dado cualquier cosa por saber qué sucedió la noche del asalto a la casa de aquella familia, por mirar a través de un orificio qué estaba haciendo La Pastora en aquel mismo instante. Se reconvino a sí mismo, no podía permitirse sentir simple curiosidad como si fuera un lector de periódicos en busca de noticias chocantes. Debía tener siempre presente que su interés se fundamentaba en lo científico, no en dejarse atrapar por el aura de fascinación mítica que emanaba del personaje.

Cerró el cuaderno y se dispuso a dormir. Estaba muy cansado, sólo la excitación de los acontecimientos lo mantenía despierto a aquellas horas.

No puedo hablar bien pero ya se me pasará cuando haya hablado más tiempo. Llevo dos años solo y no sé cantar, así que no me he oído la voz en dos años. Cantar era también peligroso porque podían oírme. Los lobos no hablan ni cantan, por eso siguen vivos en el monte. Yo sé cómo vivir en la montaña, siempre lo he sabido. Lo malo es que no he podido tener animales: ni un perro, ni un gato, ni una oveja. Los animales son buenos, las personas son peores. Me gustaría volver a tener perros y gatos, ovejas también, pero eso es para los que tienen tierra y una casa, para los que viven siempre en el mismo sitio, para los que trabajan. Yo ya no soy así, pero lo era, cuidaba el ganado y lo hacía muy bien, todos los amos estaban muy contentos conmigo. Cuidar de algo aunque no sea tuyo y dormir siempre en la misma cama aunque tampoco sea tuya está bien. Ya ni me acuerdo de cómo era eso, la verdad. De pequeño vi una vez unas sábanas de seda retratadas en una revista, que tenían flores pintadas y brillaban. Me dio por reír. «La gente rica duerme en sábanas así», dijo una niña que venía conmigo; la revista era de su madre. A mí me daba igual, yo dormía en la paja y estaba caliente. Entonces era una niña, pero ahora soy un hombre, ustedes ya lo ven, un hombre de verdad. Cuando era pequeño no sabía cómo era el mundo, y ahora lo sé un poco más, aunque tampoco mucho, pero sé qué hay que hacer para seguir vivo. He pasado dos años escondido en un sitio que aún no les voy a decir dónde está porque me quedaré ahí un poco más y no me fío de nadie. Es un sitio que la puta Guardia Civil ha pasado mil veces por delante y nunca lo han visto. Digo malas palabras porque me acostumbré a hablar así en el maquis, que antes hablaba bien, y si se me escapaba algo mi madre me daba con la mano en la boca. No me gustaba que me diera pero me aguantaba. Muchas cosas no me gustaban pero enseguida me di cuenta de que daba igual. Tenía que hacer lo que tenía que hacer, me gustara o no, y siempre hacía lo mismo: cuidar del ganado; así que me acostumbré a que cuidar de las ovejas me gustara.

Les diré que estoy ya cansado de estar solo, dos años es mucho tiempo, y eso que estoy acostumbrado, siempre he estado solo y no me importaba. Lo que pasa es que después he tenido compañía en el maquis. Pero desde que mataron a Francisco estoy solo y sé que no puedo salir del sitio que no puedo decirles. Me persiguen como a una alimaña, como a una bestia del campo que puede comerse a las ovejas, hacer daño. Pero yo no soy un lobo ni una bestia y nunca he matado a nadie. ¡Soy una persona y soy un hombre! Miren: llevo pantalones. Aunque a las malas, ahora ya me daría igual ser una mujer. No importa cuando te persiguen como a una bestia. Acabas por no ser ni una mujer ni un hombre: no eres nada, nadie te espera, nadie se preocupa por ti. Pero yo sí me preocupo de mí mismo. He visto morir a hombres, he visto morir a bestias y los unos y los otros se revolvían en contra. He visto cómo querían estar vivos por encima de todas las cosas. Yo también quiero seguir vivo. Nadie espera que vuelva, pero quiero seguir vivo. Nadie me ha esperado nunca pero quiero seguir vivo. He visto nacer corderos y morir corderos y los que morían tenían los ojos apagados como candiles a los que se les va acabando el aceite. Francisco tenía los mismos ojos cuando ya no pudo ir más adelante y se quedó tumbado en las piedras. Allí lo dejé. Los ojos de los corderos que nacen buscan cosas: la teta de su madre, la luz del día, buscan algo. Los que se mueren no buscan nada. No me da miedo morir pero quiero seguir vivo.

¿Cómo he ido alimentándome en estos dos años? ¡Ah, la comida! Pues he ido buscándomela y no me ha faltado. Miren que no estoy delgado como un perro perdido. Yo puedo no tener instrucción pero sé buscarme la comida, me he criado en esta comarca, en estas montañas. Quitaba aceitunas de los olivos, unas pocas aquí, otras allá para que los masoveros no se dieran cuenta de que les faltaban. Las secaba y cuando iba a comérmelas les ponía un poco de agua para que se volvieran vivas y sal para el buen gusto. He guardado siempre sal y harina en la cueva desde el tiempo que Francisco estaba vivo y las incautábamos en las masías. Aún me queda mucha. ¡Si hasta he hecho pan! Sí, no se rían, primero hacía la masa y plegaba el pan. Buscaba una losa grande y cavaba un agujero por abajo donde prendía fuego hasta que la losa se calentaba. Colocaba la masa en la losa, la tapaba con una olla de aluminio y por encima un montón de ceniza. ¡Salía pan! Lo que pasa es que había que hacerlo por la noche para que nadie viera el humo.

¡Y patatas, las que quería! Iba por la parte de Castell

de Cabres y Morella, que las cultivan en secano. Las desentierran labrando y las dejan un día encima del surco. Yo iba detrás y ¡al saco! Contaba a tres patatas por día, y tenía para todo el año. Y eso es lo que comía, y fruta. Cerca de Xert había una casa donde el dueño no vivía, y que dejaban los higos a secar. Estaban muy ricos. Siempre encuentras cosas si conoces bien la zona, y como la leche no me gusta... Cuando estaba con mi hermana y era pequeño ya bebí mucha leche. La carne de tocino y de conejo me la como. El pollo, no; pero toda la carne me da un poco de asco. No hace falta comer animales para estar bien y con salud. Usted que es médico tiene que saberlo.

No me gusta parecer interesado, pero... yo les cuento lo que quieran y ustedes me dan el dinero que necesito para salir de aquí. Podría quedarme toda la vida en el monte, pero sin compañía, y escapando como un jabalí... No me veo, estoy cansado. Necesitaré dinero para irme fuera. Sí, le creo, sé que es usted un hombre de honor. Yo, aunque le parezca mentira porque soy solitario, enseguida me hago una idea de la gente. Hay gente buena, también, gente que tiene lástima de los otros, gente que te ayuda a veces. A mí me quería alguna gente antes de echarme al monte, y los críos pequeños me querían. Pero han sido tiempos duros, muy duros. Han pasado cosas muy malas. Yo he hecho cosas feas, pero los otros también. Era como si la guerra no se hubiera acabado, para mí no se ha acabado aún. Todo muy duro. Tiempo de muchas desgracias. Tengo los ojos cansados de ver desgracias. A veces había pensado en entregarme, que hicieran conmigo lo que quisieran. Luego me volvía atrás. Pero no se engañen, ¿eh?, que con el fusil aún duermo.

Eran más de las diez cuando acabaron de cargar el equipaje en la furgoneta. Nourissier estaba molesto por el retraso de casi una hora, pero no se atrevió a protestar. En realidad empezaba a darse cuenta de hasta qué punto dependía de su guía de viaje. Cuanto antes lo asumiera, tanto mejor. Él había bajado a desayunar a las ocho, y después había esperado a Infante tomando café tras café. Cansado, fue a sentarse en un sofá de la recepción. Cuando por fin el periodista se presentó, lo hizo en un estado de auténtica euforia.

—¡He dormido como un rey! —declaró—. ¡Y ese desayuno delicioso que nos han dado! Viviendo en una ciudad tan grande como Barcelona uno acaba olvidándose del sabor auténtico de los alimentos. Pero aquí... es como recuperar las sensaciones de la infancia. ¿No está de acuerdo?

—Supongo que sí.

—¿Sólo lo supone? No se habrá levantado usted de mal humor.

—No, cuando me desperté estaba de un humor excelente, pero de eso hace bastante tiempo ya.

—*Pas de problème!* Enseguida nos vamos, *cher*

docteur. Pero no piense que nos desplazaremos a un lugar muy lejano; de hecho llegaremos enseguida, ya verá. Aunque antes de dejar Tortosa deberíamos hacer otra pequeña compra.

—¿Más licor?

—¡Cualquiera que le oyera! Pero si sólo llevamos unas cuantas botellitas para soportar mejor lo que podríamos denominar como... la *ruralidad*. De todas maneras no se inquiete, no se trata de alcoholes ni de vicios, tan sólo es un problema indumentario.

—¿Qué necesita?

—Yo nada, pero usted necesita otra boina.

—¿Qué le pasa a la mía?

—Pues que es diferente. Verá, las boinas autóctonas son menos esponjosas, con menos vuelo, más peladas también. La suya parece de terciopelo.

—Oiga, Carlos, no creo que sea el momento de bromear.

—No bromeo, amigo mío. Sé muy bien que no vamos a conseguir pasar desapercibidos, pero usted es más alto que la media española, tirando a pelirrojo, de tez clara... Si encima luce una boina inusual, los lugareños nos seguirán por la calle y no es eso lo que queremos, ¿verdad?

Nourissier resopló, intentando ser paciente.

—Está bien, ¿dónde hay una sombrerería?

Infante se echó a reír:

—¿Una sombrerería? Venga, acompáñeme.

Fueron caminando hasta un gran comercio en la calle del mercado donde se podía encontrar todo tipo de ropa ordinaria: monos de trabajo, pantalones de pana, alpargatas de campesino y boinas, muchas boinas. Infante se divertía al ver cómo el francés torcía el gesto ante la tosquedad de los atuendos. Le hizo probarse tres boinas distintas, pero a la cuarta Nourissier se plantó:

—Ésta me va bien. Me la quedo.

Infante pensó que debía llevar cuidado, no embromarlo demasiado, ya que podía reaccionar mal y no tenía ningún deseo de alterar por tonterías la futura convivencia.

Una hora más tarde se encontraban en ruta. El español llevaba la ventanilla bajada y aspiraba con delectación el aire seco y limpio. Sin duda se aburriría durante aquel viaje, pero al menos le serviría para reencontrar la tierra de su infancia: agreste, desconocida, aislada del mundo. Lo ideal sería que todo se desarrollara tal y como había planeado: unos días en el campo y un buen montón de dinero en su siempre esquilmada cuenta bancaria. Por una vez, la fortuna le había sonreído.

Al llegar a La Sénia, lo primero que hizo Nourissier fue demostrar su sorpresa por el tamaño minúsculo del pueblo.

—Ya le dije que era un lugar pequeño —comentó Infante—. Pero es muy estratégico. Aquí montaremos nuestro cuartel general, desde donde nos desplazaremos a donde sea necesario. No lejos de aquí trabajó muchos años La Pastora.

—Sí, en La Pobla de Benifassà. Y nació en Vallibona.

—Veo que se ha aprendido mi artículo de memoria.

—En su artículo está el germen de todo esto.

Infante sonrió, satisfecho. Nunca hubiera pensado que aquel artículo llegaría a convertirse en una pequeña mina para él. Se dirigieron a la fonda del pueblo. El dueño los observó con curiosidad. Pidieron dos habitaciones, las más grandes con las que contaran.

—Es imprescindible que tengan una mesa y una silla. El señor es un profesor que hace estudios sobre la zona y necesitará encerrarse a trabajar. Yo también necesito un lugar para escribir.

El dueño se encogió de hombros, asintió. Parecía querer dar a entender que no estaba interesado por cuáles fueran sus ocupaciones. Sus ojos, velados por la indiferencia, no parecían demostrar lo contrario.

—Con escritorio sólo tengo una, pero en la otra podemos colocar una mesa camilla.

—Está muy bien. ¿Dan ustedes de comer?

—Sólo la cena. Mi mujer y yo trabajamos en el campo y no estamos a mediodía. Pueden ir al bar, hacen comidas.

Las habitaciones estaban situadas en el primer piso de una casona grande, cuadrada como un almacén. Ambas eran parecidas: amplias y casi vacías. Un mobiliario escueto de madera oscura, una colcha floreada sobre la cama y poco más. Al menos por las ventanas entraba buena luz. Nourissier se quedó con la que tenía el escritorio; en la otra punta del pasillo se instaló Infante. Éste pensó que el francés se sentiría molesto por la humildad del alojamiento, pero se equivocó. Cuando una hora más tarde se encontraron en la calle, todo fueron comentarios positivos acerca de la habitación: ascética, simple como la celda de un monje y, por lo tanto, ideal para trabajar.

Dieron un primer paseo por el pueblo, que se veía solitario. Los niños debían de estar en la escuela, los adultos en el campo. Únicamente algunos hombres viejos se sentaban en sillas de enea a la puerta de sus casas.

—Es importante que nos vean —dijo Infante—. Al principio sentirán curiosidad, pero cuando comprueben que no nos ocultamos ni hacemos nada especial, perderán el interés por nosotros. Luego pueden extenderse rumores, aunque eso nos da igual. Se enterarán de que estamos interesados en La Pastora, porque yo no tendré más remedio que preguntar...

—Usted dijo que corríamos riesgos frente a la Guardia Civil.

—En caso de problemas contaremos la verdad modificada: usted es médico generalista, no psiquiatra. Los médicos tienen en España un gran prestigio social, pero su especialidad no creo que sea muy bien comprendida. Si le preguntan responderá que se interesa por La Pastora desde el punto de vista profesional: su sexo dudoso, una mujer capaz de matar... Por supuesto, nunca confesará que su objetivo último es encontrarse con ella.

A mediodía entraron en el bar. Los miraron con desconfianza, pero nadie se atrevió a hablarles. Pidieron algo de comer y les sirvieron un potaje con acelgas y judías blancas. A Nourissier le encantó. Mientras tomaban café, Infante se dirigió al patrón:

—¿Usted sabe hacia dónde cae el *mas* del Baixot?

—¿El del tío Tomás? —en su cara se había pintado una sonrisa irónica—. Salgan a la carretera principal, tiren para la derecha y a cuatro kilómetros verán un camino con los bordes plantados de cipreses. Lo siguen y al final está el *mas*. ¿Van a ir andando?

—Sí, creo que daremos un paseo.

—En ese caso lleven cuidado al llegar, que al tío Tomás no le gustan mucho las visitas.

Los viejos dispersos en las mesas, únicos clientes del local en aquellos momentos, ni siquiera parecían haber advertido su presencia, pero al oír las palabras del propietario se echaron a reír.

—Llevaremos cuidado, no se preocupe —dijo Infante sin saber de dónde venían los tiros.

—Sí, y díganle que en el bar del Galán lo esperamos para que venga a hacer gasto.

En la calle les dio la bienvenida un tímido sol que había empezado a mermar. Oyeron cómo en el interior del bar se elevaban las voces y sonaban las risas.

—Los habitantes de esta zona siempre hablan con retranca. Es gente con mala uva.

—En los pueblos de Francia pasa igual.

—Lo dudo, Lucien. No es necesario que sea tan cortés.

Nourissier se encogió de hombros. No tenía ganas de hablar. En su mente resonaban las palabras del cantinero y se preguntaba por qué debían llevar cuidado con el tal tío Tomás. Pero su curiosidad presentaba otros frentes: ¿por qué razón iban a verlo?, ¿qué buscaba Infante en el *mas* del Baixot? En cualquier caso, no pensaba interrogar a su compañero para no mostrar desconfianza. Se dedicó a contemplar el paisaje mientras caminaban. Aquél era un campo seco, de tierra dura y apelmazada. La vegetación consistía casi exclusivamente en viejos olivos y algarrobos de troncos retorcidos. El suelo estaba cuajado de tomillos y romeros silvestres, que perfumaban el aire con suavidad. Le pareció un lugar de belleza nada convencional: deshabitado, poco misericordioso con el ojo humano, pero lleno de una digna majestuosidad.

Encontraron sin dificultad el camino bordeado de cipreses. Al fondo se veía una casa con tejado rojizo. Cuando aún les faltaban unos metros para alcanzarla les sobresaltó oír un compacto coro de ladridos y, al llegar a la explanada que había al frente, los vieron. Eran al menos quince perros sueltos, de todos los aspectos y tamaños, que rugían, amenazaban, saltaban y se desesperaban por dar la alarma ante una presencia extraña. Infante se asustó:

—¿Ha visto esa jauría? ¡Y están sueltos!

—No se preocupe, cumplen con su obligación, cuando nos acerquemos se apartarán.

—¿Entiende de perros?

—Me gustan.

—Pues espero que a ellos les guste usted.

El psiquiatra avanzó en primer lugar, mientras su compañero se rezagaba con prudencia. De la puerta principal salió un hombre alto y corpulento. Era viejo, de pelo cano y pinta imponente, llevaba un traje de pana marrón. Infante elevó el brazo, en un saludo falsamente relajado y cordial.

—¡Buenas tardes!, ¿cómo está?

Hizo votos para que su acento barcelonés no sonara demasiado forastero en aquellas tierras del sur. Cuando sólo faltaban unos pasos para encontrarse de cara, el anciano levantó una escopeta de caza y les apuntó.

—¡Quietos!, ¿qué quieren? —gritó con una voz llena de energía.

—Venimos de parte de su sobrino Miguel Sabater, de Tortosa. Somos amigos suyos y sólo queremos charlar un momento con usted.

No hizo el menor movimiento, la carabina siempre en posición de disparar. Nourissier le susurró con ironía:

—¿Está seguro de no haberse equivocado de persona?

—No diga ni una palabra.

Un instante después el hombre bajó el arma, los miró con fiereza. Ellos se quedaron donde estaban. Los perros se habían arremolinado en torno a sus piernas, olisqueándolos. Infante sonreía sin mucha convicción.

—¿Es usted el tío Tomás?

—¿Qué quieren? —repitió, esta vez con menos hostilidad.

—Me llamo Carlos Infante y éste es el doctor Nourissier, un médico francés. Anoche cenamos con su sobrino y nos dijo que a usted no le importaría hablar un rato con nosotros.

Dio una voz de mando a los perros, que se retiraron tranquilamente. Luego se volvió hacia ellos y les hizo un gesto de aproximación con la cabeza. Entraron en una sala grande, fresca y poco iluminada. A un lado estaba la cocina. En el centro, una mesa con sillas alrededor. De la pared pendía un botijo atado con una cuerda.

—Si vienen de parte de Miguel son bien recibidos. Siéntense.

Sacó una botella de vino dulce, tres vasitos. Puso unas pastas en un plato y se sentó él también. Tenía el rostro muy quemado por el sol, los ojos azules y vivos.

—No hemos venido a molestarle, enseguida nos iremos —dijo Infante.

—Soy viudo y vivo solo. Han sido muy malos tiempos, por eso recibo a la gente con la escopeta, pero ahora ya están aquí y no hay prisa ninguna. ¿Qué cuenta mi sobrino?

—Está bien. Nos pidió que le diéramos recuerdos, y nos dijo que vendrá a verle un día de estos.

—¡Bah, no vendrá! Hace años que no pasa por aquí. Los jóvenes no quieren volver a los pueblos, prefieren la ciudad. ¿De qué quieren hablar conmigo?

—El doctor es un médico muy famoso, y se interesa por la gente de estas tierras, por su salud, sus condiciones de vida...

—Aquí no hacemos más que trabajar todo el día, de sol a sol. No es vida de hombres sino de animales. Yo tengo setenta años y no he parado jamás.

—Fueron duros los años de la guerra, ¿verdad?

No respondió. Infante medía sus palabras como si se hallara al frente de una importante delegación diplomática.

—Al doctor le han contado que, para los masoveros, los años del maquis fueron más duros aún que la propia guerra.

Al oír la palabra «maquis», saltó como si le hubieran echado sal en una herida.

—¡Todos eran unos hijos de la gran puta! Y los guardias civiles, igual. Ya ven que yo no tengo miedo de hablar. Lo que les digo a ustedes lo he dicho en la plaza del pueblo a todo el que quería escucharme. Todos unos hijos de puta. A los masoveros nos tenían martirizados. Venían los del maquis y te pedían comida, toda la que guardaras. Si no se la dabas te molían a palos, te llamaban traidor. Cuando se iban te mandaban tener la boca cerrada. Luego llegaban los civiles y te molían a palos porque no habías denunciado a los maquis, y si algo te había quedado, se lo llevaban también.

—¿A usted le robaron los del maquis?

—Más de una vez. Se me llevaron los huevos de mis gallinas, tocino que me quedaba de la matanza, panes que acababa de amasar mi pobre mujer. Luego te pagaban a ojo y se largaban.

—Entonces no robaban —intervino Nourissier.

—¡Yo no quería vender nada! Era comida que tenía en el almacén para pasar la temporada. Además, no son maneras de entrar en una casa a punta de pistola y amenazando.

—¡Por supuesto que no! —exclamó Infante, conciliador.

—Los de la Guardia Civil no eran mejores, aún ahora me dicen barbaridades porque no me callo: que si me van a matar a los perros, a incendiarme la casa, que me pegarán un tiro y me tirarán a un estercolero...

—¡Qué barbaridad!

—Pero no me harán nada porque soy viejo.

—¿Conoció a algún maquis personalmente?

—Unos cuantos del pueblo sí se echaron al monte, pero pocos. Los maquis hicieron muchas burradas por aquí. A mi amigo l'Arbolero de Morella le mataron a la mujer. Un día se presentaron los maquis en su casa y encañonaron a toda la familia. Mi amigo l'Arbolero pudo escaparse y se fue a avisar a la Guardia Civil; llegaron enseguida y hubo tiros. Murió un maquis. Lo tenía encañonado un guardia, pero se le encasquilló el fusil. Le dio igual, como estaba desarmado lo mató arreándole con la culata. Le rompió la cabeza a golpes.

Infante temió por un momento que el francés estuviera impacientándose por las erráticas explicaciones del tío Tomás, pero al mirarlo de reojo lo advirtió absorto, embargado por una mezcla de horror y fascinación que su cara traslucía sin disimulo.

—Allí quedó el maquis con los sesos reventados. Pues bien, al cabo de unos meses vuelven otra vez los maquis a la misma masía. Estaba la mujer sola. Van y le preguntan por su marido l'Arbolero. Ella contesta que está trabajando en el campo. El que era el jefe dice: «Bueno, pues tú pagarás por él», y le pegó dos tiros a bocajarro. Después dejaron un papel donde estaba escrito que la habían «ajusticiado por traidora a la causa de la República». ¡La pobre Filomena, qué sabía ella de repúblicas ni de traiciones! Matar a sangre fría a una mujer inocente no es de ley. En todos los pueblos del término se comentó ese asesinato, y si los tíos del maquis habían tenido buena fama hasta el momento porque pagaban lo que se llevaban, ahí se les acabó.

—También los de Franco han hecho cosas feas, ¿verdad? Aunque lógicamente de eso a usted le da más reparo hablar.

Los ojos del tío Tomás brillaron con furia contenida. Elevó un poco la voz:

—Ya les he dicho que no tengo miedo. No haga que vuelva a repetírselo otra vez.

De pronto se levantó y salió de la estancia. Nourissier, inquieto, cuchicheó al oído de Infante:

—No lo soliviante, no me parece aconsejable. Además, ¿cree que va a decirnos algo que nos interese? Se dispersa mucho al hablar.

—Tenga paciencia y déjeme a mí.

Regresó con otra botella en la mano, sonriendo maliciosamente. La puso de un golpe seco sobre la mesa.

—Esto es aguardiente, el mejor del mundo. El vino dulce se hace para mujeres y maricones. Vamos a probarlo.

Rellenó los tres vasos y elevó el suyo en un amago de brindis amistoso. Lo paladeó haciendo sonar la lengua. Antes de que se hubiera podido apagar el fuego que sintieron en las entrañas, les espetó:

—Y ahora ya me pueden decir a qué han venido. Soy viejo pero no tonto. ¿Qué quieren saber?

Infante carraspeó, cogido por sorpresa. Intentó sin mucha fortuna recobrar el tono neutro que había empleado hasta el momento y, armándose de valor, preguntó:

—Al maquis que llamaban La Pastora, ¿llegó a conocerlo?

El hombre hundió la mirada en el suelo. Dio un suspiro profundo. Rellenó los vasos y los observó con sus ojos azules ligeramente fruncidos:

—Ya no hablamos entonces de otros tiempos, que ésa está viva aún.

—¿Cree que lo está?

—Por muerta no la han dado.

—¿Usted sabe dónde se esconde?

Lanzó una carcajada cínica que los dejó en suspenso.

—¿Ustedes qué son, espías de Franco o algo así?

—Le juro que no, tío Tomás. El doctor estudia la mente de las personas y se interesa por esa mujer. Justamente le gustaría saber si es mujer u hombre en realidad, que no parece muy claro; pero no tenemos nada que ver con la política. Enséñele su carnet de médico, Lucien.

Nourissier obedeció, sacó su billetero y puso el documento en la mano curtida del campesino. Éste estuvo mirando un buen rato el papel. Por fin dijo:

—Casi se me ha olvidado leer, después de tantos años; pero da igual, de todas maneras no tengo ni idea de dónde puede estar La Pastora. Lo que sé de ella es lo mismo que sabe todo el mundo. Que se llamaba Teresa Pla Meseguer pero que la gente le llamaba Teresot porque desde pequeña tenía la fuerza y las hechuras de un hombre. Que ahora debe de andar por los cuarenta años, que llevaba faldas y vestidos como una mujer y que así estaba inscrita en el registro civil de Vallibona, donde nació. Poco más. Ahora por la radio la llaman «el Terror del monte Caro», pero aquí todos la llamábamos Teresot.

—¿La conoció?

—Alguna vez la vi, pero no me fijé demasiado. Era una joven que cuidaba las ovejas y ya está. Luego he oído cosas. Dicen que era muy trabajadora, que se llevaba bien con los críos de los *mases* donde iba a cuidar el rebaño, que reconocía a sus propias ovejas entre mil, que tenía la fuerza de un toro, cosas. Pero no sé si al doctor le interesará nada de eso. Nadie podrá decirle si era hombre o mujer. La gente dice que cuando estaba en el maquis iba vestida de hombre, pero a lo mejor se quitó los vestidos para que la dejaran entrar en la organización.

—¿Sabe cómo desapareció?

—Lo sabe todo el mundo. Ella y otro maquis al que llamaban Francisco asaltaron la casa de los Nomen en Els Reguers. Allí resultó muerto Francisco y a ella se le perdió el rastro. Nadie la ha visto más.

Quedó en silencio. Sirvió aguardiente por tercera vez. Nourissier hizo un gesto leve de negación, pero su anfitrión no le hizo caso.

—Beba, doctor, que de algo hemos de morir.

Apuraron el vaso y cuando creían que el tío Tomás iba a invitarlos a marcharse, añadió con aire de misterio:

—Francisco había nacido en Castellot, un pueblo que ya queda a trasmano de aquí. Su padre y su abuelo eran sospechosos de tener ideas rojas, así que la Guardia Civil iba de vez en cuando a su masía y les pegaban palizas, palizas de dejarlos medio muertos. Hasta que no pudieron aguantar más y se echaron al monte. Luego el hijo también se fue con el maquis. Se quedaron las mujeres solas, pero a ellas también les daban leña. Los somatenes les quemaron la casa. Ahora creo que sobreviven como pueden, o sea, mal. Yo de ustedes...

Dejó la frase en el aire. Infante y Nourissier se miraron en una ráfaga.

—Si usted fuera nosotros, ¿qué haría? —instó el periodista al viejo.

—Sólo esas mujeres pueden saber dónde está escondida La Pastora, sólo ellas. Como iba de compinche con Francisco ellas debieron de verla alguna vez. Pero con todos los palos que les han dado dudo mucho que quieran contárselo ustedes.

—¿Sabe cómo podemos llegar hasta ellas?

—No. Y ahora es mejor que se vayan porque todo lo que digamos va a ser repetición. Yo ya he hablado todo lo que tenía que hablar.

Se puso en pie. Siguieron sus pasos hasta la salida. La luz exterior reveló las profundas arrugas de su cara. Cuando estaba dándoles la mano como despedida, miró a Nourissier centrándose en sus ojos:

—Quiero decirle algo antes de que se marchen. Yo soy un viejo ignorante y usted es un médico famoso, pero le voy a dar un consejo y usted puede hacer con él lo que quiera: vuélvase a su tierra, doctor. Estos pueblos aún huelen a sangre y están llenos de mala baba. ¿Qué más le da saber si La Pastora era hombre o mujer?, ¿qué va a adelantar imaginándose lo que guardaba en su cabeza?

—Comprender el sufrimiento de un solo ser humano ayuda a todos los demás.

El hombre elevó ambas manos en un gesto de inhibición. Sonrió con tristeza.

—Esa bandolera no sufría, sólo hacía que sufrieran los que la tuvieron delante. Pero usted verá lo que hace.

Giró sobre sus talones y desapareció en el interior de la umbría casa. Tras caminar unos metros, volvieron a oír el coro enfurecido de los perros, que montaban guardia de nuevo en torno a su amo.

Durante la cena ninguno de los dos parecía muy dispuesto a conversar. Tampoco era aconsejable tratar el tema que ambos tenían en mente puesto que la patrona hacía frecuentes incursiones hasta su mesa para atenderlos. A Infante se le adivinaba meditabundo, a Nourissier, apesadumbrado.

—No he conseguido poner una conferencia a París —dijo.

—La comunicación telefónica no es muy buena por aquí. Le recomiendo el correo postal, funciona mucho mejor.

—Ya escribo cartas, pero me gusta llamar de vez en cuando a mi mujer.

—Tiene usted una familia encantadora, ¿verdad, Lucien?

—No entiendo la pregunta.

—Sólo pensaba que es usted un hombre afortunado que vive en un ambiente de cariño y armonía.

—Supongo que así es.

—Deben de resultarle entonces especialmente duras las cosas que hemos oído hoy: cabezas destrozadas a culatazos, mujeres asesinadas a sangre fría...

—Como psiquiatra estoy familiarizado con el dolor de mis pacientes.

—No es lo mismo. La enfermedad puede ser terrible, pero aquí se trata de odio, de venganza, de maldad, de represión. Y todo ello entre hipotéticos hermanos nacidos en el mismo país.

—Es tremendo, desde luego, pero le aseguro que estoy preparado para soportarlo.

—¿Ha disminuido su estimación romántica sobre los últimos guerrilleros republicanos?

—Escúcheme bien, Carlos. Yo nunca he confesado semejante estimación. De ahora en adelante le agradeceré que no ponga en mi boca frases que no he dicho.

—No se enfade. Después de cenar le invito a tomar una copa en el bar.

El bar se mantenía abierto hasta las diez de la noche. Al entrar tuvieron la impresión de que los mismos viejos que habían visto con anterioridad se sentaban en idénticos sitios. Un par de hombres jóvenes bebían coñac en la barra, charlaban a gritos. Se situaron en una mesa apartada, pidieron coñac también. Nourissier dio un respingo al probar el primer sorbo, Infante se echó a reír:

—No es precisamente un Napoleón, ¿eh, doctor?

—Fuerte como un demonio. Estoy asombrado de cuánto beben en su país, más de lo que pensé.

—Se bebe para olvidar, reza un dicho español; y ya ha empezado a darse cuenta de que tenemos muchas cosas que olvidar.

—¿Qué vamos a hacer, Carlos, ir directamente a Castellot para hablar con esa familia?

Infante resopló, se tragó el coñac de golpe, tamborileó con los dedos sobre la madera de la mesa.

—Habrá que hablar con esa gente, desde luego, pero me pregunto cuál es la manera de hacerlo: ¿presentarnos en Castellot por las buenas y preguntar dónde viven? Si hacemos indagaciones abiertamente, la Guardia Civil no tardará en buscarnos las cosquillas.

—¿Qué significa buscarnos las cosquillas? No conozco la expresión.

—¿Si le digo tocarnos los cojones lo entiende mejor?

—Creo que sí. Pero, de todos modos, ¿qué podrían hacernos?

—En el peor de los supuestos pueden devolvernos al punto de origen: yo a Barcelona y usted a París. Si no nos consideran peligrosos políticamente lo único que harán será darnos la lata: vigilarnos o incluso imponernos su tutela pretextando nuestra seguridad. Sería preferible mantenerlos alejados.

—Entonces no averiguaremos nunca dónde vive la familia de Francisco.

—Déjeme pensar. Esta noche invocaré a mi alijo de whisky en busca de inspiración. Algo se me ocurrirá.

—Volvamos a la pensión, estoy cansado.

Nourissier se incorporó, pero Infante, que estaba sentado de cara a la puerta, lo sujetó por el brazo y sonriendo de modo incongruente le susurró:

—No se marche ahora. Acérquese a la barra y pida dos coñacs más. No pregunte nada, hágalo.

Comprendiendo que no bromeaba, le obedeció.

Al volverse vio que había entrado una pareja de guardias civiles. Se dirigían a la barra, como él. Dieron las buenas noches a todo el mundo, pidieron café. Nourissier recogió las dos copas y regresó a la mesa, donde Infante daba tontas risotadas de fingido placer:

—¡Ah, magnífico, un par de traguitos más, como está mandado antes de irse a la cama! —exclamó a voz en grito. Luego bajó el tono para decir—: No podíamos salir cuando ellos entraban, hubieran pensado que nos escabullíamos. Si se acercan aquí sonría como si estuviera un poco mareado por el alcohol. Déjeme hablar a mí.

En efecto, tras escasos minutos, el mayor de los guardias, que lucía los galones de sargento, se aproximó hasta donde estaban. Compuso ante ellos un casi simbólico saludo militar.

—Buenas noches, señores, ¿todo va bien?

—De maravilla, sargento. ¿Quiere acompañarnos con una copita?

—Imposible estando de servicio.

Infante se sintió casi divertido por la convencional réplica y la situación. Esperó a que el sargento determinara los términos de la charla.

—Son ustedes forasteros, ¿verdad?

—Sí, estamos alojados en la pensión.

—¿Han venido por turismo?

—Trabajo. Éste es el doctor Nourissier, de París, que hace un estudio de la zona para su universidad. Yo le ayudo.

—Eso está muy bien. Que disfruten de su estancia.

Se retiró con una amable inclinación de cabeza.

El periodista quedó favorablemente sorprendido de que ni siquiera hubiera preguntado cuántos días pensaban quedarse en el pueblo. Normalmente, el interrogatorio encubierto en forma de cortesía se extendía en más detalles, y casi siempre implicaba una petición del carné de identidad. Sin embargo, la reacción de Nourissier se situaba en las antípodas:

—¿Con qué derecho nos pregunta cosas privadas? ¡Somos dos ciudadanos que estamos en lugar público, no tiene el menor derecho a importunarnos!

—Olvídelo, Lucien —dijo el periodista con mal humor.

—Simplemente me fastidia, no estoy acostumbrado a que me traten así.

Lo hubiera estrangulado. ¡Maldito niño rico francés! Podía ponerse en el lugar de los sufrientes, pero no concebía ser rozado por la uña de la incomodidad. ¿Dónde creía que estaba, en la Costa Azul? Vieron salir a los guardias.

—Bébase ese brebaje, doctor, y vámonos, tengo que parir soluciones para nuestros problemas.

Salieron a la noche, que empezaba a presagiar el fresco del otoño. Antes de que hubieran podido caminar tres pasos, los guardias civiles con los que acababan de conversar se plantaron ante ellos. El sargento sonrió de través:

—¿Qué, ya se han acabado las copitas?

Infante no sabía por dónde salir ni qué tono adoptar. El médico tenía los ojos abiertos como platos.

—Pues sí, ya ven, ¿se les ofrece algo?

El guardia lo cogió por la solapa, lo atrajo hacia sí con fuerza:

—Se nos ofrece que éste es un sitio de paz y tranquilidad.

Nourissier acudió con un gesto instintivo en su ayuda, pero enseguida se sintió sujeto desde atrás por unos brazos fuertes: el otro guardia se ocupaba de él.

—Éste es un sitio donde la gente trabaja y no quiere que niños bonitos vengan a meter las narices.

Infante permanecía callado. Nourissier intentaba soltarse.

—No nos gusta que gente entrometida haga preguntas, ¿de acuerdo?, ni del maquis ni de nada, ¿vale? Porque para poner mentiras en los periódicos no hace falta ir a molestar a la gente decente. Se salvan porque mis superiores no me dejan tocarlos, que si no, unas cuantas hostias no se las quitaba nadie.

—Pero ¿cómo se atreve? —Nourissier estaba furioso. Infante le pidió que guardara silencio. El guardia siguió con su amenaza.

—Así que ustedes, a lo suyo, porque a la mínima se les cae el pelo.

Hizo un gesto con la cabeza al guardia joven para que soltara su presa. Luego ambos se alejaron haciendo ruido sobre el pavimento. Cuando hubieron desaparecido, Infante escupió en el suelo. Nourissier temblaba de indignación.

—Pero ¿cómo es posible?

—Cállese, Lucien. Son unos hijos de puta pero estoy contento.

—Contento, ¿puedo saber por qué?

—Ese imbécil lo ha dicho: no les dejan tocarnos. Ésa es una buena noticia que nos permite continuar. Lo que de verdad me preocupa es otra cosa: ¿cómo cree que se han enterado de que hemos preguntado por el maquis?

—Su amigo Miguel se ha ido de la lengua.

—Imposible. Él nos ha enviado aquí. Ha sido el tío Tomás. En cuanto salimos de su casa fue a dar parte al cuartelillo de nuestra visita.

—Eso no es lógico. Ese hombre nos proporcionó información, nos dio consejos, ¡nos invitó a beber en su propia casa!

—La cultura de la delación está muy extendida aquí. Lo que quiero saber ahora es si también les contó a los civiles que andamos preguntando por La Pastora.

—Pero no lo entiendo. ¿Por qué, qué ha llevado a ese hombre a obrar así? ¿Por qué nos ayuda y luego nos denuncia? ¡No tiene sentido!

—¿Quiere preguntárselo personalmente?

—Lo haría con mucho gusto.

—Entonces mañana es tarde. Le haremos otra visita ahora mismo.

Nourissier se quedó boquiabierto.

—¿Cree que es prudente?

—No. Pero no pienso quedarme aquí sin tener la seguridad de cuánto saben los civiles sobre nuestro objetivo.

Se pusieron en camino en plena noche. Caminaban con la determinación de un ejército al ataque, en silencio. Sólo la voz del francés se oía de vez en cuando, interrogándose a sí mismo:

—Pero ¿por qué?, ¿por qué?

La masía del tío Tomás estaba iluminada en el exterior por una sola bombilla famélica. El lugar que habían visitado por la mañana aparecía en las sombras como una fantasmal casa deshabitada. Infante se acercó a un joven almendro y arrancó una rama con estrépito. Se la pasó a su compañero. Los perros empezaron a ladrar. Repitió la misma acción y se hizo con otra rama, guardándola para sí.

—Esto es para los perros. Amenácelos y mueva la rama a su alrededor, no se acercarán.

Como ya esperaban, al plantarse frente a la casa los animales ladraron con fiereza. Avanzaron igualmente. Los perros los hostigaban pero mantenían las distancias.

—¡Tío Tomás! —gritó Infante en un alarido estremecedor—. ¡Baje, que queremos hablar con usted!

Pasaron casi dos minutos sin ninguna reacción desde la casa, sólo el reiterado clamor de los perros. Por fin se encendió una luz en el primer piso. Poco después se abrió la puerta y el tío Tomás apareció despeinado y medio dormido, vistiendo camiseta interior y calzoncillos largos. Encorvado y aturdido parecía mucho mayor.

—¿Qué demonio quieren, se han vuelto locos?

—Haga callar a los perros —ordenó Infante.

Obedeció, y los perros le obedecieron a él. Los miró con desconfianza, se rascó la cabeza:

—¡No son horas para visitas! —gritó, envalentonado.

Nourissier dio un paso al frente para poder distinguirle la cara. Lo observó con intensidad:

—¿Por qué?, dígame, ¿por qué nos ha denunciado? Nos acogió, fue amable con nosotros, nos dio información, y luego le faltó tiempo para avisar a la Guardia Civil. No es lógico, ¿por qué lo hizo?

El viejo se encolerizó:

—¿Y para eso me despiertan en mitad de la noche? ¡Váyanse al infierno, que mañana tengo que madrugar!

Infante, sin pronunciar ni una palabra, lo tomó con violencia de un brazo, arrastrándolo al interior de la casa. Allí lo arrojó contra el suelo con una fuerza que nadie hubiera imaginado en él. Nourissier protestó levemente, Infante lo apartó a un lado.

—Ya está bien de tonterías, viejo de mierda. Te ha faltado tiempo para ir a cantarle a los civiles.

—Si no os largáis de aquí, mañana iré otra vez a decirles que vinisteis a robarme.

Infante le dio una patada en el costado. Nourissier sintió un estremecimiento, como si le hubieran pegado a él. El hombre dio un grito y se retorció.

—Quiero saber si también les contaste que queríamos noticias de La Pastora, que te hicimos preguntas sobre ella.

Tuvo que recuperar la respiración entre espasmos. Negaba enloquecidamente con la cabeza. Al fin balbuceó:

—No les dije nada, por Dios te lo juro, ni una palabra. Me daba mucho miedo decírselo. De La Pastora ni se habla, eso me lo sé muy bien.

Una nueva patada hizo que se retorciera de dolor. Nourissier no pudo callar:

—¡Déjalo, Carlos, es un anciano!

—¡Júralo!

—Te lo juro, te lo juro —se adivinaba que decía en medio de sus quejidos.

—Escúchame bien: si me entero de que vas al cuartel a abrir la boca, volveré y te mataré. Ya ves que la Guardia Civil no nos ha hecho nada. Tenemos carta blanca, ¿te enteras?, así que ¡chitón!

Lo dejaron en el suelo, ovillado sobre sí mismo, sudoroso, con el rostro blanco. Por los botones de su pantalón aparecía su viejo pene, arrugado como un gusano moribundo.

Regresaron a la pensión a paso ligero. Después de haber guardado un denso silencio acusador, Nourissier explotó:

—¿Es que ha perdido la cabeza? ¿Era necesario golpearlo de esa manera? ¡Es sólo un viejo, por Dios!

Infante se paró en el oscuro camino.

—Nunca antes había pegado a nadie, ¿comprende?, ¡nunca! Ni a un viejo ni a un joven, jamás. Pero es usted quien nos ha metido en esto y debe entender de una vez que no estamos dando un paseo por las Tullerías. Ahora ya me he enterado de lo que quería y mañana podremos continuar con lo nuestro. Ese hombre se quedará callado. Estamos en una tierra muy dura, Lucien, eso no lo he elegido yo. Si a la primera de cambio saben que estamos buscando a La Pastora su expedición acabará pronto, y supongo que no deseará regresar a su patria mañana.

El francés no respondió. Siguieron caminando. De pronto, Infante tuvo ganas de echarse a reír al oír cómo decía:

—Ni siquiera le ha dado opción a responderme sobre sus razones para habernos denunciado.

Definitivamente aquella especie de *dandy* metido a aventurero aún no había captado cuál era la dimensión del viaje.

Una vez en su habitación, Infante procuró serenarse. Le temblaban las manos y sentía un fuerte nudo en el estómago. Abrió la bolsa de viaje en la que había acopiado las botellas y sacó una de whisky. Se sirvió. Sentado sobre la cama, alcanzaba a ver por la ventana la sombra de un gran árbol. Le pareció extrañamente oscura, amenazadora. La violencia siempre le asombraba. Oyó de nuevo el ruido sordo que provocaron sus patadas en el cuerpo del tío Tomás. Repasó las emociones que había sentido en aquel momento, pero no encontró en ellas el más mínimo odio. Había actuado con frialdad, pensando sólo en el objetivo práctico de su agresión, en seguir su plan. Se incorporó y acabó la copa de un trago. No tenía nada de qué arrepentirse. Si había aceptado aquel trabajo era sólo por dinero y haría cualquier cosa que fuera necesaria para cobrar hasta la última peseta. ¿Acaso alguien se compadecía de él, alguna vez había recibido ayuda o comprensión? Estaba solo, no debía rendir cuentas ante nadie. ¡Al infierno con todo! Fue a por más whisky y se forzó a pensar en lo que ahora era su trabajo.

Era evidente que si acudían a Castellot sin preparar el terreno tenían pocas posibilidades de éxito. Aun averiguando dónde vivía la familia de Francisco, dudaba de que alguno de sus miembros se aviniera a reunirse con ellos, mucho menos para hablar sobre La Pastora. El miedo era una ponzoña paralizante. Necesitaban un cómplice, pero un cómplice fiable, que no fuera a traicionarlos en cuanto volvieran la espalda. Bebió varios sorbos seguidos, el alcohol le aportaba lucidez. Ese cómplice debía comprender la naturaleza de los estudios que Nourissier pretendía llevar a cabo, debía valorarlos en su utilidad profesional al tiempo que contaba con la confianza de aquella desgraciada familia de mujeres. Sí, creyó haber encontrado la idea que andaba buscando, y supo qué llamadas telefónicas haría al día siguiente. Ahora era imprescindible dormir, dejarse llevar por el cansancio que sentía, olvidarse de los pasos caminados y dejar en el aire los que seguirían después.

Nourissier se sentía mareado, asqueado. Nunca había asistido a una escena tan atroz como la que su compañero había protagonizado momentos antes. Y, sin embargo, le había dejado hacer, sólo tibiamente había intentado detener su paliza al viejo. Sabía que Infante llevaba razón al decir que la expedición podría haber terminado allí si aquel hombre hubiera mencionado a los guardias su interés por la bandolera, pero ¿eran necesarios los golpes? Se sentía como si hubiera abandonado el mundo normal, la cotidianeidad de una vida juiciosa, como si hubiera despertado en un paraje de sueño en el que no regían los mismos valores, las mismas reglas de civilización. Bien estaba como estaba. Él, que tantas veces enseñaba a sus pacientes a luchar contra la culpa, debía ahora aplicarse la teoría a sí mismo. Lamentó haberse negado a dejar a su alcance una de las botellas que su compañero había comprado, un trago le hubiera venido bien. Observó su cuarto. Se le antojó la celda de un monje. Alguna vez a lo largo de su vida había pensado en retirarse a un sitio así: parco en decoración, exento de comodidades, alejado del mundo. Se sintió más tranquilo. Fue a lavarse la cara con agua fría en la pileta que había en un rincón. Sacó el papel de carta que había traído consigo. Escribió:

«Querida Evelyne: tal y como siempre te digo en nuestras breves conversaciones telefónicas, estoy muy bien y no debes preocuparte por nada. Eso es lo principal. Por otra parte, quiero transmitirte mis impresiones sobre la estancia en este lugar. Creo que se trata de una experiencia única que nunca más se repetirá por muchos y muy desusados que sean a partir de ahora mis viajes. Ésta es una tierra extraña, salvaje, despoblada y bella. No pienses en la belleza de un paisaje convencional. Aquí abundan las rocas, la sequedad, la vegetación de monte bajo, los olivos centenarios y los algarrobos, que son muy bonitos y recuerdan a un árbol oriental. La gente también es extraña: desconfiada y hosca al principio, pero amable y hospitalaria después. Hay que considerar lo mucho que han sufrido durante la guerra, que ha sido incluso más terrible de lo que desde fuera podemos apreciar. Te parecerá mentira pero, después del tiempo transcurrido, es como si esa guerra no hubiera acabado aún, como si persistiera de un modo larvado y violento. Hay en el ambiente inquietud, odio, suspicacias, aunque lo que prevalece sobre todas las cosas es el miedo: a hablar, a relacionarse, incluso a pensar.

»Veo el objetivo de mi viaje lejano aún. Sin embargo, al entrar en contacto con el lugar, he ido ya comprendiendo cosas sobre la psicología de esa mujer. Tengo la sensación de que todos estos esfuerzos no serán baldíos. Te agradezco y te agradeceré que seas tan comprensiva con mi trabajo, aunque éste nos prive a los dos de la maravillosa convivencia en nuestro hogar. Sé que mi idea, que a los demás puede parecerles locura, es a tus ojos un avance en mi carrera profesional. No muchas mujeres llegarían a aceptar el sacrificio de la ausencia de sus maridos como lo haces tú. Sin embargo, el tiempo pasa rápido y tres meses, quizá menos, pronto habrán transcurrido.

»Pienso en ti y en nuestras niñas; echo de menos su olor a colonia cuando por las noches llevan su pijama, listas para dormir. También echo de menos estar contigo y besar tus dulces ojos cerrados, mi amor».

Teresot, Teresot, ¿qué tienes entre las piernas, Teresot?, ¿quién te ha hecho ese vestido viejo, esa falda larga y negra que te llega hasta los pies?, ¿de dónde te han sacado, Teresot, del cubo de la basura, de debajo de una piedra, de la tierra del cementerio, de dónde ha salido una niña como tú?

Al principio yo misma tenía curiosidad y me miraba ahí. Si mi madre me veía me reñía. «¡Eso no se hace! ¡Eres una niña y basta, a ver qué vas a ser!» Mis hermanas me lo decían peor: «¡Cochina, cochina, si te encontramos mirándote ahí se lo diremos a la madre y te molerá a palos, te moleremos nosotras también! ¡Te mataremos a palos, ya te lo puedes creer! ¡Te mataremos, Teresa, te mataremos!».

Teresa, Teresota, Teresot. ¿Cómo te llamas? Teresa Pla Meseguer, para servir a Dios y a usted. Teresot, Teresot. Teresot salta las vallas como un chico, corre como un chico, se sube a los árboles como un chico. Con Teresot me quedé, pero no me importaba, tenía la fuerza que no tenían las otras niñas, ninguna se atrevía a pegarme como me pegaban mis hermanas porque les devolvía los golpes y las tumbaba, las hacía llorar. Iba a lo mío, nadie podía decirme que no corriera por el campo, hasta descalza por las piedras en verano. Nadie vigilaba que no saltara las vallas con los dos pies a la vez, que no persiguiera a las ovejas y las hiciera balar del susto. Era mi manera de jugar y lo pasaba muy bien. Cuando estaba sola en el campo no era Teresa ni Teresot y lo pasaba muy bien. Las demás niñas nunca querían jugar conmigo, tenían miedo de mí. Yo les decía: «Venid, venid, que soy una chica como vosotras», pero no me hacían caso y corrían. A los chicos les arreaba. «Teresot, Teresot, ¿qué tienes entre las piernas? Enséñanoslo.» Y les arreaba, con tanta fuerza que al final me tenían miedo también. Les arreaba a todos como me arreaban a mí: bofetones, capones, pellizcos, patadas, codazos, zancadillas, puñetazos, reveses, guantazos, empujones, golpes donde fuera, donde cayera la mano o el pie. Había aprendido a pegar muy bien. Me enseñaron mis hermanas Antonia y Vicenta. Me pegaban. Yo era pequeña, pero me pegaban hasta que se les cansaban los brazos. Hacía que se enfadaran, me portaba mal, y aunque me portara bien, sólo verme ya se enfadaban. Éramos siete hermanos: Vicente, José, Joaquín, Antonia, Vicenta, Juan y yo. Sólo tres chicas, pero Antonia y Vicenta me pegaban como si yo no fuera otra chica, como si no fuera la pequeña, como si alguien les hubiera dicho que tenían que matarme a golpes. «Esta nena, ¡qué disgusto!, ni siquiera se sabe qué es, la gente habla, murmura. ¿De dónde ha salido, madre, por qué ha tenido que tocarnos a nosotros?» «¡A callar, es vuestra hermana y no hay más que decir!» Golpes y golpes y golpes. Al principio, lloraba; pero después me quedaba callada y me metía en algún rincón donde no me vieran. Por la noche no podía esconderme porque dormíamos todas las chicas en una cama y todos los chicos en el pajar. A veces, cuando en septiembre aún hacía buen tiempo, me iba al patio de atrás sin que me vieran y me echaba a dormir encima de los sacos de arpillera que estaban llenos del trigo que habíamos recogido. Me gustaba cómo olía y me gustaba estar sola allí y mirar al cielo con todas las estrellas que se veían tan claras. Hasta en invierno me salía al campo alguna vez, porque, total, en la casa también hacía frío. La masía de la Pallisa era una casa fría. La habían hecho mis padres y mis hermanos, entre todos con piedras y ladrillos. Teníamos algunos árboles y huerto.

Mi padre se murió cuando yo ya había cumplido los tres años. Le cayó encima una pared. Había llovido y le cayeron encima las piedras, y la tierra. Mi hermana María Antonia era la que tenía que cuidarme, pero como ya les he dicho yo me portaba mal y ella me pegaba. Luego se murió. También se murió José, el pobrecito, que yo lloré mucho porque era el que me quería a mí y me llamaba «rabo de lagartija» y «cabra del monte» y muchas cosas cariñosas así. Juan... Juan se lo cuento después. Pónganme un poco más de coñac, sólo un poco. De la familia de mi hermano Vicente no queda nadie vivo. Juan se pasó a Francia años más tarde y yo siempre quería marcharme con él. Francia es el sitio del mundo donde más me gustaría estar. He llegado cerca, pero si no llevas los papeles en regla no te dejan trabajar allí. Algún día me iré a Francia y entonces tendré de todo y nadie me perseguirá más. Volveré a vivir en una casa y a dormir en una cama. Aunque cada vez me importa menos después de tanto tiempo al aire. A lo mejor cuando vuelva a dormir en una cama echo de menos la piel de oveja para taparme, y ver la luna, y levantarme por la mañana y estar en el campo. Hago cosas que a veces hasta me dan ganas de reír. Cuando nieva, que aquí nieva mucho en invierno, me levanto y me lavo la cara con la nieve que ha caído por la noche. Está fría y me gusta.

Mi madre, la pobre, era buena mujer. Ignorante, como todos, que ninguno habíamos ido a la escuela y no sabíamos leer ni escribir. Muy poca gente sabía por estas tierras. En Vallibona iban pocos críos a la escuela. Los críos a donde íbamos era a trabajar, que en todas las familias había muchas bocas y todas comían. Mi madre, la pobre, cuando se quedó viuda, la hija más pequeña era yo y tenía tres años y, por encima de mí, los otros seis, bastante mayores que yo, como si ya no me esperaran. Al nacer, me inscribieron en el registro civil como mujer, porque ya desde el principio se dieron cuenta de que mis partes no eran normales y nadie sabía bien si era hombre o mujer. «Si es mujer no hará la mili. Si la ponemos como hombre la harán desnudarse para tallarla en el cuartel y se morirá de vergüenza de que la vean los demás, todos le dirán cosas.» Pensaba en mí, mi pobre madre, se preocupaba por lo que me pudiera pasar. Luego, Francisco, cuando estábamos en el monte, una noche que yo le había hablado con confianza y le había contado esas cosas, me dijo que la familia hubiera tenido que llevarme al médico. Pero ¿qué médico, si no había dinero para pagarle? Todo se ve más fácil cuando ya ha pasado.

Mi madre se preocupaba por mí pero se quedó viuda con siete hijos de un hombre que era labrador. ¿Qué podía hacer? Se puso a trabajar en cosas que nadie en el pueblo quería. La tierra no daba nada, y la poca que teníamos la cultivaban mis hermanos. Así que mi madre encalaba casas para los demás, que se le daba muy bien. También lavaba la ropa blanca por dinero, en el lavadero municipal. Eso era lo peor porque en invierno, con el agua helada, se le ponían las manos tan hinchadas de los sabañones que no podía coger luego ni una taza, que se le caía al suelo. Pero nunca se quejaba, hasta estaba contenta porque siempre había mujeres de las casas más ricas que iban a buscarla para que les lavara las sábanas porque le quedaban muy blancas. No le faltaba el trabajo. Con eso y con lo que sacábamos del campo íbamos tirando. A veces había visto a mis hermanos pelearse por la comida y mi madre les reñía y les pegaba. Había para todos. Teníamos leche de oveja, lentejas, pan, nabos, coliflores, higos frescos, manzanas y hasta palosantos en la época. Yo aún me acuerdo de lo bueno que estaba todo.

Teresot, Teresot, enséñame lo que tienes entre las piernas. Me pegaban y no les guardo rencor. Comprendo que cuidar de los críos es muy esclavo, encima si vas cansada de trabajar. Y yo no era una niña graciosa y guapa. Era grande, renegrida del sol, con las piernas como las de un chico, y saltaba las vallas de piedra y me subía a los árboles y luego me tiraba de arriba abajo y me hacía cardenales en las rodillas y arañazos por todas partes, que siempre iba señalada y con las faldas negras rotas.

La masía la construyeron entre todos cuando yo no había nacido aún. Me imagino que a mis padres no les gustó que naciera como nací. ¡Ojalá mi padre se hubiera muerto antes!, pensaba cuando ya tenía nueve o diez años. Pero no era que yo quisiera que se muriese por maldad, lo que quería es que no me hubiera conocido. ¡Ojalá mi padre no me hubiera conocido!, eso es lo que pensaba de verdad. Nunca me acordé de la cara de mi padre, y eso que hubiera podido acordarme de algo porque ya tenía tres años cuando se mató, pero no me acordaba. Aun así, pensaba que hubiera sido mejor que no me hubiese visto nunca. Pero claro que me vio, pobre hombre, y debía de darle mucha vergüenza. Porque las madres toman más a los hijos tal como son, pero los padres sienten vergüenza por los que no son como deben ser y están mal formados. Aunque al final da lo mismo, porque después de toda la vida trabajando, y de hacerse la casa piedra a piedra, y del calor en verano y el frío en invierno, que aquí hace mucho, de tener una mujer y siete hijos y casi nada suyo en el mundo, se le cayó una pared encima y lo aplastó. Ya no respiró nunca más. Cosas de la vida de los pobres.

Mi madre, que ya se le veían las manos deshechas del agua fría y la cal, veía que mis hermanas no me dejaban nunca tranquila y quiso que ya no me pegaran nunca más. Se fue al *mas* d'en Tena, que eran muy buena gente, y les pidió que se quedaran conmigo. «Os quiero pedir un favor: que cojáis una temporada a Teresa en vuestra casa porque, si no, esas chiquillas me la matarán, que me la tienen llena de moraduras.» Así lo dijo porque así me lo contaron los del *mas* d'en Tena tiempo más tarde. Ya ven cuánto me quería mi madre y cuánto se preocupaba por mí. Le dijeron que sí y allá que fui yo.

Al principio, yo cuidaba a los críos pequeños del *mas* d'en Tena. Si el más pequeño lloraba me lo llevaba por los bancales y por el campo y enseguida se callaba. No recuerdo qué debía contarle, qué debía decirle para que se consolara tan pronto. Yo tenía por los diez años, así que vaya usted a saber lo que le decía a aquel crío. Se llamaba Diego, me quería mucho. Yo tenía paciencia con él porque en el fondo también era una cría. Nadie pasaba las horas muertas con él y yo sí las pasaba. Me parece que recuerdo cosas sueltas: le enseñaba saltamontes, le cogía bellotas y bolas de ciprés para jugar como canicas... En la familia del *mas* estaban contentos conmigo. Me ganaba todo lo que me comía. A veces se habían encontrado conmigo años después y aún me lo decían: «Tenías una mano especial para las criaturas». ¡Qué cosas tan extrañas hace la vida, yo que no podía tener hijos! La vida nadie puede entenderla, es la que te toca y no puedes cambiarla. Las cosas que te pasan te vienen sin pensarlas la mayor parte de las veces. Luego si alguien te pregunta por qué han pasado, no lo sabes y tampoco puedes contestar.

Estuve bien en el *mas* d'en Tena. Al principio añoraba a mi madre, pero luego ya no. Además no estaban mis hermanas y nadie me pegaba. Cuando cumplí los once años los amos del *mas* me mandaron a la montaña a cuidar de las ovejas. Y ya fui una pastora durante un montón de tiempo, y siendo pastora fui siempre feliz.

El dato que consiguió era justo lo que necesitaban. De la lista de los médicos destinados a Castellot en los últimos tiempos, sólo uno se había significado a favor de la República, el doctor Federico Ramos, ahora desterrado en Catí. Desterrar a los médicos con antecedentes políticos a pueblos con los que no tuvieran ninguna relación ni vinculación emocional se consideraba una práctica corriente tras la guerra. Los médicos eran necesarios, y esa represalia permitía seguir contando con ellos al tiempo que se les castigaba. Nourissier asentía con gravedad ante las explicaciones de Infante. Sin embargo, había algo en aquel plan que le parecía demasiado circunstancial.

—¿Está usted seguro de que ese doctor habrá conocido a la familia de Francisco?

—No, no puedo estar seguro de eso; sólo puedo deducir que sea así.

—¿Cuántas probabilidades cree que hay de una a cien?

—Oiga, Nourissier, nunca le dije que esto fuera fácil. Si usted me veía capaz de sacar un conejo de la chistera, se equivocó. Hay que ir improvisando sobre el terreno, deduciendo, probando, usando la imaginación. De momento no puede quejarse de mis contactos.

—En absoluto, el primero corrió a ponernos en manos de la Guardia Civil.

—¿Pensaba que esto iba a ser un paseo campestre?

—Sé que no lo es, y si usted no tuviera una susceptibilidad fuera de lo común comprendería que lo único que pretendo es estar informado.

—Pues me pone nervioso con sus preguntas.

—Está bien, me quedaré callado. No pienso seguir discutiendo con usted.

No se dirigieron más la palabra. Cuando tomaron la furgoneta para ir a Catí sólo pronunciaron las mínimas fórmulas impuestas por la cortesía. A falta de dos kilómetros para llegar, Infante miró de reojo a su compañero, carraspeó y le hizo saber:

—Al encontrarnos con el médico deje que sea yo quien hable al principio. Luego, si el doctor Ramos acepta tener con nosotros una conversación sustanciosa, entre usted en acción. Cuéntele su proyecto, a qué se dedica en París. Apabúllelo con términos clínicos, cuanto más complicados, mejor, no quiero que desconfíe. Trátelo siempre como a un distinguido colega, aunque sea un simple médico rural.

—No pensaba hacer otra cosa.

—Ni yo esperaba menos de usted —respondió el periodista con retintín.

El pueblo era lo suficientemente pequeño como para que encontraran enseguida la consulta. Les abrió una mujer de cierta edad, les informó de que el doctor estaba visitando a sus pacientes. Infante le pasó una tarjeta de Nourissier, le dijo que regresarían más tarde.

Caminaron por el pueblo. La gente los miraba. Entraron en un bar, tomaron café. El español se hallaba sumido en uno de sus estados de aparente indiferencia.

—¿Cree que nos recibirá? —preguntó Nourissier, bastante más inquieto que él.

—No tengo ni idea. Aparte de sus ideas políticas, carecemos de información sobre el tipo de hombre que es. A favor está el aburrimiento que pueda sentir en este pueblo: nosotros representamos un cambio. En contra: el miedo, como siempre. Con sus antecedentes puede sentirse vigilado, o quizá lo está.

—Es demencial vigilar a un hombre que vive en medio de las montañas.

—De las montañas venía el peligro del maquis, recuérdelo.

Cuando volvieron al dispensario, al doctor aún le quedaban algunos enfermos por atender, pero ya sabía de la existencia de sus dos visitantes.

—El doctor Ramos dice que los recibirá. Pasen a la salita hasta que llegue.

Sentados en unos sencillos muebles de mimbre, pasaron el rato mirando los cuadros que adornaban la pared: reproducciones de los impresionistas franceses. Unas flores de trapo y un cenicero completaban escuetamente la decoración.

Apenas una hora más tarde entró Ramos con gran ímpetu, como si hubiera estado dándose mucha prisa por llegar. Les sorprendió a los dos. Tenía unos sesenta años, no era muy alto, de cuerpo rechoncho y pelo blanco cuidadosamente peinado hacia atrás. Sus ojos los observaban con viveza tras una gafas de fina montura dorada. El aspecto que presentaba les hubiera parecido corriente a no ser por su manera de vestir: americana de costoso *tweed*, elegante camisa blanca, pantalones impecables, corbata rayada y un par de zapatos cuya piel había sido lustrada hasta el destello. Semejante figurín, fácilmente imaginable en un restaurante de París o en una cafetería del Paseo de Gracia, resultaba sin embargo fuera de lugar en aquellas latitudes.

Federico Ramos no fue consciente de la sorpresa que había provocado quizá porque aún vivía embargado por la suya propia desde que recibió la tarjeta de presentación de un eminente médico francés. Seguía mirándolos a ambos con detenimiento como si fueran el fruto de una alucinación.

—¿Quién de los dos es Nourissier? —preguntó antes de saludar. Luego le estrechó la mano a su colega en estado de exaltada felicidad—. ¿De verdad es usted médico?

—Psiquiatra. Doy clases en la Sorbona y tengo mi consulta privada en París. Mi especialidad es la psicopatología.

—Increíble, maravilloso, genial... —iba Ramos desgranando adjetivos laudatorios como para sí mismo.

—Yo soy Carlos Infante, periodista de Barcelona.

Al hablar Infante, el médico pareció regresar al presente desde un sueño y le estrechó la mano con suma cordialidad.

—Señores, les confieso que en estos momentos no

tengo la más mínima idea de lo que haya podido traerles hasta mi humilde consultorio y solicitar mi presencia; pero, sea lo que sea, les ruego que me acompañen en mi cena. Juzgaré un honor contar con unos contertulios tan selectos como ustedes.

Infante, divertido por la retórica obsoleta de aquel hombre, se puso inmediatamente a su nivel:

—¡Pero querido doctor, no nos atrevemos a incomodarlo ni a irrumpir de esta manera en sus hábitos!

—¡Queda descartado que se nieguen! No pueden dejarme con la miel en los labios. Ya he dado orden de que nos preparen la cena y, mientras lo hacen, les invitaré a tomar un aperitivo en el bar del pueblo. Sé que no es un lugar digno de ustedes, pero es el único en Catí y, como decimos en España, quien da lo que tiene no está obligado a más. ¿Conocía usted ese dicho, doctor Nourissier?

—No lo conocía pero me gusta.

Siguió perorando en su florido y enfático estilo mientras se paseaban por las calles estrechas y se ponía el sol.

—Supongo que no están informados, así que les diré que este destino profesional es una especie de destierro para mí. No entraré en los motivos del mismo para no comprometerles, pero debo reconocer que mis castigadores lo hicieron bien: me mandaron a un lugar de la tierra que yo no hubiera escogido nunca para vivir. Echen una mirada a su alrededor y díganme si éste es un pueblo al que yo pueda adaptarme.

—Vemos cómo es el pueblo, pero no sabemos cómo es usted —replicó Infante arrancando una carcajada de su interlocutor.

—¡No voy a abrumarles con una descripción detallada de mi carácter! Sólo les confesaré que soy un hombre progresista en las costumbres e inquieto en lo cultural. Ya pueden imaginar que aquí me siento ahogado. Y como médico me siento ahogado también. Yo no soy un distinguido especialista como usted, doctor, pero tenía planes profesionales que ahora ya no podré cumplir. Aquí carezco de alicientes personales y científicos, de compañía inteligente; de modo que soy como una especie de muerto en vida.

Infante hacía esfuerzos por mantenerse serio, mientras que Nourissier empezaba a sentirse un poco desbordado por tanta verborrea. Se sentaron en la terraza del bar y tomaron un vermut viendo cómo anochecía. Ramos, feliz y exultante de nuevo tras su triste perorata, dio un suspiro aspirando el aire fresco pero agradable.

—¡Ah, señores!, la tranquilidad de un pueblo pequeño, el goce sensorial del buen clima y el bello paisaje son los únicos placeres de los que puedo disfrutar. Le he pedido a mi doméstica que se esmere con la cena. No es una gran cocinera, pero las materias primas son aquí de primera calidad, otra pequeña ventaja.

—No queremos ocasionarle molestias.

—¿Está bromeando, ilustre colega? Su visita es una ocasión única para salir del infame ostracismo al que me han condenado.

Infante seguía disfrutando en silencio de la afectación verbal de Ramos, del amaneramiento de sus gestos.

—Antes de la guerra yo vivía y ejercía en Madrid. Empecé siendo un pollo pera y luego fui concienciándome políticamente. Pero la toma de postura a favor de los más débiles no me apartó de lo mundanal. Me gustaba el teatro y la ópera, frecuentar a mis amistades, moverme en los círculos donde se practicaba el refinamiento más audaz. Y mírenme ahora, perdido en este pueblo de mala muerte.

—Tiene usted un aspecto excelente —lo piropeó Infante.

—Bueno, de tarde en tarde viajo a Barcelona, donde voy a ver algún estreno teatral, alguna película americana... Entonces aprovecho para comprarme un poco de ropa en la medida que me lo permite mi exiguo sueldo de médico rural. Ya sé que si anduviera por las calles del pueblo con hábito de franciscano daría exactamente igual, pero por lo menos vistiendo bien consigo conservar un cierto amor propio.

Nourissier no se perdía ni un gesto de Ramos, fascinado por haber encontrado un espécimen semejante en medio de las montañas. Infante, encantado, lo instaba a seguir hablando.

—Las carencias de este país tras la guerra son enormes, amigos míos, y se extienden a todos los órdenes de la vida: material, cultural, político, pero sobre todo moral. No sé cuál es el color de sus pensamientos, pero yo nunca he ocultado el mío: soy profundamente antifascista y anticlerical. La Iglesia es un lastre enorme para España, créanme.

Pasadas las diez de la noche, tras varias copas de vermut y cuando el pobre Nourissier se hallaba al borde del desfallecimiento y la borrachera, Ramos se puso en pie con aire ufano, pagó lo consumido y dijo en tono casi musical.

—¡Vamos allá! Espero que mi torpe asistenta haya conseguido cocinar algo comestible.

La casa era sencilla, sin ninguna diferencia con otras casas del pueblo. Entraron en un pequeño comedor que, sin embargo, sí se encontraba lleno de detalles especiales: pequeñas figuras de efebos diseminadas por todas partes, programas de ópera cuidadosamente enmarcados y antiguos grabados de anatomía humana con haces musculares presentados en vivo. En el centro estaba la mesa, irreprochablemente preparada como para un banquete nupcial: vajilla con filo dorado, mantel blanco, copas talladas y cubiertos de plata. Un candelabro con velas encendidas esparcía un delicado olor a cera. Ramos sonrió complacido cuando alabaron la belleza del conjunto. La llamada «doméstica» había guisado una especie de potaje de aspecto poco gastronómico pero sabor delicioso. En uno de los momentos en que ésta se ausentó después de servirles, Infante miró fijamente a los ojos de Ramos y, bajando la voz, le preguntó:

—¿Qué grado de confianza tiene con respecto a su doméstica? Hay algunos temas delicados que queríamos tratar con usted.

El médico, dejando escapar de sus ojos vivos un destello de curiosidad, respondió en un susurro:

—Mejor cuando se haya marchado.

A partir de aquel momento, acicateado por el ansia de saber, el anfitrión imprimió a los platos restantes un ritmo mucho más rápido. Cuando la asistenta apenas había depositado sobre la mesa postre y café, su jefe se volvió hacia ella:

—Puedes irte, María Cinta. Ya recogerás todo mañana.

Hasta que no se oyó el ruido de la puerta de la calle cerrándose, Ramos mantuvo un dedo sobre los labios en señal de silencio. Luego dijo con solemnidad:

—No se sorprendan por tanta prudencia; vivimos tiempos aún enrarecidos y la discreción es siempre aconsejable.

—Con su discreción contamos.

—Tienen mi palabra de honor, si eso les basta...

—Vamos a necesitar también su complicidad. El doctor Nourissier le explicará el proyecto científico que le ha traído hasta aquí y en el que usted tiene un destacado papel.

El psiquiatra, que había sumado a los vermuts el vino generosamente servido durante la cena, se libró de los efluvios del alcohol con un verdadero esfuerzo de voluntad. Poco a poco y utilizando abundante jerga médica, tal y como Infante le había pedido, fue desgranando todos sus planes. Si alguien hubiera estado atento a las expresiones cambiantes en el rostro del doctor Ramos, hubiera podido darse cuenta de qué intensos y diversos eran sus estados de ánimo al escuchar. Pasó de la curiosidad al interés, del pasmo a la comprensión, de la fascinación a la gravedad. Al conocer finalmente la totalidad de los detalles, se desembarazó de sus gafas, pasándose las palmas de las manos por la cara en un ademán desesperado. Después de un silencio profundo, tomó la palabra y ninguno de sus dos interlocutores pudo reconocer al hombre con el que habían cenado. Todo lo que momentos antes había sido ligereza, desenfado y frivolidad, se convirtió de pronto en seriedad, que tomó cuerpo en forma de un discurso atormentado:

—La Pastora, ¡cuántas veces he pensado en esa mujer!, ¡hasta veintinueve asesinatos se le atribuyen! No sería capaz de decir que todos ellos sean ciertos, pero tampoco que las historias que se cuentan sobre ella no tengan un gran porcentaje de verdad. En esta guerra y posguerra se han cometido muchas atrocidades por ambos bandos. Repito: por ambos bandos. Sin embargo, por muchas barbaridades que haya hecho, nunca he acabado de creer en la perfidia total de esa mujer. Yo más bien la veo como una especie de víctima social. Vivió en la pobreza, en la más absoluta incultura y soledad. Su sexo dudoso debió de reportarle toda clase de burlas y escarnios... No soy capaz de figurarme qué tipo de personalidad puede haber desarrollado con una biografía semejante.

—Doctor Ramos, ¿usted llegó a conocer a la familia del maquis Francisco? —preguntó Infante.

—Sí, los conocí cuando estuve en Castellot. Aquellas pobres mujeres... habían sufrido lo indecible, y supongo que seguirán sufriendo aún. Hice cuanto pude para ayudarlas, pero no se me permitió ir más allá. Es una familia políticamente estigmatizada.

—Pensamos que, hablando con ellas, quizá podamos seguir la huella de La Pastora. Francisco fue su último compañero, estaban juntos cuando él murió.

—Pierden el tiempo. No querrán decirles ni una palabra, ni siquiera los recibirán. Son gente muy baqueteada, se han ensañado con ellos, han recibido todos los golpes del mundo. Ahora supongo que el miedo será su único consejero.

Infante lo tanteó con temor a una reacción negativa:

—Nosotros hemos pensado que, quizá yendo acompañados por usted..., si es cierto que le conocen, que intentó ayudarles..., estamos convencidos de que usted sería la llave de esa puerta.

—Olvídense, es demasiado arriesgado y la posibilidad de éxito que tendríamos, muy pequeña. No creo que sea una buena idea.

El periodista volvió a la carga en unos términos que a él mismo le sorprendió utilizar:

—Apelamos a su conciencia republicana.

—La ideología republicana es actualmente una entelequia. Nunca habrá una república en España, hemos perdido la batalla, soy muy consciente de ello. Los guerrilleros del maquis eran ya una esperanza sin fundamento, pero ahora ni ésa nos queda. No, ¡basta de idealismos, hay que pensar en sobrevivir como única meta!

Nourissier intervino en tono conciliador, con su voz profunda y serena.

—Doctor Ramos, usted y yo somos médicos, nuestra labor es intentar que el sufrimiento humano desaparezca del mundo. Ésa sí es una aspiración idealista inalcanzable y, sin embargo, seguimos empeñándonos en hacerla realidad, no desfallecemos en nuestros intentos. Estoy convencido de que La

Pastora posee un perfil psicopatológico claro que debo estudiar. Sólo así lograré que otras personas en sus circunstancias puedan ser tratadas de modo adecuado, tengan posibilidad de curarse. Como colega le pido su inestimable cooperación.

Ramos miró al suelo, guardó silencio durante un eterno minuto. Luego, preguntó:

—¿Y cómo se realizaría esa entrevista para que no resultara demasiado sospechosa?

—Tendríamos que proponer a esas mujeres varias posibilidades, y la que a ellas les parezca más segura...

—Está bien, iré con ustedes a Castellot. Me doy cuenta de que mi presencia puede ser necesaria estratégicamente. Nunca he tenido miedo y no veo la razón para empezar a tenerlo ahora. Observarán que ni siquiera les he preguntado quién les ha encaminado hasta mí, no es necesario saberlo. Alzo mi copa. Brindemos por las buenas causas.

Brindaron una vez y otra más, charlaron, comieron dulces típicos de la zona y fumaron a placer. El tiempo pasó tan deprisa que, cuando se decidieron a marcharse, eran ya las tres de la mañana. Concertaron el viaje a Castellot para dos días más tarde. Luego, se despidieron entre grandes muestras de amistad.

De regreso, conducía Nourissier. Infante silbaba despreocupadamente a su lado.

—Lo ha hecho usted muy bien, doctor. A mí no se me hubiera ocurrido toda esa historia del idealismo médico y los seres sufrientes.

—Ha sido fácil, porque lo que he dicho lo pienso de verdad.

—Me lo imaginaba. Ése es el problema que existe entre usted y yo. Usted actúa por convicción mientras que yo..., yo hago las cosas de modo rutinario: vivir por vivir.

El francés no respondió. Siguieron en silencio un rato. Infante lo rompió de nuevo:

—Tenemos otro problema.

—¿Cuál?

—La pensión estará cerrada a estas horas y no he pedido una llave. No pensé que llegaríamos tan tarde.

—Habrá algún timbre al que podamos llamar.

—Yo no me arriesgaría, nos puede llover una bronca en toda regla.

—¿Y dónde dormiremos?

—A usted le interesa hacerse una idea cabal de cómo vive La Pastora; y creo que esta noche tiene una gran oportunidad.

Se instalaron en el campo, cerca del pueblo, sobre un claro en la hierba libre de zarzas. Ninguno de los dos había dormido antes al raso. Se tendieron como buenamente pudieron, tapándose con sus pellizas. La noche era apacible, el cielo estaba estrellado. Infante dijo desde su embozo:

—Así habrá dormido La Pastora muchas noches de su vida. Quizá en este momento se encuentre bajo este mismo cielo, viendo lo que nosotros vemos.

—No sé si eso me consuela demasiado, el suelo está muy duro —respondió Nourissier, burlón. Rieron.

—En el fondo envidio a esa mujer, Lucien.

—¿La envidia?

—Aunque esté acosada y se vea obligada a vivir como una alimaña, es libre por completo.

—¿Y nosotros no lo somos, Carlos?

—Puede que usted lo sea, pero yo no me siento libre. Siempre hay algo en mi cabeza que me impide volar, iniciar una nueva vida. Me pesan los recuerdos desagradables, lo que hubiera podido ser y no ha sido.

—Como por ejemplo...

—¡Qué sé yo!, por ejemplo, las maravillosas novelas que un día pensé que escribiría y ahora sé que nunca escribiré.

—¿Quería ser escritor? ¡Pero aún está a tiempo si es eso lo que desea!

—No, ya no. Soy consciente de que me falta paz mental y, sobre todo, talento.

—¡Estoy seguro de que tiene talento! El artículo que yo leí demuestra...

—Dejémoslo, no le he contado eso para que me regale una sesión de terapia. Además, ¿a quién le importa que un tipo sin aptitudes escriba o deje de escribir? Ni siquiera a mí me quita el sueño. Ahora le toca a usted: cuénteme algo que le impida ser completamente feliz en esta hermosa noche estrellada.

El psiquiatra se quedó callado. Al cabo de un momento suspiró:

—Muchas veces pienso en Yvette.

—¿Quién es Yvette?

—Un amor de juventud. No me malinterprete: estoy muy enamorado de mi mujer. Con ella la vida es maravillosa, me ha dado dos hijas increíbles y no hay nada que nos distancie. Pero Yvette es la primera muchacha, casi una niña, a quien amé.

—¿No le correspondía?

—Al principio, sí; luego me dejó por uno de mis amigos. Usted dirá que soy un estúpido recordando esa bobada, pero no es el amor frustrado lo que me llena de nostalgia. Lo que me entristece es rememorar la inocencia que ambos teníamos entonces, la hoja en blanco que constituía nuestra vida, la novedad de nuestros delicados sentimientos, la ignorancia de la maldad, la fe ilimitada en el porvenir. Todo eso no volverá nunca.

Se levantó un viento fuerte y fresco, anuncio del próximo amanecer, que arrastraba partículas de tierra y las hacía chocar contra las rocas, provocando un rumor perceptible en aquel silencio. Infante no respondió, se quedó escuchando las ramas de los árboles, que emitían murmullos acariciadores. Miró al francés, se había dormido ya. Era un hombre muy afortunado, el tal Nourissier, su historia y la de su país le permitían preocuparse por cosas como la pureza de la juventud, la añoranza del primer amor, las ilusiones perdidas. Un hombre afortunado, sí.

Me acostumbré a dormir al raso en las noches calientes. No volvía al *mas*. Prefería pasar la noche debajo de unas matas. Me preguntaban si no tenía miedo. Miedo, ¿de qué? Los dos perros hubieran avisado de acercarse alguien. Miedo de los fantasmas, decían los críos del *mas*. Fantasmas no hay. Yo ya sabía entonces que sólo hay lo que vemos. Las ovejas me hacían compañía, también. Eran mucho mejores que los niños del pueblo. No me decían nada ni se quedaban mirándome como si yo fuera un monstruo o un demonio. Esos críos que se reían de mi falda larga y negra ya no lo hacían más, y si los veía de vez en cuando se apartaban de mí. «Hueles a oveja —me dijo uno—. Estás con los fantasmas en el monte.» No sabían nada. Olían peor que yo. Yo olía a romero y tomillo porque me los frotaba por la cara y las manos, para oler bien.

Conocía a todos los corderos, uno a uno, a todos. Cuando paría una hembra yo estaba con ella, y le daba hierba fresca y agua después. Me gustaba cómo los corderillos se ponían de pie, cómo daban unos pasos cayéndose. Me reía sola, allá en el monte, como una tonta. Los animales estaban suaves cuando los tocabas, daban calor. Se me pegaban a las piernas buscando cariño y que los acariciara. Me conocían la voz y yo las suyas también. Con el tiempo aprendí mucho. Venían a buscarme de muchos *mases*. Se mezclaban las ovejas de un rebaño con las de otro y como no iban marcadas no sabían de quién era cada una. Venían a pedirme que las reconociera. Yo no me hacía de rogar, allá que iba. Sabía de los ganados de los demás porque los domingos me iba a ver todos los de la zona. Me interesaba saber dónde había mejores ejemplares para poder cruzar los morruecos con las ovejas, y así ir cambiando y sacar un buen ganado. ¡Vaya si reconocía a los corderos, por el carácter los reconocía! Si eran cabras lo sabía por la mirada. Decía: éste tiene la mirada de su madre que es aquélla. A uno que no entienda de ganado todas las ovejas y todos los cabritos le parecen iguales. A mí, no.

A veces alguna madre no quería a la cría y la dejaba de lado. Entonces yo la ataba, cogía al corderito y se lo frotaba bien frotado por el culo y las tetas de la madre para que cogiera bien su olor y entonces ya lo quería otra vez y lo amamantaba.

A los quince o dieciséis años ya tenía una fuerza como cinco hombres juntos, y no les exagero, pregunten por ahí. Nunca he sido gordo y entonces era una chiquita delgada y muy alta, como un palo. A veces había que cargarse una oveja de las grandes al hombro. Yo me cargaba de un solo golpe una oveja que llegaba a pesar medio *cafís*. Para que lo entiendan ustedes que son de fuera les explico que doce barcellas hacen un *cafís* y que cada barcella pesa doce o catorce kilos. O sea que me echaba encima una oveja viva de ochenta kilos. Primero la acostaba panza arriba, luego la cogía entre la barriga y las patas de atrás y ¡zas!, de un golpe para arriba, a la espalda. También había venido gente de otros *mases* para ver cómo lo hacía, porque muchos hombres jóvenes y no tan jóvenes siempre fallaban si lo intentaban y que lo hiciera una muchacha llamaba mucho la atención.

Tenía doce días libres al año, normalmente los domingos, un día libre cada mes. ¡Me gustaban tanto esos días! Me iba a ver otros ganados como les he dicho, corría por el campo, tallaba madera con una navajita, le hacía juguetes a Diego, que estaba loco por venirse conmigo, aunque yo siempre no me lo llevaba. Me tumbaba encima de la hierba si hacía sol y si estaba en un monte bajo me lanzaba rodando hasta que llegaba al pie. Le pedía al del bar que me diera una lata de sardinas vacía y me la llevaba al monte, la ponía en una roca y jugaba a acertarle con piedras. Se me puso muy buena puntería haciendo eso.

También los domingos los del *mas* d'en Tena me daban una onza de chocolate granulado. Como no quería gastarla de un golpe iba mordiéndola muy poco a poco hasta que a veces se me deshacía en la mano y me la tenía que chupar. Los días normales me llevaba la comida al monte: tocino, pan, olivas, arroz, dos tomates con ajo restregado..., no me acuerdo de más. Sí me acuerdo de que a veces prendía fuego y me guisaba algo: verdura, algún nabo con coles... En la montaña, de pastora, nunca pasé hambre, si acaso un poco de frío en invierno, y no siempre.

Teresot, Teresot, ¿qué tienes entre las piernas, Teresot? Cuando iba al pueblo y la emprendían otra vez con esa historia, ahora era muy diferente. Corría detrás del que se burlaba y si lo cogía le daba una buena tunda. Empezaron a respetarme porque pegaba fuerte. En el monte con el rebaño se me había hecho un cuerpo duro como una piedra. Me tenían miedo, y me lo tenían por dos cosas: una, porque les arreaba y podía hacerles daño de verdad si me daba la gana. Dos, porque como iba tan poco por el pueblo y sabían que estaba tanto tiempo sola en el monte, no sabían cómo me habría vuelto ni qué tenía dentro de la cabeza. Hablaba poco, siempre he hablado muy poco. No tenía nada que decir. ¿Qué iba a decirles, que las ovejas y los perros me hacían buena compañía, que me gustaba dormir al aire libre y mirar el cielo? Me hubieran tomado por loca. Con Diego sí hablaba. Me quería tanto que cuando me veía bajar del monte ya se ponía a correr para venir a abrazarme. Aunque el crío también se iba haciendo mayor no dejaba de querer estar conmigo. Me preguntaba cosas y yo se las enseñaba. Le enseñaba lo que sabía, pero no todo. Teresa, ¿tú cómo sabes cuándo lloverá? Tienes que mirar dónde están las nubes y de dónde viene el viento. ¿Teresa, cómo has sabido que el gato era una hembra sin tocarlo? Si tiene el pelo de tres colores es una gata. Siempre andaba detrás de mí, el pobre crío, y yo siempre le contestaba y tenía paciencia con él. Era listo y no se le olvidaban las cosas que le iba enseñando. Cuando ya se hizo mayorcito a veces se venía conmigo a la montaña, pero su madre me decía que no le enseñara las cosas del rebaño, porque no quería que se hiciera pastor. Se quedaría en el *mas* trabajando, podía aspirar a algo más que a cuidar el ganado.

Todo lo que aprendí sobre los animales, a la tumba me lo llevaré. No sabía leer ni escribir, pero de los bichos conocía más que nadie y eso lo sabía todo el mundo igual que lo sabía yo.

El viaje a Castellot resultó entretenido. Ramos ocupaba el asiento trasero. Desde allí fluía el penetrante aroma del perfume con el que se había rociado y también las explicaciones que iba brindándoles sobre los lugares por los que pasaban. Se dieron cuenta de que era un hombre muy imaginativo, ya que, en su boca, los campos y los pueblos se convertían en parajes misteriosos, y la gente que los habitaba, en un arcano difícil de desentrañar. Tanto era así que Infante llegó a preguntarse si aquél era el hombre ideal para servir de intermediario con la familia de Francisco. ¿Se atendría juiciosamente a los aspectos prácticos de la realidad, o fantasearía, complicando la situación más que propiciándola? En cualquier caso, por poco prototípico que fuera como médico rural, no contaban con otra solución. También era posible que se mostrara tan ajeno a aquellos lugares para marcar las distancias entre él y los lugareños: ésta es una sociedad atrasada y pobre, mientras que yo soy un hombre de mundo. Confiaba en que fuera así. Por el silencio preocupado que guardaba Nourissier coligió que estaba cercano a sus propios pensamientos. Sin embargo, Ramos llevaba mucho tiempo viviendo en aquellas tierras y, forzosamente, debía de conocer la psicología de los habitantes.

Habían decidido que sería el propio Ramos, sin otra compañía, quien se acercaría hasta la casa de Francisco. Una vez allí, le expondría la situación a la familia e intentaría convencer a alguno de sus miembros para que fuera a entrevistarse con Infante y Nourissier. Hecho esto, su cometido habría finalizado, si bien se quedaría durante la conversación para infundir confianza con su presencia a la persona en cuestión.

Cuando lo vieron alejarse de la furgoneta con su aspecto algo chusco de trasnochado galán, les invadió a ambos una oleada de desánimo.

—No sé qué haría usted, Lucien, pero si yo viera a alguien como Ramos aproximarse a mi casa materializado desde la nada, creo que echaría a correr.

—Yo pondría mi mejor champán a enfriar.

Rieron la ocurrencia, aunque ninguno de los dos tenía ganas de reír. Si fallaba el vínculo con el último hombre que había estado en compañía de La Pastora, perderían una importante oportunidad. Para disipar cualquier estado nervioso recogieron tomillo en un ramillete, fumaron un cigarrillo, se tumbaron para recibir el sol sobre la cara. Cada vez se dirigían menos la palabra, hasta que acabaron por no hablar. Al cabo de una hora, sus esperanzas se vinieron abajo: Ramos regresaba solo y cariacontecido. Cuando le faltaban tan sólo unos pasos para llegar, les hizo unas señales con las manos que no pudieron interpretar. Con el corazón en un puño le oyeron decir:

—Calma, señores, todo ha ido bien. La propia

viuda de Francisco hablará con ustedes. Nos espera en el campo donde trabaja. Cree que ya no la vigilan, pero si alguien la viera, dirá que hemos ido a comprarle un saco de almendras.

—¿Cómo lo ha conseguido?

—Me recordaban de mi época de médico aquí. Además, yo sé cómo hablar con las mujeres.

Subió al vehículo y, repitiendo las indicaciones que él acababa de recibir, los condujo a un campo de almendros no lejos de allí. Esperaron y, tras un corto lapso, llegó una mujer vestida de negro de la cabeza a los pies. Enjuta, con la cara surcada de arrugas y la boca desdentada, parecía más un trasgo que una viuda. Nourissier había visto muchas veces el sufrimiento reflejado en los ojos de los pacientes, pero el que emanaba de los de aquella mujer era muy distinto: no se generaba en terrores mentales ni enajenación, sino que traducía una gran indiferencia, un estado de apatía tras haber agotado todo el dolor, todas las esperanzas.

—¿Quién es el médico extranjero con el que tengo que hablar?

—Soy yo, señora; y le aseguro que todo lo que me diga será confidencial.

—Usted quiere que le cuente cosas de mi marido.

—Cuéntele un poco su historia, Matilde, tal y como pasó —tomó la palabra Ramos.

—De memoria me la sé toda, de tantas veces como la he pensado. El padre de mi marido se llamaba Isidro y, como era republicano, cuando acabó la guerra se hizo del maquis. Mi cuñado Miguel también se echó al monte con el maquis. Tuvo que irse porque se presentó la Guardia Civil para matarlo. Francisco al principio no era de los rojos ni de los nacionales; que luego sí se hizo rojo, pero como los hombres de la familia estaban en el maquis, lo metieron en la cárcel, primero en la de Castellot y luego en la de Zaragoza. Cuando lo soltaron se quedó en casa con nosotras, pero de vez en cuando venían a buscarlo, se lo llevaban al cuartelillo y allí le daban tantos palos que volvía medio muerto. Hasta que un día vinieron a buscarlo y había más guardias que nunca y él se dio cuenta de que esta vez venían a matarlo. Estaba regando el campo y ni pasó por la casa; tal y como iba se echó al monte también.

»Nos quedamos solas mi madre, mis hijos y yo. Se llevaron las fotos de todos los hombres de la familia y no me las han devuelto nunca más. Como les daba rabia que todos nuestros hombres estuvieran en el maquis, cuando les venía en gana aparecían los guardias y nos hacían de todo. Un día cogieron a mi hijo el pequeño, que iba en pañales y aún no andaba, y un guardia lo tiró por los aires. Cayó al suelo, lloraba, y a mí no me dejaban acercarme para recogerlo. Otro día que había nevado me sacaron a los cuatro críos de la cama donde estaban durmiendo y casi desnudos los pusieron al borde de la era y allí los tuvieron mucho rato para que se murieran de frío. Al cabo de un tiempo venían a por mí y se me llevaban a la cárcel de Zaragoza. Me preguntaban dónde estaba mi marido y yo les decía la verdad, que no lo sabía. Me pegaron todas las palizas que quisieron, me saltaron todos los dientes a puñetazos. Miren, no me queda ni uno. —Abrió la boca de par en par y les mostró una pavorosa caverna rojiza—. Tenía que fregar toda la cárcel arrodillada y con el agua helada. Un día se presentó en la cárcel para hacerme una visita mi hija Lidia, que tenía nueve años. Los guardias le dieron dos bofetadas y la echaron escaleras abajo. A las dos abuelas, mi madre y mi suegra, también se las llevaron al cuartelillo alguna vez, les pegaron y les dijeron barbaridades.

»El catorce de febrero del año cuarenta y seis, que siempre me acordaré, se presentan unos hombres del somatén y nos hacen salir del *mas* a toda la familia. Precintaron la casa. Luego le prendieron fuego y la casa se quemó con todas nuestras cosas dentro. Allí habían nacido todos mis hijos. Tuvimos que irnos a vivir al pueblo, a una casa pequeña donde no cabía mi madre, que tuvo que acogerla una hermana mía. Como nos quitaron la tierra, he tenido que ganarme la vida fregando escaleras y haciendo cuatro faenas en el campo. Mi hija Lidia con nueve años ya se metió a servir en las casas. No ganábamos ni para comer. Una amiga me regalaba un pan de cuando en cuando, pero a los demás vecinos les daba miedo ayudarnos por si les hacían algo. Parecíamos apestados.

»Cuando mi hijo pequeño cayó con el tifus pusieron un guardia civil en la puerta para que nadie pudiera traernos nada de comer. Dejaban pasar al médico, pero no recetaba nada porque no teníamos dinero para pagarle. El niño se murió. También se me murió el otro hijo varón porque tampoco podía pagarle al médico. Otro de tres años ya se había muerto de enfermedad cuando mi marido aún estaba en casa. A Francisco lo mataron en el asalto a la casa de los Nomen. Ni siquiera me dijeron dónde estaba enterrado. Muchos muertos, muchos. Y ahí se ha acabado la historia. No hay más.

Había hablado con voz monocorde y sin interrumpirse. Ninguno de aquellos acontecimientos espantosos había merecido por su parte una inflexión, una pausa, un momento de pasión, una lágrima. Muchos muertos. Una historia del pasado. No hay más.

Infante fumaba como un condenado, Nourissier tenía dificultad para tragar saliva. Sólo Ramos parecía haber salido más o menos indemne de aquella descarga de tragedia. Fue él quien inició el interrogatorio.

—¿Usted conoció a La Pastora, Matilde?

—Sí, claro que la conocí. Estaba con mi marido en el maquis, allí se encontraron. Luego desertaron y se fueron los dos juntos por ahí. Aquí habían venido alguna vez, cuando aún no andaban muy perseguidos. Mi marido quería vernos a todos, como es natural, y aunque se jugaba la vida, vino las veces que pudo. La Pastora lo acompañaba.

—¿Cómo era?

—Era un hombre cuando estuvo aquí. Mi marido le llamaba Pastora, pero yo le pregunté su nombre y él me dijo que se llamaba Florencio. Yo me reí y le dije que si era un hombre por qué le llamaban Pastora como si fuera una mujer. Entonces Francisco me riñó, y dijo que en el maquis se era lo que uno quería ser. A mí me daba igual lo que fuera, pero les aseguro que era un hombre entero y verdadero, no una mujer.

—¿Recuerda cómo se comportaba, qué carácter tenía?

—Era muy reservado, no hablaba casi nunca. Aquí no debía de gustarle venir por lo peligroso que era, claro, y se pasaba el tiempo diciéndole a mi marido que tenían que marcharse. Siempre iba armado, no se separaba de su fusil ni para hacer sus necesidades. Mientras estaban aquí, él vigilaba todo el tiempo los alrededores del *mas*. Mi marido decía que se sabía de memoria todos los montes, todos los caminos.

—¿Tenían ellos dos buena relación?

—Eran amigos, lo normal después de tantos años de ir solos por las montañas. Francisco me dijo que él le enseñó ideas políticas a La Pastora. Otro maquis que le llamaban Raúl y que mataron fue quien le enseñó a leer y escribir.

—¿Sabe usted qué es lo que ocurrió en el asalto de los Nomen?

—Que me mataron a mi marido, eso es lo único que sé. Y si la gente va contando cosas es porque se las inventa, que lo que pasara en aquella casa nadie lo vio.

—¿Sabe dónde se esconde ahora La Pastora?

Se quedó quieta y callada, los miró a los tres con cierta desconfianza.

—¿Para que les diga dónde está La Pastora es para lo que han venido aquí? ¿Y cómo quiere que yo lo sepa? ¿Qué puede saber una mujer como yo con todo lo que he padecido y qué puede importarme dónde se esconde nadie?

Ramos miró hacia Nourissier, le hizo un gesto con la cabeza:

—¿Quiere usted preguntarle algo más, doctor?

—Dígame, Matilde, ¿le pareció en algún momento que La Pastora lo pasaba mal, que sufría?

Su inexpresividad de máscara se resquebrajó un momento, miró a Nourissier con una enorme tristeza.

—Mi marido y el compañero eran hombres desesperados, doctor, no tenían adónde ir. El maquis ya no estaba en el monte y con la familia no podían volver. No tenían nada ni eran de nadie. Comían lo que robaban y dormían donde les pillaba la noche. Los animales estaban mejor que ellos, que siempre tienen un amo que los cuida y les da de comer. Erán hombres desesperados.

Bajó la vista y temieron que fuera a echarse a llorar, pero no lo hizo. Entonces Ramos sacó mil pesetas de su cartera y se las tendió a la viuda:

—Lléneme los bolsillos de almendras antes de irme. Todas las que quepan.

—No valen tanto.

—Para mí, sí.

—Nosotros también queremos almendras —dijo Nourissier añadiendo dos mil pesetas más a la mano del médico.

La mujer entró a una caseta de labranza y sacó un saco de almendras medio lleno. Empezó a verterlas a puñados en los bolsillos de los hombres. Cuando hubo acabado y los miró, las americanas abultadas y las caras satisfechas, se echó a reír tapándose la boca.

—Gracias —dijo muy bajo, y echó a andar sin despedirse. Vieron alejarse su triste figura, la falda moviéndose de un lado a otro, pendiendo de su cuerpo descarnado. Cuando la perdieron de vista, Ramos exclamó:

—Esta entrevista me ha cansado como si hubiera cargado al hombro quintales de almendras.

—Ha estado espléndido, querido colega. Nadie hubiera podido hacerlo mejor que usted. Ha demostrado conocer no sólo el pensamiento de estas gentes, sino la psicología humana en general. Le felicito y le muestro mi respeto y admiración.

—¡Caramba, doctor Nourissier, me halaga!

—¿Van a pasar mucho rato más lanzándose flores versallescas? —preguntó Infante al borde de la indignación—. A mí me duele el estómago después de lo que hemos oído y quisiera salir cuanto antes de aquí.

Nourissier lo miró con sorpresa, pero Ramos no se inmutó:

—Ha sido ciertamente un testimonio demoledor.

—Terrible —masculló el francés.

Subieron a la furgoneta e iniciaron el regreso. Ramos dijo:

—Como previsión de tristezas he traído mi petaca llena de buen coñac. ¿Les apetece un traguito?

Infante casi arrebató el pequeño recipiente metálico de las manos del médico. Bebió un trago largo e intenso. A lo largo del viaje, el coñac se acabó. Al llegar a Catí dejaron a Ramos en su casa.

—Llámenme de vez en cuando por si he podido averiguar discretamente algún dato sobre el paradero de La Pastora. Yo no sabré dónde encontrarles.

El silencio se hizo más denso al quedar los dos solos. Al cabo de un rato, Infante, desinhibido gracias al coñac, se volvió hacia el conductor con una sonrisa amarga:

—¿Ya está usted contento, amigo Lucien? ¿Cree que la ciencia adelantará mucho gracias a que usted se haya enterado de cómo han torturado durante años a una familia de desharrapados?

El psiquiatra tardó en contestar; lo hizo al fin procurando que su tono fuera neutro y su fraseo lento.

—Por supuesto, lo que acabamos de oír ha sido interesante para mis estudios. Ahora sé que esa mujer, hombre o lo que quiera que sea, ha vivido sumergida en el sufrimiento propio y ajeno como un microorganismo en una solución de laboratorio.

—¡Váyase al infierno, Nourissier! ¡Eso ya hubiera podido decírselo yo sin necesidad de toda esta comedia! Hubiéramos podido evitarnos al cursi de Ramos, a esa vieja desdentada.

—¡Cállese! Usted no tiene derecho a hablar así; ha sido capaz de golpear a un anciano y está en esto sólo por dinero. No creo que deba dar lecciones de moral a nadie.

—Lleva razón —murmuró el periodista serenándose de pronto.

Apenas se desearon buenas noches y cada uno se dirigió a su habitación. Infante, en cuanto cruzó el umbral de la habitación, fue derecho a sus provisiones de bebida. Se sirvió un buen vaso de whisky y luego se tumbó sobre la cama. «Debo de estar volviéndome loco —pensó—, me he dejado llevar por la emotividad. ¿Desde cuándo me afecta el dolor de los demás? Es muy triste que la mujer de Francisco haya sufrido todo tipo de vejaciones. Es lamentable que en la guerra muriera tanta gente. España es un país fratricida. De acuerdo, lo repetiré como una letanía cada noche antes de acostarme, pero ésa es toda la penitencia que pienso hacer, no me corresponde más. Allá se las compongan los idealistas, los santos y los mártires, yo no soy uno de ellos. Y si bien se analiza, tampoco es mejor que yo el jodido Nourissier. Todos vamos buscando algo: yo el dinero, pero él sólo quiere sacarle todos los datos que pueda a todo el mundo. ¿Y Ramos? Ramos busca un halago a su vanidad, por pequeño y breve que sea. Todos somos mezquinos, y yo no soy el peor.»

Se sirvió otro trago, bebiéndolo de un golpe. Estaba cansado, mareado y de un humor infernal. Apagó la luz y se durmió completamente vestido.

Entretanto, Nourissier se quitó el abrigo, los zapatos. Echó una mirada lenta por su dormitorio, pero el aspecto monacal del mismo no logró aportarle esta vez ningún consuelo. Sentía una soledad y un abatimiento nuevos para él a causa de su intensidad. «Infante lleva razón —se dijo—, escarbamos sin miramiento en el dolor de esa gente y les damos una propina como miserable compensación. Es como si tuviéramos la sensibilidad adormecida, o quizá muerta.» Él conocía las atrocidades de la guerra, pero aquellos testimonios las personalizaban y las ponían a flor de piel. Dolor, maldad, destrucción. El ser humano nunca sale de la rueda infernal que mueve el odio. Pensó en sus niñas, en su querida familia, pero mientras que esa imagen siempre le reconfortaba, en ese momento le pareció turbadora. ¿Por qué había traído hijos a un mundo terrible donde no existía la piedad ni el sosiego? ¿Qué episodios estremecedores verían esas criaturas en el futuro, cuál sería la cuota de padecimientos que la vida les tendría reservada como testigos o protagonistas?

Se vio a sí mismo en medio de la habitación, paralizado por la tristeza. Debía reaccionar, hacer un esfuerzo de racionalización, su sistema habitual para seguir en la brecha. Finalmente, su contribución a la mejora del mundo era el estudio, el ejercicio de la psiquiatría, y en eso se centraría una vez más.

Tomó uno de sus cuadernos, escribió:

«Un testimonio muy directo señala que, en los últimos tiempos, la sujeto era un hombre. En ningún momento la persona que hablaba ha dicho "iba vestida de hombre", por lo que su aspecto masculino debía ser muy convincente. Su compañero de andanzas dice que "en el maquis cada uno puede ser lo que quiera". Esta frase nos indica a las claras que ser hombre era un acto voluntario para La Pastora y no una imposición o un engaño para ser aceptada en la organización del maquis. Eso nos lleva a pensar que, de algún modo, la sujeto fue obligada a vivir como mujer hasta su ingreso en el maquis. ¿Por qué motivo? Quizá algún asunto familiar o, más probablemente, unos genitales dudosos que llevaron a sus padres a pensar que era una niña cuando nació. Eso coincide con la versión del testigo llamado tío Tomás, el cual asegura que la sujeto era llamada Teresot por su aspecto y fuerza varoniles. La cuestión es desde cuándo se sintió hombre y qué perturbaciones psicológicas le produjo verse obligada a vivir como mujer.

¿Cómo era su sexualidad?, ¿afectaron todas estas circunstancias a su equilibrio mental?, ¿sintió pulsiones homicidas como venganza? Por otra parte, la sujeto ha vivido al menos unos años rodeada del mayor encarnizamiento del hombre contra el hombre; esto desaconseja que tracemos de ella un simple perfil sexual y nos plantea complejidades de carácter sin duda determinantes para su personalidad».

Hubiera seguido anotando una larga serie de preguntas, pero todas hubieran quedado respondidas por medio de hipótesis. De todo habría tiempo; al menos empezaba a ser consciente de que quizá nunca encontrarían a La Pastora, pero sí acumularían información sobre ella, una información valiosísima.

Una vez concluidas sus anotaciones estaba más sereno, pensó que quizá era el momento de escribir una carta a su esposa. Sin embargo, estaba cansado, sin la inspiración necesaria para transmitir frases de amor o ternura, así que se fue a dormir.

Durante los días siguientes, reinó la tranquilidad en su refugio de La Sénia. Nourissier trabajaba en su habitación y en ocasiones salía al campo pertrechado con cuadernos y escribía al aire libre. Los rumores y la curiosidad que había suscitado su presencia entre la gente, habían desaparecido casi por completo. Los forasteros eran «profesores» que habían venido a estudiar las características de aquellos pueblos de montaña y nada más. Por las mañanas, aparte de realizar frecuentes llamadas telefónicas a Barcelona,

Infante salía de expedición por la zona. Al regresar, su compañero nunca le preguntaba cómo iban desarrollándose sus investigaciones. Su relación había sido algo tensa en los últimos tiempos, de modo que evitaba ejercer cualquier presión sobre el periodista.

Comían en el bar del pueblo, cenaban en la fonda. El mes de octubre andaba por su mitad y el período de luz solar era más corto. Se acostaban temprano. Como al lugar no llegaban periódicos, Infante oía la radio. Apenas hablaban con nadie. Cualquiera hubiera podido pensar que pasaban una temporada de descanso en un entorno agreste. Si no hubiera sido por la nostalgia de su familia, Nourissier hubiera sido feliz. Se sentía de regreso a su época de estudiante, en la que no se cernía sobre él ninguna responsabilidad. Además, poco a poco iba enamorándose de aquel paisaje extraño: pobre y seco en apariencia, pero lleno de fuerza y delicados matices. Quizá no se atrevería a traer a sus niñas de vacaciones, pero no descartaba pedirle a Evelyne que lo acompañara de vuelta alguna vez en el futuro.

Cuando llevaban más de una semana con una ausencia total de novedades, Infante le dijo durante la cena que necesitaba hablar con él fuera de la pensión. Eso sólo podía significar una cosa, y Nourissier se alegró a la vez que, contradictoriamente, sentía pena por que la tregua hubiera concluido. Decidieron ir al bar. Al entrar descubrieron que la pareja de la Guardia Civil a la que ya conocían se hallaba en su ronda de noche tomando café. Los saludaron desde lejos y fueron a ocupar su mesa habitual en un rincón. Cinco minutos después, el sargento se acercó hasta ellos e hizo su consabido conato de saludo militar. Formuló las mismas preguntas que repetía cada vez que los encontraba por el pueblo, y siempre con aquel tono exasperante de desconfianza y paternalismo: ¿cómo va su estancia en el pueblo?, ¿todo bien?, ¿hacen progresos en su trabajo? A Nourissier le incomodaba en extremo aquel interrogatorio reiterado; lejos de un detalle de amabilidad, le parecía una especie de acoso. Infante era menos puntilloso en su valoración; su impresión era que gozaban de cierta inmunidad y que aquellos hombres no hacían sino una escenificación de lo que era su deber.

Aún veía Nourissier la espalda del guardia alejándose hacia la barra, cuando instó a su compañero a hablar sobre el tema que tanta discreción necesitaba.

—Ahora no puedo decir nada. No hasta que se larguen los civiles.

—Es imposible que nos oigan desde donde están.

—Da lo mismo; se trata de algo psicológico.

Infante le parecía a veces un hombre difícil de comprender y en aquel momento arreció esa impresión. ¿Qué mosca le había picado? Sin embargo, contuvo su ansia de saber y esperó. Tras un cuarto de hora de conversación intrascendente, al fin vieron cómo la pareja saludaba a grandes voces y salía del local, donde sólo quedó un cuarteto de viejos jugando al dominó.

—¿Puede decirme qué demonio pasa?

—Lo siento, es una tontería, pero delante de la Guardia Civil me resultaba imposible decirle qué tipo de contacto he encontrado.

—¿Por qué?

—Porque mi contacto también es guardia civil. —Viendo la cara de pasmo que ponía el francés, Infante no pudo sino echarse a reír—. Sí, lo que oye; pero eso no es todo, la cosa es mucho más divertida aún: ¿sabe por qué va a ayudarnos?

—Por dinero.

—No, eso sería concebible; piense en lo más inusual que se le ocurra.

—Déjese de adivinanzas, por favor.

El periodista reía y reía sin parar. Tan animado se mostraba que pidió otra copa de coñac. Nourissier esperó con paciencia de santo que el patrón acabara de servirla y se alejara; luego, miró a Infante con severidad:

—Ya basta, Carlos, cuente de una vez.

—¿Conoce usted el término catalán *lletraferit*? La traducción literal es «herido por la letra», lo cual en realidad significaría amante de las letras o escritor aficionado. Este guardia civil ha escrito una novela de ochocientas páginas y quiere que yo la lea. He aceptado, comprometiéndome a sugerirle mejoras si son necesarias y a avalar su publicación en alguna editorial de Barcelona si considero que el resultado es satisfactorio.

—Increíble.

—Le advertí que esta tierra es muy especial; aquí se encuentra uno con los locos más extraños del mundo: médicos rurales que son petimetres, guardias que aspiran al Parnaso... Hacía tiempo que no me divertía tanto.

—¿Qué nos ofrece él a cambio?

—Tiene documentación de alguna fechoría de La Pastora y Francisco durante sus últimos tiempos de andanzas, antes de que se cargaran a Francisco en can Nomen. Se brinda a acompañarnos para hablar con unos masoveros a quienes atracaron. Con eso tendríamos pistas de la actuación de La Pastora metida en acción.

—Interesante. ¿Y usted está en condiciones de cumplir sus promesas en cuanto a esa novela?

—¿Está bromeando? Es más que probable que ese mamotreto no sea más que un montón de..., no me haga decir palabras groseras. Pero parece ser la ilusión de su vida. Quizá sólo aspire a abandonar el miserable trabajo de guardia, y justo de esa circunstancia vamos a aprovecharnos.

Nourissier asintió repetidas veces, sonrió levemente, dijo por fin:

—Los caminos de Dios son inescrutables.

—Dios no ha pasado jamás por esta tierra, Lucien, jamás.

De jovencita se me hizo buen tipo de mujer. Era alta, estaba delgada y con la carne prieta. Si hubiera tenido vestidos me hubieran sentado bien, pero sólo tenía faldas negras y largas y blusas negras también. Me las hacían con el cuello subido porque en la garganta se me marcaba la nuez. Así, aunque me miraran, nadie veía lo que no tenía que ver. Iba a la modista Mercedes de Grilles, de mi pueblo, Vallibona. Las faldas siempre me las hacía lisas y que llegaran hasta los pies. Luego, más adelante, cuando ya trabajaba en La Pobla de Benifassà, iba a Rossell a que me cosieran, y la modista se llamaba Rosita Cervelló. Era muy buena mujer. Cuando yo llegaba para probarme, todos los críos de la calle se me arremolinaban alrededor: «Teresot, Teresot, ¿adónde vas, Teresot?, ¿te van a poner guapa en la modista?». Yo hacía como que me enfadaba, les gritaba y los hacía correr calle abajo, que iban con más miedo que vergüenza. Entonces ya sí que no me importaba nada que los críos me dijeran esto o aquello. ¡Críos!, pensaba, y ya está. Además, me divertía de verles el miedo en la cara después. Mucha gente me tenía miedo. Con Rosita Cervelló un día nos reíamos porque ella me contaba tonterías que la gente decía de mí. Como ya no era una niña me miraban de otra manera y hasta hombres hechos y derechos tenían miedo de mí. Una mujer de Canet lo Roig que iba a hacerse allí la ropa le contó que su marido se había encontrado conmigo un día en el monte y casi se muere del susto. Así es como dijo que era yo: «La falda larga y sucia, la cara de huesos muy marcados, la voz brusca, de pocas palabras, el pelo largo y negro y siempre en la mano una vara de almez más alta que ella», nos moríamos de risa Rosita y yo.

Era difícil hacerse la ropa en aquellos tiempos. De todos los pueblos iban las modistas a comprar las telas a La Sénia. Y mujeres de masías en la montaña iban a los pueblos a pie para probarse los vestidos. Cuando estaban terminados se los mandaban con mulos a las clientas. Todo el mundo caminaba mucho entonces, y yo más que nadie. Me iba de una aldea a otra tan campante, de un *mas* a otro, de un monte a otro. No había hecho otra cosa desde pequeña.

En casa de la modista siempre había chicas jovencitas que iban a horas para aprender a coser. Cuando me probaba siempre querían mirar por debajo de las faldas y ver qué tenía dentro. Como siempre. Pero Rosita las mandaba a paseo y las hacía salir. Al final siempre volvíamos a la misma historia: «Teresot, Teresot, ¿qué tienes debajo de las faldas, Teresot?». Pero entonces, como les digo, ya me daba igual. Los fuertes me tenían miedo y los críos y las mujeres me decían cosas sólo de broma. Pues broma era y no había más problemas. Además, entonces ya sabía que estaría toda la vida sola, que no me casaría con un hombre ni con una mujer, que no tendría hijos porque no puedo, que era demasiado machota para tener amigas, y amiga de los hombres no podía ser.

Eso no me daba ningún tormento, no me gustaban los hombres ni las mujeres para amores. No tener amigos me sentaba peor.

Amores nunca tuve ninguno ni me interesó. Sólo una vez de jovencita me gustó la abuela de una cría de Vallibona. Tenía las tetas muy grandes y muy blancas y las enseñaba por la parte delantera del vestido. Eso me gustó y me dejó un poco como mareado, pero enseguida se me olvidó.

Cuando veía a las chicas de mi edad tonteando con chicos me llamaba la atención, me hacía gracia, me parecía una burrada de la cabeza a los pies, y también los vestiditos de flores y de colores que se hacían coser ellas. Yo nunca los quise, yo siempre de negro y máximo de azul marino, porque todas aquellas alegrías en la ropa eran demasiado de mujer. ¿Que si me sentía hombre? Después sí, cuando tuve más edad sí me sentía hombre, y que todos me vieran como mujer me hacía sufrir. Pero en aquellos años de la primera juventud no quería pensar en eso y no pensaba. Yo era yo y era como era. No podía escoger. A ver si había escogido algo, aunque fuera poca cosa, en toda mi vida. Nada. ¿Iba a escoger la manera en que estaba hecha? Había que aguantarse con eso y en paz.

A veces algunos jóvenes del pueblo querían gastarme bromas pesadas. Me acuerdo que tenía yo un borrego atado con una cuerda por unos días para que no se juntara con las ovejas y no les hiciera crías. Y pasa un chico de los del pueblo y me lo suelta y se lleva la cuerda. Yo lo vi desde lejos. Le dije a un vecino que pasó que le mandara recado de que si no me bajaba la cuerda él, subiría yo a buscarla hasta su casa. Bajó con la cuerda, ¡vaya si bajó! Bajó y me dijo que era sólo una broma y que no me la tomase a mal. Yo, que era una vara más alta que él le contesté: «Ha sido una broma que no tiene gracia. Si me vuelves a gastar una broma así, no lo contarás porque te romperé el cuello de un bastonazo». Sólo verle la cara que puso y los perdones que me pidió ya se me había pasado el enfado.

Me tenían miedo porque era solitaria, porque era grande y fuerte, porque tenía la pinta mitad hombre, mitad mujer, pero también por lo de mi hermano Juan, que cometió un asesinato y eso nos dio muy mala fama a toda la familia. Mi hermano trabajaba de pastor en casa de un tío nuestro. Había un borrego que siempre se escapaba y él le trabó las patas para que no fuera lejos. Pero el borrego moviéndose se destrabó y se lo encontraron ahogado en una balsa de allí cerca. Cuando llegó el momento de cobrar le descontaron a mi hermano los diecisiete duros que valía el borrego. Él se enfadó y no volvió más a cuidarle el rebaño. Pero al cabo de un tiempo algo raro se le destapó en la cabeza y fue a donde su antiguo dueño y con un revólver que no sé de dónde lo había sacado le disparó y luego lo remató con un palo. Se fue al monte y se escondió allí un tiempo, pero después un día se presentó en casa de mi madre y mi madre llamó al cura y los dos lo convencieron para que se entregara. Pasó tres años en la cárcel, pero durante la guerra civil se incorporó al Ejército Rojo y luego pasó a luchar en Alemania y luego a Rusia, que lo metieron también seis años en la cárcel por algo que haría o que no haría. Al final se fue a Francia, y allí está. Siempre hubiera querido marcharme con él, siempre, pero no ha sido posible aún. A lo mejor algún día viviré en Francia, no he perdido la esperanza.

De todo esto del asesinato me enteré malamente por mis hermanas, que entonces a los críos no nos contaban nada. Y a mí menos, que ya estaba de pastora en el monte, tan feliz con mis ovejas.

Se llamaba Rogelio, y habían quedado citados con él en las inmediaciones de Rossell. Semejantes cacofonías —Rogelio, Rossell— hacían que Infante se mondara de risa y su diversión llegaba al paroxismo si le añadía la circunstancia irónica de que alguien con semejante nombre tuviera entre sus deberes el combatir a «los rojos». Nourissier, menos festivo, caminaba a su lado por el campo en medio del impresionante vendaval con el que el día se había estrenado. Ambos iban bien pertrechados con sus pellizas y llevaban cuadernos donde tomar notas. El encuentro debía producirse en una masía abandonaba que conservaba aún parte de la techumbre, donde podían guarecerse.

Lo vieron desde lejos, vestido de paisano, y al francés le pareció que era extraordinariamente joven para ser guardia civil; con un pantalón de pana y una gruesa chaqueta de punto no estaba muy lejano a algunos de sus alumnos en la Sorbona. Era rubio y de piel clara y los miraba como si fueran seres venidos de otro planeta. Se encargó de dejar inmediatamente claras sus intenciones.

—Yo soy guardia civil por las necesidades de la vida, pero no tengo nada en contra de los periodistas ni de los extranjeros. Me parece normal que quieran enterarse de las cosas que han pasado en esta tierra porque han sido muchas y muy gordas.

Portaba en la mano, de uñas sucias, un enorme manuscrito encuadernado. Se lo mostró a Infante:

—¿Puedo dárselo ya?

—Démelo, le prometo que lo leeré con gran interés.

—Tiene que tener presente que yo no he ido nunca a la escuela. Me enseñó a leer y a escribir en casa un hermano de mi madre que era maestro. Desde bien pequeñito ya aprendí. Si ve alguna falta de ortografía espero que lo comprenda. Las faltas pueden corregirse cuando se haga el libro, ¿no es eso?

—Así es. ¿De qué trata su libro?

—Es la historia de un hombre muy pobre y sin familia que, gracias a su tesón y a lo muy valiente que es, se hace rico y acaba teniendo mucha cultura. Al final vive como un rey en París.

—¿Ese hombre es español?

—De Córdoba, como yo.

—Me parece un tema muy interesante y le prometo que lo leeré de principio a fin. Y ahora cuéntenos, el doctor tiene muchas ganas de oír sus informaciones.

—No les voy a mentir, la información que yo tengo es sólo de los atracos que hicieron Francisco y La Pastora en los tiempos antes del asalto a la casa de los Nomen. Conozco a unos masoveros a los que les robaron en el año 54, o sea, hace dos años. Sé que hicieron más cosas y algunas muy graves, pero de eso no tengo información ni testigos. Sólo sé lo que sé.

—Quizá deberíamos advertirle de que nos interesan los delitos en los que los atracados hayan podido ver a La Pastora, hablar con ella.

—Claro que esa gente ha hablado con La Pastora; no sé si lo que dijeron les servirá, pero seguro que hablaron.

—Cualquier cosa nos vendrá bien.

—Entonces vamos allá. Hay que llegar hasta Fortanete, pero está un poco lejos.

—Hemos dejado nuestro coche cerca de aquí.

—No quiero que me vean con ustedes. Ya sé que no estamos haciendo nada malo, pero es mejor no tener que ir dando explicaciones a los jefes.

—No le verán. Supongo que los masoveros con los que hablemos mantendrán la boca cerrada sobre nuestra entrevista.

—De eso me encargo yo.

El guardia Rogelio Sánchez se colocó en la parte trasera de la furgoneta y, bastante ingenuamente, levantó sobre su cara las solapas del jersey para ocultarse. Nourissier conducía, Infante ocupaba el asiento del copiloto. Éste no las tenía todas consigo, al subir al vehículo había visto el bulto de una pistola en el bolsillo del joven guardia civil. Esta acémila ha venido armada, pensó, y cruzó los dedos para que el psiquiatra no se diera cuenta. Durante el viaje Rogelio empezó a hablar:

—Los asaltos de Francisco y La Pastora tienen siempre el mismo sistema: exigían dinero y le daban un plazo de tiempo al masovero para ir a buscarlo al pueblo si no lo tenía. Casi nadie lo tenía, claro, porque eran cantidades que subían bastante. Mientras tanto se llevaban secuestrado a alguien de la familia. Pasado el plazo, si el masovero no volvía o no había conseguido reunir las pesetas, la amenaza era matar al secuestrado. Uno de los dos bandidos hablaba con los masoveros; el otro se quedaba vigilando. Siempre iban los dos armados, siempre.

El mistral, casi huracanado, agitaba la furgoneta en las curvas. Nourissier se veía obligado a dominar el volante con decisión. No hablaron más. Infante se encontraba un poco asustado: si aquel escritor de pacotilla había empleado la coacción y pensaba usar la fuerza para que los testigos les contaran los hechos, todo podía complicarse. No sabía cómo podía reaccionar Nourissier. Su lucha contra el nerviosismo le sumió en una especie de duermevela. Cuando oía la voz del guardia dándole indicaciones al conductor sobre el itinerario, sufría un sobresalto. Luego regresaba al sopor.

La masía hasta la que los había guiado consistía en un conjunto de tres casas distribuidas en dos niveles, con campos de cultivo alrededor y una amplia era en uno de los flancos. El viento levantaba polvo y hojas muertas en oleadas furiosas. Rogelio Sánchez bajó solo del coche, entró en la mayor de las casas y regresó al cabo de un minuto.

—Ya nos estaban esperando. La madre ha ido a buscar a los hijos al campo de atrás y vuelve enseguida. Éstos no son los dueños, sólo los trabajadores, los aparceros. Los dueños no viven aquí. Tenemos tiempo para un cigarrito.

Fumaron en silencio. Infante se decidió a hablar con claridad:

—Nada de violencias, ¿eh, Rogelio? Lo que quieran contarnos que sea por las buenas.

El guardia se limitó a echar una algodonosa bocanada de humo, negando con la cabeza. Nourissier se quedó escamado ante aquella recomendación. Tras breves instantes, apareció un hombre en la puerta. Tenía unos cincuenta años, llevaba ropa vieja. No sonrió, no habló. Sólo hizo una indicación para que entraran.

En el interior vieron a seis chicos y chicas de edades diversas, todos colocados en hilera, de pie junto a una mujer huesuda y despeinada, prematuramente envejecida, la madre. El guardia tomó la palabra, en tono calmado pero imperativo:

—Ya sabéis que estos señores son médicos que han venido para saber cómo pasó el asalto que os hicieron Francisco y La Pastora. Así que se lo contáis entero, sin dejaros nada.

Nourissier se sintió terriblemente incómodo. Habían irrumpido en aquella casa sin saludar, sin presentarse, y mantenían firmes a todos los miembros de la familia como si fueran a pasar revista militar.

—Me llamo Lucien Nourissier —dijo con una sonrisa estúpida—. Y éste es mi compañero Carlos Infante. —Le miraban sin ninguna expresión. De pronto se dio cuenta de lo absurdo que era emplear aquellas fórmulas de cortesía. Sin embargo, añadió—: No es necesario que se queden de pie; pueden sentarse si lo desean.

—No hay sillas para todos —masculló la madre sin atreverse a elevar la voz—. Si quieren puedo traer asientos para ustedes.

—No se preocupe, estamos bien así.

Continuaron todos en la misma posición. Se hizo un silencio violento; sólo podían oírse lejanos cacareos de gallinas y el soplido del viento bisbiseando en las ventanas.

—¡Venga, empezad ya! —soltó Sánchez desabridamente.

El hombre hizo una indicación a su esposa, ella comenzó a hablar:

—Todos estaban arando el campo con las mulas. Era por la tarde. Yo estaba en la cocina haciendo la cena. La puerta se quedó abierta porque estábamos en junio y hacía buen tiempo. Por ahí entraron los dos. Eran dos hombres, iban vestidos con trajes de pana y el que luego nos han dicho que es La Pastora tenía puesta una boina que le venía grande. También nos han dicho que era una mujer, pero nosotros la vimos como un hombre. Era muy alta, fuerte, nadie hubiera sabido que era una mujer disfrazada. En la mano tenía un fusil con la culata muy vieja. El otro llevaba una metralleta y me la puso casi en la cara. Me mandaron que me sentara en el suelo. Cuando iban llegando del campo todos mis hijos, los iban mandando sentarse en el suelo también, y dijeron que nos quedáramos callados. La Pastora se puso en la puerta sin acabar de entrar del todo. Vigilaba fuera de vez en cuando. A la que ya estábamos todos, el otro nos dijo que venían a por dinero.

El marido volvió a hacer un gesto, esta vez para que se callara. Continuó hablando él. Parecía evidente que habían ensayado antes de nuestra llegada cómo transmitirnos el relato.

—Me pedían diez mil pesetas. Les dije que no las tenía. ¿Por qué no tienes dinero?, me preguntaron. Y yo les contesté que éramos muchos, que la tierra no es mía y que lo poco que nos pagan lo necesitamos para comer. Y así, discutiendo que sí que no, estuvimos hasta la madrugada. Yo le hablaba de «usted» y con respeto y él de «tú» y me chillaba. Por fin el que se llamaba Francisco me dice: «Ya basta. Si no tienes dinero vas a buscarlo al pueblo, que te lo den si te lo deben o lo pides prestado. Yo me llevo conmigo a dos de vosotros y cuando me traigas el dinero al sitio que te diré, ya los dejaré libres». Entonces cogió al hijo mayor, que es ese de ahí, y a esta chica. Mi mujer saltó enseguida: «No, a la chica no, llévame a mí en vez de a ella». Y así lo hizo, se llevó al hijo mayor y a mi mujer. Me amenazó diciendo que, si daba parte a la Guardia Civil, no los vería nunca más. Al hacerse de día fui al pueblo y le pedí el dinero a mi cuñado. Me dio siete mil pesetas porque no tenía más. Yo le dije que, pasadas unas horas, avisara a los guardias. Cuando me acercaba a donde habíamos quedado para vernos ya me salió al encuentro. Discutió conmigo porque sólo eran siete mil pesetas, y no las diez mil. Decía todo el rato que yo no había buscado bastante. Le contesté que si llego a buscar más, la gente hubiera sospechado. Al final soltaron a mi mujer y al hijo. Y no hay más. Al cabo de un mes se presentó la Guardia Civil con una fotografía de Francisco muerto. Me preguntaron si era el que nos había asaltado y les dije que sí.

—Se deja usted lo mío, padre —había levantado la voz la más pequeña. Fue entonces la madre quien retomó el relato.

—Sí, ese Francisco se quedó de repente mirando a la cría y va y dice: «Yo tengo una chiquilla de esa edad. Qué lástima, ya no la veré nunca más en mi vida». Entonces sí que se me paró el corazón porque creí que, por la rabia de no tener a la suya, nos iba a matar a la nuestra. Pero no le hizo nada, la miró un poco y luego se olvidó.

Nourissier escuchaba con absoluta concentración. Al notar el silencio a su alrededor fue como si volviera en sí. Sánchez se dirigió a él, lo animó a que hiciera preguntas.

—Usted pasó la noche en compañía de esos dos hombres, señora. Cuéntenos cómo fue.

La madre lo miró con inquietud. No parecía acostumbrada a que la trataran con deferencia, a que la llamaran señora.

—Nos ataron a un árbol a mi hijo y a mí. Se pusieron a comer pan y jamón que habían cogido de nuestra casa. Hablaban entre ellos, pero no sé qué dijeron porque se apartaron de nosotros. Francisco dejó el arma a un lado, pero La Pastora la llevaba encima todo el tiempo, no la soltó ni para comer. Vigilaba sin parar, como un gato, y si había algún ruido enseguida volvía la cabeza hacia el sitio de donde venía. A la hora de dormir, Francisco ató a mi hijo a una pierna suya y a mí me dejaron donde estaba. La Pastora no durmió, estaba sentada con la espalda contra una piedra. Yo la veía en lo oscuro y no cerró nunca los ojos. Miraba a la montaña.

—¿Cómo era esa mujer?

—Daba miedo —respondió enseguida el marido—. El otro, Francisco, era el que nos amenazaba, pero ella daba más miedo porque estaba callada y te miraba a los ojos. Tan alta, tan delgada, con la cara que no le cambiaba nunca, y siempre con el fusil en la mano..., daba miedo.

—¿Habló con ustedes?

—Lo justo: siéntate, levántate..., nada más.

Nourissier se dio cuenta de que poca más información podría obtener. Les dio las gracias con delicadeza y se prepararon para marchar. Antes de que hubieran dado un paso, el hijo mayor se adelantó y espetó con nerviosismo:

—Yo quiero contarles lo que pasó después.

—¡Cállate! —fue la orden tajante de la madre, que él no obedeció.

—Cuando llegó la Guardia Civil después del asalto insultaron a mi padre, le llamaron de todo por haber pagado a los maquis y no haber dado parte enseguida de que estaban aquí. No le pegaron pero le llamaron de todo, cosas que no se le pueden decir a un hombre mayor.

Rogelio Sánchez se tensó, miró al joven con enorme desprecio.

—¿Y eso, a qué viene ahora esa historia, crees que a los señores les importa eso? Es mejor que te calles, tu madre lo ha dicho muy bien. Más vale que tengamos la fiesta en paz. Y si le decís a alguien que hemos estado aquí, la próxima vez vendré de uniforme, y ya sabéis lo que quiere decir eso. Vámonos, señores.

El sol los cegó al salir. El guardia intentaba excusarse por la intervención del chico:

—Ustedes dispensarán, pero esta gente no tiene educación ni maneras.

—No era necesario que los tratara así —respondió secamente Nourissier.

—Es la única manera que entienden, doctor, son casi como animales. No saben leer ni escribir, no han salido en su vida de estos campos.

Infante impulsó a su compañero hacia delante. Le susurró:

—Déjelo, Lucien, salgamos de aquí.

Durante el trayecto de vuelta, Sánchez parecía haber olvidado la visita que acababan de hacer. Hablaba sin parar sobre la poesía de Campoamor, sobre las novelas de Alejandro Dumas que le gustaba tanto leer. Viendo que nadie le respondía, fue amainando su verborrea hasta guardar completo silencio. Después se quedó dormido. Cuando faltaba poco para llegar lo despertaron. Saltó del coche, volvió a recomendarle a Infante que leyera su novela, luego desapareció.

—¡Maldito gilipollas! —soltó el periodista.

—Necesito una copa —anunció Nourissier.

La tomaron al llegar a La Sénia, en el bar. Infante llevaba el manuscrito del guardia en la mano. Lo abrió al azar.

—Escuche esto —dijo. Leyó—: «Armando, seguro de sí mismo, respondió con orgullo: nadie tiene que decirme lo que debo hacer, yo lo sé muy bien. Actuaré siempre como lo que soy: un hombre de honor».

Soltó una risotada. Nourissier lo miró con severidad.

—No quiero volver a ver a ese tipo nunca más, Carlos.

—Lo siento, pero habrá que verlo de nuevo. Me

ha dicho que puede acompañarnos a alguna masía más.

—Que le diga dónde están e iremos solos.

—Si los masoveros no se sienten intimidados por su presencia, lo más probable es que no quieran hablar.

—No se preocupe, podemos insultarlos nosotros mismos, herir su dignidad, incluso darles unos cuantos golpes, ¿no es eso, Carlos? A usted dar golpes se le da muy bien.

—¡Basta! Es usted el típico señorito que no soporta enfrentarse con la realidad. ¡Usted ya sabía lo que está sucediendo en España, deje de comportarse como si todo rozara su finísima piel!

Había levantado la voz, y la poca gente que había en el bar los miraba. Nourissier no respondió, se puso en pie y salió a la calle. Infante no hizo el más mínimo intento de seguirle.

El psiquiatra miró cuánto dinero llevaba en el bolsillo. Subió a la furgoneta. No era necesario que le acompañara nadie, recordaba perfectamente el camino. Mientras conducía iba acopiando fuerzas; él nunca había tratado a nadie de aquella manera, ni había consentido jamás que se humillara a ninguna persona en su presencia. Y ahora... aquel condenado guardia, el propio Infante... Aceleraba, consiguiendo únicamente levantar polvo del camino, hacer chirriar las ruedas. Con el paso de las horas, el viento se había convertido en un huracán. El sol decreciente daba tonalidades rojas a las nubes, pero en aquel momento él era inmune a cualquier belleza, se sentía inflamado de cólera, empapado de deseos de compensación.

Su furia sólo amainó cuando se vio de nuevo en el claro que se extendía frente a las tres casas y su desnivel. No había nadie a la vista y la luz, más tenue que la matinal, iluminaba de modo distinto los perfiles de las cosas, causándole la impresión de que se encontraba en otro lugar. De la chimenea salía humo y notó su olor. Recordó los atardeceres en su casa de París, junto a su mujer. De pronto hubiera dado cualquier cosa por estar allí. Se quedó parado, sin atreverse a acercarse a la puerta. Decidió dar un grito, pero ni siquiera conocía el nombre de aquella gente.

—¡Hola! —lanzó, y el sonido de su voz le resultó impostado, ajeno a él. No hubo respuesta—. ¡Hola, soy el doctor Nourissier! —repitió.

—¿Qué quiere?

La pregunta llegó desde su espalda. Se volvió, asustado. Era el hijo mayor. Estaba serio, lo observaba desde una cierta distancia.

—¿Qué quiere? —inquirió otra vez.

Nourissier hizo un esfuerzo por sonreír, empezó a caminar hacia él.

—No se acerque —dijo el joven, y Nourissier tuvo la momentánea idea de que podía estar armado.

—Perdone, no quiero importunarlo, pero antes, cuando hemos estado aquí y he visto a su hermana pequeña... Bueno, he tenido la sensación de que deberíamos haberle hecho un pequeño regalo; nada, unas cuantas pesetas para que se compre algo de nuestra parte: unas chocolatinas, una muñeca...

Le había parecido que era una manera elegante de ofrecerle una compensación, pero el chico, unos veintitantos, fornido, los ojos encendidos como teas, lo miraba con odio. Él sacó varios billetes del bolsillo, se los tendió:

—Es una tontería, ya lo sé, pero por lo menos que la niña no se lleve un recuerdo tan desagradable de nosotros. Cójalos, por favor, usted mismo se los da.

De su espalda, nuevamente, surgió otra voz:

—¿Qué pasa, Pere?

La figura del padre se recortó contra la entrada. El chico, la cara contraída, contestó:

—Este hijo de puta dice que quiere acostarse con la nena, hasta ha traído dinero para pagarnos, ahí está.

Nourissier sintió cómo el sobresalto lo zarandeaba, el horror lo precipitaba en un abismo. Abrió la boca, pero no podía hablar. Estaba en una pesadilla, en un mal sueño, no era capaz de moverse, de explicar, de hacer algo que pareciera lógico, normal.

—No, no, por Dios... —acertó a balbucear. El hombre fue hasta él.

—Pero ¿qué coño dice?

—No, ¿cómo puede creer...?

Se sintió empujado desde atrás. Cayó al suelo de rodillas. El joven iba a precipitarse sobre él, llevaba un palo en la mano. El padre lo hizo retroceder:

—¡Déjalo!, ¿estás loco?, si le pegas la has cagado. ¡Cógele todo el dinero que lleve encima!

Nourissier se incorporó, no permitió que lo tocaran. Sacó su cartera y la vació en el suelo. Los billetes descendieron en torrente, empezaron a volar impulsados por el viento. El padre fue tras ellos, intentando recuperarlos. Su acusador lo miró de través:

—¡Lárgate, hijo de puta! Por hoy te has librado, pero a la próxima te juro que te mato.

—¡Pere, ven aquí, ayúdame, déjalo que se vaya de una vez!

El hijo corrió intentando capturar los billetes aquí y allá. Nourissier miró hacia aquella figura saltarina y escupió a sus pies. Luego fue hacia el coche y empezó a conducir sin mirar. Hubiera podido perderse, matarse quizá, no se sentía capaz de saber qué estaba haciendo ni hacia dónde se encaminaba. No quería pensar, ni recordar ni sentir. Por un momento dudó de su propia identidad: ¿quién era, qué hacía allí, realmente había escupido en la tierra, cuando antes había hecho algo semejante en su vida? Transcurrido un tiempo, se serenó. Volvió a ver con claridad las curvas de la carretera. Le dolía la cabeza y, al llegar a la pensión, subió a su cuarto, tomó un par de aspirinas y se tumbó sobre la cama. Se sentía mal, pero no era capaz de determinar qué sentimientos le embargaban: ¿tristeza, enfado, sensación de ridículo, humillación? Lo despertaron unos golpecitos en la puerta.

—Lucien, ¿está ahí? Le espero en el comedor, es hora de cenar.

Contestó atropelladamente. Se lavó la cara, bebió agua y bajó. Infante le recibió con una sonrisa, estaba comiendo un plato de sopa:

—¿Ha estado durmiendo?, ¡bien hecho! A mí me ha telefoneado ese becerro de Rogelio Sánchez. No pierde el tiempo. Dice que tiene otro testimonio. Le he pedido que me lo contara él, ya sé que a usted no le apetece pasar por otro trance como el de antes.

Se trata de otro asalto, en el término de Morella. El masovero asegura que Francisco y La Pastora le llamaron «enemigo del pueblo» y lanzaron vivas a la República. Le secuestraron a sus dos nietas y tuvo que pagar veinte mil pesetas por ellas. Dice que La Pastora le pegó puñetazos, que tenía una fuerza bestial. También dice que La Pastora no gritaba, pero que lo traspasaba con unos ojos que daban miedo. Usted verá si es conveniente que nos entrevistemos con él o no le parece necesario.

—Es mejor que no.

—¿Qué le pasa, se encuentra mal?

—Estoy un poco destemplado.

—Cómase la sopa, le sentará de maravilla.

—No tengo hambre.

—¡Vamos, cómasela, si se pone enfermo tendremos que volver a Barcelona! Beba un poco de vino, le estimulará.

El francés obedeció en silencio. Se llevó la cuchara a la boca, el vaso de vino a los labios. Casi inmediatamente se sintió mejor. Agradeció en su fuero interno que su compañero mostrara interés por su salud. Tenía auténtica necesidad de un contacto humano grato, fraternal. De buena gana le hubiera contado a Infante lo sucedido horas antes, pero de nada hubiera servido. En el relato lo más importante hubieran sido las emociones experimentadas, cómo había pasado de la piedad a la desconfianza, de la desconfianza a la cólera, de la cólera al desprecio. Ahora se despreciaba a sí mismo también. Había sentimientos en su interior que desconocía y verlos aflorar a la superficie no le había gustado. Un desierto de hielo le atenazaba el corazón. Por eso la charla animada de Infante le parecía un oasis de paz.

—Así que de vez en cuando les daba la vena ideológica y volvían a sus orígenes del maquis. «Enemigos del pueblo»... Es increíble, ¿no le parece, Lucien?, que esos dos tipos permanecieran solos en el monte mientras su grupo político había ya desaparecido... ¡Menuda sensación de soledad!

Nourissier comía y asentía. Cuando Infante hizo ademán de servirle más vino, no se negó.

El resto de la semana lo pasó el psiquiatra poniendo en limpio las notas que había tomado. Trabajaba sin la convicción de estar avanzando en la dirección correcta. El perfil de La Pastora que iba delimitando resultaba confuso aún. Se trataba de un ser silencioso, distinto de los demás, a quienes sólo su visión ya infundía miedo. Parecía imperturbable, capaz de acciones violentas sin alterarse. Sin embargo, era difícil, quizá prematuro, determinar el origen de aquella impavidez: ¿dureza, indiferencia, imposibilidad de sentir, simple autodefensa? En principio, no parecía tener las características de una asesina; a no ser que se tratara de una auténtica psicópata, siempre viendo la realidad a través del filtro inalterable de sus deformaciones mentales. Leyó una y otra vez los recortes de periódico que Infante le había aportado como documentación. Las frases, de una contundencia escandalosa, se sucedían en todos ellos: «mujer de entrañas de pedernal», «monstruo con una larga historia de asesinatos», «hembra con instintos de hiena», «asesina con sed patológica de crímenes», «alimaña sin piedad por la vida humana». Nada de aquello le podía ayudar mínimamente, no era más que un reclamo para vender ejemplares, un halago a la dictadura también. Ni uno solo de aquellos periodistas mencionaba que iba vestida de hombre durante sus andanzas en el maquis. Ni un solo artículo intentaba profundizar en la parte humana del personaje. Teresa Pla Meseguer había nacido bandolera, eso era todo.

Se sentía ligeramente desanimado. De momento, lo único a lo que podía aspirar era a reconstruir los delitos de La Pastora, pero eso aportaba poca luz sobre su psicología. Los testigos la veían sólo como asaltante y en esas circunstancias no era fácil percatarse de comportamientos que traslucieran algo íntimo o personal. Sin duda había minimizado los inconvenientes de su proyecto, no todo era desplazarse a los escenarios donde la mujer vivió. Aquella zona de España, desconocida y algo salvaje aún, se hallaba sumida en un ambiente de posguerra. Cualquier movimiento que realizaban venía envuelto en miedo, desconfianza, odio, recuerdos del horror. Era como avanzar por una selva tupida. Pensó que el encuentro con La Pastora se convertía en una quimera más evidente cada día que pasaba. Pero no estaba dispuesto a renunciar, seguiría adelante, aunque añoraba muchas cosas además de a su familia. Había empezado a recordar con nostalgia los pequeños detalles de refinamiento que siempre habían punteado su vida: el color del té en una taza de porcelana, los cuadros que colgaban de la pared de su despacho en París, la fragancia del perfume que usaba su mujer. Pero dejar un asunto de trabajo sin concluir era algo que no estaba en su naturaleza, de modo que sólo se daría por vencido cuando una pared demasiado alta para ser escalada o demasiado gruesa para ser demolida se alzara frente a él.

Mientras tanto, Infante activaba por teléfono sus contactos, hacía cortos viajes por los alrededores en busca de informantes, descartaba posibilidades y apuntaba otras. La imposibilidad de hablar con los familiares directos de La Pastora lo llenaba de frustración. Sabía que cualquier tentativa en ese sentido toparía con la negativa de los mismos y los precipitaría en manos de la Guardia Civil. También le causaba enfado no poseer más recursos para penetrar en aquella sociedad tan hermética. En algunos momentos desesperados se imponía a sí mismo un minuto de calma y reflexión. Pero ¿qué estaba haciendo, desde cuándo se tomaba las cosas tan a pecho, permitiendo que las dificultades llegaran a deprimirlo? Debía estar convirtiéndose en un estúpido; lo único que debía preocuparle era que Nourissier recibiera la impresión de que él trabajaba con denuedo. Si el francés se sentía estafado peligraba el resto del dinero que debía recibir y ésa era la meta principal de sus esfuerzos: cobrar. Entonces se tranquilizaba lo suficiente como para replantearse la situación: sus aspiraciones debían ir encaminadas a gestionar correctamente toda aquella historia hasta que llegara el final del plazo. Poco más.

Yo ya no era tan tímida como cuando niña. Ahora la gente ya sabía que no se podía reír de mí porque, al que lo hiciera, le arreaba. No me iba con contemplaciones, así que mejor que los demás no anduvieran molestándome. Era muy fácil para mí. Ya medía casi 1'80 y la fuerza no se me quitaba aunque me estuviera haciendo mayor; al contrario, tenía más. Me gustaba estar con la gente no todo el tiempo, pero sí a ratos y días sueltos. Siempre bajaba a la feria de Rossell, que no sólo era de ganado sino de las cosas más diferentes del mundo. Vendían de todo. Había puestos de turrón, de bebidas con alcohol, hojalateros, barquilleros, bordadoras que hacían sábanas y manteles, fotógrafos que te sacaban un retrato... Me gustaba pasearme por todos lados y verlo todo. En Rossell tenía una amiga muy querida, Emilia, con cuatro hijas. Iba a verla y charlábamos por los codos. Siempre se preocupaba por mí y me daba buenos consejos: «Tú, Tereseta, no te metas en líos. Que digan lo que quieran, tú ve siempre a la tuya. Eres una buena pastora y trabajo nunca te ha de faltar, que es lo más importante. Lo importante es que no te falte comida ni dónde dormir, lo demás da lo mismo. Si no te sale un novio para casarte, mejor para ti. Tú eres como eres y así no tienes que darle explicaciones a nadie». Me tenía cariño, Emilia, y se daba cuenta de que mi vida no podía ser como la de una mujer normal. Yo sabía que no podía tener hijos que me ayudaran en el trabajo ni que cuando fuera vieja cuidaran de mí. Al principio eso me daba pena, pero luego me acostumbré. Sin familia tenía más libertad. Estaba en el monte, tranquila, y cuando quería gente bajaba al pueblo y ya está. En la feria me lo pasaba bien. Como mi única compañía era casi siempre la de las ovejas, para estar con personas necesitaba animarme un poco y perder el miedo. Me tomaba dos copitas de coñac. Entonces me encontraba bien. Hablaba con los hombres, me reía. Algún día notaba que se burlaban un poco de mí: «Teresa, ¡qué guapa estás hoy! Tienes que tener cuidado porque todos los mozos irán tras de ti». Yo ya veía que querían embromarme, pero con no hacer ni caso las cosas no iban a más. Me descaraba, contestaba lo que se me pasaba por la cabeza: «Ya sé que los chavales andan loquitos por mí, pero cuidado, que al que se acerque demasiado cojo un hacha y lo parto por la mitad». Se reían a carcajadas, y a mí me parecía bien. Es normal armar un poco de bulla cuando se está de fiesta. Lo peor eran los críos, como siempre, los mocosos que iban por la calle y me perseguían: «Teresot, Teresot, que tiene bigote como un general». Ya les he dicho que no me enfadaba, pero cuando había estado de feria y me había tomado mis dos copitas de coñac me molestaban. ¿Por qué tenía que aguantar a los malditos críos?, ¡que los aguantara la puta que los parió! Entonces me daba un arrebato y me ponía a correr detrás de ellos, y se espantaban como si vieran al demonio. Los hombres y las mujeres se reían cuando los veían en desbandada. Emilia me decía que tuviera paciencia, que no eran más que críos sin conocimiento ni maldad. Yo le contestaba que conocimiento puede que no tuvieran, pero que eran malos como la tiña. ¿Por qué si no me escogían a mí para burlarse? ¿Por qué no a otras personas del pueblo? Porque querían hacer daño, y sabían que a mí se me hacía daño con una burla, porque era distinta de las demás chicas.

Volvía un poco harta de las ferias, y como con remordimientos por haber pasado tantas horas allí. Al fin y al cabo yo iba para tener compañía, para estar contenta y poder hablar; pero lo único que la gente quería de mí era reírse un rato a mi costa. ¡No sé qué diversión puede sacarse de hacer siempre la misma broma de si eres un hombre o una mujer!, ¿no hay otras gracias en el mundo? Estaba un buen rato renegando para mis adentros y luego me dormía. Ya descansada, todo me parecía menos grave, y al cabo de unos días ya estaba lista para volver. Además, tenía ganas de ver a Emilia, que me contaba las cosas de sus nenas y lo difícil que era vestirlas y darles de comer. Atender al marido y darle gusto en la cama cuando él tenía ganas y ella no, había sido duro, pero más duro resultó quedarse viuda a los treinta y cuatro, trabajar como una negra para vivir. Así yo comprendía que en el mundo no tienen unos todo lo bueno y otros todo lo malo, sino que va repartido y no hay más remedio que aguantar con lo que te toca.

Aquella noche, Infante se presentó a cenar con retraso. Nourissier había empezado a preocuparse porque nunca tardaba tanto en regresar de sus visitas por los alrededores. El comedor de la pensión estaba caliente en comparación con el frío intenso que había empezado a notarse fuera. El periodista se sentó y aceptó la taza de caldo extra que la patrona le propuso.

—Tengo buenas noticias —le dijo a su compañero.

—¿La ha encontrado?

—¡Por Dios, Lucien! Después de esa pregunta cualquier cosa que le cuente va a decepcionarle.

—¿Por qué no me lo cuenta y yo decido si me decepciona o no?

—Ya sabe que aquí no es prudente hablar. Después de la cena tomaremos una copa en el bar.

—Con tanta prudencia voy a regresar alcohólico a mi país.

Tras la cena se encaminaron al bar, bien abrigados. Ocuparon la mesa del rincón, que estaba convirtiéndose en su emplazamiento habitual. Pidieron dos coñacs al dueño, que ya les saludaba con cierta confianza. Tras un primer sorbo, la mirada inquisitiva del francés no concedió más tiempo a Infante, y éste tuvo que empezar.

—He cazado a un alcalde. Tiene información —anunció.

—¿Otro amante de la literatura?

—Me temo que no, esta vez tendremos que pagar. ¿Sigue teniendo fondos?

—No se inquiete por eso.

—Me inquieto por si no le alcanzan para mí.

—Alcanzarán.

—Se nota que es usted de *bonne famille*.

—Le agradecería que no entráramos en el terreno de lo personal. ¿Qué vende ese alcalde?

—Otro asalto de Francisco y La Pastora. ¿Le interesa?

—Todo me interesa, pero esos asaltos dan pocos detalles sobre la psicología de la mujer.

—Dudo que vayamos a toparnos con el psicoanalista que La Pastora solía visitar.

—Eso no tiene gracia.

—Sólo pretendo que se dé cuenta de que estoy haciendo todo lo que está en mi mano. De momento únicamente podemos acceder a ese tipo de informaciones. Sé que lo ideal sería hablar con sus familiares, con sus amigos si los tuvo, pero eso es impensable por ahora.

—No me haga caso, Carlos; lo está haciendo muy bien y tiene toda mi confianza.

—Eso espero; si no fuera así dimitiría de este trabajo y volvería mañana mismo a Barcelona. Puedo ser un simple mercenario, pero tengo mi dignidad.

El francés lo miró con estupefacción. Nunca se acostumbraría a lo muy quisquillosos que eran los españoles.

Al día siguiente salieron de viaje una vez más. Era un día soleado, pero demasiado frío para un incipiente otoño. Las montañas, azuladas en la lejanía, parduscas las cercanas, se habían convertido para ellos en un paisaje habitual. Una vez en Càlig, se dirigieron al ayuntamiento. Les esperaba el alcalde, un hombre mayor, grueso y desaliñado, vestido con ropas de campesino. Estuvo serio y malhumorado. Durante las presentaciones en ningún momento estrechó sus manos. Pasó al grano directamente, sacando un documento que les mostró. Se trataba de la copia de un atestado de la Guardia Civil. Narraba el asalto a la masía Blasco, en el término de Castellot. Cómo había llegado a su poder era algo que no tenía intención de aclararles. Debían leerlo en su presencia, imposible copiarlo o sacarlo de allí. Por esa lectura pedía tres mil pesetas. Nourissier accedió, y puso el papel de modo que Infante también pudiera leerlo. Mientras lo hacían, el alcalde no les quitaba la vista de encima.

Enseguida se dieron cuenta de que el contenido era importante. La masía que asaltaron estaba situada en un paraje de difícil acceso. El campo de la propiedad consistía en sembrados de centeno, la rodeaban barrancos y montañas. Sólo una persona que conociera el terreno palmo a palmo hubiera logrado llegar. Habitaban la casa dos matrimonios ancianos, uno de mediana edad y otro joven. Había también cinco chiquillos. Lo primero que les sorprendió fue que el móvil del asalto no era político ni económico. Se trataba de una venganza personal. Francisco quería ajustar cuentas con el dueño porque, cinco años atrás, le había tratado mal. La Pastora tuvo sin embargo gran protagonismo en aquella fechoría. Siempre vestida de hombre, siempre armada con su viejo fusil, amenazó con gritos violentos a los habitantes hasta acorralarlos en la cocina. Una vez allí, Francisco entró en acción. Sin mediar palabra, empezó a golpear a la víctima, un hombre de unos sesenta y cinco años, hasta dejarlo tirado en el suelo, inconsciente y cubierto de sangre. La Pastora presenciaba la paliza y continuaba amenazando a los demás, que pedían clemencia entre llantos. Hubo un momento en el que todos pensaron que iban a morir. Después comenzó el expolio de la casa, de la que tomaron ropa, víveres, mantas... Al final, Francisco exigió una cantidad de dinero al maltrecho dueño. Se produjo entonces la situación habitual: como no tenía esa suma, iría al pueblo a buscarla mientras la familia entera permanecía como rehén. El plazo máximo era sólo de tres horas. El yerno del dueño se ofrece para ir hasta el pueblo y, una vez allí, toma la arriesgada decisión de contarle al alcalde lo que está sucediendo. El alcalde no lo duda y da parte a la Guardia Civil. El cabo al mando del cuartelillo toma a todos los hombres disponibles y en un camión se encaminan a la masía de Perogil, a tres kilómetros de la asaltada. Desde allí continúan a pie. Son siete hombres, armados hasta los dientes, que se acercan sigilosamente por entre los sembrados de centeno. A cien metros, rodean la casa, pero La Pastora advierte enseguida su presencia y avisa a Francisco, luego escapa aprovechando la oscuridad de la noche, rebasa la línea del cerco y empieza a disparar desde atrás sobre los guardias. En ese momento sale Francisco de la casa y los civiles le disparan a discreción, él contraataca con ráfagas de metralleta y vuelve a entrar en la casa para intentar escapar por el patio trasero. Allí, el pastor, que se había mantenido oculto durante todo el asalto, intenta obstaculizarle el paso. Francisco le dispara a bocajarro y lo mata. Ya en el patio de atrás, sube a un tejado y, desde allí, lanza dos granadas de mano. Luego salta al sembrado de centeno donde lo tirotean desde todas partes. Sin embargo, sale indemne, se reúne con su compañera y ambos huyen en dirección a la provincia de Castellón, donde seguramente tienen un escondrijo. En la marcha dejan abandonados sus macutos y cayados, que fueron encontrados días más tarde. A ellos no hubo manera de darles alcance.

Una *nota bene* decía al final del texto: «Si no hubiera sido por la presencia de las fuerzas del orden, el bandolero hubiera cumplido seguramente su amenaza de matar a los rehenes, habida cuenta de sus criminales antecedentes, propios de un sádico o un demente».

El alcalde, imperturbable, con el ceño fruncido, les preguntó si ya habían terminado la lectura.

—¿Cree que podríamos hablar con los habitantes de esa masía? —preguntó Infante.

—Dijeron que iban a venderla y largarse a otra parte. Muchos masoveros lo han hecho, estaban hartos de que tanto hijo de puta se aprovechara de ellos. Han sido muchos asaltos.

—¿Cómo es posible que la Guardia Civil no los cogiera nunca?

—La Pastora es como una rata de monte, sabe rutas a campo través y se esconde en rincones que no conoce nadie. Además, los guardias tenían miedo. Mire lo que acaban de leer: siete guardias contra dos hombres solos; pero sabían que iban armados, que hubieran matado a su propia madre sin pensárselo. No, no querían jugarse la vida.

—Creí que estaba usted a favor de las fuerzas del orden —comentó Infante con ironía.

—Yo estoy a favor de mí mismo. Y les diré algo: si se les ocurre contar a alguien que les he dejado leer ese papel, se buscarán problemas.

—¿Nos está amenazando? —se exaltó levemente Nourissier.

—Sólo les advierto de las cosas malas que les pueden pasar.

—Soy ciudadano francés y cuento con la protección de mi país.

—A ver cómo le protege su país si se cae por uno de esos barrancos que hay en la montaña, ¡ni siquiera le encontrarán!

—¿Cómo se atreve?

Infante medió rápidamente, temiendo lo peor.

—Vamos, Lucien, no demos tanta importancia a las palabras. Estoy convencido de que el señor alcalde no ha querido ofendernos.

—No he querido ofenderlos, pero páguenme. Yo he cumplido mi parte del trato.

Nourissier, con aire altivo, lanzó los billetes de banco sobre la mesa. Infante estiró de él como pudo y se despidió, mientras el alcalde se metía el dinero en el bolsillo con una sonrisa. Camino del coche empezaron a discutir:

—¿Cree que debemos marcharnos sin más? ¡Ese hombre es un corrupto y nos ha amenazado de muerte!

—Seamos sensatos, Lucien. Ese palurdo nos ha dado lo que queríamos. Eso es lo único que importa.

—¡Me rebela que un esbirro franquista salga bien librado después de haber intimidado a un ciudadano francés!

—¡Es verdad, no lo había pensado! ¿Por qué no llama a su embajador y le dice que después de haber sobornado a una autoridad en un asunto que roza el espionaje internacional, éste le ha ofendido con sus burdas expresiones? Estoy seguro de que quedará muy conmocionado. ¡Ah, y por mí no se preocupe! Como no tengo embajador que vele por mis intereses, si me tiran a un barranco alguien me recogerá.

Había hablado a toda velocidad, pero sin atisbo de ira. Nourissier se quedó mirándole con los ojos muy abiertos y luego se echó a reír.

—Perdóneme; me he comportado como un estúpido.

—No, se ha comportado como lo haría una persona normal en un lugar normal; pero este país es diferente, ¿comprende? Su suerte es que dentro de un tiempo saldrá de él, mientras que yo tendré que quedarme aquí de por vida.

—Lo siento, de verdad.

Infante se había puesto serio, pero enseguida sonrió:

—Tampoco nosotros contribuimos demasiado a que éste sea un sitio normal. Imagínese: dos individuos que, en pleno siglo veinte, buscan a una bandolera de la que ni siquiera saben si es hombre o mujer.

El francés reía como un niño. De pronto, dio un profundo suspiro y aspiró el aire que el sol había empezado a caldear.

—En mi profesión muchas veces me he preguntado qué es normal y qué no lo es, quién está loco y quién no. La mayor parte de las veces es difícil de determinar. Pero olvidemos este asunto; fíjese en el día tan precioso que hace hoy. ¿Por qué no damos un paseo y lo disfrutamos un poco?

—No tengo nada que objetar, pero salgamos de este pueblo. No me gustaría tener que vérmelas con todo el consistorio municipal. Si el tipo al que hemos visto es la máxima autoridad, imagínese cómo puede ser el resto.

Las carcajadas les impedían casi caminar. Subieron a la furgoneta y se pusieron en marcha de excelente humor.

—Todo es extraño, ¿verdad? —exclamó Nourissier—. Acabamos de leer la noticia de unos hechos de violencia estremecedora. Más que eso, hemos vivido una escena del todo desagradable y ¿qué se nos ocurre hacer?: reír y proyectar una excursión campestre.

—A eso se le llama supervivencia.

—¿Así sobrevive usted habitualmente?

—Yo soy un cínico, Lucien, o, mejor dicho, me he convertido en un cínico; nadie nace cínico desde un principio. Pare el coche allí, al lado de aquel pedrusco.

Subieron a un altozano desde donde se veía el mar a lo lejos, los extensos campos de olivos trepando por las lomas, la carrasca salvaje y perfumada.

—¡Qué paz! Ni una casa a la vista, ni un solo ser humano —exclamó Infante tumbándose en el suelo.

—Me gustaría saber qué tiene en contra de los seres humanos, Carlos.

—Prácticamente todo. Le recuerdo que vivo en una gran ciudad.

—Yo también, pero por poco tiempo. Dentro de un par de años pediré mi traslado a una universidad más tranquila: Burdeos, quizá Toulouse. Podré seguir investigando, perteneciendo a un claustro de profesores, pero fijaré mi residencia en los alrededores de la ciudad, en el campo. Mi familia será más feliz.

—¿Echa de menos a su familia?

—Enormemente. A veces pienso que no tenía derecho a dejar a mi mujer y mis hijas solas tanto tiempo. Me he atrevido a hacerlo porque el trabajo es también muy importante, mi segunda gran pasión. ¿Usted tiene novia?

—¿Puedo pedirle un favor, Nourissier? Ya que entramos en confidencias quiero pedirle que empecemos a tratarnos de tú. Ya sé que en su país no es costumbre, pero para mí constituye un martirio tanta formalidad.

—¡Por supuesto que sí, adelante! Deberías haberlo dicho antes. Pero no aproveches el cambio de conversación para zafarte de mi pregunta.

—No tengo novia, no.

—¿Nunca te has enamorado?

—Sí, alguna vez, pero sin resultados prácticos.

—¿No te gustaría tener una esposa, hijos?

—Tú procedes de un país libre y no sabes cómo son las cosas aquí.

—¿La política también influye en el matrimonio?

—¡Por completo! Vivimos en una sociedad donde el catolicismo más severo y atrasado impone las normas de convivencia. Aquí una mujer busca para casarse un hombre con oficio y beneficio, alguien que ocupe un lugar social respetable. ¿Y qué puedo ofrecer yo a las candidatas? Nada. Soy un periodista que se gana la vida a salto de mata, un desgraciado. Si hubiera sido un luchador, un vencido en la guerra civil..., eso a muchas mujeres les gusta, resulta romántico. Pero no es el caso. Así que las novias se alejan cuando ven a un tipo como yo, cobarde y pobre.

—Eres demasiado duro contigo mismo.

—Soy incapaz de negar lo que veo. Desgraciadamente una de mis escasas virtudes es la lucidez.

—Siempre es posible cambiar.

—¿Qué te complacería más: que me convirtiera en activista de una resistencia antifranquista que ni siquiera existe o que me apuntara a trabajar en un periódico del Régimen y fuera a misa cada domingo? ¡Ah, no! No estoy en un extremo ni en el otro; sólo intento ser un ciudadano normal, aunque en España eso parezca imposible.

—Llevas razón. Voltaire ya dijo que no puede exigirse de un ciudadano que se convierta en héroe por ser fiel a sus ideas.

—Voltaire era un tipo con mucho fundamento. ¿Conoces aquellos versos españoles que dicen: «Au revoire, dijo Voltaire tirando su chapeau al aire»? Hay que pronunciar mal el francés para que rime, pero resulta muy inspirado. ¡Vamos, te echo una carrera hasta aquella cima! ¡El honor de España contra el de Francia!

Se puso en pie de un salto y echó a correr enloquecidamente, sorprendiendo al psiquiatra, que le imitó al instante. Iban a toda velocidad, como si en aquella carrera les fuera la vida. Nourissier, de piernas más largas, se adelantó, pero, cuando estaba alcanzando la meta, Infante le hizo un tremendo placaje y lo derribó. Ambos rodaron por la loma entre gritos y risas. El francés vociferaba en su lengua:

—*Tricheur! J' allais gagner sans doute!*

Quedaron tumbados sobre la hierba intentando recuperar el resuello, riendo aún.

—¿Qué país ha salvado el honor? —preguntó Infante entre jadeos.

—Me temo que el honor de ambos países ha quedado en franco entredicho.

Hubo un silencio. Se levantó una brisa suave que presagiaba el frío de la tarde. Olía a romero y tomillo, a espliego, a tierra. De pronto, Infante se arrebujó en su abrigo y anunció:

—Tengo sueño —durmiéndose al instante. Nourissier se sentó con las piernas encogidas, las abrazó. Estaba enamorándose de aquel paisaje desolado y agreste. De pronto tuvo la extraña idea de que quizá La Pastora estaba mirándolos desde un escondite. Si así era, se preguntaría qué hacían allí y por qué se mostraban tan felices. Y en efecto, ¿qué hacía él allí, en medio de aquella tierra seca y dura? La vida era imprevisible, singular, a veces bella. Sacó su cuaderno y se puso a escribir:

«Hoy he leído un testimonio que pinta una sujeto menos fría y pasiva que de costumbre. No realiza acciones violentas directas, pero grita, amenaza, parece dispuesta a matar. El testimonio la presenta como una especie de gato montaraz que se mueve con agilidad por todas partes y todo lo ve, incluso en la oscuridad. En esta ocasión, aunque dispuestos a robar, ella y su compañero clamaban venganza. Cabe la posibilidad de que sea justamente por eso por lo que la sujeto se muestra más agresiva. Digamos que tienen más influencia sobre su personalidad las cuestiones directas y primarias que las ideológicas o alimenticias. Ese extremo sí vendría a confirmar ciertas raíces psicopatológicas en su proceder. La posibilidad de que reciba daño el que daño ha infligido la excita hasta el extremo del grito, del insulto, de la amenaza. No es ella directamente la que se venga, pero siente los males de su amigo como propios y reacciona con visceralidad. Mientras le piden clemencia, ella arrecia en su crueldad, como si se sintiera espoleada. Hay otro punto que debe ser considerado. Los bandoleros saben que corre la leyenda de que son inalcanzables por la Guardia Civil, que nunca consigue atraparlos. En ese punto cabe pensar que ambos individuos sean conscientes de su, llamémoslo así, "aura de prestigio" entre los lugareños, por lo que sus reacciones se vuelven más extremas aún. Son seres desesperados, pero en el caso de la sujeto, que nada tiene que perder sino su vida, podría existir un cierto placer adquirido en una manera irresponsable de vivir. Si anteriormente a su entrada en el maquis la sujeto se veía obligada a realizar duras y largas tareas como pastora, el ejercicio continuado de la libertad y de la falta de obligaciones, así como el gusto por la facilidad de los asaltos, pudieron llegar a constituir para ella un modo agradable de vivir. También el componente de riesgo perpetuo, de juego con la muerte y de burla de la autoridad quizá se convirtieron en una constante que necesitaba, alejando de este modo la desesperación y la infelicidad profunda de su carácter».

Sintió sueño él también, de buena gana se hubiera dormido junto a Infante, pero no le pareció prudente. Despertó a su compañero.

—Carlos, vámonos. Te vas a quedar helado aquí.

Regresaron en silencio. Nourissier tuvo la sensación de que el catalán caminaba en estado de sonambulismo. Al llegar a su alojamiento, sin dar muestras de estar completamente despierto, imprimió potencia a sus pasos y desapareció escaleras arriba antes de que Nourissier pudiera cerrar tras de sí la puerta principal. Cuando se disponía a hacerlo, oyó que alguien le chistaba desde la oscuridad. Salió a la calle y escudriñó la acera. De las sombras surgió un joven, alto y delgado, vestido con traje de pana y calzado con alpargatas. El psiquiatra decidió no ponerse en guardia antes de tiempo y le dio las buenas noches.

—¿En qué le puedo ayudar? —preguntó luego, aparentando normalidad.

El joven se acercó, permitiendo a Nourissier observar con más detalle su apariencia: era moreno de piel, con grandes ojos y aspecto refinado. Al cuello llevaba colgada una gruesa cadena de oro.

—Sé lo que estáis haciendo aquí —le espetó de pronto.

Nourissier sintió como si alguien lo hubiera abofeteado. Lamentó mil veces que Infante no estuviera allí. En aquel momento ni una sola idea vino en su ayuda.

—¿Cómo dice? —preguntó estúpidamente.

—Ya sabes lo que digo. Vais contando que sois médicos pero habéis venido a hacer política contra Franco.

El francés no conseguía entender la situación, cada vez estaba más confuso.

—¿Quién es usted?

—A ti eso no te importa una mierda. Habéis ido a ver a la familia de gente del maquis. Hacéis cosas prohibidas. Mira qué bien me lo sé.

El aspecto refinado del chico era mera apariencia. Hablaba de modo inculto y tenía una actitud lacerante y vulgar.

—No sé de qué me habla. Dígame qué quiere de mí o márchese.

—Quiero dinero, diez mil pesetas. Si no me las das iré a contarle a la Guardia Civil lo que hacéis de verdad.

Nourissier estaba aterrorizado, no manejaba los elementos que le hubieran permitido reaccionar:

¿los había visto aquel tipo ir a Castellot?, ¿sabía lo suficiente como para denunciarlos?, ¿de dónde había salido? Decidió hacer lo único que le pareció indicado.

—El dinero lo tiene mi compañero, que acaba de subir.

—Sí, ya lo he visto, ¿y qué?

—Tendré que ir a su habitación, explicarle lo que quieres.

—Dile que baje aquí, y traed las pesetas. Si intentáis algo o despertáis a alguien iré directamente al cuartelillo; así que tú verás.

Su mente trabajaba a toda prisa mientras subía las escaleras. Llamó con dos suaves toques a la puerta de Infante, pero éste no respondió. Intentó abrirla y ésta cedió; por fortuna, su compañero no había echado el pestillo. Lo vio durmiendo tranquilamente bajo un grueso embozo de mantas y edredón. Encendió la luz, pero el dormido no reaccionó. Empezó a zarandearlo. De pronto, Infante dio un salto y se sentó en la cama. Al ver el rostro demudado de su compañero hizo un esfuerzo y recobró la lucidez. Nourissier le contó. Infante echó pie a tierra. Llevaba un pijama rayado de algodón. No se puso ni las zapatillas, como una exhalación bajó los peldaños de dos en dos, seguido del francés.

El joven no se había movido, pero al ver a Infante vestido de noche hizo algo extraño: sonrió. Éste se puso frente a él.

—¿Qué coño quieres? —preguntó con fiereza.

—¿Habéis traído el dinero?

—¿Qué sabes tú que valga tanto?

—Fuisteis a Castellot a ver a la familia de unos maquis. Ya se lo he dicho a ése.

—¿Y eso vale diez mil pesetas?

El joven se acercó a la cara de Infante. Le miró de modo desafiante y pasándose la lengua por los labios, le dijo en voz más baja:

—A no ser que queráis otra cosa, pero eso vale más.

Infante lo empujó contra la pared de la casa, lo tomó por las solapas y acercó la boca a un milímetro de su cara.

—Así que vas a ir a denunciarnos a la Guardia Civil, ¿eh, basura? ¡Adelante, ya puedes hacerlo! Luego iré yo a contarles que eres el puto del médico de Catí, que te metes en su cama por dinero. Ya sabes cuánto les gustan los maricones a los guardias. Te darán para el pelo, y de ahí a la cárcel. ¿Es eso lo que quieres?

El chico, en un súbito estado de terror, negaba con la cabeza. Infante lo soltó.

—¡Venga, pues aire, ya te estás largando de aquí! Y esta noche pensaré a ver si le cuento al doctor Ramos que has venido. A lo mejor hoy se te ha acabado la buena vida, cabrón.

Echó a correr y se perdió en la noche. Infante empezó a dar saltitos de frío en el suelo, con cara de mal humor.

—¡Joder, voy a agarrar una pulmonía!

Subió por la escalera, seguido por un atónito Nourissier, que le preguntó procurando no elevar la voz:

—¿Cómo has podido saber...?

—¿Cómo?... No hace falta ser Sherlock Holmes. El viejo sarasa se ha ido de la lengua con su principito local. Pero no le ha dado detalles. No hay nada que temer. Ahora ese pobre diablo estará maldiciendo haber hecho el viaje hasta aquí.

Abrió la puerta de su habitación. Nourissier, aún con cara de sorpresa, intentó detenerlo.

—Pero...

—Asunto solucionado, Lucien. Buenas noches.

—Carlos.

—¿Qué? —dijo Infante de mala gana.

—¿Tienes algo contra la homosexualidad?

—¡Por Dios bendito, doctor, estoy helado, cansado y tengo mucho sueño, ¿comprendes? Lo único que deseo es dormir, algo tan simple y tan primario como dormir. ¿Es pedir demasiado? ¡Buenas noches!

—Buenas noches —susurró Nourissier, y fue a su habitación, donde intentó recomponer mentalmente paso a paso todo lo que acababa de suceder.

Las fiestas de los pueblos eran divertidas, pero con la guerra todo se acabó. Dicen que se veía venir, pero yo era joven y estaba en el monte, con los corderos, así que no me daba cuenta de nada. Además sabía que tanto si eran rojos como nacionales, los vecinos del pueblo a mí me tratarían igual: la mayor parte ni se fijaba en que fuera por el mundo, otros me miraban como a un bicho raro y unos pocos eran amigos míos. Eso no iba a cambiar. Lo que sí cambió fue el mal aire que se respiraba por todos lados y los odios que se destaparon por las buenas, como si siempre hubieran estado escondidos esperando para salir. A mí todo eso me tocó de cerca, claro, porque ya nadie me contrataba mucho tiempo seguido. El trabajo empezó a escasear y yo tenía que ir de masía en masía. Me daban lo que podían, un sueldecillo pequeño, y también la comida de cada día. Así podía vivir. También trabajé para José Vicente, que era el hermano al que más quería. Luego, cuando a él lo mataron trabajé para la viuda, que se portó muy bien conmigo. A José Vicente lo mataron los rojos. Se escondió en el monte porque quería pasarse a las tropas de Franco cuando llegaran. Allí se quedó un montón de tiempo. Luego los nacionales estaban concentrados entre Morella y Vallibona para preparar una batalla de las grandes. Cuando iban de retirada los republicanos, mi hermano se confundió y quiso juntarse con ellos y entonces le dispararon. Ya es mala suerte, el pobre, aunque nunca la había tenido buena. Pero en esos años de guerra la mala suerte la regalaban. Yo lloré mucho, podía llorar lo que quisiera porque era una mujer entonces. Aunque todo el mundo lloró en aquellos malos tiempos porque los unos o los otros tarde o temprano podían hacerte una faena. Si mi hermano hubiera vivido hubiera acabado siendo mi enemigo. ¡Qué cosas!, pero yo no me enteraba mucho entonces, me enteré más después de la guerra, que vi barbaridades que no hubiera tenido que ver nunca. A veces quiero imaginarme cómo hubiera sido mi vida si no hubiera pasado todo lo que pasó, pero no se me ocurre nada. La vida de cada uno es como es. ¿Para qué amargarse si ya es todo bastante amargo? Claro que, como digo, yo era joven, y de joven no te da por pensar. Además no tenía marido, ni novio ni nada, así que no penaba por nadie. Vivía con mucha libertad.

Las tropas de Franco no batallaron nunca aquí, se hubieran perdido en la montaña. La montaña no es sitio para guerra sino para guerrilla, como me enseñaron después. Pero lo que gritaban los rojos de «No pasarán» de nada sirvió; los nacionales pasaron, ¡vaya si pasaron!, e hicieron muchas animaladas también. Yo oía cosas, veía que la gente sufría y se asustaba, el miedo campaba a sus anchas por todos lados. Pero yo miedo no tuve, y como era una mujer no me reclutaron ni me tocó luchar. Lo que a veces les vino muy bien a los que se quedaron en casa. A los que se quedaron en la retaguardia yo los ayudaba. Como aquella vez de los moros. Con los de

Franco iban muchos moros, que estaban muy locos, bebían cosas fuertes y fumaban hachís. Los que vinieron por aquí eran del ejército de Galicia, de donde nació Franco. Ya se sabía que si iban delante de la tropa estaban más controlados, los jefes del ejército los vigilaban para que no hicieran abusos. Pero ¡ah, amigo!, esos de Galicia, que los mandaba el general Antonio Aranda Mata, cuando estaban en estas tierras iban siempre detrás, en la pura retaguardia, y entonces solían hacer de su capa un sayo. Los masoveros les tenían más miedo que a un nublado; se organizaban para guardar de ellos las casas y a las mujeres. Estaban preparados con palos por si aparecían por allí. Aunque hubieran podido tener armas de fuego no las querían, porque sabían que los moros decían que si te matan de un disparo resucitas en Africa, en tu tierra natal. Y así, con los palos, los fastidiaban más. Ya ven ustedes, cosas de la religión, que son todas una incultura y un montón de supersticiones a cada cual más tonta como me enseñaron los compañeros del maquis. Así que a los fusiles no les tenían miedo, pero al palo sí, porque si te mataban a palos no resucitabas en ninguna parte. De modo que los masoveros usaban palo sin más. Yo sabía que los moros estropeaban a las mujeres, quiero decir que las violaban y todo eso. Entonces un día, cuando trabajaba en casa de mi cuñada, pasó algo que me pone los pelos de punta aún. Yo estaba en la casa ese día, que no había subido con las ovejas no me acuerdo por qué. En eso que se presentan en la casa dos moros vestidos de soldados, con toda cara dura. A mí me cogen limpiando la pocilga y, sin poder defenderme por la sorpresa, me dan un empujón y me echan al suelo. Luego oigo que atrancan la puerta con un madero que estaba para eso. Se largan y un rato después me llegan los gritos de mi cuñada y las otras mujeres, que en aquella casa hombres no había desde que a mi hermano lo mataron. Me entró una desesperación como si estuvieran estrujándome el estómago. Empecé a darle patadones a la puerta con toda mi fuerza, que era mucha, ustedes ya lo saben. Patadas y patadas hasta que el jodido madero se partió y salí por piernas de la pocilga. Ya se pueden imaginar el jaleo que armaban los cerdos, gritando de puro miedo y por el jaleo. Allá que voy siguiendo los gritos de Marieta y las risotadas y las palabras en moro de aquellos dos hijos de la gran puta. La habían encerrado en un cuarto para abusar de ella. Le estaban rompiendo el vestido a jirones. La puerta estaba cerrada con llave, pero yo ya tenía la pierna caliente, así que le empecé a dar patadas también y se abrió enseguida. Me hervía la sangre, estaba fuera de mis casillas. Cogí a uno y le di un puñetazo en plena cara, lo tumbé. Luego al otro, exactamente igual. Con los dos en tierra era más fácil: los pateé, en las costillas, en los cojones, en el cuello. Me hice con un palo y les di con el palo también. Uno echaba sangre por la boca, el otro no se movía. Marieta me dijo: «Para ya, Tereseta, para ya, que si los matas nos metemos en un buen lío». Esperé a que se recuperaran un poco y los eché de la masía. «¡Cuando queráis volvéis a buscar juerga! ¡Ya veis cómo nos las gastamos las mujeres aquí!» No sé si me entendían, supongo que no, pero la paliza sí la habían entendido, vaya que sí. Marieta lloraba y se reía a la vez. Me dijo que era valiente y que la había salvado, me besaba las manos, que yo las tenía ensangrentadas y hechas un Cristo. Al día siguiente todos los de las masías de los alrededores y en el propio pueblo me felicitaban. «Muy bien, Teresa, muy bien.» ¿Ahora ya no soy Teresot?, pensaba yo; cuando os conviene, lo que tenga entre las piernas os da igual. Pero así eran las cosas. Mi cuñada al cabo de los años me enteré de que se volvió a casar y que vivía en Remolins, un barrio de Tortosa. Pero no he sabido más de ella, de nadie de la familia he sabido más, como es lógico. Ellos ahora seguro que tampoco quieren saber nada de mí por la cuenta que les trae, lo que es lógico también.

Cuando ya había entrado en el maquis me llegaron noticias sueltas de la historia que me había pasado con los moros. La gente iba diciendo que los había matado a los dos, que les había sacado las tripas, que les había arrancado la piel. Barbaridades, ¡qué sé yo! Todo era mentira, pero matarlos no me hubiera importado tampoco. Además, que se corrieran esos rumores me venía bien. Me respetaban más, se andaban con mucho cuidado de lo que pudieran decirme.

Justo antes de la guerra, y durante la guerra también, como no había celebraciones patronales y no era cuestión de estar todo el tiempo penando y llorando, hacíamos bailes en las masías, que les llamábamos bureos, en una masía distinta cada vez. Allí íbamos todos y bebíamos y bailábamos. Yo tanto bailaba con hombres como con mujeres. Con los hombres me reía un montón, y hacía que ellos se rieran lo mismo o más que yo. Recuerdo a Joaquín del Sacristá. Era soltero aunque tenía más de cuarenta años. Le gustaba empinar el codo y no se perdía un bureo. En cuanto nos encontrábamos y después de que yo me hubiera tomado mis dos copitas de coñac, ya estábamos bailando agarrados y haciendo payasadas de las gordas. Que si él se arramblaba contra mí, que si yo hacía como que le daba de bofetadas... La gente se partía, y también nosotros, que todos teníamos ganas de reír y olvidarnos de tantas desgracias.

Lo que ocurría con todo eso era que había algunos que no sabían hasta dónde se podía llegar y querían pasarse. Me acuerdo de un bureo que iba a ser sonado porque había buena cantidad de comida, de bebida y de gente que iba a asistir. El día antes me llega Diego muy nervioso, que era aún el niño de mi corazón y a quien yo quería más. Va y me dice: «Tereseta, he oído decir en el pueblo que hay un grupo de graciosos que han hecho el plan de emborracharte mañana y entre todos acogotarte y subirte las faldas para ver si eres un hombre o una mujer». «No te preocupes, chaval, que ya sabré cómo defenderme», le dije yo. Llega el día siguiente y, antes de presentarme, dejé pasar un buen rato hasta que la fiesta estuviera empezada y hubiera bastante animación. Estaban todos en la era y entonces llegué yo. Había cogido el hacha más grande que había en la casa. Voy y me planto allí en medio: «Buenas noches», digo con toda educación. Todos se quedaron callados. Un árbol que estaba cerca lo estaban usando para guardar las zamarras y la ropa que les molestaba para bailar. Me quito mi chaqueta, la cuelgo allí y después cuelgo el hacha. Voy y digo en voz alta: «Vamos a ver si alguien me va a dar trabajo esta noche». No se oía ni una mosca. Luego, muy tranquilita, pido un vaso para beber vino. Siguió la fiesta, y nadie me molestó, y los que querían levantarme las faldas se quedaron con las ganas.

El día de después viene Diego a verme al campo cuando estaba con el rebaño y me dice: «¡Ay, Tereseta, no sabes cómo me reí ayer! Me tuve que esconder en un rincón para poder reírme a gusto. ¡Estaban todos con los cojones en la garganta sólo de ver el hacha!». Entonces yo le respondo: «¿En la escuela te enseñan a decir malas palabras?». «¡Ya no voy a la escuela, Tereseta!» «Pues es igual, ya te lo enseño yo si no te lo enseña ningún maestro. Un chaval como tú no tiene que decir malas palabras, tienes que ser educado y procurar tener instrucción.» Ése es el mal, señores, el mal de España es que la gente no tenemos instrucción, cómo me dijeron después los compañeros del maquis. Pero ¿qué podíamos hacer si nadie nos la daba, qué podíamos hacer?

«La sujeto era capaz de violencia extrema, de gritos e intimidaciones, de propinar palizas a gente indefensa, de presenciarlas sin sentir piedad. ¿Era también capaz de matar? Aparte de los cargos que se le imputan, nada menos que veintinueve asesinatos, no hemos tenido aún testimonio directo de ninguna muerte durante nuestra investigación. Tampoco contamos con dato alguno sobre su sexualidad. Al parecer sufría una deformación genital, pero no sabemos de qué índole. Eso nos hace plantearnos todo tipo de preguntas: ¿practicaba el sexo con hombres o con mujeres?, ¿era un ser asexuado?, ¿su malformación le provocaba algún sufrimiento moral?, ¿se trataba de un hombre atrapado en una identidad femenina?, ¿de una mujer que se vengaba de su imposibilidad de ser madre?»

Nourissier se daba cuenta en sus sesiones de trabajo de que la sexualidad de La Pastora sería muy difícil de determinar. Aun en el caso hipotético de que llegaran a encontrarse con ella, nada conseguirían preguntándole. Y sin embargo, aunque su formación no era psicoanalítica, no podía despreciar la gran importancia del tema sexual en la configuración del perfil patológico de la bandolera. Los testigos de sus últimos asaltos no dudaban en afirmar que era un hombre, y sólo los informes de la Guardia Civil seguían atribuyéndole el sexo femenino. Teresa Pla Meseguer, ésa era su cara oficial para el mundo.

El francés suspiró profundamente. Si la psiquiatría moderna intentaba apartarse cada vez más de los terrenos especulativos propios de la diagnosis por la palabra y ahondar en las certezas biológicas, la persona que había escogido como objetivo de su estudio no podía ser menos indicada. Al no estar nunca presente, sólo contaba con testimonios de terceros sobre su comportamiento, y éstos nunca hacían hincapié en estados de ánimo o reacciones psicológicas, limitándose a enumerar sus acciones. Se trataba de un auténtico reto para cualquier profesional de la psiquiatría: ir trazando un retrato psicológico de alguien que estaba empezando a devenir en mito. ¿Cómo desbrozar la verdad en testificaciones influidas por el aura de misterio e imbatibilidad de La Pastora? Y sin embargo, seguía pensando que el personaje era oro puro para una investigación científica. Su vida azarosa: primero pastora, luego maquis, después simple delincuente, su sexo, su violencia... Todo ello tenía sin duda una influencia en su carácter y serviría para generalizar numerosas hipótesis, que podían devenir auténticas teorías.

Miró por la ventana de su habitación. Era un día nublado que imponía al campo un velo grisáceo. Un día de los llamados tristes. Si aquella mujer seguía escondida en el monte, ¿tendrían algún sentido para ella los cambios de tiempo? ¿Se sentiría melancólica con la lluvia, vital con el sol, le harían los truenos estremecerse?

Llamaron a la puerta. Le sorprendió oír la voz de Infante, que no solía interrumpirlo jamás.

—¿Puedo entrar, Lucien?

Nunca visitaban el uno la habitación del otro. No era un acuerdo al que hubieran llegado, pero resultaba una manera práctica de salvaguardar su intimidad. Quizá por eso el psiquiatra se quedó un momento en suspenso y dio una ojeada para comprobar qué aspecto podía presentar la estancia. Todo estaba en orden. Le hizo pasar. Apartó los libros que yacían en su segunda silla e Infante se sentó. Enseguida declaró teatralmente:

—Detesto molestarte, pero tenemos un problema. Se trata del alcalde de La Sénia.

—¿Es también un corrupto?

—No sé si es corrupto, pero sí es muy cortés. Se presentó esta mañana cuando me lo encontré por la calle. Sabe que somos huéspedes en su pueblo y nos ha cursado una invitación. Mañana se celebra una fiesta pública en la Plaza Mayor y quiere que estemos presentes.

—No veo ningún problema, a eso se le llama hospitalidad. Creo que debemos asistir.

—Sí, pero en una fiesta se bebe, se baila, se come y... ¡se habla! De modo que pueden preguntarnos un montón de cosas: ¿qué hacemos aquí, por qué permanecemos tanto tiempo en el pueblo, adónde vamos cuando salimos de excursión?... Saciar toda esa curiosidad puede ser complicado.

—¿Y si declinamos la invitación con alguna excusa?

—Será peor, pensarán que tenemos algo que ocultar.

—En ese caso hay que ir, y limitarnos a contestar vaguedades cuando nos pregunten.

—¡Me veo en un calabozo!

—No te preocupes, le diré a mi embajador que interceda también por ti.

—Es un detalle muy delicado por tu parte.

Se miraron con sorna, sonrieron. Su relación era cada vez menos tensa, más amistosa. Nourissier preguntó:

—¿Te ha dicho cómo tenemos que ir vestidos a esa fiesta?

—Ya se sabe, de esmoquin o de frac.

—Perfecto, miraré en mi equipaje.

Se vistieron como en un día normal, si bien el francés añadió a su atuendo un *foulard* de seda blanca que a todos llamó la atención. La plaza estaba engalanada con guirnaldas de papel y bombillas de colores. En una zona lateral habían colocado largos tablones a modo de mesas en los que se alineaban jarras de vino tinto con trozos de fruta, bandejas de *pastissets*, tortas saladas y un barril de vino preparado para servir cuando se agotaran las jarras. En el extremo opuesto, una tarima elevaba a los cinco componentes de una orquesta popular que, cuando ellos llegaron, ya había empezado a tocar pasodobles y boleros.

Había niños bailando entre sí, correteando, intentando picar la comida de las mesas mientras eran reprendidos por los mayores. Había hombres y mujeres de mediana edad, muchos viejos y un número minoritario de jóvenes. Todos charlaban a grito pelado, se gastaban bromas y miraban más o menos de reojo hacia la pareja de extraños constituida por Infante y Nourissier.

El alcalde pronunció unas palabras en castellano, lengua que sólo empleaba en los actos oficiales, y dio por iniciada la fiesta, momento en el que todos se abalanzaron sobre las bebidas provistos de vasos que habían traído desde sus casas. Como ellos no habían sido advertidos de este detalle, permanecieron mirándose tontamente con las manos vacías. La patrona de la pensión les sorprendió entonces dándoles dos copas que había cogido para ellos.

—Muchas gracias, señora, si lo hubiéramos sabido hubiéramos traído los vasos nosotros mismos —se desvivió por ser amable Nourissier.

—Beban, que el vino es bueno —dijo ella sin sonreír.

Tal y como habían previsto, el alcalde se les acercó enseguida. Infante le presentó a su compañero para que se las apañara solo con el interrogatorio que estaba seguro iba a desarrollarse. Mientras eso sucedía, dio vueltas por la plaza, se divirtió viendo cómo danzaban mujeres con mujeres moviéndose garbosamente, atacó sin piedad los deliciosos *pastissets*, y hasta unas chicas lo sacaron a bailar disimulando su timidez entre grandes risas. De vez en cuando miraba en dirección al psiquiatra y el alcalde, comprobando que su conversación parecía avanzar sin contratiempos. El vino, endulzado con la fruta madura, estaba haciendo que se achispara por momentos.

Empezó a imaginar que La Pastora también asistiría a bailes como aquél antes de convertirse en una proscrita y dedujo que el ambiente era tan desinhibido que quizá le tocara soportar alguna que otra broma pesada debido a su aspecto hombruno. Claro que hacer ese tipo de conjeturas no formaba parte de su trabajo; lo suyo en aquel momento hubiera sido proteger a Nourissier del fastidioso alcalde. Pensó que el asedio quizá estaba durando demasiado y corrió a rescatar a su compañero. Sin embargo, cuando estuvo junto a ellos, le sorprendió darse cuenta de que su charla era en extremo animada. El alcalde estaba contando pormenores sobre las costumbres ancestrales del país y lo más curioso era que el francés parecía disfrutar con ello. La situación le divirtió y se quedó callado pensando en otras cosas.

Cuando la comida había casi desaparecido de las mesas, unos individuos empezaron a colgar ollas de barro de un cable que atravesaba la plaza. Estaban bien tapadas con un pedazo de arpillera atada con una gruesa cuerda. El alcalde explicó que se trataba de piñatas.

—Dentro de cada olla hay una golosina diferente: caramelos, polvorones... En una de ellas se mete una sorpresa que la gente no espera. Se les vendan los ojos a los que quieren participar, cada uno coge un palo y... ¡adelante, a intentar romperlas sin ver nada! El que rompe una olla se queda con lo que hay dentro.

—¿No es peligroso? —preguntó ingenuamente Nourissier—. Estando todos juntos pueden golpearse los unos a los otros.

—Eso forma parte de la gracia del juego —intervino Infante con ironía.

Asistieron al desarrollo del concurso entre los gritos, risas y algarabía de la gente. Cuando alguien rompía una de las piñatas, se producía una pausa durante la cual el ganador recogía sus trofeos del suelo. Después todos volvían a la carga.

—¡Ay, cuando lleguen a la sorpresa! En aquella última olla está —exclamó el alcalde muy animado.

—¡Seguro que hay agua dentro! —aventuró Infante.

—Otros años se ha hecho, pero éste hay algo todavía más divertido.

—¿Qué es? —preguntó un Nourissier intrigado.

El alcalde se inclinó un poco hacia ellos y bajando la voz dijo:

—Un gato.

—¿Un gato de peluche? —volvió a preguntar el francés.

—¡Un gato vivo! Ya verá cómo sale de rabioso cuando le den.

Infante vio cómo el rostro del psiquiatra se contraía, cómo, acto seguido, se cubría de un rojo intenso. Nada pudo hacer por detenerlo cuando, levantándose, se dirigió a grandes zancadas hasta donde los participantes apaleaban las ollas. Allí abrió los brazos de par en par y dio un grito estentóreo:

—¡Basta, basta, salvajes!

La gente quedó callada, en suspenso. Los jugadores iban retirándose las vendas para ver qué estaba sucediendo. Entonces Nourissier fue directo hasta la última olla, que, con su estatura, no tuvo dificultad para descolgar. Retiró la tela que hacía las veces de tapadera y, en ese momento, un pobre gato despavorido y cegado por la luz salió al exterior corriendo y bufando como si hubiera visto al mismo diablo. La gente, desconcertada, no sabía cómo reaccionar, hasta que un hombre joven empezó a reír a grandes carcajadas y los demás le siguieron en un acto mimético. La música recomenzó y volvió el movimiento a la plaza. Algunos preguntaban, otros todavía permanecieron unos instantes observando atónitos a un Nourissier agachado y absorto. Infante había llegado hasta él a toda velocidad y lo tomó del brazo, le ayudó a levantarse.

—¿Pero tú has visto, Carlos..., quién podía imaginar...? —balbuceaba el francés, conmocionado. Infante le susurraba:

—Vamos, salgamos enseguida de aquí.

—Pero es que...

—¡Calla y date prisa!

Lo sacó por una esquina, mientras en la plaza continuaba el jaleo festivo. Iban rápidos por las calles estrechas, completamente vacías, fantasmales. Cuando casi habían llegado a la pensión, Nourissier se liberó con brusquedad del brazo de Infante:

—¡Suéltame! ¡Éste es un país de bestias, de bestias salvajes sin respeto por nada ni por nadie! Necesito una copa.

—La tomaremos en mi habitación; no me parece que debamos seguir exhibiéndonos.

Una vez en su destino, Infante tomó el vaso en el que solía beber, enjuagó otro con el que se lavaba los dientes y sirvió un dedo de whisky en cada uno de ellos. Apuró el suyo de un solo trago. Nourissier le imitó.

—¡Perfecto, Lucien, una jugada maestra! Si hasta ahora habíamos conseguido permanecer aquí discretamente y sin que nadie se metiera con nosotros, acabas de cambiar esa idílica situación. Ahora ya somos famosos, sobre todo tú. Me pregunto cómo te llamarán en el pueblo a partir de hoy: ¿el salvagatos, el aguafiestas, el gatero?

—¡Detesto la crueldad con los animales!

—Llevas aquí casi un mes enfrentándote a las consecuencias desastrosas de una guerra civil, oyendo testimonios estremecedores de palizas, tortura, hambre y muerte. ¿Y por quién se te ocurre interceder? ¡Por un maldito gato! Explícamelo porque no lo entiendo.

—Los animales son más indefensos que las personas. Además, ¿cómo podría intervenir yo en vuestra asquerosa guerra?

—¡Exacto, ése es el punto! Nuestra asquerosa guerra, la cual nosotros solitos nos la buscamos, ése es el sentir general desde fuera de España: dejemos que esos bárbaros se maten los unos a los otros; en el fondo, sus vidas no son valiosas.

—Estás sacando las cosas de quicio. Yo sólo estaba hablando sobre animales.

—Cierto, en eso también somos salvajes: corridas de toros, lanzamiento de una cabra viva desde el campanario de no sé qué maldita iglesia, la matanza del cerdo es una fiesta... ¡Ya sé que somos un país salvaje, pero tú has venido aquí atraído por esa barbarie: guerrilleras en el monte, venganzas, caseríos sangrientos!... ¡Ese desgraciado tipismo es lo que te ha traído hasta aquí!

—No tienes ningún derecho a hablarme de esa manera.

—¡Sí lo tengo, estás en mi habitación!

Nourissier se levantó al instante y salió abruptamente, dejando la puerta abierta tras él. Infante la cerró de un portazo, fue a servirse otro trago. ¡Al demonio con el francés! Empezaba a estar harto de sus contradicciones, de su fina sensibilidad de damisela, de sus prejuicios civilizados, de su aire de superioridad. Pensó que aquélla era una aventura ridícula de la que ya empezaba a intuir el desenlace: Nourissier se daría cuenta de que los datos que obtenían eran demasiado pobres para su trabajo y acabaría por claudicar antes de que se cumpliera el plazo. ¡Tanto mejor!, tres meses en su compañía le parecían ahora un tiempo interminable.

El psiquiatra entró en su habitación completamente consternado. Las situaciones de violencia lo alteraban hasta hacer que se sintiera mal físicamente. Toda su vida había luchado por crear un ambiente de armonía a su alrededor. Su labor profesional consistía en restaurar el equilibrio en la mente trastornada de sus pacientes, y en el ámbito personal se esforzaba por que hasta los mínimos detalles formaran un microcosmos de serenidad. Adoraba la música clásica, arreglar las flores del jardín, pasear por el campo con sus hijas, charlar con su esposa después de cenar. Todo ello contribuía a su bienestar íntimo, le daba fuerza para pensar, para analizar los problemas adecuadamente. Sin embargo, desde que había llegado a aquella tierra se había roto cualquier atisbo de armonía; demasiada violencia, demasiado odio. Aquel ambiente que flotaba en el aire conseguía alterarlo, hacer que sus nervios estuvieran siempre a flor de piel. Lástima, pensó, porque la tierra era armónica en sí misma, con un equilibrio propio que tenía componentes atávicos, indomables, viscerales, apasionantes. En cualquier caso, aquél no era su mundo, de ningún modo pertenecía a aquella abrupta realidad. Se le representó la escena en la que había discutido con su compañero y no pudo por menos que reconocer que había actuado con una gran subjetividad. Había sido brutal con Infante, lo había ofendido sin necesidad, dejándose llevar por el mal humor que lo embargaba desde el episodio del gato. Se sintió estúpido y culpable, deseó pedirle disculpas, recomponer su relación. Llamar a su puerta y excusarse no estaba mal, pero el español era cabezota, susceptible, y tardaba mucho en olvidar los enfados. Probaría de todas maneras, se le había ocurrido un sistema que podía funcionar. Salió sigilosamente de su habitación y se acercó a la puerta de Infante. En vez de llamar con los nudillos, dio un maullido felino que resonó en toda la pensión. Inmediatamente abrió el periodista, riendo, y con un gesto le hizo pasar:

—Deberías balar como las cabras, es un papel que te va más.

—¿Si lo hago me invitarás a otra copa?

—Lo pensaré.

Rieron como los hombres jóvenes y llenos de vida que en realidad eran. Se sentaron de nuevo, Infante volvió a servir.

—No te comprendo, Lucien, hasta ahora siempre había pensado en ti como en alguien equilibrado; pero cada vez te veo más cambiante, más radical.

—Llevas razón, ¿qué quieres que te diga?, llevas razón. Yo mismo lo pensaba hace un rato: bajo la influencia de esta búsqueda estoy empezando a perder todas las virtudes que había adquirido con esfuerzo a lo largo de mi vida.

—¿Cómo ha sido tu vida? Cuéntamelo.

—Plácida, supongo, preservada de todo lo malo. Mis padres se amaron hasta la muerte. Tengo dos hermanas y un hermano, todos mayores que yo. En mi casa reinaba la alegría, el respeto. Se valoraba el estudio, la calma, la sensibilidad artística. Elegí la profesión de mi padre y él tuteló mis estudios, los primeros tiempos de mi trabajo. Me enamoré de una mujer hermosa, me casé, tuve unas hijas deliciosas... Es demasiado bueno para parecer verdad, pero así fue. He sido un hombre afortunado, y las únicas experiencias negativas de la existencia las he conocido por medio de mis pacientes.

—¿No cambiarías nada del pasado?

—Nunca he pensado que pudiera cambiarse; siempre tuve la impresión de que me encontraba en la única de las vidas posibles. Imagino que eso se debe a que jamás elegí nada en realidad.

—El hecho de elegir incluye el riesgo de error.

—Sí, pero me imagino que la posibilidad de equivocarse acaba siendo estimulante.

—Yo no estoy tan seguro. De todo lo que has narrado, justamente el no haber tenido que escoger me parece lo mejor.

—¿Por qué?

—Porque escogiendo quedas muy bien retratado y luego te ves siempre a ti mismo, tal y como decidiste ser.

—No te entiendo. Ahora te toca a ti. ¿Y tu vida, cómo ha sido?

—El que no tiene futuro no suele tener pasado.

—O no quiere hablar de él.

—Algo así.

En el silencio les llegó la música desde la plaza, se miraron y se sonrieron.

—Liberaste a un pobre gato, pero habrán encontrado otro; siempre es así.

—Ya lo sé —respondió Nourissier, y una pátina de tristeza le veló los ojos.

Tres días después del episodio del gato se presentó un hombre en la fonda diciendo que quería hablar con el médico francés. Infante había salido y fue Nourissier quien le recibió. Debía de tener unos veinticinco años.

—Soy de una masía que está cerca de Vallibona y me llamo Manuel —dijo como toda presentación. Luego añadió bajando la voz—: He oído decir que busca información de La Pastora.

—¿Quién le ha contado eso?

—Da igual, es algo que corre por ahí.

—¿Sabe dónde está La Pastora?

—No, eso no lo sabe nadie. Pero hace tres años Francisco y ella robaron en mi casa. ¿Eso le interesa? Si le interesa se lo contaré, pero no aquí. Demos un paseo por los campos de olivos.

—Espere, voy a buscar mi abrigo.

Caminaron por las calles de La Sénia hasta que dejaron atrás el pueblo. Llegados a un recodo del camino, se sentaron en unas piedras.

—A Francisco y La Pastora los vio mi hermano pequeño cuando estaba pastoreando. Se subió a una roca y se puso a cantar. Cantaba y cantaba, pero yo no entendía que quisiera avisarme de nada y sólo pensé que estaba contento aquel día. Se me rompió una pieza del arado que necesitaba, y me fui hacia la casa para buscar otra de repuesto. Entonces los dos maquis se creyeron que lo de cantar era una señal convenida y que yo iba a dar parte a la Guardia Civil. Se acercaron enseguida y cogieron a mi hermano y a mi padre, que también estaba por allí trabajando. Como yo tardaba en llegar hasta la casa, le dijeron a mi padre que si no me veían enseguida le iban a romper todas las costillas con un garrote que llevaban. Luego vi el garrote, era largo y gordo como la pierna de un hombre, pero Francisco lo levantaba en el aire como si no le costara nada.

»Cuando llegué, mi padre dio un suspiro de alivio. Dijeron que querían comida, que fuera mi padre a buscarla. Ellos me llevarían como rehén y cuando ya hubieran comido, me soltarían. No fuimos muy lejos, pero yo estaba muerto de miedo porque caminábamos por un sendero por el que muchas veces pasaban los guardias, y si pasaban en aquel momento y veían a tres tíos escondiéndose entre las malezas, primero dispararían y luego preguntarían. Luego estuve muchas horas con ellos. La Pastora iba vestida de hombre y a mí, que la conocía de antes, me costaba darme cuenta de que era ella.

—¿De qué hablaron durante el tiempo que estuvieron juntos?

—Primero de política: que si Franco, que si la guerra..., ya sabe. Pero enseguida La Pastora se quedó mirándome y empezó a preguntarme por gente de Vallibona, que es su pueblo de nacimiento.

—¿Qué quería saber?

—Cómo estaban los que ella conocía: que si la Rosita no sé qué había tenido otro crío, que si su amiga no sé cuántos ya estaba casada... Bueno, las cosas que se preguntan cuando hace tiempo que no ves a alguien.

—¿Preguntó por su propia familia?

Se quedó pensando con absoluta concentración.

—No, por su familia no preguntó.

—¿Qué actitud tenía cuando hablaba con usted?

—Eso es muy difícil de contestar. Ella nunca había sido de muchas emociones en la cara, pero desde joven te miraba con unos ojos que se te metían dentro, y seguía después de tanto tiempo.

—¿Le apuntaba con el fusil?

—No, pero no lo soltaba ni para ir a mear, y usted disculpará la expresión. Cuando llegó mi padre nos trajo pan, jamón y vino tinto. Entonces ella me hizo probar la comida para saber si estaba envenenada. Cuando vieron que no me pasaba nada, se lanzaron como perros hambrientos; se notaba que llevaban mucho tiempo sin comer. Luego nos dejaron marchar.

—¿Pasó usted miedo?

—Sí. El otro no me daba miedo, pero La Pastora sí. Tenía la sensación de que en cualquier momento podía dispararme de lo seria que estaba. Aún ahora tengo miedo de que se presente una noche para hacernos daño.

—¿Cree que sigue viva?

—¡Pues claro que sí! Todo el mundo lo cree, no sólo yo. Hicieron montones de asaltos y la Guardia Civil siempre estaba a punto de cogerlos pero nunca los cogía, desaparecían como fantasmas. Esa mujer ha vivido en el monte toda la vida, se conoce cada árbol y cada camino. Todos sabemos que está escondida en alguna parte. Llegará un día en que se muera, pero será cuando le llegue su hora, porque matarla nadie la va a matar.

Nourissier había estado tomando notas. Sin ayuda de Infante había conseguido las respuestas que necesitaba, pero al finalizar echó de menos la presencia de su compañero, porque únicamente él parecía saber cuándo era indicado ofrecer dinero a un informador. Lo intentó con diplomacia:

—A lo mejor usted ha gastado algo viniendo hasta aquí.

—Algo sí que he gastado.

—Entonces permítame que le compense.

Se lo permitió, y se fue contento gracias a la generosidad del francés, que se encaminó a toda prisa hasta la pensión. Una vez en su cuarto, pasó a limpio todas las anotaciones antes de que los detalles pudieran olvidársele. Había sido una entrevista fructífera porque aportaba un dato importante: La Pastora preguntó por sus antiguos amigos de Vallibona. No se trataba de un ser asocial, sino que había sido capaz de integrarse en una red humana organizada. Hasta aquel momento, siempre había pensado que rencor era lo único que debía de sentir aquella mujer hacia la gente. Alguien tan especial como ella debía de haber sufrido muchas burlas y afrentas en aquella sociedad primitiva. Sin embargo, se las había apañado para tener amigos, no estaba completamente aislada de los demás. Quizá su rencor se canalizaba sólo hacia su familia, para quien no había tenido ninguna mención en la conversación que el informante sostuvo con ella. Se frotó la cara con fuerza. Cada vez se hacía más evidente que necesitaba saber cosas sobre el entorno íntimo de aquella mujer. Todos los datos que estaba atesorando se inscribían en la actividad delictiva de la sujeto. De ahí podía sacar consecuencias que aportaban luz sobre su personalidad; sin embargo, su lado humano quedaba siempre velado e incompleto. Además, las palabras del último testigo le permitían darse cuenta de que La Pastora estaba convirtiéndose en un mito para la gente si no lo era ya. Así, los testimonios que recibieran estarían contaminados de ideas falsas, de tópicos: la bandolera invencible, la mujer de las montañas a la que nadie puede atrapar. Empezaba a hacerse imprescindible otro tipo de noticias, algo más doméstico, más personal, más cercano a la mujer antes que a la guerrillera.

Por desgracia, en cuanto Infante oía hablar de aquello se ponía nervioso, como se puso una vez más cuando, al regresar, Nourissier le hizo partícipe de sus conclusiones.

—Ya lo sé, Lucien, lo sé. Pero si nos aproximamos a su círculo privado las dificultades se multiplican por mil, también los riesgos. De momento la

Guardia Civil parece habernos catalogado como individuos poco peligrosos y nos deja en paz. Pero ¿qué sucederá cuando vean que no hablamos con las víctimas de La Pastora sino con sus posibles partidarios? Eso nos convierte en subversivos, podemos ser considerados incluso como espías. Te recuerdo que esa mujer se encuentra aún en busca y captura.

—Me hago cargo.

—Por no hablar del miedo. ¿Qué amigo o familiar de La Pastora querrá entrevistarse con nosotros? No vamos a encontrar más que labios sellados.

—Entonces te das por vencido.

—Yo no he dicho tal cosa. Si hay que intentarlo, lo intentaremos. Pero para eso hemos de tomar una primera decisión: olvidarnos de nuestra tranquila vida en La Sénia. Hemos de mudarnos a Morella, buscar allí nuevo alojamiento e instalarnos en él. Estaremos cerca de Vallibona, de La Pobla de Benifassà, de los lugares donde la gente la conoció cuando todavía no llevaba la escopeta colgada del hombro. ¿Asumes el riesgo?

—Quien debe pensarlo con más detenimiento eres tú. Finalmente La Pastora es mi obsesión, no la tuya.

—Si aparezco en una cuneta con un tiro en el occipital, regala mi cadáver a la ciencia.

—Si el del tiro soy yo, haz que me repatríen.

—Lo malo es si nos tirotean a los dos.

—Allí donde nos maten nos quedaremos; pero no te preocupes, las cunetas florecen en primavera.

—Perfecto. Le diré a la patrona que mañana nos vamos.

Nourissier subió a su habitación con el ánimo encogido. Bromear servía para alejar los espectros del miedo estando en compañía, pero luego llegaba el momento de la soledad. Al principio de aquella aventura se sentía a veces asaltado por el pensamiento de que todo aquello era una ficción; pero ahora eso había cambiado: era un proyecto real que estaba llevándose a cabo. Debía seguir adelante aunque fuera arriesgado, aunque nunca se encontrara con aquella mujer, aunque no llegara a saber de ella más de lo que en aquel momento sabía. Sin embargo, sentía el peso de la responsabilidad gravitando sobre su espalda, también una fuerte sensación de alteridad. ¿Seguía siendo él la misma persona que había salido de París hacía apenas un mes? Era como si hubiera abandonado su mente, incluso su cuerpo en algún lugar. Su pasado se le antojaba el de otro hombre, alguien a quien conocía pero que no era él mismo. En la charla con Infante había utilizado la palabra obsesión, y en eso había devenido su interés profesional: en una obsesión contra la que no luchaba. Había construido su nueva y provisional vida en el centro del huracán, y cada vez necesitaba más la violencia del viento para sentirse a gusto. No olvidaba llamar por teléfono ni escribir a su familia, pero ¿en realidad echaba de menos a sus hijas, a su esposa? En el fondo había empezado a percibirlas como seres lejanos, ajenos a su nueva realidad. Sintió miedo y decidió poner aquella misma noche una conferencia; se esforzaría por recordar los rasgos físicos de las niñas, que cada vez se le representaban más borrosos, le diría a Evelyne que la amaba.

Le sorprendió advertir cómo su esposa parecía haber presentido su estado de ánimo en la distancia.

—¿Por qué no vuelves, Lucien? —le preguntó con angustia—. Cada vez te noto más lejos, como si estuvieras distanciándote de nosotras. Ya debes de haber recopilado muchos datos sobre esa mujer, ¿no es suficiente? Regresa a casa. Sabes que nunca interfiero en tu trabajo, pero esta vez es distinto. Nunca te había visto tan cegado por algo, tan cautivo de una idea, tan inaccesible para mí. Déjalo todo y vuelve, por favor.

—Vamos, no te dejes llevar por la nostalgia. Ya sabías que estaríamos separados hasta Navidad. Es cuestión de aguantar un poco más y luego... el reencuentro. Todo va bien, querida, todo va bien.

A través de los cristales miró las oscuras montañas antes de meterse en la cama. Abrió la ventana y entró el aire fresco con olor a campo. Por un momento tuvo la sensación de haber estado diciendo la verdad. «Todo va bien, Lucien —se repitió a sí mismo—, todo va bien.»

Segunda parte

Es verdad que en la guerra la gente pasó muchas penalidades, hambre y todo lo peor. Yo no. No quiero decir que estuviera bien, pero estaba acostumbrada a cosas que los otros ni se imaginaban. Por ejemplo, dormir al raso, por ejemplo, comer lo que viniera bien y no probar nada caliente en muchos días. Además, no fui al frente por ser mujer y, aparte de que me mataran a mi hermano, no tuve ningún muerto más. Seguí con las ovejas en la montaña, trabajando en una u otra masía, que cambiar de amo tampoco me importaba porque me conocía todo el territorio y a la gente también. Ya era dura como una piedra, para qué lo voy a negar, y nunca tuve ninguna enfermedad ni me subió la fiebre ni me dolió la espalda ni las rodillas, y eso que por las noches había mucha humedad.

Todos sabíamos que la guerra se acabaría un día u otro, y cuando se acabó a unos les vino bien que ganara Franco y a otros no, pero todos estaban aliviados de que hubiera paz por fin. Ya les dije que vi cosas malas, todos las vimos, pero donde estaba, de la mayor parte de las burradas que se hicieron me traían noticias los demás. Donde más se veía que estábamos en guerra era en lo mucho que lloraban las mujeres. Lloraban y contaban las penas que tenían, las animaladas que le habían hecho a un hijo o a un sobrino. Muchas lloraban por la muerte del marido, de algún conocido. A mí de oírlas se me encogía el corazón.

Hacía otros trabajos además de pastora. Hilaba lana y todos decían que lo hacía muy bien, así que me llamaban, y me sacaba unas pesetas más. Después de la guerra me llamaban también para acopiar leña, para buscarla por la montaña. La gente no tenía para pagar carbón y aquello de la leña estaba a la orden del día. Para mí todos esos trabajos no eran nada pesados porque con las ovejas tenía mucho tiempo para descansar. Además los hacía con ilusión porque quería conseguir algo muy importante y para eso tenía que ahorrar. Y ahorré; al cabo de unos años, en el 44, cuando ya tenía veintisiete y la guerra quedaba un poco atrás, había amontonado una buena cantidad de dinero. Gastaba muy poco, casi no gastaba nada, llevaba poca ropa nueva porque no era coqueta y en las ferias sólo tomaba una copita, de comprar golosinas o caprichos, ni hablar. Mucha gente guardaba el dinero debajo del colchón porque era lo que les parecía más seguro. A mí me parecía más seguro debajo de una piedra, en el campo de La Pobla de Benifassà. Ahí no lo hubiera encontrado nadie ni aunque hubieran buscado cien hombres con picos y palas, todos a la vez.

Les voy a decir por qué ahorraba tanto. ¿Ven esta señal que tengo en el labio? Pues es la marca de una operación. Para eso quería las pesetas, para pagar al médico que me operó. Yo había nacido con el labio partido que los médicos llaman «labio leporino». Lo tenía así como arremangado y me hacía la cara muy rara. Siempre me dio complejo. Si yo ya no era muy guapa como mujer sólo faltaba aquel defecto que además no me dejaba hablar bien. Emilia, mi amiga viuda que trabajaba de pescadera, me contó que el médico de Rossell operaba muy bien el labio leporino. Había operado a muchos chavales y no les quedaba ni siquiera la cicatriz. Cuando reuní el dinero para la operación me fui a verle. Se llamaba Juan Sáiz Muñoz y era valenciano, muy buena persona, muy cariñoso, a veces bromista. Me dijo que sí que me podía operar, que me haría un raspado y luego me lo cosería para que se soldara bien. Me gastó la broma de que quedaría tan guapa que tendrían que buscarme un novio. Estaba en el dispensario Faustino el de l'Hostalás. Y va el doctor, se vuelve hacia él y suelta: «Mira, este mismo te irá muy bien de novio». Y Faustino venga a decir: «¡No, que yo no quiero novia ni nada!». El pobre, ¡si era más bajito que yo!, estaba espantado de imaginarse de novio mío. Nos reímos mucho. Al cabo de unos días me operó y quedé bien, ¡vaya si quedé bien! No como para echarme novio, porque a mí nunca se me acercó nadie en todos los años de mi vida, ni nadie quiso cogerme de novia ni por asomo, pero bien como para que la gente ni siquiera se diera cuenta de lo que había tenido, ni de que me habían hecho una operación.

Estaba más contenta que unas pascuas, feliz. Nunca me miraba en el espejo pero esos días hasta me compré uno en la feria y no paraba de verme el labio en él. Entonces me cogieron unas ganas muy grandes de que me viera mi hermano Juan que estaba en Francia. Quería que estuviera orgulloso de mí, que se diera cuenta de que había cambiado y ya no era la cría mierdosa que había dejado en Els Ports. Lo que hice fue irme en uno de mis días libres a Rossell. Un mes antes me habían entregado un vestido que me quedaba muy bien: negro, entallado, con unos cierres en la parte delantera que brillaban mucho y lo hacían más elegante aún. Me había acompañado Emilia para escoger cómo iba a ser y desde luego que acertó. Pues bueno, estreno el vestido para ir a Rossell y le digo a Emilia que quiero ir a la peluquería a que me hagan la permanente. Emilia me dijo que tenía que ir donde la Aguideta. Y allí que me presenté. Mi amiga me había dicho lo que tenía que cobrarme por si acaso me estafaban, porque yo a la peluquería nunca había ido antes. La Aguideta era bajita y casi no me habló. Me miraba con una cara como si no se atreviera a tocarme ni a hacer su trabajo. Creo que tenía miedo de mí. ¡Vaya con el miedo!, a veces me vino bien que me lo tuvieran, pero otras me dejaba parada delante de la gente y sin saber qué hacer. De buena gana les hubiera dicho: «No os haré nada, soy como todo el mundo».

El caso es que salí de allí con la permanente muy bien hecha, el vestido nuevo y el labio operado. ¡Nunca me había sentido tan guapa! Me largué a la feria y me hice retratar, un retrato de medio cuerpo donde el vestido lucía muy bien. Cuando fui a recoger la foto a la semana siguiente el resultado me dejó muy satisfecha. Le pedí a Pepita la d'en Fornell que me escribiera una carta para mi hermano, que ella sabía leer. Le decía que me encontraba bien de salud, que estaba contenta, que tenía ganas de verlo y me acordaba de él. Le contaba lo de la operación para que se fijara en el labio nuevo de la foto. Le comentaba que en el pueblo todo iba bien y que hacía buen tiempo. Luego metí la foto en el sobre, le hice poner a Pepita la dirección y se lo envié a Francia.

Nunca había hecho una cosa así. Lo hice porque era joven, supongo.

La verdad es que le quedé muy agradecida al médico don Juan, nadie me había tratado tan bien como él. Nadie me había hecho nunca algo tan bueno como aquella operación. Muchas veces cuando iba a Rossell pasaba a saludarlo. Le pedía a Emilia que me acompañara porque me daba vergüenza ir sola. En alguna ocasión hasta le llevé un regalo: lana hilada por mí para que le hicieran una chaqueta, la más fina, la mejor. Como quería que pensara que había valido la pena operarme, siempre cuidaba de estar presentable cuando lo visitaba. Me salían pelos negros en el bigote y en la barbilla y me los arrancaba con la navaja y el dedo dando un tirón. Emilia se portaba conmigo como una amiga del alma. Para que no tuviera que marcharme andando por la noche me dejaba dormir en su pajar, que allí estaba calentita y a gusto. Una mañana que se iba muy temprano a vender el pescado a la plaza entró sin avisar en el pajar y estoy segura de que me vio arrancándome los pelos. Hizo como si no se hubiera dado cuenta y lo mismo hice yo. No hablamos nunca de ese día. Ella debía de pensar que yo era como era y que no valía la pena avergonzarme. También se lo he agradecido siempre, también le llevaba lana preparada para tejer. Es una pena que una mujer tan buena llevara la vida que llevó, viuda de joven, con los hijos... Cuando me fui con los maquis ni se me ocurrió nunca pedirle que me escondiera para no comprometerla. Y si lo pienso con atención me doy cuenta de que ayuda, lo que se dice ayuda, eso es algo que nunca reclamé de nadie. Has de saber apañártelas solo cuando tomas una decisión. Y yo sabía estar sola muy bien, quizá porque me acostumbré. Claro que por entonces ya tenía a mis perros. Eran dos: grandes, fuertes, oscuros de pelaje, fieles y listos como el que más. Me acompañaban a todas partes. Los cogí de cachorros, sobraban de la camada y los iban a sacrificar porque nadie los quería. Nunca me arrepentí. Y a veces me quité el pan de la boca para dárselo a ellos. Un perro te ve como eres y no le importa nada que seas hombre o mujer.

A Nourissier le impresionó Morella: la fastuosidad de su enclave elevado, el paisaje que la rodeaba, las antiguas murallas de piedra gris. Era como una visita al corazón de algo misterioso y recóndito. Sin embargo, esa misma inaccesibilidad del lugar le hacía temer que también la información estuviera vallada, fuera difícil de abordar. El paralelismo entre la forma cerrada de la ciudad y la posible reserva de sus habitantes no era descabellada, pero cuando Nourissier se la planteó, Infante no estuvo dispuesto a admitirla como premisa.

—Bobadas —dijo—. Pura subjetividad.

Conocía peor aquella zona que la que acababan de abandonar, pero no se le había pasado por la cabeza reconocerlo. Además, se encontraba con buen ánimo para enfrentar la nueva etapa. De hecho, había empezado a hartarse de estar tantos días en La Sénia. Le gustaba variar, cambiar el decorado, la ubicación. No tenía paciencia para quedarse quieto demasiado tiempo, quizá por eso había fracasado como escritor. Para profundizar en un tema hay que permanecer sedentario, perseverar, no desmoronarse nunca frente a los propios errores o la falta de inspiración. Todas las novelas que había comenzado lograban entusiasmarlo al principio. Las acometía con optimismo, con la sensación de que ningún desafío literario sería excesivo para él. Se veía capaz de inventar, de matizar, de jugar con las palabras, de construir artefactos narrativos de apasionante interés. Sin embargo, superado el umbral de las cien páginas, su ímpetu creador decaía y empezaba a aburrirse de trabajar siempre con los mismos personajes. Lo escrito hasta el momento le parecía superficial, reiterativo, prosaico y previsible. Entonces sufría una inevitable paralización y se veía imposibilitado para continuar escribiendo. Era como si de pronto la imaginación se le hubiera secado, como si no encontrara nada más que decir. Las primeras veces que había pasado por ese agónico proceso, atribuyó sus dificultades a los temas escogidos. Quizá no tenían suficiente entidad, quizá eran demasiado manidos para excitar su mente de manera adecuada. Luego pensó que sólo una cosa le faltaba para ser novelista: la fe en sí mismo; y eso podía llegar a superarse. Más tarde sus conclusiones derivaron hacia terrenos mucho más pesimistas: no era una sola cosa la que le faltaba, eran muchas. Carecía de agudeza, de espíritu poético, de profundidad, de capacidad de observación; en una palabra: de talento. Aquel análisis demoledor de lo que había sido su idealizada vocación literaria lo llenó en su día de desprecio hacia sí mismo. No volvería a entusiasmarse por ninguna otra alternativa: si no era escritor no sería un buen profesor ni un buen periodista; trabajaría para subsistir, únicamente. Había algo que le permitía disminuir el rigor del autojuicio: al menos se había dado cuenta de que no servía para la pluma y tuvo el valor de confesárselo. Muchos imbéciles cargaban sobre los demás o sobre las circunstancias la responsabilidad de sus propias carencias. Otros escribían libros que fluctuaban entre la estupidez y el plagio y andaban por el mundo jactándose de lo que denominaban «su obra» ante la mirada conmiserativa de los demás. Ninguno de esos casos sería el suyo, jamás. Viviría más a gusto con sus certezas, aunque fueran amargas, que con vanas ilusiones. Aquélla era una filosofía que servía, por extensión, para todos los órdenes de la vida: si nada esperas nunca te decepcionas. Además, iba endureciendo paulatinamente el carácter de modo que podías alcanzar un grado de indiferencia que te ponía a cubierto del dolor. En el fondo, estaba orgulloso de su manera de obrar.

Miró a Nourissier y advirtió que estaba preocupado.

—¡Deja de martirizarte! Que la ciudad tenga una apariencia hermética no significa que vaya a serlo para nosotros. Tu actitud es muy poco científica.

—Temo que esos muros oculten muchas cosas.

—Yo abriré boquetes en ellos para que podamos penetrar. Y si no confías en mí, hazlo por lo menos en la Providencia.

—¡Eso sí sería poco científico!

La pensión era mayor y más confortable que la anterior. Todas las habitaciones contaban con una mesa para escribir, estufa eléctrica, robustos muebles de madera y abrigada ropa de cama. Las ventanas daban a los campos sin cultivar que se extendían por detrás de la casa. Nourissier sintió un ramalazo de melancolía recordando su hogar, pero enseguida logró sobreponerse pensando en la gran calma con la que allí contaría para trabajar.

Pasearon por la calle mayor, porticada en piedra, donde se enfrentaron a las primeras miradas de curiosidad. A Morella llegaba mucha gente de paso: excursionistas, viajantes, comerciantes... Pronto, la expectación remitiría ante la costumbre de ver extraños.

—¿Qué te ha parecido la patrona de la pensión? —preguntó Infante intentando borrar el gesto adusto del rostro del francés.

—Bien —respondió desvaídamente.

—Me ha prometido que nos cocinará platos ligeros para la cena. Nada de morcillas ni tocino. También nos dará zumo de naranja en el desayuno. ¡Todas las cosas que te gustan, Lucien!

—No me hagas representar el papel de niño caprichoso; la dieta es importante.

—Y la dieta española te parece una barbaridad.

—La de estos pueblos, sí.

—Pero en España no guisamos con mantequilla sino con aceite de oliva, que es más sano.

—Llevas razón.

—¿Nunca pensaste en venir a vivir a España, siendo tu made de aquí?

—Fue ella quien me lo desaconsejó, aunque amaba a su país con toda el alma.

—¿Te decía que los españoles somos crueles?

—No, me decía que sois trascendentes, que pensáis siempre en el pecado, en la culpa, en el más allá, en el destino, en la muerte, en el honor. Sois trágicos. Ella creía que es bueno ser más frívolo, vivir más en lo cotidiano, disfrutar de los placeres de beber y comer, festejar el amor.

—Tu madre estaba en lo cierto.

—Junto a eso también pensaba que España es el gran país del arte, de la ironía, de la pasión, de la finura de espíritu.

—¡Qué suerte tener una madre como la tuya! A mí la mía nunca me hacía tantas reflexiones sobre nada. Hablaba poco, y cuando lo hacía siempre venía a decir lo mismo: «Nunca llegarás a nada, Carlos, ya lo verás».

Nourissier se sintió violento, se vio en la obligación de comentar:

—Es obvio que se equivocó.

—Es obvio que era muy inteligente porque acertó. Y no me contradigas en eso, quedaría muy descortés.

Después de la guerra seguí trabajando con las ovejas, como siempre. Como siempre no, todo estaba más apagado, resultaba más difícil ganarse el pan porque a muchos hombres de las masías los metieron en la cárcel. A veces las mujeres estaban obligadas a trabajar como burras en labores que no tenían ni fuerza para hacerlas. Yo me movía de aquí para allá siempre por los alrededores de Vallibona. Como no me importaba cambiar de lugar, nunca me faltaba trabajo. También me contrataban porque tenía la misma fuerza que un hombre. Por otro lado, se corrió la voz de que era muy trabajadora. Entre que faltaban hombres y yo podía hacer lo mismo que ellos, que tenía buena fama y que conocía bien mi faena, los masoveros me daban trabajo, todo el que podía hacer. Eso sí, ¡lo que yo trabajé en aquellos años no hay muchos que lo hayan trabajado! Aparte de estar con el rebaño, recogía leña del monte y la llevaba hasta las masías para que pudieran hacer la comida y calentarse. Labraba los campos cuando era el tiempo, acarreaba el grano y lo llevaba en mulo al molino de El Boixar o al molino l'Abat, recogía las patatas y las cargaba... Ni siquiera un animal era capaz de trabajar tantas horas como yo sin cansarse.

El ir de un lado a otro se acabó cuando me cogieron en la masía El Cabanil, en La Pobla de Benifassà. Los amos eran los hermanos José y María Abellá. Tenían mucha tierra para arar: viñas y tierra de pan. Yo echaba una mano en eso pero, sobre todo, cuidaba las ovejas. Se daba la circunstancia de que todos los hombres de la familia estaban en la cárcel por rojos. Me contrataron en 1944, que yo ya tenía veintisiete años. Les pedí la soldada y doce días al año libres para mí, como siempre solía hacer. Había ido ahorrando dinerillo y me compré quince ovejas. El ama me dejaba que las apacentara junto a las suyas. Los hermanos eran muy buena gente y se portaban muy bien. Estaban muy contentos conmigo porque cargaba sola los sacos para los que normalmente hacía falta dos hombres. Yo me los echaba al hombro de una tacada y los subía al mulo de una vez. Además, como era una mujer, sabían que no tenían problemas conmigo, porque a veces en las masías donde sólo había mujeres y cogían a un hombre de peón, habían pasado cosas raras. Me dejaban también plantar lo que quería. A mí me gustaba sembrar y recoger cosas muy grandes: coles forrajeras para darles a los corderos, calabazas, que ponía pocas en el sembrado para que se hicieran gigantes... Una vez tuvimos que llevar una de esas calabazas en un carro para venderla, de tan gorda que era. No sé por qué hacía eso de sacar de la tierra esos bicharracos, a lo mejor para demostrarles a los otros de lo que era capaz.

Los días de descanso que tenía, algún rato jugaba con el crío de la casa. Me lo subía a hombros y trotaba por el campo. Aún me acuerdo de los gritos que pegaba, de lo contento que se ponía al poder estar conmigo.

Todos esos años no gastaba nada y ahorré un buen montoncito de dinero. Algunos del pueblo necesitaban pagar cosas y venían a mí. Yo les prestaba con pagarés. De cien duros, de doscientos duros... Nunca tuve con eso ningún problema, y todo se me dio muy bien. La verdad es que viví bastante contenta.

En esos años vi a maquis de vez en cuando. Cuando estaba sola en el monte venían a verme y a hacerme compañía. No me daban miedo, tampoco la primera vez que se me pusieron delante me asusté. Sabía quiénes eran y por qué hacían lo que hacían, lo había oído en el pueblo. A mí no me interesaba la política, de manera que allá ellos con lo que quisieran sacar viviendo a salto de mata por las montañas. Tampoco se me ocurrió nunca ir a denunciarlos: a mí no me habían hecho nada malo. Llegué a conocer a unos cuantos en aquel tiempo. Tenían ganas de charla porque andaban solos por el monte y lo mismo me pasaba a mí, que me venía bien un poco de compañía. Así que charlábamos y nos reíamos y más de una vez me invitaron a vino de la bota que llevaban. Poco a poco entablamos bastante amistad y me pedían que les comprara cosas en La Pobla. Yo los complacía, porque como hacer recados para ellos siempre tenía un riesgo, pues me pagaban alguna que otra pequeña cantidad por hacerlos yo. Me contaban que ellos eran guerrilleros que luchaban contra la dictadura, que cuando el mundo se diera cuenta de lo que pasaba en España, ayudarían a que Franco cayera, y entonces estarían ellos allí, en primera fila. Me decían que la vida de la gente como yo sería mejor, que no habría pobres ni ricos. Según ellos, cuando Franco cayera tendríamos cultura para todos y todos sabríamos leer. Yo les dejaba hablar, pero lo que decían me parecía muy difícil, casi imposible. Era difícil, de acuerdo; pero si ponías atención y lo pensabas te dabas cuenta de que estaba muy bien lo que querían. Me sonaba muy raro pensar que yo podía aprender a leer y escribir, pero tampoco era una barbaridad. Si me hubieran mandado a la escuela de cría, hubiera aprendido.

No fue hasta el año 48, cuando yo creo que los guerrilleros estaban ya más organizados, que se me presentaron una noche en mi caseta. Venían varios que yo no había visto antes: Valencià, Tío Pito, Andaluz, Ventura, Rubén... Fue la primera vez que me pidieron algo que no fuera hacerles recados en el pueblo. «Danos de cenar, Pastora, que venimos con hambre atrasada y ganas de algo caliente.» Con sopa, huevos y un poco de tocino les apañé una cena que bien que les gustó. Luego me amenazaron con que me quedara callada y no diera parte a los civiles. No me hizo gracia, ¿para qué me amenazaban si otras veces yo no los había denunciado? Estaba muy claro que no pensaba ir corriendo con el cuento a la Guardia Civil. A la semana siguiente se presentan otra vez los mismos maquis y me vuelven a pedir de cenar. Yo no rechisto, claro, porque eran muchos, aunque entonces no me amenazaron. Cuando acaban de cenar me largan una nota para Francisco Gisbert, el marido del ama del Cabanil, que ya había vuelto a casa. Le pedían que les comprara fideos, arroz, harina y doce litros de vino. Eran muchas cosas, él tenía que comprárselas todas. Le daban el dinero para pagarlas. A mí me dijeron que le avisara de que si se iba de la lengua volverían a por él y sería hombre muerto. Hice lo que me mandaron, le di la nota y el marido del ama les compró todo lo que pedían y no los denunció. Regresaron más veces y era siempre Gisbert quien les compraba lo que necesitaban. Ya estaban de acuerdo, habían hecho un trato. De qué manera acabó todo aquello ya se lo contaré.

Mientras sucedían todas esas cosas yo hacía mi vida normal. No tenía miedo, nunca lo tuve. Seguía yendo en mis días de fiesta al Sindicato, que desde Franco se llamaba «La Sociedad». Allí me reunía con otros pastores como yo, con labradores... Jugábamos a las cartas y bebíamos alguna copita de coñac. Me dejaban entrar aunque fuera una mujer.

En las fiestas de La Pobla de Benifassà monté algunos jolgorios que aún deben de recordarse ahora. Un día para la piñata me ofrecí a hacer de burra y que Nelo de Setrels se me subiera encima para intentar romper la olla. El Nelo era un hombre que se dedicaba a arrastrar troncos con caballerías en el monte. Era muy gracioso, de la broma como yo. Así que nos tapan la cara y me lo subo a caballito, haciendo yo de burra de carga. Y allá vamos. A la primera no rompe la olla, así que lo intentamos otra vez. La gente se caía de risa de verme a mí con las faldas largas y negras y aquel tío subido al lomo. La rompimos a la segunda y todo eran aplausos, todo eran risas. A mí me gustaba de esa manera, que se rieran cuando quería yo, no cuando ellos querían. Igualmente me gustaba que me miraran cuando yo quería. Un día en las fiestas de El Boixar me presenté vestida toda de rojo. Antes les dije que siempre iba de negro o de azul marino porque no quería destacar. Pues ese día que les comento iba de rojo de arriba abajo, menos las alpargatas, que de ese color no las pude encontrar en el mercado. Me dio por ahí, me apeteció armar un poco de lío y a ver quién era el guapo que se atrevía a decirme algo o hacerme una broma que a mí no me pareciera bien. En esos tiempos, tengo que reconocerlo, me gustaba provocar un poco, sólo de tanto en tanto para darme cuenta de que nadie tenía pelotas para meterse conmigo. Ese día de El Boixar se armó un buen revuelo, ¡vaya si se armó!, que la gente corría para verme de colorado y tan templada como iba. Se acercaban a mí y venga a fijarse en la falda, en la blusa y todo lo demás. Les solté: «¿Tengo monos en la cara o qué?, ¿es que nunca habíais visto a una mujer vestida de rojo?». Y la gente enseguida: «No, Tereseta, no. No te lo tomes a mal, que sólo miramos lo guapetona que vas y lo bien que te sienta el color». Ni una palabra más, ni una mala mirada, ni una risita de esas que te dejan con mal cuerpo. A aquellas alturas ya sabían todos que conmigo no valían juegos ni gracias. ¡Y tampoco di tantos mamporros!, pero es mejor lanzar la fama que el puño.

Me acuerdo de otra cosa que les hará reír. Otro año, por las fiestas de Sant Bartomeu, también en El Boixar, venía siempre el cura de La Pobla de Benifassà para hacer misa y todo lo demás, ya que en El Boixar no había parroquia. Venía montado en una caballería, con la sotana arremangada para no ensuciársela. Después de estar en la iglesia y hacer los rezos y todo lo que tuviera que hacer, se quedaba al baile. Estábamos en la plaza, todos bailando menos el cura y yo, claro. Yo ya llevaba encima un par de copitas de coñac y no iba borracha, pero sí animada. Entonces me da la locura, me voy para él y le digo: «Mosén Vicent, ¿quiere que salgamos a bailar usted y yo?». El cura, que era buena persona y ya un poco mayor, no se enfadó para nada sino que se echó a reír.

Entonces me contestó: «Tú y yo no podemos bailar juntos, Tereseta, que los dos llevamos faldas». No me quedé callada. Con una buena risotada le suelto: «Yo llevo pantalones también», y sin darme ninguna vergüenza me levanto el vestido y le enseño que, debajo, llevaba unos pantalones cortos como esos que llevan los chiquillos. ¡Ni les cuento la que se lió! Los que estaban cerca y se enteraron de la conversación, que fueron muchos, empezaron a carcajadas y las mujeres a gritos, y todos dando palmadas y arreándose golpes en las piernas. Hubo mucha diversión, y el pobre cura, que se quedó parado, sólo iba repitiendo: «¡Ay, Tereseta, eres de lo que no hay, eres de matar!».

Así iba pasando mi vida. ¿Se puede decir que era feliz? Me imagino que no. No tenía lo que todas las mujeres querían tener: un marido, hijos, una casa... A aquellas alturas ya sabía que nunca los tendría. Estaba muy sola. Mi familia no había querido saber más de mí. Pero cuando me paraba a pensar me daba cuenta de que también tenía cosas buenas: fuerza, salud, trabajo, unos pocos ahorros y el respeto de la gente, que ya no se reía de mí. En el fondo estaba bien. Ya se sabe que la gente pobre no podemos pedir más, y yo no pedía más. Si acaso aprender a leer, y eso porque me lo habían metido los maquis en la cabeza, que si no...

En Morella no había un solo bar sino dos, y por las mañanas se veía en la calle una gran animación. A Nourissier el cambio de lugar no parecía haberle afectado demasiado; se recluía como de costumbre a trabajar en su habitación. Era Infante quien preparaba el terreno para conseguir informaciones. No sólo debía jugar sus cartas habituales, sino dejar correr la voz de que iban tras la estela de bandoleros célebres en la zona. Los estudios generales del psiquiatra eran la coartada. Suponía que algún pez caería en la red con esas premisas. Frecuentó los bares, las tiendas de comestibles, el mercado... y habló cuanto pudo con la gente.

El primer resultado de su siembra no fue el que esperaba. Dos días después de sus incursiones se presentó en la pensión un teniente de la Guardia Civil. Quería hablar con él, también con Nourissier. Era alto, delgado, de unos cuarenta años, y representaba la máxima autoridad en plaza. Quiso saber qué hacían en el pueblo, cuánto tiempo se quedarían..., nada que a Infante le pareciera inusual. Sin embargo, el teniente no pareció muy satisfecho cuando recibió la explicación sobre los motivos por los que estaban allí.

Que los estudios de Nourissier se centraran en el tema de los bandoleros debió de hacerlo sospechar. Les pidió sus documentos de identidad, los observó. Al devolvérselos, les espetó:

—Me gustaría tener una pequeña conversación con ustedes en el cuartelillo.

—¡Adelante, no tenemos prisa! —intentó Infante aparentar normalidad.

—¿Hay algo en contra nuestra? —preguntó Nourissier en un tono severo y glacial.

—¡En absoluto, señores, en absoluto!

—Puede llamar a la embajada de Francia en Madrid si le queda alguna duda sobre mi identidad.

—No me interpreten mal. He dicho conversación, no interrogatorio, y he dicho en el cuartelillo porque es mi sitio de trabajo. Además, ¿por qué iba a querer interrogarles a ustedes? Lo único que tengo es curiosidad por saber de esos bandoleros históricos tan interesantes; tranquilamente hubiera podido proponer una charla en el bar.

—¡Ésa es una idea excelente!, y si nos lo permite le invitamos nosotros. ¿Qué le parece si nos encontramos en el bar dentro de una hora? Mejor en el de la entrada del pueblo, tengo idea de que sirven la cerveza más fría.

En cuanto se quedaron solos, Nourissier miró a su compañero:

—No te entiendo.

—¿Qué querías, hablar en el cuartelillo donde manda él?, ¿declinar la invitación? Por lo menos hemos ganado una hora para ponernos de acuerdo sobre qué demonio le vamos a contar.

Subieron a la habitación de Infante, se sentaron sobre la cama. El periodista se sirvió una copa, que Nourissier no quiso compartir.

—¿Qué sabes sobre bandoleros españoles?

—Nada.

—¿Tu madre no te habló de Luis Candelas, de *Panxampla*?

—Jamás.

—Que no cunda el pánico. Si te hace preguntas háblale sobre la psicología de los delincuentes. Yo procuraré intervenir.

—Creo que me tomaré una copa yo también.

Acudieron a la cita y pronto comprendieron ambos que no tenían nada que temer. El psiquiatra hilvanaba explicaciones sobre la mente criminal con toda coherencia, pero el teniente no le escuchaba; evidentemente no estaba allí el centro de su interés. Nourissier lo observaba al mismo tiempo que hablaba: no habían topado con un hombre deseoso de un pasatiempo cultural; el teniente Álvarez sospechaba de ellos. En algún momento creyó entrever que estaba disfrutando al hacerles pasar un mal rato. Incluso llegó a tener la extraña sensación de que los consideraba culpables de algo que prefería callar. Pasada casi una hora, el guardia lo interrumpió:

—Ya veo, doctor, que sabe usted mucho sobre el tema y me parece todo muy interesante. Sólo le pediría que, cuando escriba usted ese libro, no deje en mal lugar a España.

—Nada más lejos de mi intención.

—Lo sé, pero a veces en el extranjero no se nos trata bien. Se dicen cosas negativas, dobles sentidos, falsedades..., que si somos un pueblo bárbaro, que si aquí no hay libertad... Pero lo cierto es que, después de la guerra, se ha iniciado en España una época de cambio y prosperidad. Gracias al Generalísimo gozamos de paz y convivimos sin problemas todos los españoles. Por eso fastidia mucho que circulen tantas insidias por ahí.

Nourissier se impacientó levemente, tomó la palabra con seguridad y elevó la voz para no parecer en ningún caso intimidado.

—No comprendo qué le ha hecho pensar que yo, con mis investigaciones, puedo contribuir a algún tipo de descrédito para su país.

—Ya sabe a lo que me refiero, todo ese asunto de los bandoleros se presta a hacerse ideas equivocadas: que si robaban a los ricos para darlo a los pobres, que si fueron reprimidos salvajemente por la Guardia Civil...

Infante intervino antes de que el psiquiatra pudiera contestar:

—Los estudios del doctor sólo se ocupan del tema médico y tratan a los bandoleros como casos clínicos, por completo separados de su entorno o su nacionalidad.

—Está bien. Tómense lo que he dicho como una simple advertencia general. Usted me comprende porque es español. ¿Dónde nació?

—En Barcelona.

—¡Ah, una bella provincia! En ese caso no hace falta insistir más, usted sabe bien lo que pasa aquí.

—No habrá ningún problema, puede quedarse tranquilo.

Álvarez se puso en pie, hizo el saludo militar y salió con una sonrisilla superior pintada en la boca. Infante se dio cuenta de que su compañero estaba nervioso.

—No hagas ningún comentario ni te muevas —le dijo—. Vamos a pedir otra cerveza con tranquilidad y luego regresaremos a la pensión.

—Preferiría dar un paseo por el campo, tengo una horrible sensación de claustrofobia.

—Pues contrólala, Lucien.

Bebieron en silencio. La dueña del bar, una chica joven y atractiva, limpiaba los suelos con ojos somnolientos y movimientos mecánicos. Sólo tras haber apurado bien los vasos se marcharon. Caminaron buscando la salida del pueblo. La gente los miraba, pero eso era algo a lo que ya se habían acostumbrado. Una vez en campo abierto, Nourissier dirigió la cara hacia el sol. Hacía frío, y aquel calorcillo lo reanimó. Necesitaba borrar de su mente los últimos momentos opresivos que acababa de padecer. Dejó el camino y se echó al suelo, en una zona de hierba seca.

—Hubiera querido matarlo —dijo—. Nunca en mi vida había sentido el instinto de matar a alguien, hasta hoy. Afortunadamente estabas tú para halagar a ese cerdo y humillarte ante él.

—Si esperas que ese comentario me moleste y podamos discutir para librarte de tu mal humor, estás equivocado.

—Lo siento, discúlpame.

—Ya sabes que el heroísmo no se hizo para mí. Dejemos a Franco, el gran hijo de puta, que muera en la cama.

—Me rebela oír eso. Estoy dejando atrás mi equilibrio habitual, reacciono con una violencia que no estaba antes en mí. ¿Crees que me habré vuelto apasionado en España?

—A lo mejor siempre lo habías sido pero no tenías ocasión de exteriorizarlo.

—También hubo problemas en Francia durante la guerra: traidores a la patria, colaboracionistas... Sólo que allí todo estaba bien definido: el enemigo era extranjero y representaba todo lo malo. Además, allí ganó mi bando.

—Y de repente, te topas con La Pastora y todo se derrumba a tu alrededor.

—Yo mismo empiezo a preguntarme si es así.

—Eso demuestra que siempre has sido un alma impoluta, preservada de la triste y mediocre realidad, que es justo el caldo de cultivo donde yo me he criado. ¡Muy injusto! En el fondo, el teniente lleva mucha razón, eres un maldito extranjero que viene aquí a vivir explosiones personales y a poner patas arriba este bendito país donde todos vivimos felices.

—Pero ¿qué dices? *Salaud!*

Nourissier se abrazó a las piernas de Infante, que aún permanecía en pie y lo hizo caer. Ambos rodaron por el suelo, riendo y propinándose falsos puñetazos que resonaban contra su ropa de abrigo. Siguieron así un buen rato, peleándose y jugando como niños hasta que todo el sentimiento de cólera y frustración que habían acumulado en las últimas horas se evaporó en el aire gélido y luminoso.

Por la noche, mientras cenaban una sopa caliente en la pensión oyendo sólo el tictac del antiguo reloj de pared, Infante levantó la vista del plato y la clavó en su compañero:

—Puedes comprobar por ti mismo cómo la idea de encontrarnos con La Pastora se hace cada vez más inverosímil. Ese guardia va a complicarnos la vida tanto como le sea posible. ¿Quieres que lo dejemos? Te libero de nuestro trato. Quizá lo más prudente sería que regresaras a Francia con tu familia.

—Ya me ofreciste eso en otra ocasión, pero he aprendido de ti que cuando se vive sin esperanza no hay que perder la esperanza.

—Es lógico que sea una contradicción lo que has aprendido de mí.

—Empiezan a gustarme las contradicciones.

—En ese caso, sea lo que sea lo que te impulsa a seguir, seguiremos; aunque creo que resultaría muy aconsejable salir de Morella. Con ese teniente pisándonos los talones no es seguro quedarse. Si estás de acuerdo conmigo, permaneceremos dos días más aquí para que no parezca que huimos. Después nos largamos. Ya estudiaré adónde.

—Lo que tú digas.

Pero no se marcharon. Un día más tarde tomó contacto con ellos don Eusebio Santillana, juez de instrucción jubilado, y lo que tenía que ofrecerles bien valía el riesgo de quedarse donde estaban.

Lo que voy a contarles ahora es posible que ya lo hayan oído por ahí. También habrán oído que nadie sabe, ni sabía entonces, si yo soy un hombre o una mujer. Nací con mis partes mal formadas, ya se lo he contado antes. No se lo voy a enseñar porque tengo mi dignidad. Como les dije, cuando mi madre me vio por primera vez pensó que sería mejor para mí figurar como mujer. Y mujer fui por mucho tiempo, aunque yo me sentía hombre. Ya saben que la gente siempre quería mirarme ahí abajo, pero nunca lo consiguieron porque yo me sabía defender. «¿Qué tienes entre las piernas, Pastora, qué tienes ahí?» Nunca me vio nadie, nunca. Desde que tuve uso de razón nadie se atrevió a mirar donde no debía. Me volvía una fiera, hubiera sido capaz de machacar cabezas, de morder hasta perder los dientes, de matar. Pero no fui capaz de morir. Me gustaba demasiado la vida y viva estaba hasta aquella tarde. Me hice la pregunta a mí misma, no crean, en aquellos momentos en que los tenía a todos a mi alrededor, me dije: «¿Vale la pena morir, Teresa?». Pensé que no, que quería seguir viva, subir al monte con los corderos, ver amanecer, tomarme copitas de coñac, bromear en las fiestas. No, morir no. Y no quise dejarme matar.

Fue una tarde muy fría. Había nevado y la nieve se había quedado en la hierba y en las matas, blanca, bonita con la poca luz que quedaba ya. Yo bajaba del monte, había dejado a las ovejas arregladas, metidas en el cobertizo, asegurándome de que la helada no pudiera hacerles daño. Como me había entretenido más tiempo del normal iba deprisa por temor de que me cogiera la noche. Entonces los vi, esperándome en el camino, abrigados con capotes los guardias y con zamarras los del pueblo. Daban patadas al suelo para no congelarse. De la boca les salía el vapor de la respiración. Me fijé en que sonreían y enseguida supe lo que iba a pasar, pero seguí andando en dirección a ellos, no podía hacer nada más.

Los conocía a todos: el teniente Mangas iba al frente. Estaba destinado en Morella, pero lo veíamos bastante porque muchas noches se quedaba a dormir en la casa del pueblo de Vallibona. La gente decía que era un cobarde porque cuando tenía que enfrentarse a los maquis llevaba encima más miedo que vergüenza. Yo no sé si era verdad, porque todos los guardias civiles estaban *cagaos* cuando tenían que vérselas con los rebeldes, y ustedes perdonarán la expresión. Habría que ver si él tenía más miedo que los otros o sólo igual. Pero a lo que voy, aquel día venía gallito, con la fusta en la mano: era alto, de buena planta, del tipo que les gusta a las mujeres. Traía cinco guardias acompañándolo, a unos los tenía yo vistos y a otros no, pero todos estaban por la zona de Morella. Y luego estaban los dos de paisano, que a ésos sí los conocía muy bien, todo el mundo los conocía. Eran somatenes, dos hijos de puta, siempre armados, siempre con palizas a la gente por cualquier cosa, con amenazas y chulerías. Todos los somatenes eran así, por llevar un fusil en la mano se creían más hombres, y como nadie les pedía cuentas...

Ustedes pensarán que es raro que yo ya supiera a qué venían y qué querían de mí. Hubiera sido más normal que, habiendo ayudado a unos maquis como lo había hecho yo, creyera que venían a ajustarme las cuentas por eso, o hasta a detenerme. Pero no, llevaban la sonrisa en las bocas y toda la malicia del mundo en los ojos y no se va a detener a un sospechoso con esa sorna en la cara. Yo no era una enemiga para ellos, era mierda, no era nada.

El primero en hablar fue el teniente Mangas. Me saludó:

—¡Vaya, Tereseta, buenas tardes! ¿De dónde vienes a estas horas y con tanto frío?

—De guardar el ganado, como siempre.

—¿Vas para casa?

—Sí.

—Pues nosotros estamos dando un paseo, pero ha sido una suerte encontrarte, mira, porque así nos podrás hacer un favor.

—Ustedes dirán.

—Es que estamos curiosos por saber una cosa: si eres hombre o mujer.

—Soy mujer y me llamo Teresa, usted me acaba de llamar por mi nombre.

Uno de los somatenes amartilló el arma haciendo mucho ruido, me puso la culata en la barbilla.

—¡Háblale con respeto al teniente!

—Déjala, no te preocupes, que violencias no tiene por qué haber. ¿A que no, Tereseta? —dijo Mangas.

No contesté. Entonces a Mangas se le borró la sonrisa de la cara, subió la voz y me dijo:

—Oye, tonterías, ni una. Ahora mismo te vas a quitar el vestido y te bajas las bragas que todos queremos ver lo que llevas ahí.

—Eso no lo voy a hacer —dije.

Los dos somatenes se pusieron como fieras, empezaron a darme empellones, me tiraban de la falda.

—¡Venga, mala puta, enséñanos el coño o te pegamos un tiro aquí mismo! —gritó uno.

El otro soltó:

—El coño o lo que tenga, que a lo mejor le sale una polla como la de un cabrón.

Se rieron todos. Luego Mangas levantó la mano:

—Ya está bien. Venga, chica, que lo del tiro va de verdad. Si te pegamos un tiro, te llevamos en un camión y te tiramos por un barranco nadie te va a reclamar. Con un perro sería más difícil, que suelen tener dueño, pero tú... Empieza ya a quitarte la ropa que sólo será un ratito y daño no te vamos a hacer. Luego te vas a tu casa y aquí no ha pasado nada.

No tenía miedo, pero ése fue el momento en que pensé si valía la pena morir y creí que no, quería seguir viva y la muerte estaba allí, a un paso, en mi cara, preparada para llevarme por siempre jamás. Me solté la cinturilla de la falda, que cayó al suelo. Debajo llevaba las sayas de lana para no pasar frío. Todos se habían quedado callados como en la iglesia. Me quité las sayas y entonces salió el pantalón corto que siempre me ponía debajo. Oí que soltaban algunas risitas, pero no dije nada. No tenía que decir nada, ni rogarles, ni llorar, ni mirarlos a la cara. Paré un momento y entonces la voz de Mangas, tranquila, me mandó:

—Quítate eso también.

Y me lo quité. Noté el frío que me traspasaba la carne que había estado tapada. Se acercaron todos. Hubo alguna exclamación, siempre malas palabras, ¡hostias!, ¡joder!... Alguien dijo: «¿Habíais visto alguna vez algo así?», pero no puedo decir quién habló porque no les miraba. Eso fue lo peor, escoger hacia dónde mirar. Al suelo, no. Miré hacia arriba, al cielo. El tiempo se me hizo largo, pero no quería pensar en nada. Entonces tuve que mirar por necesidad. Noté que algo frío me tocaba las partes. Era el teniente Mangas que con la fusta me levantaba lo que colgaba para verlo mejor. Entonces sí que tuve que apretar los dientes porque empecé a notar una rabia que me llenaba por dentro y que casi no podía aguantar. Me eché a temblar muy fuerte y ellos creyeron que era de frío. Ya no se reían.

—Bueno, venga, ya está visto. Ponte la ropa que te vas a helar. Y ya sabes, a portarse bien. Ni una palabra a nadie. A la mínima que te vayas de la lengua, volvemos a buscarte y te enteras de lo que vale un peine —dijo el teniente Mangas.

Me vestí, di media vuelta y eché a caminar. Ellos se quedaron detrás, hablando y dando risotadas. Al llegar a la masía me metí en el cobertizo donde vivía. Casi no podía respirar. Me encerré por dentro con la tranca. Empecé a darle patadas a la pared, patadas fuertes. Luego también le di puñetazos hasta que se me desollaron las manos. Me estiré de los pelos como para arrancármelos. Al final me tumbé en la paja y me eché a llorar. Lloraba tan hondo que me ahogaba. Después ya me ahogaba menos y lloraba más calmada. No sé cuánto tiempo pasó porque me dormí.

Cuando me desperté tenía los ojos tan hinchados

que no podía abrirlos. Me los lavé con agua helada y me encontré mejor. No cogí tocino ni pan para llevarme. Si me daba prisa en salir del *mas* no vería a nadie, además no tenía hambre. Sólo tenía ganas de llegar a la montaña y estar con los corderos, sola y en paz.

Se presentó una mañana mientras estaban desayunando en el comedor. Era sábado, y un grupo de feriantes que se había alojado en la pensión, ocupaba una larga mesa en la que reinaba gran animación. Casi sin pedir permiso, se sentó junto a ellos y empezó a hablar:

—Soy Eusebio Santillana, juez de instrucción en Tortosa durante los últimos años. Ahora estoy jubilado y vivo en Morella. Me gustaría hablar con ustedes.

Nourissier se quedó estupefacto ante semejante abordaje, pero Infante enseguida comprendió. Le sonrió con jovialidad:

—¿Quiere tomar un café?

—No, mejor vengan a mi casa. Los invito a comer hoy. Vivo en la que llaman «la casa del milagro», ¿saben dónde está? Hay una placa en la pared. Se supone que allí obró un milagro san Vicente Ferrer. Un día se presentó el santo en la casa de los campesinos justo a la hora del almuerzo. Como eran muy pobres y no tenían nada que ofrecerle, sacrificaron al hijo pequeño y la madre lo metió en el cocido para que éste resultara sustancioso. Mientras estaban comiendo, la familia lloraba y lloraba hasta que san

Vicente, sorprendido, les preguntó la razón. Entonces le contaron lo del filicidio y el santo se apiadó, decidiendo recomponer al muchacho troceado, devolverle la vida y entregarlo sano y salvo a sus padres. Todo un milagro, como pueden comprobar.

—*Mon Dieu!* —exclamó el psiquiatra por lo bajo.

—Son historias irracionales propias de gente sin cultura. Les espero a las nueve.

—Iremos con mucho gusto —dijo Infante y, con una sonrisa, añadió—: Y no se preocupe si su cocido no tiene carne, somos de poco comer.

Santillana soltó un extraño sonido gutural a modo de carcajada y se levantó para marcharse. Cuando casi había alcanzado la puerta, volvió sobre sus pasos, se inclinó sobre ellos y murmuró:

—No confíen en el teniente Álvarez; es un hijo de la gran puta.

Se alejó con un andar brioso, aunque su figura se inclinaba ligeramente hacia delante. Nourissier parecía haber visto un trasgo; incluso su boca estaba un poco abierta por el asombro.

—¿Y ese tipo?

—Un espontáneo, el tam tam de la selva nunca suele fallar. Debería sentirme feliz por esa invitación, pero mucho me temo que sólo vamos a obtener una larga perorata típica de un jubilado sobre bandoleros de otros tiempos. Ésa es la especie que he difundido y los frutos vendrán por ahí.

—¡Lástima!, porque un juez debe de tener excelente información.

—Quizá podamos preguntarle sobre lo que nos interesa, pero me da un poco de miedo sin saber cómo respira. Habrá que sondearlo. Ya decidiremos sobre la marcha.

—Da la impresión de estar bastante loco, ¿no?

—Dicen que los fuertes vientos de este lugar trastornan a la gente.

—Debe de ser cierto, porque lo he notado en mí.

—¡Ah, *cher docteur*! ¡Ojalá hubiera escogido usted el tema del trastorno eólico para investigar, nos hubiéramos ahorrado muchos problemas!

—Lo hubiera hecho si tú hubieras escrito sobre eso en los periódicos.

Abandonaron el comedor riendo. En la calle lucía un sol de otoño, transparente y delicado. Cerca de la esquina vieron a un joven guardia civil, que desvió la mirada cuando aparecieron.

—Parece que Álvarez ha ordenado que nos vigilen.

—¿Eso impide que vayamos a casa del juez?

—No. Puede que parezca loco pero sabe bien por dónde pisa.

—Al menos deberíamos avisarle de que llevamos a alguien pegado a los talones.

—Descuida, Lucien, ya debe de estar al quite. Si ese juez ha dicho que vayamos a su casa, a su casa iremos.

Tardaron un buen rato en distinguir los detalles en la placa del milagro porque la iluminación de la calle era pobre. Consistía en una baldosa de cerámica donde, con toscos dibujos coloreados, se representaba la comida en cuestión. De una gran olla emergía hasta la cintura un muchacho. A la mesa se sentaban varios comensales que mostraban su asombro llevándose las manos a la cabeza. En el centro estaba el que debía ser san Vicente, con barba, pelo largo y la vara de obrar milagros.

—¡Vaya historia macabra! —cuchicheó Nourissier en el oído de Infante.

—Si alguna vez te quedas sin asunto para tus investigaciones no tienes más que analizar psicológicamente las vidas de los santos españoles. Ahí encontrarás todas las aberraciones de las que es capaz un ser humano.

Se abrió la puerta de la casa, sobresaltándolos. El juez Santillana los miró gravemente con sus acuosos ojos de besugo.

—Pasen, les he visto por la ventana.

—Estábamos contemplando la placa del milagro —se excusó Infante mientras entraban.

—¡Supersticiones abominables, cuentos de miedo que los curas inventan para mantener aterrorizadas a las gentes sencillas! —tronó Santillana precediéndolos hasta el salón. Una vez allí elevó un dedo y añadió en tono apocalíptico—: ¡Este país nunca será moderno hasta que no demuelan todas las iglesias, hasta que el último monje no sea exclaustrado, hasta que no se fundan todos los cálices y las patenas para regalar el oro a los desheredados!

Los dos invitados se miraron sin saber cómo reaccionar. Nourissier se atrevió a afirmar tímidamente:

—Eso será difícil, España siempre ha sido profundamente católica.

El viejo juez lo fulminó con la mirada.

—No es necesario que me lo diga, lo he comprobado personalmente. ¡Cuarenta y cinco años he estado casado con una mujer católica, apostólica y romana, aunque era gallega! Durante cuarenta y cinco años he observado todas las reglas del catolicismo sin saltarme ni una: he desfilado en las procesiones de Semana Santa, no he comido carne durante la Cuaresma, he asistido a misa los domingos y fiestas de guardar, he venerado al niño Jesús en Navidad y ensalzado a la Virgen en las fiestas patronales. Excepto profesar como sacerdote me he chupado todos los sacramentos y liturgias sin excepción. Hace dos años murió mi esposa, que debe de estar en el cielo por fuerza mayor, y desde entonces no he vuelto a pisar una iglesia. ¡Se acabó, hasta ahí llegó la fe de Eusebio Santillana! Presenté una petición al ayuntamiento para que quitaran de mi puerta la infame plaquita de san Vicente y los antropófagos, pero nada, por razones que fácilmente pueden colegir no me hicieron ni caso y, encima, desde entonces he sido mal visto por la autoridad.

—¿Por qué aceptó esas imposiciones religiosas durante tanto tiempo? —preguntó Infante mientras aceptaba la copa de albariño que le ofreció el juez.

—He sido un hombre profundamente enamorado, amigo mío; ése es el quid de la cuestión. No había bendición papal que me resultara gravosa ni hostia que me supiera amarga con tal de ver a mi esposa contenta. Aunque lo religioso no deja de ser anecdótico, por ella hice otras cosas por las que nunca la perdonaré, ésa es la triste realidad.

Su voz había adquirido un tono trágico y el gesto se le volvió sombrío. Entonces agitó la cabeza con fuerza como un perro que sale del agua y retomó la normalidad para decir:

—Vamos a cenar, señores. He cocinado yo, como siempre hago cuando tengo invitados. Mi doméstica se marca unas comidas que parecen los brebajes de una bruja; así que he preparado macarrones con queso, es lo que me sale mejor. A veces también soy capaz de atacar un buen caldo gallego, pero hoy me faltaban ingredientes; aquí no se encuentran grelos con facilidad.

—Los macarrones con queso están muy bien —afirmó Infante, y le pasó el testigo de la cortesía con una mirada a Nourissier.

—¡Me encantan los macarrones con queso! —dijo éste con precipitación.

Santillana desapareció rumbo a la cocina y los dejó sentados a una sencilla mesa, puesta ya. La casa estaba llena de estanterías con libros y transmitía la impresión de un cierto desaliño. Olía a humo de tabaco depositado durante años en la pared, en las cortinas.

Regresó con una fuente repleta de macarrones y una botella de vino precariamente transportada bajo el brazo. Nourissier se levantó como un autómata y le ayudó a dejar la carga sobre la mesa. Sin más preámbulos, el juez se sentó, sirvió y empezó a comer con la ferocidad del que no ha probado bocado en días.

—¡Deliciosos! —intentó lisonjearlo Infante, pero el anfitrión no le hizo el menor caso; seguía devorando con total concentración.

Los invitados intentaban seguirlo, pero les resultaba imposible comer con tanta rapidez. Cuando ellos andaban por la mitad del plato, el juez ya había terminado. Adoptando una postura de Buda feliz, se puso a contemplarlos tranquilamente. Nourissier, violento, se vio obligado a conversar.

—¿Es usted de esta tierra, juez?

—Sí, nací aquí, en una familia de labradores ricos. Cuando quise estudiar Derecho tuve que ir a Valencia y sólo volvía con mis padres por Navidad. Al morir ellos recibí esta casa en herencia, y aquí he venido a jubilarme. Mal hecho, por cierto, hubiera debido emigrar a su país, doctor. Al oír que estaban por Morella pensé que era la confirmación de esa duda que tuve: ir a jubilarme a un pequeño y coqueto pueblo francés.

—¿El teniente Álvarez le habló de nosotros?

—No, la noticia no ha venido de esa acémila. —Los miró despaciosamente como sintiéndose protagonista y, parándose en Carlos Infante, recitó—: «La aurora extendía sus trémulos dedos llenándolo todo de luz cenital. Aquel hombre valiente y generoso se estremeció de emoción». ¿Le suena de algo?

—¡Rogelio Sánchez! Nadie en el mundo puede haber escrito algo tan cursi.

Santillana estalló en carcajadas:

—¡Acertó! ¡Ah, el jodido guardia novelista! Le conocí en la instrucción de un par de casos y un buen día se presentó en el juzgado con un mamotreto infumable para que lo leyera y le diera mi opinión. Se la di, por supuesto, le dije que me parecía un bodrio pestilente y que era obvio que Dios no lo había llamado por los caminos de la literatura. Se largó muy mosqueado, pero a partir de aquel día me dejó en paz. Hace poco vino a mi casa justo para decirme muy orgulloso y desafiante que un periodista de Barcelona iba a interceder por la publicación de su novela frente a una editorial importante. ¿Es eso cierto, usted le prometió algo así?

—Supongo que sí —respondió Infante con cautela.

—¿Tanto disfrutó de esa bazofia seudoliteraria?

—No, no disfruté en absoluto.

—¿Y entonces?

Infante atajó aquella situación violenta en la que parecía que Santillana estaba jugando con ellos.

—Disculpe, juez, nos ha invitado a cenar porque quería hablar con nosotros. Si no le importa deberíamos empezar esa conversación antes de que se haga más tarde y tengamos que marcharnos.

—La Pastora —soltó el juez de repente, y el silencio los envolvió a los tres. Se podían oír sus respiraciones. Nadie parecía dispuesto en ser el primero en abrir la boca. El viejo sonrió mostrando unos dientes renegridos. Se levantó y, llegando hasta el aparador, tomó un frutero y lo puso sobre la mesa. Sacó un extraño puro retorcido y lo encendió con chupadas parsimoniosas. Luego, entre fétidas vaharadas de humo, añadió—: Veo que el tema les interesa.

—Y yo veo que el tal Rogelio no es sólo un pésimo escritor, sino también un hombre poco discreto.

—Es inofensivo. Quien resulta peligroso es el teniente Álvarez, y Rogelio no le ha ido a él con el cuento, sino a mí. Han tenido doble fortuna: yo no los voy a denunciar y, además, puedo darles valiosas informaciones sobre esa mujer. Estuve instruyendo el caso que la decidió a entrar en el maquis. Naturalmente todo esto tiene que permanecer en el más absoluto secreto.

—Supongo que ese guardia también le contaría que sólo queremos esos datos para investigaciones médicas.

—Lo que hagan con los datos me da igual.

Infante se quedó mirándolo fijamente a los ojos.

—Rogelio, a cambio de su información, quería que me hiciera cargo de su novela. Otros nos han pedido dinero. ¿Qué quiere usted?

—Absolutamente nada.

—Eso es muy inusual.

—¿No se fían de mí?

—Nos gusta saber qué razones tienen las personas para obrar como lo hacen.

—Digamos que me he visto obligado a colaborar profesionalmente con un régimen político que nada tiene que ver con la justicia, de lo cual no me siento orgulloso precisamente.

—¿Busca redención?

—Llámelo como quiera, aunque yo preferiría un vocabulario menos religioso.

—Rehabilitación moral.

—Ese término me cuadra mejor. Vengan mañana a las ocho de la mañana a una casa abandonada que hay en la carretera que va hacia Vallibona. La reconocerán porque tiene un gran reloj de sol sobre la puerta. Y procuren que el teniente Álvarez no les siga. ¿Les viene bien esa cita?

—Allí estaremos.

Al salir de la casa del milagro, Nourissier empezó a toser con estrépito.

—¡Ah, creí que no soportaría ni un minuto más el olor de ese puro asqueroso!

—Pero eres tan educado que has esperado a estar fuera para toser.

—Al principio ni me enteraba del humo, estaba completamente absorto en sus palabras. ¿Qué impresión te ha causado?

—Ya veremos; que este tipo necesite el perdón de sus pecados no significa que tenga nada que nos interese.

—Sí, ya veremos.

El psiquiatra se encogió de hombros y empezó a caminar con brío, esperando que el aire de la noche acabara de disipar de su nariz los efluvios de aquel condenado tabaco. De pronto, dio un brusco respingo:

—¡Dios! —murmuró—. Olvidé advertirle a mi esposa que hemos cambiado de alojamiento. Habrá estado llamando a la pensión de La Sénia, enferma de preocupación. ¡Me adelanto corriendo! Quizá aún esté a tiempo de ponerle una conferencia.

Infante vio alejarse su figura gallarda avanzando a grandes zancadas. Se quedó solo en la noche, deambulando como una sombra por las calles en penumbra. De pronto, tuvo la sensación de que alguien lo seguía, se volvió y descubrió que un joven echaba a correr a toda prisa. Quiso llamarlo, pero advirtió que, en la siguiente esquina, había un guardia civil que lo observaba. Siguió su camino en silencio, con la cabeza baja.

A la mañana siguiente, Infante se sintió asaltado por un súbito presentimiento: ¿y si la cita con el juez no era más que una trampa? Al fin y al cabo contaban como sospechosos y el lugar, una casa vacía en medio del campo, no podía ser más indicado para cazarlos in fraganti con absoluta discreción. Además, era absurdo que Santillana buscara un sitio recóndito para encontrarse cuando habían estado en su casa el día anterior. Si la premonición se cumplía, el teniente Álvarez tendría la excusa perfecta para expulsarlos de Morella y verse al fin libre de su presencia. Incluso podría acusarlos de reunión subversiva o de cualquier otro concepto de los que el régimen franquista se servía con facilidad. Tomó un whisky para serenarse, estaba poniéndose histérico. Se preguntó cómo era posible que hubiera llegado a implicarse tanto en aquel asunto. No supo responder, ni tampoco juzgar si aquel empeño era bueno o malo para él.

Se pusieron en marcha muy temprano, a pie, rodeados de la niebla con la que el día había amanecido. A Infante en ningún momento se le ocurrió comentarle a su compañero el mal augurio que había creído entrever. Encontraron la casa del reloj solar con facilidad y ambos parecían seguros de que nadie los había seguido. Aun estando abandonada, la vivienda se mantenía por dentro en un estado de conservación aceptable. Se sentaron en el suelo de madera desgastada y esperaron a que llegara el juez. Infante se incorporaba con frecuencia y miraba, inquieto, por la ventana. El francés se arrebujaba en su pelliza, muerto de frío. Con diez minutos de retraso, el juez Santillana, renqueante y con la nariz colorada, entró en la sala frotándose las manos.

—¡Diablo, estoy helado! ¡Mataría por tomar un café!

Infante no le dio tregua, se puso frente a él y le

descerrajó la pregunta que le martilleaba en la cabeza:

—¿Por qué nos ha hecho venir hasta aquí? La Guardia Civil nos ha visto con usted. Si existe un riesgo, ya lo hemos corrido. ¿Por qué entonces esta casa?

—¡No tenga tanta prisa, ya lo verá! Siéntese. Voy a contarles todo sin pausa para que acabemos pronto y podamos volver a Morella y tomar algo caliente.

Acto seguido, acercó una caja de madera que yacía en el suelo y se acomodó sobre ella. Empezó a hablar.

—Yo instruí los hechos que sucedieron en la masía El Cabanil. Fue un asedio de tres jornadas que la Guardia Civil llevó a efecto sobre un grupo de tres maquis escondidos allí. Buscaban a Cedacero, otro guerrillero fugado de la cárcel y que, en efecto, se había refugiado en la casa con dos compañeros. La columna perseguidora la mandaba el teniente José Mangas. Con anterioridad habían detenido al dueño de la masía por colaborador con el maquis. Creo que les vendía comida. Me consta que lo torturaron y luego lo asesinaron. Oficialmente, yo mismo certifiqué que había muerto accidentalmente al dispararsele el arma, pero el cadáver llevaba varios tiros de metralleta en la espalda. El teniente y sus hombres se acercaron a El Cabanil pensando que el *mas* estaba vacío, pero vieron elevarse humo por la chimenea. Iban acompañados de Manolete, un maquis capturado tiempo atrás y que les hacía de delator. Era febrero del 49, y ese año fue el más gélido que se puede recordar en los últimos tiempos: nieve, viento, un auténtico temporal. Cuando están a una distancia prudente de la casa, el teniente Mangas le hace ponerse a Manolete un gorro y un capote de la Guardia Civil. Le dice: «Tú conoces a Cedacero, te acercas y le dices que se entregue». El pobre desgraciado llega hasta la puerta muerto de miedo porque piensa que, si es verdad que sus antiguos camaradas están allí, su vida no vale nada: ellos saben que ha estado pasando informes a los civiles. Se planta frente a la entrada, se aclara la voz, que le tiembla, y chilla: «Cedacero, sal, que soy tu amigo. Entrégate en caliente, será mejor para ti». Entonces, por una ventanita que se abre sobre la puerta, aparece un fusil, se oye gritar el nombre del delator y un tiro en la cabeza lo mata limpiamente. Queda tendido en el suelo. Acto seguido, el teniente Mangas da orden de rodear la casa y se inicia un intenso intercambio de disparos y explosión de granadas. Los maquis intentan escapar por la parte trasera, pero el fuego de los guardias se lo impide. Mangas pide refuerzos que le llegan a última hora de la tarde. Son muchos los guardias que acuden. A las once hay un ataque muy fuerte de los guerrilleros que intentan de nuevo huir sin conseguirlo. Pasa la noche. Al día siguiente, la Guardia Civil pone dos petardos en los cimientos. Se prende fuego en la casa y cae la techumbre. Se entrega por fin uno de ellos, que iba malherido. Entran en la casa y descubren a otro maquis tendido en el suelo. Se había suicidado con el mosquetón: puso el disparador atado con una cuerda y la accionó con el pie; tenía un tiro que le entraba por la mandíbula inferior. Del tercer guerrillero no había ni rastro. Pero la Guardia Civil no ceja en el empeño; al tercer día y con el incendio ya extinguido, registran la casa. Cuando se acercan a la cisterna son tiroteados desde el fondo. Allí está el tercer hombre, que se rinde al fin. Izan sus armas desde el pozo con una cuerda, y luego lo sacan a él. Está malherido y, al cabo de cinco minutos, fallece.

Después de haber hablado de un tirón, el juez se quedó mudo, como si buscara fuerza para seguir, como si realmente estuviera exhausto. Luego se restregó la cara con ambas manos con una especie de frenesí y prosiguió, en tono más bajo:

—A los tres muertos los subieron a un mulo y los llevaron al cementerio. Yo estaba presente. Cavaron una fosa. Al primero lo echaron dentro de mala manera, como si fuera un pelele. Entonces, el guardia que estaba al mando les llamó la atención, dijo que tuvieran respeto porque, al fin y al cabo, también eran seres humanos. Ni siquiera eso fui capaz de decirlo yo. A los otros dos ya los bajaron con más comedimiento. A Manolete, el delator, le dieron un entierro digno porque había colaborado con ellos y vestido las ropas de la Guardia Civil. Un absurdo, ya ven. Nadie salió vivo de allí. —Se abismó en sus pensamientos con el ceño fruncido. De pronto, miró el reloj con sobresalto y se levantó—: Disculpen un momento, vuelvo enseguida. Ese chico ya debe de llevar un buen rato esperando.

Regresó inmediatamente acompañado de un joven, que los miró sin indicios de sorpresa.

—Buenos días —saludó.

Santillana le puso paternalmente la mano en un hombro:

—Siéntate donde puedas, Andrés, y diles a estos señores lo que sabes de La Pastora.

Permaneció de pie y con el tono de voz de quien ha preparado bien su discurso, anunció:

—Yo estaba delante cuando La Pastora se echó al monte. Vi cómo le cortaban el pelo y que se vestía de hombre.

Como si hasta aquel momento hubiera estado dormido, Nourissier despertó, se enderezó y aguzó los sentidos como un zorro que sale a cazar.

—Yo tenía entonces unos quince años y estaba en casa de una mujer que no les puedo decir quién es, pero que les juro que no es pariente mía. Esa mujer le cortó el pelo a Teresot, y luego se lo peinó para atrás como lo llevan los chicos. Había ropa de hombre preparada para ella en la casa: un pantalón, una camisa y una chaqueta, todo de hombre. Cuando ya tenía el pelo cortado se metió en una habitación y se puso toda la ropa y cuando salió era como si ya hubiera sido un hombre desde que nació. Nadie hubiera dicho que era una mujer.

Infante se incorporó, fue directo hacia él:

—¿Quién más había en la casa?

—Un hombre que iba con La Pastora; me parece que era del maquis.

—¿Dijo ella algo?

—Dijo que se echaba al monte por lo que había pasado en El Cabanil, por las muertes que hubo y porque mataron al dueño, que era su amigo. Dijo que los guardias civiles lo habían tratado peor que a una alimaña. Estuvieron hablando de eso. Al final, también le dieron un macuto y un cinturón para los pantalones.

Nourissier estaba reconcentrado, nervioso, dubitativo, como si comprendiera que en el testimonio de aquel chico había datos importantes que sólo aflorarían si su modo de preguntar era correcto.

—¿Qué hacía mientras le cortaban el pelo?

—Llorar.

—¿Cómo lloraba, de qué manera? —intentó.

El joven se quedó sorprendido por la pregunta, como si no entendiera qué era lo que el médico deseaba saber. Aun así, permaneció pensando en silencio y al cabo de un momento dijo:

—Lloraba despacio, no hacía ruido. Yo ni siquiera me di cuenta de que lloraba hasta que le oí decir a la mujer que le cortaba el pelo: «No llores más, que ya pasó todo». Entonces me fijé y sí, le caían lágrimas por la cara y tenía los ojos muy encarnados. Al cabo le dieron un pañuelo y se limpiaba una vez y otra, pero no podía parar de llorar.

—¿Y la mujer que le cortaba el pelo?...

El chico miró angustiado en dirección a Santillana y éste intervino con gravedad:

—Lo siento, doctor, pero este chaval protege una identidad y le he prometido que no le harían preguntas en ese sentido.

—Está bien. ¿Hay algo más que recuerdes?

—La ropa que le dieron era de pana negra; y también recuerdo que le dieron una boina. Luego se fueron ella y aquel hombre y no volví a verlos nunca más.

—El hombre que la acompañaba, ¿se dirigía a ella, le decía algo?

—Se quedó fuera, en la habitación no entró.

Una ráfaga de viento lanzó lluvia sobre el único

cristal de ventana que estaba entero. El juez se levantó y empezó a lanzar exclamaciones histriónicas:

—¡Santo Cielo!, ahora se pone a llover y yo no llevo paraguas. ¡Lo que me faltaba! Estaré hecho una sopa cuando llegue al pueblo.

—¿Puedo marcharme ya, don Eusebio? —aprovechó el chico para preguntar.

—Vete, hijo, no me acompañes; que yo ando despacio y tú en cuatro zancadas ya habrás llegado.

Saludó con la cabeza y salió. Nourissier sintió una gran ansiedad al verlo desaparecer. Hubiera querido retenerlo, pedirle precisiones, aunque no sabía cuáles, sacar de su cabeza las imágenes para contemplarlas él. Era como estar ante un perro testigo de un crimen al que nada puedes preguntar. El juez le sacó de su abstracción:

—Márchense ustedes primero. Yo esperaré a que escampe. No quisiera coger una pulmonía.

—Le doy las gracias, juez, lo que nos ha contado este chico ha sido de una importancia crucial. Sin usted...

—Váyanse y dejen los agradecimientos para otra ocasión. Si las cosas van como creo, aún podré proporcionarles alguna información más. Pero no intenten ponerse en contacto conmigo, ya lo haré yo.

Caminaron por el campo bajo la lluvia fría que el viento les metía en los ojos. Infante se dirigió a su compañero:

—¿Qué te ha parecido?

Se dio cuenta de que Nourissier no le oía, de que su mente estaba en otro lugar; tampoco notaba la lluvia, ni el frío, y, si él no le hubiera guiado, probablemente no hubiera encontrado el camino de vuelta con facilidad.

Al llegar no le dijo ni adiós. Subió a su habitación y se puso a escribir:

«Importantísimo descubrimiento: la sujeto cambió de apariencia al entrar en el maquis. Realizó todo un rito para convertirse de mujer en hombre. Le cortaron el pelo, como a una monja. Dejó atrás las ropas femeninas y las cambió por las masculinas en ese mismo momento. Daba un vuelco total a su vida: no sólo abandonaba una identidad sexual bajo la que había vivido siempre, sino que entraba en la clandestinidad política. Todo al mismo tiempo. ¿Era una consecuencia? ¿Entró en el maquis para, de una vez por todas, salir de un cuerpo que la aprisionaba? Quizá es lógico pensar que hubiera más razones: entró en el maquis porque vivió en primera línea la brutalidad del régimen franquista. Entró en el maquis porque le brindaba la oportunidad de pertenecer a un grupo social que la acogía. Y, desde luego, entró porque se sentía hombre y no mujer. Dentro de la organización guerrillera nadie iba a juzgarla, nadie le haría preguntas. Incluso su cambio de nombre quedaría englobado en un colectivo, ya que todos los pertenecientes a la guerrilla cambiaban el suyo propio por un alias. Su pasado quedaba atrás. Puede que llegara a creer que había un futuro para ella.

»Durante el rito del corte de pelo lloraba sin parar. Sin duda estaba pasando por un grandísimo trauma. Podía sentirse varón, pero había vivido siempre como mujer. Decía adiós a muchas cosas, a sí misma en primer lugar. Recordaba humillaciones, dolor, soledad, al tiempo que era consciente de todos esos recuerdos negativos junto a los positivos; es decir, todo lo que la configuraba como ser humano, desaparecería por completo».

Dejó la pluma y respiró hondo. Bien, por el momento era suficiente, más tarde haría las valoraciones psiquiátricas a que hubiera lugar. Valioso testimonio, valioso. No debía perder la esperanza de completar un retrato de aquella mujer, hombre o lo que quiera que fuese. De hecho, estaba empezando a penetrar en su interior, a dibujar los contornos de sus sentimientos, si bien la gran pregunta permanecía en pie: ¿era una asesina?, ¿de verdad padecía una patología que la impulsaba a la crueldad?, ¿estaba estructurada su cabeza en torno a la muerte? Se percataba de que quedaban muchos interrogantes aún por aclarar, pero ¿acaso no persistían las dudas cuando diagnosticaba a alguno de sus pacientes? Siempre, siempre en psiquiatría permanecía un espacio en blanco que resultaba casi imposible rellenar con certezas científicas. La mente del hombre continuaba resistiéndose a ser abarcada, desmenuzada, sacada a la luz y a la transparencia. Quizá porque la llamada enfermedad mental no era sino la reacción lógica a un mundo absurdo, despiadado, caótico y brutal.

De repente se dio cuenta de que estaba en su habitación, de que no sabía qué había pasado con Infante, que hacía sólo un rato estaba junto a él. Alarmado, miró su reloj pero era temprano todavía, podía seguir trabajando hasta la hora de comer.

Aquello de ser enlace de los maquis me gustaba. No sólo por el dinero que me daban, sino porque además me trataban bien, como a una persona, con respeto. Fui conociendo al grupo que venía por allí y vi que era buena gente. Hablábamos y nos reíamos. Me decían que confiaban en mí, y era verdad. Me daban la lista de lo que necesitaban para que se la llevara a El Cabanil y se la pasara a Francisco Gisbert. Luego iban ellos y le pagaban. Eso era al principio, luego yo también iba con ellos y me daban el dinero a mí para que yo mismo le pagara. Las risas más grandes las teníamos cuando Gisbert les vendía latas de las que les daban de ración a la Guardia Civil. La primera vez los del maquis se meaban de risa cuando las vieron. Solían ser chorizos y latas de carne de vaca. Parecía de risa pero la cosa estaba clara: Gisbert vivía delante de la casa cuartel, tenía buena relación con los guardias, que nunca sospecharon nada hasta que lo trincaron. Los guardias le cambiaban las latas por harina, por naranjas, por arroz. Luego él se las vendía a los maquis. Gisbert era el primero que se partía cuando pasaba eso. Les decía: «Venga, que os aprovechen las latas, aunque yo creo que a lo mejor os sentarán mal». ¡Pobre Gisbert, eran tan buen hombre, tan trabajador! No se merecía lo que le hicieron esos hijos de puta. Todos dicen que cuando lo detuvieron después del asalto que los civiles hicieron a El Cabanil delató a mucha gente y por eso hubo tantos arrestos de masoveros que vivían cerca. Pero con todo lo que le hicieron yo también hubiera cantado seguramente. Hay un punto que el ser humano ya no puede soportar más lo que le hacen. Aún se me llenan los ojos de lágrimas cuando lo pienso, un hombre que no había hecho daño a nadie, ni matado, ni robado. ¿Cómo se puede ser tan malo, tener tan poca humanidad? Lo peor fue el final que tuvo. Lo tenían retenido en Morella y un buen día, seguramente cuando ya le habían sacado todos los nombres que le podían sacar, lo bajaron a la prisión de La Pobla de Benifassà. Lo visitó su madre y la pobre mujer, antes de entrar, les preguntó a los civiles que lo custodiaban si sabían qué sería de él. La engañaron, le dijeron que lo dejarían en libertad. La madre entró a verlo muy contenta y, como lo vio hecho un guiñapo, sólo quería decirle algo que pudiera hacerle bien. Como le gustaban mucho las judías le dijo que le prepararía una olla para cuando volviera a casa. Ya ven, ¡pobre mujer!, no podía hacer mucho más para alegrarlo. Entonces lo llevaron un montón de guardias a El Cabanil para que les enseñara algo, a lo mejor algún rincón que la casa tenía para esconderse y que no habían encontrado aún. Pues bueno, llegan allí y les enseña lo que tuviera que enseñarles y luego salen y le dicen: «Ya es suficiente, hemos terminado contigo. Ahora te puedes marchar». Cuando había caminado diez o doce pasos le arrearon una ráfaga de metralleta por la espalda, y adiós Francisco Gisbert. Se quedó allí muerto, después de haber padecido tanto, de haberle hecho creer que lo soltaban. Allí en el suelo se quedó.

Se lo llevaron subido en un mulo, tapado con una manta. Iban dos guardias civiles delante y uno detrás. Le colgaban las piernas y los pies, aún metidos en alpargatas blancas. Eso me dijeron los que pudieron verlo. Les dieron el cadáver a los familiares para que lo enterraran y cuando lo desvistieron para asearlo se dieron cuenta de que le habían arrancado los testículos. Tal y como yo se lo cuento así fue. Yo puedo haber sido maquis y bandolera y haber hecho cosas que no estaban bien, pero díganme cómo hay que ser y qué entraña hay que tener para arrancarle a un hombre los cojones. Ni las alimañas del monte, ni los buitres harían una cosa así con un hombre vivo.

Como ya se pueden imaginar, yo ya tenía la cruz puesta al lado de mi nombre y sabía que vendrían a por mí. También había sido enlace de los maquis tanto o más que Gisbert, y a esas alturas los civiles ya debían de saberlo.

Carlos el Catalán era el jefe maquis de toda la zona y había seguido el asalto de los guardias a El Cabanil desde unos montes cercanos. Se había enterado de que de sus hombres no quedaba ninguno, los mataron a todos. Vino a buscarme.

—Pastora, ¿qué vas a hacer?

Yo, en alguna noche de vino, le había contado que me sentía más hombre que mujer. No se había reído, no había soltado ninguna exclamación. Recuerdo que me dijo:

—Esas cosan pasan, Pastora, pero en el extranjero no tiene importancia, uno es lo que quiere ser.

—Pero yo vivo aquí y se me ríen, y quieren verme por debajo y sólo metiéndoles miedo he conseguido que me dejen en paz. Lo he pasado muy mal con eso, Catalán, toda la vida —le contesté.

—Pero ¿tú eres maricón?

—No. No me gustan los hombres y a las mujeres nunca me he acercado en ese plan. Y ahora ya me da igual, no sé cómo explicarte, es como si me lo hubiera sacado tanto de la cabeza que ya no lo quisiera meter más. Nunca he hablado de esto con nadie. Mi madre me dijo que era una mujer y mujer fui, pero todo lo tengo de hombre: la fuerza, la barba, las maneras, la mala leche. Pero a la gente qué le vas a contar, sólo ven la malicia.

—Porque no tienen cultura, Pastora, porque ya se encargan los fachas que han ganado la guerra de que no lean un libro y sigan tan burros como su madre los trajo al mundo. Los franquistas lo que quieren es que todo siga igual, la gente partiéndose el espinazo trabajando para el amo y sin instrucción, no vaya a ser que aprendan algo y se revolucionen.

—¿Y qué tiene que ver la instrucción con que se me burlen por si soy hombre o mujer?

—Todo, Pastora, todo. En el partido comunista te enseñan que las personas, sean como sean, tienen una dignidad y se merecen un respeto, y eso se aprende leyendo lo que hay que leer y teniendo libertad. Además te voy a decir algo, en Francia tu caso no tendría ninguna importancia. Allí no tiene importancia ni siquiera que seas maricón, que ya es decir.

Nunca me habían hablado de esa manera, nunca. Tampoco estaba acostumbrada a que la gente charlara tanto rato por charlar. Me pasaba la vida trabajando y cuando eran las fiestas tampoco hablábamos mucho, entre las copas y el baile, los juegos de cartas y demás...

Así que me hacía gracia que los maquis a las palabras les tuvieran tanta querencia y tanta fe. Por eso cuando después de todas las desgracias de El Cabanil se presentó Carlos el Catalán y me dijo: «Pastora, ¿qué vas a hacer?», yo le contesté con el corazón un poco encogido, pensando que lo que allí dijéramos iba a ser muy importante para mí:

—¿Tú qué crees que debo hacer?

—Venirte con nosotros, echarte al monte.

—Eso es muy grave, ya lo sabes tú.

—¿Y aquí qué harás, esconderte por los rincones como un animal o dejar que te revienten los civiles como a Gisbert?

—Pero yo no tengo ideas como vosotros tenéis, ni ésas ni otras.

—En el maquis te daremos instrucción política y, por supuesto, aprenderás a leer.

Cuando oí eso se me subió la sangre a la cara. ¿De verdad me enseñarían a leer?

—¿Qué me dices, Pastora?

—¿Y de qué os sirvo yo?

—Tú eres un tesoro más grande que las piedras preciosas. Te he visto andar por ahí cuando te encargábamos las mercancías y te mueves muy bien, vas rápido como el viento entre la maleza. Además me han dicho que te conoces estos montes como la palma de tu mano, como nadie.

—Eso es verdad.

—Pues eso nos hace falta.

—Te diría que sí, pero con estas faldas...

Entonces el Catalán se me puso delante y me miró a los ojos, serio como una estatua.

—Yo te dije una vez que en la guerrilla cada uno es lo que quiere ser. ¿Tú te sientes un hombre, Pastora?

—Sí —le dije, y bajé la vista para decirlo.

—Pues un hombre serás. Esta noche te vienes conmigo a casa de mi hermana, que es mujer y del maquis, y ella te cortará los pelos y te buscará ropa de hombre. Y Teresa a la mierda, ¿comprendes? ¡A la mierda con ella!

Y se echó a reír a carcajada limpia. Yo también quise reír y reía, no crean, pero al mismo tiempo me puse a llorar. Entonces él me dio unos golpes fuertes en la espalda para consolarme y me dijo:

—Tranquilo, hombre, tranquilo, que ya dicen que los hombres no deben llorar. Mira tú qué pronto te manda y te jode la gente con lo que puedes y no puedes hacer.

Nos fuimos a La Sénia, con muchas precauciones. Por la noche ya estábamos allí y era verdad que la hermana del Catalán nos esperaba. Cinta estuvo muy amable conmigo. Dormí con ella esa noche, como aún era una mujer... Al día siguiente me dijo: «Vente para acá». Me senté en la cocina, en una silla baja. Cinta cogió un peine y unas tijeras. Me cortó el pelo mechón a mechón. Yo los veía caer al suelo y otra vez me dio por llorar. Ella iba diciéndome que no me preocupara porque iba a quedar muy bien. Lo que me pasaba por la cabeza no lo sé, pero me acuerdo de que tenía miedo, un miedo que no sabía de dónde me venía. Yo, que había dormido en el monte sola desde chica, que me hubiera enfrentado a cualquiera sin que me temblara la mano jamás, aquel día tenía un miedo que me dejaba quieta como un pájaro caído de un nido.

Al cabo de un rato Cinta dijo que ya estaba y me peinó y me repeinó para atrás. No me dejó que me mirara en ningún espejo porque aún no estaba vestida como debía. Me trajo la ropa de hombre y salió para no avergonzarme mientras me cambiaba. A medida que me iba quitando la ropa de mujer el miedo era más fuerte aún. Cuando ya estuve preparado entraron todos y se echaron a reír. Me sentó mal:

—¿De qué os reís?

—De que parece que siempre hayas sido un tío desde que tu madre te parió. Mírate en este espejo —me dijo Carlos.

Y me miré. No sabía si reír o llorar, porque era verdad que de Teresa no quedaba nada. Era un hombre, un hombre de verdad, un hombre de arriba abajo. Me entró una risa tonta y no podía parar, y todos se reían también.

—Ahora verás lo que vamos a hacer con Teresot —dijo Cinta, y cogió toda la ropa que me había quitado y la echó al fuego, la muy loca. Salieron unas llamaradas que parecía que hasta la casa se iba a quemar. Nos reímos tanto que nos dolía la cara. Cinta trajo coñac y unas copas y, aunque era por la mañana y no eran horas de ponerse a beber, echamos unos tragos para celebrarlo.

Pedí otra vez el espejo y me miré bien la cara. Me pasé la mano por la cicatriz de la operación.

—Me voy a dejar bigote —solté—. Siempre me había gustado tener bigote. Además, así me vengaré de todas las veces que me tenía que afeitar pelo a pelo con la navaja y el dedo gordo sin que nadie me viera.

—¡Anda que no es presumido ni nada!

—Es que hasta hace poco era una mujer —dije, y les hizo mucha gracia y se rieron un poco más.

—¿Y cómo vas a llamarte? —preguntó el Catalán—. Porque Tereso no puede ser.

—Me llamaré Florencio. Lo había pensado muchas veces. Florencio Pla Meseguer suena bien.

—Pues con Florencio te quedas. Y de nombre de guerra Durruti, ¿qué te parece?

—Me gusta.

—No se hable más. Ahora perteneces al sector 23 de la Agrupación Guerrillera de Levante y Aragón y yo soy tu jefe. Bienvenido, compañero.

Me dio un abrazo de hombre a hombre y, en ese momento, me sentí más contento de lo que había estado nunca.

Nos quedamos dos días en la casa sin salir a la calle, claro. Yo tenía miedo de que se presentara la Guardia Civil, pero el Catalán me dijo que en aquel momento tenían mucho trabajo y pocos efectivos. Los que se presentaron fueron dos maquis que les llamaban Valencià y Rubén. Hubo mucha alegría porque desde hacía tres meses los habían dado por perdidos. Venían de una misión por Benifallet y Xerta, también de Rasquera y Móra la Nova. Carlos y Valencià se largaron por su parte y yo me fui con el que llamaban Rubén. Fuimos a Mosqueruela y Fortanete, donde había un campamento con muchísimos compañeros, que luego a algunos los han ido matando. Me los presentaron a todos. Yo me iba fijando a ver si me notaban algo raro de que había sido una mujer, pero no, no parecía. De todas maneras no se me pasó la manía de eso hasta tiempo después, cuando un día fuimos a la masía de Eloy a por comida. Ramón del Mas, el dueño, me conocía de sobra de cuando era Teresa. Así que, mientras esperábamos que su mujer nos pusiera la comida, que la pagamos, me acerco al Ramón y le digo:

—Ramón, ¿me conoces?

Se quedó parado. Me miraba y remiraba. Al final, nada seguro, me dice:

—¿Eres Teresa?

Y entonces me levanto el bigote, que ya lo llevaba, y le enseño la cicatriz de la operación en el labio y dice:

—Pero ¿tú eres Teresa?

Parecía que hubiera visto a un muerto escapado del cementerio. Entonces entendí que ya nadie me iba a tomar nunca por la mujer que había sido.

En el campamento que les digo estuvimos pocos días. Luego pasé a Fortanete, a otro campamento que le llamaban el de Viejo de Gúdar y ahí sucedió algo muy importante: me armaron, me dieron un fusil ruso que es este que ustedes ven. Siempre me ha acompañado como si fuera mi hermano. Ahora a lo mejor lo dejo aquí, ya veré.

Leyó aquella letra que tan bien conocía con la mayor parsimonia, frente a una taza de café que bebía a sorbos despaciosos. Haber ido solo al bar era una decisión inusual en él, que siempre prefería hacerlo en compañía de Infante. La razón auténtica de estar allí era que no quería leer la carta en su habitación. Los remordimientos que sabía iba a sentir solían amortiguarse rodeado de más gente, gente que no conocía pero que le recordaba que en el fondo no era sino un hombre común. Se sentía culpable frente a su mujer, y si analizaba esta sensación se daba cuenta de que gravitaba sobre ella la profunda desafección que había demostrado en los últimos tiempos. Evelyne pensaba que la distancia había hecho mella en su relación, pero no era eso; lo que realmente le había absorbido por completo era el ambiente en el que ahora vivía, la tierra en la que estaba, las circunstancias en las que se hallaba inmerso. Aquellas truculentas historias llenas de virulencia, pasión, odio y muerte habían conseguido desubicarlo, trasladándolo a un estado de conciencia distinto del que tenía en su mundo habitual. Llegó a considerar su vida anterior como algo superficial e inútil. Ciertamente en el ejercicio de su profesión había logrado paliar el dolor de muchos enfermos. Sin embargo, el sufrimiento con el que se enfrentaba ahora era de otra índole, mucho más ominosa y trágica, estaba infligido por el hombre y en el hombre desembocaba. La injusticia, la opresión, la pobreza, la incultura, la enorme desigualdad, todo ello junto a una extraña persistencia del destino, hacían que se sintiera más afectado como ser humano que como médico.

Las cartas de Evelyne se le antojaban frívolas. La pobre había mutado las recriminaciones de sus primeras comunicaciones en noticias desenfadadas escritas con el tono juguetón de una jovencita. La intención evidente de aquel cambio era reequilibrar a su marido, remitirle retazos de un paisaje familiar pacífico, dulce, confortablemente acolchado que le provocara la nostalgia propia del ausente. Lo informaba de cómo las niñas progresaban en el colegio, de lo hermosas que estaban un domingo en que estrenaban vestidos nuevos, de hasta qué punto se acordaban de él. Le detallaba las últimas mejoras del hogar: la compra de unas cortinas, la visita de un pulidor de suelos que había dejado precioso el parqué del salón. También le contaba anécdotas divertidas de sus amigos comunes: el despistado Charles había perdido las llaves de su coche tres veces en un mes; o cotilleos chispeantes: la muy coqueta Anne seguía despilfarrando dinero en joyas y trajes demasiado atrevidos para su edad.

Todos aquellos pormenores nimios, lejos de devolver a Nourissier a la normalidad de su medio originario, lo que hacían era impacientarlo. Las cartas de respuesta que escribía a su mujer iban semejándose paulatinamente a sermones religiosos o panfletos políticos. En ellas la adoctrinaba sobre las insalvables barreras que aislaban a personas condenadas a la miseria intelectual, sobre los niños que crecían marcados por los resentimientos de sus mayores, sobre el yugo dictatorial bajo el que vivía España.

Con toda probabilidad, cuando Evelyne recibiera esas noticias se sentiría tan irritada como él se sentía con las suyas. Se encontraban viviendo en planetas diferentes y ni siquiera el aire que respiraban parecía tener la misma composición. Aun siendo consciente de todas aquellas cosas, Nourissier se dispuso a contestar a su esposa; hilvanaría unos cuantos conceptos difusos y le contaría triviales novedades sobre la comida y el clima. Cuando había empezado a escribir, una sombra se proyectó sobre el papel. Levantó la cabeza y vio a un Infante sonriente:

—¿Empiezas a tener la abominable costumbre española de hacerlo todo en el bar?

—Siéntate, le estaba escribiendo a mi mujer.

—En ese caso me voy; no quiero interferir en los asuntos familiares.

Nourissier, con cara de mal humor, pidió al camarero dos cafés.

—No te vayas. En el fondo me alegro de que me hayas interrumpido; no sé qué poner en esta maldita carta. Evelyne me cuenta cosas encantadoras sobre el hogar y los hijos, sobre decoración y vestuario. Me siento tentado de contestarle que no puedo ocuparme de tonterías mientras me encuentro metido hasta el cuello en las tragedias de este país.

—Espero que no se te ocurra hacer una cosa semejante. Ésta no es tu guerra, doctor; tú perteneces a un mundo más agradable. Haz lo que has venido a hacer y olvídate de lo que estás viendo y oyendo.

—Tú no te dejas impresionar por nada, ¿no es eso, Carlos?

—Ser español te proporciona mucha resistencia frente a las tragedias.

—No me gusta el cinismo; acaba por resultar fastidioso. Te veré después.

Se levantó, dejando su café intacto, puso varias monedas en la mesa y abandonó el bar. Infante lo siguió pero tuvo que correr hasta alcanzarlo porque caminaba a grandes pasos. Por fin se colocó a su altura:

—Lamento mucho volver a molestarte, pero hemos quedado con el juez Santillana a las cuatro de la tarde.

—Muy bien, allí estaré.

—¡¿Puedes caminar más despacio, por favor?!

Nourissier se paró con gesto adusto:

—¿Qué quieres, Carlos? Ya ves que no estoy de humor.

—¡El hecho de que me pagues no te da derecho al insulto!

—¿Decir que eres un cínico te parece un insulto? ¡Pero si es una palabra que se hizo para ti!

Infante tomó a su compañero por el brazo, le hizo entrar en una calleja lateral, al abrigo de las miradas de la gente que transitaba por la calle mayor.

—Si te parece puedes dedicarte a redimir tus pecados, como hace el juez.

—¿Eso es todo lo que tenías que decirme?

—No, quería hablar contigo, pero eso no implica aguantar tus groserías. —De pronto Infante advirtió que un guardia los observaba desde la esquina—. ¿Y ese imbécil no puede dejar de seguirnos? ¡Ahora se va a enterar!

Caminó con zancadas decididas hacia él. Cuando el guardia comprobó que iba en su dirección, se marchó enseguida.

—¡Eh, espera! —gritó Infante.

Nourissier ya estaba a su lado y lo sujetó.

—¿Estás loco? Venga, volvamos al bar.

De mala gana se dejó conducir. Entraron en el local, pidieron dos nuevos cafés, que el dueño les sirvió con gesto adusto.

—¿Qué pensabas hacer, matarlo?

—¡Eres tú el que se toma todo esto a la tremenda! Lo único que pretendía demostrarte es que no podemos hacer nada en contra de todo este sistema, ¿comprendes? ¡Nada!

—Perdóname. Has llegado en un mal momento y lo has pagado tú. No tenía ningún derecho a hablarte de esa manera.

—Está bien.

—Lo digo en serio.

—Está bien, psiquiatra, está bien. Ahora ocupémonos del trabajo.

—¿Ha ocurrido algo?

—Tengo la sensación de que estamos en peligro. Ya ves que la Guardia Civil nos acecha y el juez, dispuesto a lavar su conciencia, cada vez se arriesga más.

—Eso es algo que le concierne a él.

—Y a nosotros también. Si lo detienen por sacar datos de los juzgados querrán saber para qué los necesita, ¿no? Esta mañana le he preguntado por qué va dosificando la información en encuentros diferentes y me ha soltado que acude a los juzgados a refrescarse la memoria. Como los funcionarios lo conocen, le dejan acceder a los archivos aunque esté jubilado. Luego va y nos convoca en su casa a ojos de todo el mundo. No parece muy difícil atar cabos, hasta el guardia civil más zoquete puede hacerlo. La historia es calibrar si la información que nos está pasando vale correr tantos riesgos. Él puede que limpie su conciencia contándonos sus terribles pecados, pero ¿aporta algo nuevo sobre La Pastora?

—La narración sobre su enrolamiento en el maquis fue básica para mí.

—De acuerdo, veremos por dónde sale hoy, pero si lo que ofrece no es nada sustancial, habrá llegado el momento de marcharnos.

—Haremos lo que tú digas. ¿Me has disculpado ya por lo de antes?

—No sé a qué te refieres. Vamos, es hora de comer.

Por la tarde, el juez Santillana los recibió con toda cordialidad. Había preparado una mesa con un primoroso servicio de té en el que no faltaban pastas. Les pidió que tomaran asiento y fue en busca de la tetera. Infante se revolvió en su silla con nerviosismo. Cuchicheó al oído de su compañero:

—Cada vez que nos reunimos con él tengo la impresión de que puede aguardarnos una sorpresa desagradable.

—Tranquilízate; te estás comportando como un paranoico.

La presencia de Santillana, hecho un auténtico amo de su casa, les obligó a guardar silencio.

—Desde que me he hecho viejo prefiero el té al café. El café me despeja demasiado. Luego me acuesto y paso toda la noche sin pegar ojo. Voy oyendo hora a hora el reloj de esa iglesia endemoniada. —Vertió el té en las tacitas y les preguntó en tono coloquial—: ¿Qué tal van ustedes con sus investigaciones, tienen alguna novedad?

—Ninguna —respondió el periodista secamente, y añadió—: Lo que ocurre, juez, es que el tiempo que pensábamos permanecer en Morella se nos acaba. De modo que si tiene algo que contarnos sobre La Pastora...

—Lo comprendo; para ustedes esto es un trabajo y no pueden dormirse en los laureles. Enseguida les cuento... Veamos, ¿qué era? ¡Ah, sí! ¿Saben que la Guardia Civil intentó organizar un servicio de espionaje? La idea consistía en que los guardias se disfrazaban de maquis e iban perpetrando fechorías en su nombre para minar la buena reputación que tenían entre la gente. El sistema era, como ven, muy poco original, pero luego fue sofisticándose y disfrazarse de maquis servía en realidad para averiguar si los campesinos simpatizaban con la guerrilla. Los incitaban a hacer comentarios negativos sobre Franco y el Régimen y si caían en la trampa los molían a palos. En una ocasión se presentaron en una masía haciéndose pasar por rebeldes tal y como les digo. Pidieron al masovero que les diera de comer y el pobre hombre mató un conejo inmediatamente. Cuando estaba despellejándolo para guisarlo, le preguntaron: «¿Tú qué le harías a Franco si lo tuvieras ahora delante?». Y él, con el fin de congraciarse, respondió: «Le arrancaría la piel a tiras como estoy haciendo con este animal». En ese momento...

Infante lo interrumpió con voz y gesto gélidos:

—¿Figura La Pastora en esa historia, juez?

Lejos de molestarse, el interpelado reaccionó como un niño al que cogen en falta y dijo a toda prisa y como disculpándose:

—No, no figura, pero esperen un momento, voy a traer unos documentos que encontré ayer en el juzgado. Los guardo en mi habitación.

En cuanto se ausentó, Nourissier susurró al oído de Infante:

—¿Es imprescindible que seas tan rudo con él?

—No hemos viajado hasta aquí para confraternizar con los habitantes.

—Pero estamos en su casa, somos sus invitados...

—No te engañes, este tío es un maldito cabrón.

Santillana regresó hojeando unas cuartillas, las gafas caladas, el ceño fruncido. Volvió a sentarse sin dirigirles ni una mirada, abstraído en los documentos.

—Veamos..., sí, aquí está. Les he localizado noticias sobre las represalias que se tomaron contra los familiares de La Pastora cuando ésta se echó al monte. ¿Les interesa?

—Nos interesa muchísimo —dijo el psiquiatra, y sacó su bloc de notas al instante. El juez sonrió con satisfacción.

—Bien. Al poco de verificar que La Pastora se había unido al maquis, sus tíos fueron detenidos por la Guardia Civil como posibles encubridores. Primero detuvieron al tío. Lo prendieron en su propia casa, la registraron y encontraron una escopeta de caza, pero como tenía los papeles en regla, no pudieron presentar cargos en ese sentido. Su esposa estaba bastante enferma y un médico desaconsejó su traslado a la cárcel, pero dos días después de haberse llevado al marido, volvieron a buscarla y la transportaron acostada en un colchón de lana. Los trajeron aquí, a Morella, y aquí fueron interrogados. También, para ejercer presión, detuvieron al mayor de sus hijos. Como nadie decía dónde podía estar La Pastora, intentaron sacarle datos a la pequeña de la familia, una niña de diez años, sin ningún resultado. Se presentaron cargos sobre el matrimonio y ambos fueron conducidos a la prisión de Tarragona. No he podido hallar el dato de cuánto tiempo estuvieron allí retenidos. El único fruto que sacaron de aquellas represalias fue la información que proporcionó un cuñado de La Pastora sobre un episodio bien nimio: una vez fueron los maquis a buscarla para que fuera a recogerles los trajes que habían encargado a un sastre de Vinaròs. Eso fue todo, una delación inútil. Nada más.

—¿Los maltrataron? —preguntó Nourissier.

—A la niña, no. Sé que la forzaron diciéndole que no volvería a ver a sus padres, pero, al no obtener nada de ella, fue depositada en casa de una tía. A los adultos..., no consta en el sumario, pero supongo que sí.

—Es repugnante —mascullό el francés—. ¿Cree que La Pastora llegó a enterarse de lo ocurrido a su familia?

—Sin duda. Los maquis solían ser informados por sus contactos. En especial durante los primeros tiempos.

Infante interrumpió abruptamente la conversación.

—Le agradecemos mucho lo que ha hecho por nosotros, juez, pero ahora tenemos que despedirnos.

—Muy bien, entonces nos veremos pasado mañana.

—¿Pasado mañana, para qué?

—Les daré los últimos datos que tengo sobre La Pastora, los más importantes.

—¿Por qué no nos los da ahora?

—Ahora no es el momento.

—Juez, es peligroso para usted y para nosotros que el teniente Álvarez nos vea entrevistarnos tantas veces. Además, nosotros deberíamos marcharnos de Morella cuanto antes, estamos vigilados.

—Entonces reunámonos mañana para cenar.

—Será un placer —intervino, tajante, Nourissier—. ¿Le parece bien en nuestra pensión? Le invitamos nosotros; no se come del todo mal.

—Estaré allí a las nueve.

El francés sabía que, en cuanto pisaran la calle, tendría que oír las objeciones de su compañero, como así fue:

—Esto es absurdo, y a mí lo absurdo me parece sospechoso. ¿Por qué quería vernos pasado mañana?

—Va a decirnos algo que pesa sobre su conciencia

de una manera especial. Desea hacerlo pero teme el momento y lo pospone. He visto ese tipo de conducta en muchos pacientes.

—¡No me vengas con monsergas, Lucien, este tío trama algo!

—¿Qué puede tramar? Está aportándonos revelaciones valiosísimas; si quisiera entregarnos lo hubiera hecho antes.

—¿Tanto te han servido esas confesiones?

—Mucho, de verdad. Las represalias de las que ha hablado hoy completan el cuadro que estoy haciendo, aclaran los motivos de esa mujer.

—¿Llevas mucho trabajo adelantado?

—Cuando lleguemos a la pensión te lo enseñaré.

—Baja la voz. Ahí tenemos otra vez a ese guardia que nos sigue.

Pasaron muy cerca de él en silencio, sin mirarlo. El guardia no intentó disimular su presencia. Al llegar, Nourissier llevó a Infante a su cuarto. Le mostró la gran cantidad de folios que tenía escritos, subrayados, garabateados.

—Has debido de especular una barbaridad —le dijo—, porque las noticias que nos han proporcionado no dan para demasiadas certezas.

—Mi trabajo siempre es especulativo; la mente humana no se puede radiografiar.

—¡Afortunadamente, la mía tendría un aspecto siniestro! Creo que voy a ir a emborracharme un rato. Mañana nos veremos.

Hice un poco de instrucción en el campamento, me enseñaron a tirar con el fusil y las cosas más importantes que debía saber. Me enseñaron también que a los masoveros les podías pedir que fueran a comprarte lo más necesario: arroz, lentejas, garbanzos, cerillas, una manta..., así no te delatabas. Nunca tenías que encargarles papel de escribir, lápices, turrón por Navidad o caprichos, porque como los masoveros no usaban nada de eso, el tendero enseguida se daba cuenta de que estaban comprando por cuenta del maquis y tú solo te delatabas. También aprendí lo que había que hacer cuando te mandaban a una misión. Lo primero era que un compañero te cortara bien el pelo haciendo de barbero. Luego el jefe te revisaba la ropa para que fueras bien vestido. Nada de alpargatas viejas y camisa sucia. Nos decían que un guerrillero de la República debía ir bien aseado y sin rotos. Si encargábamos comida a alguien había que pagarla, siempre que tuviésemos dinero y no estuviéramos en un apuro. Además, cuando salías para la misión siempre te daban un saquito con azúcar y un pedazo de cecina. Con eso podías tirar unos días si algo se ponía torcido.

No me pareció que todo aquello fuera muy difícil, lo

era mucho más encontrar un cordero que se ha salido de su rebaño y está en otro. En aquel primer campamento nadie me dijo nada aún de enseñarme a leer, ¡eso sí que sería más complicado!, pero aunque no me lo dijeran yo ya me daba cuenta de que era demasiado pronto para reclamarlo. Antes tenía que demostrarles que valía para aquello y que no era un cobarde que echaría a correr al primer guardia que viera.

Estuvimos varios días de aquí para allá los diferentes grupos, nos encontrábamos entre nosotros en lugares distintos, cambiábamos de compañero... Por fin Carlos decidió que yo estuviera en el grupo que iba a dar un «golpe económico», él lo llamó así.

Sólo íbamos tres: Juan, Valencià y yo. Nos mandaron al *mas* del Fondo, en el término de Morella. Yo recordaba esa zona piedra por piedra. Acampamos no muy lejos y por sitios que yo me sabía vigilábamos la masía a ver las costumbres de los masoveros. Yo los conocía, pues claro que los conocía. También dejábamos así un tiempo para que la tierra se secara, porque hubo muchas tormentas en la montaña y se caminaba muy mal por el barro.

Un buen día ya vimos la oportunidad para presentarnos. Esperábamos a que el hijo, Jaime, fuera al campo con el criado como hacía cada mañana. Les salimos en el camino, llevábamos las armas y les apuntamos. Entonces Valencià mandó al criado, Tomás se llamaba, a que le pidiera al padre de Jaime doce mil pesetas y le dijo justo por dónde tenía que pasar cuando volviera hacia la masía con el dinero. No tenía que preocuparse por encontrarnos, que nosotros ya le saldríamos al paso. Al chico nos lo quedamos como rehén, y yo creo que se dio cuenta de quién era yo porque me miró muchas veces y al Valencià también me pareció que lo reconocía.

Total, que nos escondimos con el hijo de la familia y el criado se fue a cumplir lo que le habíamos mandado. Pasaron horas y horas y allí no venía nadie. El Valencià se puso nervioso y le dijo al chico que lo íbamos a matar porque su padre no enviaba el dinero. Él lloraba como un cobarde y pedía clemencia. El Valencià le dijo entonces: «Pues nos vas a dar los nombres de gente que conozcas de por aquí que sea del somatén. Así más adelante ya les ajustaremos las cuentas». No se lo pensó ni un momento. Nos cantó un montón de nombres el tío, si eran parientes o amigos suyos le daba igual, por la boca le salían los nombres, que Juan iba apuntando en un papel. Me dio un coraje muy grande porque un hombre no puede llorar, pero digamos que si llora no pasa nada, porque todos somos humanos y tenemos un mal momento. Lo que no puede hacer es delatar a nadie. Lo que toca es ponerse firme y decir: «Yo no suelto ningún nombre ni que sea por la fuerza». Y fuerza no hubo porque ni siquiera lo tocamos.

Cuando ya habían pasado muchas horas yo estaba vigilando el camino y vi que venía el criado, pero que detrás de él iban cuatro que estaba claro que eran guardias civiles disfrazados de masoveros. Enseguida los calé porque dos iban vestidos de mujeres como si fueran las hermanas del chico, que se les notaba una barbaridad. ¡Me iban a decir a mí quién era una mujer y quién iba disfrazado! A otro a lo mejor se le hubiera escapado, pero a mí no. Así que doy parte corriendo al Valencià y Juan mira por el lado contrario y venían otros que iban disfrazados también. Rápido supimos que el padre de

Jaime había avisado a la Guardia Civil. El Valencià me dijo:

—¿Qué piensas, Pastora, crees que hay un atajo por el que podamos salir?

—Sí, seguidme, que yo os llevo. ¿Vais a llevar a éste?

El gallina chivato temblaba de miedo al lado de unas rocas. Yo le tenía el fusil tocándole la cabeza por si se le ocurría gritar. Estaba tan asustado que creo que hasta se meó. Entonces el Valencià dijo:

—No vale la pena arrastrarlo con nosotros. No van a pagarnos ni un duro por él. Déjalo.

Yo tenía una furia dentro de mí que me quemaba la cara como si me hubieran acercado una tea encendida. Hubiera pateado a aquel cabrón, lo hubiera matado y hubiera echado su carne a los perros. Los miedicas me dan asco, los chivatos aún más. Entonces cogí una piedra bastante gorda y le dije:

—Venga, pues por las molestias y el tiempo que hemos perdido y por haber estado con un *acojonao*, aquí tienes lo tuyo.

Le di con la piedra en la nuca, con toda mi fuerza. Se cayó al suelo como cuando a alguien lo alcanza un rayo. El Valencià soltó:

—¡Eso es lo que hay que hacer! —Se vino para donde estábamos y con otra piedra empezó a arrearle en la cabeza unos golpes más—. Que se quede inconsciente —dijo—, así no podrá señalarles por dónde nos hemos largado.

Juan ya estaba nervioso:

—¡Dejadlo ya, que al final nos cazan! ¡Salgamos de aquí cuanto antes!

—Tranquilo, no hay que temer —le contesto yo.

El Valencià arranca unas cuantas ramas y tapa a Jaime para que no lo encuentren. Estaba vivo, pero todos pensamos viéndolo así que se moriría de frío o desangrado si no daban con él. Se lo merecía. Salimos a toda prisa por el sitio que yo les indiqué. Al cabo de un rato estábamos en terreno seguro.

Comimos cecina y un poco de pan algo reseco que le quedaba a Juan. El «golpe económico» había salido mal, pero tampoco importaba mucho. Yo me encontraba bien, mejor que nunca, animado como si me hubiera tomado dos copas de coñac. Si hubiéramos tenido música hubiera bailado como cuando iba de mujer a las fiestas del pueblo. Me había gustado cómo el corazón me había ido muy deprisa al ver a las mujeres y reconocer que eran civiles disfrazados. Me había gustado hacer algo junto con dos hombres más de compañeros. Me había gustado darle una pedrada en la cabeza a aquel malnacido. Era todo muy diferente a cuando pasaba el tiempo en la montaña con las ovejas. Entonces todo iba despacio, pero sobre todo era siempre igual. Cada día pasaba siempre lo mismo y tú lo sabías, ya esperabas la mañana, la hora de comer, la tarde para retirarte..., la primavera, el verano... Ahora no, ahora estaba muy seguro de que cada día sería cada día y de que nadie iba a poder jurar dónde estarían mis huesos al día siguiente, ni siquiera yo. Me daban ganas de reírme de tan contento como estaba. Me gustaba ser un maquis, pero claro, no dije nada, porque no tenía motivos de risa habiendo salido mal la misión.

Estábamos bebiendo un poco del vino que llevábamos y entonces el Valencià me mira a la cara muy serio y me dice:

—Muy bien, camarada Durruti, muy bien. Puede que hayamos fracasado pero desde luego no ha sido por tu culpa. Tú te conoces los montes como la palma de la mano y el miedo no sabes lo que es. Lo has hecho muy bien.

Era la primera vez que alguien me decía que había hecho una cosa bien. Me había dado un poco de risa aquello de «compañero Durruti», pero no me reí. Me puse muy orgulloso de haberlo hecho tan bien. ¡Quién me iba a decir que lo poco que sabía hacer iba a dar tan buen servicio! Ir por la montaña, meterse por torrenteras y bancales, reconocer a hombres que van vestidos de mujer.

Nos quedamos por la zona quince días por lo menos. De vez en cuando entrábamos en un *mas* y pedíamos que nos dieran de comer. Luego nos encontrábamos con compañeros en La Sénia, que allí La Nena, una mujer maquis más valiente que veinte hombres, siempre nos tenía el plato preparado.

El 16 de julio hicimos una cosa que nunca olvidaré y que les voy a contar porque es casi de risa. Íbamos cinco compañeros, que así nos llamábamos entre nosotros, compañeros, y dejamos el monte para salir a la carretera de Tortosa a L'Aldea. Me dijeron que haríamos una «acción revolucionaria», y como no quería quedar mal preguntando lo que era eso, me callé y esperé a ver. Pues bueno, al rato de estar allí pasó un carro con un payés de Tortosa y le dimos el alto. Lo hicimos bajar y desenganchar el mulo. Entonces pusimos el carro en medio de la carretera para que no pudiera pasar nadie más. Disfrutaba a lo grande cada vez que llegaba un coche y se quedaba tieso el conductor viendo el carro y luego a nosotros con los fusiles y todas las armas. Llegaron tres coches y unas cuantas bicicletas. A medida que se paraban los íbamos limpiando de dinero. Uno llevaba un reloj de oro y también se lo hicimos dejar. Los colocábamos a todos en grupo en un lado y yo les apuntaba con el fusil para que no tuvieran la mala idea de intentar escaparse. Al final, había cuarenta tíos con los ojos como platos pensando a ver qué iba a pasar. A uno que llevaba un coche bueno le encontraron los compañeros una escopeta de caza de dos cañones, nuevecita, y también se la pispamos para la revolución. Me partía viendo la cara que ponían. Cuando al jefe de la misión le pareció que ya era peligroso quedarse más tiempo allí, hizo una cosa que yo no me esperaba: le dijo a Francisco, que era el que sabía más de ideas políticas, que les diera un mitin, que yo tampoco sabía lo que era y entonces me enteré. Francisco, hablando fuerte y claro, se puso a decirles a aquella gente que los días de Franco estaban contados y que lo que tenían que hacer era organizarse políticamente y afiliarse al partido comunista, tal cual. Luego gritó: «¡Viva la República! ¡Viva España libre! ¡Muera Franco, muera el fascismo internacional!». Nosotros contestábamos «Viva» o «Muera», según lo que era menester. Luego Francisco sacó del macuto hojas de propaganda política y se puso a repartirlas entre los que yo tenía encañonados.

Al final, el jefe mandó mojar dos coches con gasolina y prenderles fuego. Cuando el humo se puso ya muy negro, dio la orden de retirada y allí se quedaron aquellos, acojonados como conejos, si ustedes me permiten la expresión.

Hasta aquel día Francisco me parecía un hombre valiente y me entendía con él, pero a partir de entonces me gustó mucho más por la sangre fría que había tenido y lo serio que había dicho todo lo que tenía que decir. A la mañana siguiente se lo dije, le dije:

—Si no te hubiera visto con mis propios ojos hablar a esos de ayer tan bien y tan tranquilo no me lo hubiera podido creer.

Me miró sonriendo y me contestó:

—Tú y yo tenemos que hacer algunos apartes, Durruti, que me parece que estás más verde que las hojas de un peral.

Y así fue. De vez en cuando me enseñaba ideas comunistas que siempre trataban sobre la justicia y la igualdad de los trabajadores y la explotación que les hacen los amos. Me decía:

—Pero a ti todo esto que te digo ¿te parece bien o mal? Porque me escuchas y escuchas sin decir esta boca es mía.

A mí me parecía bien, claro. Que los hombres seamos todos iguales y que el que tenga la tierra no explote al otro y lo haga trabajar como una mula por cuatro cuartos es algo que está muy bien y es lo justo. Lo que ocurría es que no sabía de dónde me hablaba Francisco, porque en los sitios en los que yo había vivido hasta el momento nunca pasaba de esa manera.

Un día que me había hablado mucho sobre ideas comunistas me suelta:

—Ahora creo que ya puedo empezar a pasarte algún librito de los que tenemos aquí para que lo leas y estudies un poco.

Me puse colorado hasta la raíz del pelo porque yo creía que el Catalán ya lo había avisado de que yo no sabía leer. Entonces le digo:

—No sé leer, Francisco, nunca he ido a la escuela.

Se me quedó mirando con cara de disgusto y preguntó:

—¿Nunca, ni un día cuando eras un crío?

—Siempre he trabajado cuidando el ganado.

—¿Ves, Pastora? Tú eres un ejemplo de lo que decimos siempre: un hombre explotado, eso eres tú.

Al final, que ya me estaba cabreando con tanto lo que yo era o dejaba de ser y tanta pregunta, le digo:

—¡Venga, Francisco, déjate de romances! No sé leer, así que esos libros que quieres darme, mejor guárdatelos.

Enseguida me puso la mano en el hombro y me lo apretó:

—Tranquilo, camarada, que no pasa nada. Rubén te va a enseñar a leer y a escribir. Vas a salir más sabio que si fueras un mismísimo maestro de último grado. Él tiene mucha paciencia y ya lo ha hecho con otros. Verás como es muy fácil.

El Catalán se había olvidado de avisar que yo no sabía leer, lo que es normal siendo el jefe de toda la sección guerrillera, otros problemas tenía. Francisco habló con Rubén y dábamos clases cuando no había trabajo ni misiones. Fui aprendiendo, sí, el día que me aprendí todas las letras tenía ganas de llorar de tanta alegría, cosa del pasado, eso de llorar por todo, de cuando era una mujer. Enseguida me acordé de que ya no me tocaba llorar y me guardé de hacerlo. Pensando en eso me viene a la cabeza que Rubén me preguntó un día:

—¿Nunca te acuerdas de cuando eras mujer, Pastora? No quiero ofenderte por ser curioso, pero ¿cómo era aquello?

—A ratos me parecía normal y a ratos no. Como casi siempre estaba solo daba igual si era hombre o mujer, era yo y ya está.

Era buen chico, Rubén, más manso que Francisco. Francisco era más duro que el pedernal. Por aquellos días, el uno de agosto, se presentaron él y el que llamaban el Abuelo de nombre de guerra, en la masía de Val de Fortún. El dueño, José García, y Francisco eran enemigos políticos de antes de echarse él al monte. Así que fue a vengarse y lo mató a él y a su hijo.

Rubén también era echado *p'alante.* En una misión para matar al guardia civil que había asesinado al dueño de El Cabanil, se puso nervioso y le disparó a otro guardia que no tenía nada que ver en el asunto. Se arriesgaron muchísimo yendo hasta Rossell y metiéndose en la misma plaza del pueblo. Luego Rubén andaba un poco como arrepentido por haberse equivocado de hombre, pero los compañeros le dijeron que un guardia era un guardia y no había guardia bueno si no estaba muerto. Esas cosas pasaban, una equivocación la tiene cualquiera. Lo malo fue lo que nos sucedió a nosotros en Benifallet.

Nos habían mandado a Valencià y a mí con un compañero al que llamaban Barbero porque era el que nos cortaba el pelo y nos afeitaba, sobre todo cuando salíamos a una misión. Teníamos que vigilar primero y entrar después en la masía Xalamera, donde nos habían dicho que había dinero y víveres. Llegamos cerca y vigilábamos todo el tiempo, pero nos daba la impresión de que la masía estaba deshabitada. Por fin nos decidimos a acercarnos y en eso que nos empiezan a llover balas del cielo que parecía una lluvia de fuego. Nos echamos al suelo, empezamos a disparar nosotros también hacia la casa, que era de donde salían los tiros. Yo, como pude, me fui escapando hasta el punto de encuentro que habíamos convenido. Al minuto llega Valencià. Los dos empezamos a maldecir a la Guardia Civil porque parecía que nos estuviera esperando. Pasa el rato y Barbero que no aparece. Tanto tiempo pasó que, al final, Valencià dice:

—Vámonos para La Sénia, tú, que a éste la puta Guardia Civil se lo ha cargado y no podemos volver a recoger el cadáver.

En La Sénia nos encontramos con Carlos, Rubén, Lucas y Nano. Le contamos a Carlos lo que había pasado y cómo Barbero había caído en un ataque imprevisto de la Guardia Civil, que nos esperaba en la masía Xalamera. Carlos se puso muy serio, miró a Rubén y a Nano y les dijo:

—Ahí tenéis al guardia civil que os habéis cargado.

Yo no entendía nada, pero vi que enseguida se organizaba un jaleo y una discusión. Rubén decía:

—La habéis cagado, cabrones, intentabais entrar en la masía que es el punto de apoyo donde nosotros estábamos. Hemos matado a Barbero por vuestra culpa.

Entonces sí lo entendí todo. Valencià, que tenía muy mala hostia, se puso como una fiera y empezó a chillar:

—¿Y vosotros por qué no dabais el alto, por qué no sacabais ni la cabeza para comprobar con quién os las teníais que ver?

—¡Tenemos órdenes de disparar, hostias! ¿O es que todavía no te has enterado de eso?

Carlos el Catalán puso orden con un grito:

—¡Callad de una puta vez! Esto no es un patio de vecinos. Estamos en una guerra y esas cosas pueden pasar. Pero os lo voy a decir muy clarito: al que vuelva a cometer otro fallo como ése le monto una y doy parte de él a los superiores. ¿Me he explicado bien?

Todos nos quedamos con la boca cerrada. Carlos nos miró con aquella mirada que tenía seria y dura. Luego habló otra vez:

—Lo más jodido es que el cadáver del camarada lo recogerá la Guardia Civil y lo tratarán sin el respeto que se merece. Así que vamos a guardar por lo menos un minuto de silencio por él, porque era un luchador bravo y un compañero servicial que siempre cumplía con disposición todas las tareas asignadas. Que la tierra te sea leve, compañero Eufemio Bolós, *Barbero*.

Entonces todos se pusieron con la cabeza baja. En eso que Catalán me mira y dice:

—¿Y tú, Durruti, por qué coño no te quitas la boina, es que no hablo para ti?

Yo no me había fijado en que los demás se habían descubierto. No sabía qué se hacía en eso del minuto de silencio, nunca lo había visto hacer antes, así que me quité la boina y me quedé callado como si el que se hubiera muerto hubiera sido yo.

Pero antes de que eso pasara he de decir que todo iba bien. Yo cada vez aprendía más de cómo iban las cosas en el maquis, les enseñaba a los compañeros atajos y caminos que ellos no sabían y, sobre todo, Rubén seguía enseñándome a leer. ¡Era tan buen chaval Rubén, tan joven, tan valiente!

Desayunaron casi sin dirigirse la palabra. En ambos persistía la sensación de que no estaban de acuerdo sobre lo que debían hacer, y tal discrepancia enseguida afloró. Tras apurar el último café, Infante dijo con cierta solemnidad:

—Hoy es nuestro último día en Morella. Ve despidiéndote de esta villa tan ilustre.

—Depende de lo que nos cuente el juez.

—Si de mí dependiera, haríamos la maleta ahora mismo y no volveríamos a verlo más.

—Ve tú hacia nuestro próximo alojamiento y yo iré cuando haya acabado aquí.

—Es una posibilidad; ya la estudiaré. ¿Qué piensas hacer hasta la noche?

—Trabajar.

—Está bien. Yo creo que iré a pasear mis tristes huesos por el campo.

Salió a la calle y empezó a caminar hasta la salida de la ciudad. Necesitaba estar solo, pensar. Aún se encontraba a tiempo de marcharse a su casa, de huir. Miró el panorama campestre, que no tenía más barrera que las montañas. Era hermoso, ¿quién podía negarlo? Pero él no estaba en situación de contemplar la belleza con espíritu místico. A partir de aquel momento se encontraba en peligro y lo sabía. Su vida podía cambiar. Su vida miserable, su vida llena de losas que pesaban como el madero que Cristo tuvo que cargar. Los olivos centenarios le devolvieron, como si conversaran con él, la imagen religiosa: en un olivar sudó sangre la noche antes de que lo crucificaran. Se metía con decisión en su destino, pero sufría. La valentía no es dejar de sentir el miedo, sino sentirlo y seguir adelante igual. Su padre le decía que las religiones son una patraña. Cierto, pero constituyen un punto de arranque para hacer comparaciones, para representarse imágenes, para crear metáforas que nunca vienen mal. Cristo estaba allí, junto a los olivos, enfermo de preocupación ante la perspectiva del dolor físico, de la muerte. Judas le había traicionado. Siempre hay un traidor, y éste siempre se arrepiente, se autoflagela, se suicida al final. Ninguna historia acaba bien para los traidores. No son un buen ejemplo, ni son decorativos, ni mueven a perdón. Son la hez. ¿Dejar solo a Nourissier, abandonarlo? El francés le caía bien. Al principio le había parecido un tipo estirado que llega desde un lugar civilizado, seguro de hallarse en posesión de la verdad. El tiempo había cambiado esa valoración. Nourissier era un buen hombre, un ser extrañamente inocente, incontaminado por la realidad. Le gustaba su sentido del humor, la ligera melancolía que rodeaba su figura, su capacidad para ponerse en la piel del otro, su amabilidad, su cortesía. Quizá la vida no lo había puesto a prueba como lo había puesto a él, pero eso daba igual. Sólo cuentan los hechos y los de Nourissier destellaban como joyas valiosas. Los suyos no, los suyos manchaban las manos como carbones.

Olisqueó las matas, que empezaban a secarse por el otoño. Aquella tierra salvaje y verdadera, desconocida y amenazante como el futuro, le gustaba cada vez más; cuando todo hubiera pasado quizá tomara una decisión parecida a la del juez: retirarse a vivir allí. Alquilaría una casa pequeña y estaría solo, por fin en paz.

Se sentó en el suelo, aspiró el aire. ¿Dónde irían ahora, cuál sería la próxima etapa? Debían alejarse de las montañas, bajar al llano. Estar cerca de Vallibona era demasiado peligroso. Podían instalarse en Santa Bàrbara, donde los dejarían tranquilos. Había confiado en que Nourissier se echara pronto atrás de sus propósitos, pero por el momento no había sido así. De modo que irían adelante, él también. Jugaría el juego de verdad, arrostrando las posibles consecuencias. El calorcillo del sol lo reconfortó. Se tumbó de costado y al poco se quedó dormido.

Al despertar se sentía entumecido, calado por el frío. Le sobresaltó un ruido entre los matorrales. Distinguió un bulto que se movía:

—¿Quién anda ahí? —gritó.

Un muchacho se escabulló y echó a correr. Los chicos del pueblo sienten curiosidad, pensó. Sin embargo, aquella curiosidad, que en circunstancias normales carecía de importancia, tomaba trascendencia en su situación. El estado de angustiosa alerta que había sentido antes de iniciar el paseo lo embargó de nuevo. Tenían que salir inmediatamente de allí.

Igual que ellos se habían percatado de que los guardias civiles los seguían, la gente de Morella debía haberlo advertido también. Se habían convertido en sospechosos. Aquellos jóvenes que parecían acecharlos podían tomar de pronto una decisión imprevista y brutal. Él mismo, mientras dormía, podía haber sido agredido con total impunidad. En aquellos lugares, la distancia entre la vida y la muerte era pequeña. Si alguien los mataba, sus cuerpos serían precipitados por uno de aquellos barrancos intransitables. Simplemente, desaparecerían. Se estremeció y decidió volver.

A las ocho y media bajó Nourissier al comedor. Pidió una cerveza como aperitivo y se sentó. Habían advertido a la patrona de que esperaban a un comensal, de modo que la mesa había sido preparada para tres. Miró a la gente que iba entrando. Le sorprendió que aquella noche hubiera tanta animación, le preguntó a la dueña. Eran cazadores de la zona que habían llegado en busca de jabalíes. Mejor, aprovechando su algarabía podrían hablar con más libertad. Tras veinte minutos apareció Infante. Tuvo la sospecha de que había bebido.

—¿Te encuentras mal? —le preguntó.

—No, sólo he estado pensando un rato.

—¿Pensando únicamente?

—Sin un par de copas no suelo pensar bien.

—¿Y has llegado a alguna conclusión?

—Sí, tenemos que salir de Morella cuanto antes.

—Para eso no necesitabas emborracharte; llevas una eternidad repitiéndolo.

—¿Y quién te ha dicho que estoy borracho?

—Dejémoslo, Carlos; simplemente no comprendo que cuando de verdad alguien me cuenta algo importante, lo único que te plantees sea huir.

—He olvidado el tabaco en la habitación, ahora vuelvo.

Era un modo poco corriente de decir que prefería no pelearse, pero al francés no le pareció mal. Cinco minutos más tarde compareció el juez. Venía vestido con elegancia y formalidad, como si se dispusiera a ejercer su profesión. Los cazadores se quedaron mirándolo, pero él no se dignó siquiera a volver la cara en su dirección. Cuando se acercó lo suficiente, Nourissier, que se había puesto en pie para recibirlo, comprobó con sorpresa que olía intensamente a alcohol. Al parecer había sido para todos una tarde de fuertes tentaciones etílicas, ampliamente satisfechas.

—¿Por qué está solo, doctor?

—Mi compañero vendrá enseguida.

Como si lo hubiera oído, Carlos Infante saludó desde atrás:

—Es un placer verle de nuevo, juez.

El psiquiatra se dio cuenta de que se había lavado la cara, peinado y rociado con colonia, por lo que su aspecto era mucho mejor que minutos antes.

La cena empezó con una deliciosa sopa de *farigola* a la que le siguió cordero con patatas. El vino tinto que acompañaba el menú era áspero y fuerte, por lo que Nourissier apenas lo probó. Por el contrario, sus dos contertulios parecían no haber completado su nivel alcohólico ideal y sus copas se vaciaban y se llenaban de nuevo sin parar.

Como postre se deleitaron con una finísima crema catalana. El juez daba la impresión de estar bastante ebrio. La patrona se acercó y les dijo con media sonrisa irónica:

—Si quieren pueden tomar el café en la salita de atrás. Así el juez puede sentarse en una mecedora muy cómoda que hay allí. Lo digo por si está cansado.

La salita ofrecida no se abría casi nunca y el aire que se estancaba entre sus paredes estaba helado. Nourissier se alegró; quizá eso devolvería un poco de claridad a las mentes de los bebedores. Así debió ser, porque Infante conminó al juez tan sólo un segundo después de haberse sentado en la prometida mecedora.

—Juez Santillana, debería empezar a contarnos cosas. No queremos que se haga muy tarde.

Entró la patrona y puso una bandeja con café y coñac sobre una mesita central. Se fue al instante y cerró la puerta tras de sí. Infante miraba al juez con una fijeza que no podía ser sino insistencia. El hombre, que prolongaba sus comentarios banales mientras se preparaba para seguir bebiendo, se quedó hablando solo en medio de un denso silencio. Entonces supo que no podía demorar más su relato, aunque intentó un último subterfugio:

—Quizá no es ahora el momento, después de esta cena tan copiosa. ¿No deberíamos encontrarnos mañana?

Infante dio un golpe seco sobre la mesa que hizo tintinear tazas y copas.

—¡Basta de tonterías, Santillana! ¡Diga lo que tenga que decir y acabemos con esta farsa de una maldita vez!

Nourissier, abochornado por ver cómo trataba Infante a un hombre de edad avanzada, estuvo a punto de intervenir a su favor. Sin embargo, decidió quedarse callado. Santillana, mirando al suelo, balbucía frases inconexas. De pronto, se echó las manos a la cara y empezó a llorar. Infante, inflexible, crispó el gesto y abrió la boca sin duda para increparlo. Entonces su compañero le hizo una señal enérgica para que guardara silencio y se dirigió al juez con voz suave:

—¿Qué es lo que ocurre, Eusebio, se siente atormentado por los recuerdos?

El viejo, sin levantar la cara por la que resbalaban los lagrimones, afirmó:

—Sí, me atormentan cada día, cada noche, cada minuto de vida. Soy un miserable, soy una escoria y no merezco el título de juez. —Tras un compungido silencio se recompuso y habló con la claridad de quien no ha probado ni una gota de alcohol—. Olivier Herrera era un hombre joven de origen español, que vino desde Francia para enrolarse en las tropas republicanas. Aquí se casó con una chica de Alcalà de Xivert. Cuando acabó la guerra le cayeron veinte años; pero no los cumplió porque no se le encontraron delitos de sangre. Sin embargo, tiempo después la Guardia Civil, gracias a las delaciones de unos detenidos, supo que en la masía de Olivier se prestaba ayuda al maquis. Vigilaron la casa y cuando vieron que había tres maquis en el interior, montaron un operativo formado por varios guardias, dos comisarios de policía y algunos somatenes voluntarios. Al mando estaba el comandante Hernández de los Ríos, de Morella. Ésa es la razón por la que me tocó instruir el caso a mí.

Se quedó callado, miró al suelo. La voz mansa de Nourissier se dejó oír:

—¿Pasó algo horrible que usted tuvo que presenciar, algo que le horrorizó? Dígame qué fue. El tiempo ha transcurrido, las circunstancias eran extremas; no hay nada que no pueda ser dicho. Hablar le hará bien.

—Los tres maquis estaban en la casa, pero Olivier había ido al pueblo en su bicicleta para comprarles víveres que pudieran llevarse. Los guardias, apostados frente a la masía, mandaron por delante a una mujer que tenían presa, una de las delatoras. Ella les gritó a los maquis que se entregaran, que estaban rodeados y no tenían posibilidad de huir. Ellos reaccionaron lanzando una bomba e intentaron escapar aprovechando la confusión del estallido. Fueron ametrallados allí mismo. Eran dos.

Infante estaba tan prendido de las palabras del juez que, cuando éste hacía una pausa, debía morderse la lengua para no instarle a continuar.

—Quedaba el tercero, *Deseado* como nombre de guerra. Sólo tenía dieciocho años. Hizo una tentativa de salir por la puerta trasera, pero comprobó que realmente se trataba de una emboscada: le dispararon desde todas partes. Entonces anunció a través de una ventana su intención de entregarse y tiró abajo todas las armas que llevaba consigo. Apareció por la puerta y el comandante, que lo quería con vida, fue él mismo a prenderlo. Cuando ya estaba encima, el joven hizo explotar una bomba de mano que se había guardado. Tanto Hernández de los Ríos como Deseado volaron por los aires, hechos pedazos.

—Es terrible —comentó Nourissier para darle ánimos.

—Faltaba el propio Olivier. Lo esperaron en el camino de acceso a la finca. Regresaba cargado con una garrafilla de aceite, varios panes. Su esposa me contó días después lo que había sucedido. Le hicieron bajar de la bicicleta y lo subieron a un camión para volver a la casa. Allí, en presencia de su mujer, que estaba embarazada, casi a punto de dar a luz y con un crío pequeño en los brazos, le preguntaron a gritos por los nombres de maquis a los que hubiera ayudado. Sólo abrió la boca en un torpe intento de ayudar a su esposa: dijo que ella no sabía nada, que era una inútil y en sus contactos con el maquis no hacía sino molestar. Los guardias, viendo que no daba ningún nombre, empezaron a pegarle culatazos. Primero, en los pies, luego, en las piernas. Y como seguía callando, los terribles golpes iban subiendo. Le pegaron por todas partes, le rompieron varios huesos. Finalmente, ya convencidos de que nada sacarían de él, lo arrimaron a una pared. La mujer se alejó, llevándose al niño consigo. Oyó las ráfagas de metralleta, un disparo después: el tiro de gracia. Hacía tres años que se habían casado. Vio cómo se llevaban al marido muerto junto a los tres maquis. Al comandante lo envolvieron en una colcha y lo subieron a una ambulancia especialmente llegada al lugar. Cuando todos se hubieron marchado, la mujer encontró los zapatos de Olivier encima de una jaula de gallinas vacía. Creyó que los guardias le habían obligado a quitárselos. Sólo semanas más tarde se enteró de que uno de los civiles iba contando que...

Al juez se le quebró la voz. Intentó retomar el relato sin conseguirlo. Hundió la cara en el pecho. Nourissier le puso la mano en el hombro, le susurró:

—Tranquilícese, Eusebio, por favor.

Empezó a sollozar abiertamente, sin cubrirse los ojos. Su rostro estaba encarnado, surcado por lágrimas y mocos. La barbilla le temblaba. Recobró una voz que era ahora aguda e insegura:

—Iba contando que había sido su marido quien pidió quitarse los zapatos. «No están viejos —dijo—. A lo mejor a mi hijo le irán bien cuando tenga la edad.» Eso fue todo, ya ven qué prosaico, eso fue todo. —Entonces la mirada del juez se vio iluminada por una relámpago de furia y las palabras surgieron con energía—: ¿Saben qué escribí yo en mi informe judicial? ¿Quieren saberlo? Pues escribí: «Olivier Herrera, enlace y cómplice de los bandoleros, intentó darse a la fuga cuando iba a ser apresado por la fuerza pública. Como iba armado, tuvo que ser abatido de un tiro». Punto final. Ésa es la versión que avalé. Ésos son los hechos que quedarán registrados debido sólo a mi cobardía. Pero yo vi el cadáver destrozado a culatazos, acribillado después. Y sigo viéndolo día tras día, noche tras noche.

Nourissier le asió el antebrazo. Dijo muy despacio:

—Cálmese, juez, se lo ruego.

El viejo sacó de su bolsillo un pañuelo de algodón

impecablemente planchado y se sonó con estrépito. Entonces Infante se le acercó de modo amenazante y dijo casi chillando:

—¿Y La Pastora, qué pito toca La Pastora en toda esta triste historia?

El interpelado frunció el ceño, se levantó de pronto lleno de súbita ira y, mirando a la cara del periodista, le espetó con odio infinito:

—¡Déjame en paz con tu jodida Pastora, hijo de puta!

Con una fuerza que no hubieran sospechado viniendo de él, salió de la salita derribando su asiento por el suelo. Nourissier e Infante lo siguieron y pudieron ver cómo traspasaba la puerta de la pensión a cómicos pasos, decididos y tambaleantes al mismo tiempo. La patrona se les unió y comentó sacudiendo la cabeza:

—¡Vaya, hoy la ha cogido buena el juez!

De pronto, Santillana se paró en medio de la calle y tronó al aire:

—¡Asesinos, muera Franco y sus secuaces, muera la Guardia Civil!

Nourissier, alarmado, hizo ademán de salir tras él, pero la patrona se lo impidió con suavidad:

—Déjelo, no pasa nada. No es la primera vez que monta una así. Todo el mundo hace como que no se entera, incluidos los guardias.

Entonces fue Infante quien empezó a caminar hacia el exterior. El psiquiatra se lo impidió:

—¿Adónde demonio vas?

—¡Suéltame!

—Pero, Carlos, ¿qué pretendes?

Infante lo miró con rabia, le apartó la mano que le impedía el paso:

—¡Estoy harto de toda esta mierda!, ¿comprendes?, ¡harto! Lo único que voy a hacer es tomar un poco de aire fresco, nada más.

Se precipitó hacia la noche. La patrona le sonrió a Nourissier y dijo sabiamente:

—Vaya a acostarse, doctor; no vale la pena salir con este frío. Es normal lo de su amigo. El juez pone nervioso a cualquiera cuando coge una melopea. El pobre, desde que su mujer falleció, parece que ha perdido un poco la cabeza. Ya se sabe, fueron muchos años de matrimonio.

El francés asintió con tristeza, hizo caso del consejo que acababa de recibir, y subió a su habitación.

Infante se percató de que, en su precipitada salida, no había cogido ninguna prenda de abrigo. Daba igual, un poco de frío quizá lograra anular la indignación que aún sentía. Aquel maldito viejo decrépito les había hecho arriesgarse y perder estúpidamente el tiempo. Lo que más lo enfurecía era el hecho de haber previsto lo que sucedería: Santillana los había utilizado para aligerar su conciencia de culpa. Para colmo, la actuación paternalista de Nourissier sólo consiguió darle alas hasta hacerle vomitar sus pecados como si se tratara de una confesión ritual. Si seguían por aquel camino nunca llegarían a ninguna parte. ¿Qué sentido tenía prestar oídos a todas aquellas historias mezcla de sentimentalismo y crueldad? Él se había esforzado lo indecible para dejar atrás toda aquella basura de la posguerra; pero, como en una pesadilla, las desventuras de su odioso país parecían darle alcance inexorablemente. Estaba convencido de que la responsabilidad principal de aquella revisitación del dolor provenía de Nourissier. Se comportaba como una especie de entomólogo de la miseria humana y estaba encantado de poder acercar la lupa a los maravillosos ejemplares de desgracia que aquella tierra le brindaba.

Se encaminó al bar que le quedaba más cerca, pero ya estaba cerrado a aquellas horas. Como había empezado a llover decidió volver a la pensión y beber de sus reservas. Aquel paseo, aunque breve, le había servido al menos como tranquilizante. Al dar la vuelta para retroceder, una sombra le salió al paso.

—Buenas noches —dijo un hombre haciendo el saludo militar. Enseguida reconoció al teniente Álvarez—. ¿Todo en orden?

El periodista lo miró con expresión crispada. La visión del guardia le hizo revivir enseguida su mal humor.

—Todo bien, teniente —mascculló. Entrevió la sonrisa irónica de aquel individuo, que le pareció una especie de escupitajo proyectado directamente sobre su cara—. Por cierto... —añadió—. No hace falta que nos haga seguir. El médico es inofensivo y no estamos metidos en nada feo. A no ser que la Guardia Civil de Morella no tenga nada mejor en lo que ocuparse.

Sin mediar palabra, sin que se adivinara su objetivo, Álvarez dio un par de pasos hacia él, estiró el brazo como un autómata y le propinó un preciso y brutal puñetazo en la nariz. Infante se replegó, protegiéndose la cara. Luego, una reacción de rabia galvanizó su cuerpo, lo tensó. Pero el teniente estaba en guardia.

—Si me tocas te mato, Infante. Lo que oyes, te meto una bala en la frente y aquí paz y después gloria.

Se había llevado la mano al cinto, lo observaba con frialdad. Infante escupió sangre en el suelo. El teniente prosiguió:

—Quiero que el doctorcito y tú salgáis de Morella cuanto antes. Mejor mañana que pasado.

—¿Se nos acusa de algo en concreto?

—Podría acusaros de maricones, que ya me han dicho de vuestras risitas, miraditas y batallas cuerpo a cuerpo por el campo; pero tú ya sabes por dónde podrían ir los tiros verdaderos de la acusación. De manera que... ¡aire! Vuelve a Barcelona y me envías al loquero a su país. No tientes a la suerte, Infante, que ya está bien. ¡Ah, se me olvidaba!, al juez dejadlo en paz de una vez, que ya tiene bastante con lo suyo. Buenas noches, caballero, que usted lo pase bien.

Le dio la espalda definitivamente. Sus pasos resonaban en la calle vacía, mojada. Se tocó la nariz, que le dolía con intensidad.

—Hijo de la gran puta —susurró.

En el fondo se sentía aliviado. Aparte de la frustración de no poder enzarzarse en una pelea con él, devolviendo golpe por golpe, era una especie de privilegio recibir un puñetazo de aquel representante del orden. Sintió deseos de reír. Notó que la sangre le goteaba hasta la camisa. Debía regresar a la pensión.

Le pareció que todos se habían acostado. Caminó con sigilo por el corredor. En la habitación de

Nourissier había luz. Entró en la suya y se miró en el espejo: tenía la cara tumefacta y sucia de sangre. Se lavó con agua fría. Tomó un whisky de un solo trago. Llenó el vaso de nuevo y se sentó en la cama. No tientes a la suerte, Infante, que ya está bien. Bebió despacio, con calma. Necesitaba pensar.

A la mañana siguiente, nada más abrir los ojos, notó un dolor difuso al intentar respirar. Fue inmediatamente a mirarse en el espejo. La nariz estaba hinchada y el hematoma se había desplazado hacia el pómulo derecho haciéndolo aparecer amoratado. Dudaba de bajar al comedor en semejante estado. ¿Cómo lo explicaría ante Nourissier? Si le decía la verdad, el francés era capaz de organizar la revolución por su cuenta: llamaría a su embajada, o se presentaría directamente en el cuartelillo para protestar. Sin embargo, no veía modo de ocultárselo; nunca se tragaría que había sufrido un accidente o mantenido una pelea a puñetazos con un lugareño. Decidió entonces contarle sólo una parte de la verdad, aquella que no lo comprometía y cuya idea le había dado el propio Álvarez en sus amenazas. En cualquier caso, lo importante era largarse pronto de allí.

Llegó el primero al comedor. La patrona apenas se detuvo a mirar su aspecto. Se limitó a servirle el café, a dejar las tostadas sobre la mesa. Cuando bajó su compañero, recién duchado y con su habitual apariencia pulcra, dio los buenos días de manera maquinal, luego se sentó y al posar la mirada en Infante, los ojos se le agrandaron, quedándose fijos en su nariz.

—¿Y eso? —preguntó otorgando a su voz un tono histérico.

—No tiene importancia.

Nourissier se levantó en un impulso. Lo miró con furia:

—¿Qué te ha pasado en la cara?

—Siéntate.

—Ni hablar. Antes tendrás que decirme quién te ha puesto así.

—O te sientas o me voy, y no estoy bromeando.

Obedeció. La patrona se acercó y le sirvió su café. Miraba de soslayo a Infante con gesto preocupado. Cuando se hubo marchado, Nourissier volvió a instarlo a hablar:

—¿Ha sido uno de los guardias que nos seguía?

—He tenido un honor mayor: Álvarez en persona.

—¿Por qué, te enfrentaste a él?

—Si te lo cuento te reirás.

—Lo dudo mucho.

—No tienes por qué preocuparte, Lucien, no sospecha nada de lo que estamos haciendo aquí. El muy imbécil cree que somos... ¡homosexuales!, aunque él no empleó esa palabra. El guardia que llevábamos en los talones nos vio jugar aquella mañana en el campo y sacó esa absurda conclusión. Álvarez sólo quiere que nos marchemos.

—Voy a hacerle una visita; hay unas cuantas cosas que quiero decirle.

—¡Ni hablar! Lo que vamos a hacer es salir de este maldito pueblo ahora mismo.

—Me niego rotundamente. Ningún ciudadano francés sale huyendo ante la barbarie.

—Tú tienes tu orgullo de ciudadano francés,

pero yo soy el ciudadano español que recibe los palos. Vámonos, Lucien, estamos poniendo en peligro todo lo que hemos obtenido hasta el momento. Seamos razonables por una vez.

La patrona volvió a aproximarse con la gran cafetera metálica en la mano. Les sirvió más café, bajó la voz para decir:

—Al juez Santillana se lo han llevado de madrugada en una ambulancia.

—¿Cómo?

—Está en el hospital de Tortosa.

—¿Qué le ha pasado?

—Dicen que anoche tuvo un accidente de moto.

—¡Pero eso es ridículo! —soltó, consternado, Nourissier.

—Es verdad que el juez tiene una moto antigua guardada en la cochera de su casa, pero...

—Pero ¿qué?

—No puedo asegurar nada; sólo sé que el juez sacaba a veces esa moto para dar una vuelta, y el motor hacía tanto ruido que todo el pueblo se enteraba. Anoche me quedé despierta hasta tarde fregando los platos y desde luego la moto no la oí. Además, ahora hacía mucho tiempo que no la utilizaba.

El psiquiatra se pasó las manos por la cara en un ademán desesperado.

—¿Sabe cómo se encuentra?

—No sé nada más. Deberían marcharse de Morella, señores, el teniente Álvarez es muy mal enemigo.

Se retiró con la misma serenidad con la que había llegado. Nourissier miró a Infante con gravedad:

—Me siento culpable.

—Voy a hacer la maleta. Prepara las tuyas también y págale a la patrona, le debemos la última semana.

No hubo objeción esta vez. Una hora más tarde ambos habían subido a la furgoneta, sus bultos convenientemente colocados en el portaequipajes.

—Vamos a Tortosa, naturalmente.

—Es mejor que sigamos nuestro camino, Lucien.

—Haremos una visita al hospital, nos enteraremos de cómo se encuentra ese hombre y después iremos a donde tú digas. No podría soportar no hacerlo de esa manera, ¿me comprendes?

Infante asintió, no hizo el más mínimo comentario; puso el motor en marcha y arrancaron.

Aprendía rápido a leer. Eso me dijo Rubén. Yo no sé si aprendía más lento o más rápido que otros, pero el caso es que me gustaba. Era muy bonito darse cuenta de lo que ponía en los letreros y pensar que, tiempo atrás, no hubiera sabido adivinar nada del sentido que tenían. Me enseñaba con letras de palo. Un día dijo que también me enseñaría las letras de la escritura a mano, pero más adelante, que ahora no teníamos tiempo. Pero ese tiempo no lo tuvimos y yo, de momento, no he aprendido a leer esa escritura y seguramente nunca aprenderé, aunque ¡vaya usted a saber! Lo más complicado era escribir. Me ponía muy nervioso, se me agarrotaba la mano y hasta me subía un calambre por el brazo. Rubén me decía: «¡Tranquilo, hombre, tranquilo!». Pero no, yo no me quedaba tranquilo. Y menos cuando luego veía en el papel la birria que me había salido. Rubén me decía: «¡Pues no está tan mal!». Me lo decía para animarme, porque era tan buen chico que no podía serlo más. ¡Y encima valiente!, que se arriesgaba un montón. Yo lo había visto en acción y mató al guardia Vinuesa aquel, ¡con una sangre fría!, pero me contaron muchas cosas más de cuando yo aún no había entrado en el maquis. Me contaron que participó en la muerte de dos cabos, ayudó a quemar el tren de Valdetormo haciendo sabotaje como ellos decían, asaltó el coche correo de Alcorisa-Cantavieja y estuvo en un montón de acciones más que ahora no me acuerdo. Sólo hay que decir que con dieciocho años ya era jefe de batallón. Manejaba las armas como si le hubieran parido con una en las manos. Era listo y noble y tenía mucha cultura. ¡Siempre leía libros y hasta escribía cada día un diario con todo lo que hacíamos y las cosas importantes que pasaban! A mí me dejaba con la boca abierta verlo dale que te pego en el cuadernillo escribiendo y escribiendo ¡y tan fresco!, como si no hiciera nada. Pero todo lo que sabía lo había aprendido por él mismo, que me había dicho que a la escuela tampoco fue.

Un día me contó la vida que había llevado de pequeño y me dio mucha compasión. Teníamos prohibido en el maquis decir dónde habíamos nacido. Los del terreno todo el mundo lo sabía, pero los castellanos, no. Él se saltó las órdenes y me dijo que era de Burgos. Su padre era hojalatero y habían venido a parar a esta tierra no sé por qué razón. La madre se había muerto de enfermedad. El padre iba de pueblo en pueblo con una caja de herramientas colgada al hombro y hacía apaños para vivir. A Rubén, que tenía seis o siete años, se lo llevaba con él. Parece que le daba más palos que a una estera. Le llamaban el Cuenquero, por el trabajo de arreglar cuencos y cosas de metal. Un día que Rubén tenía unos ocho años estaba en la masía Torre el Catre y el Cuenquero venga a darle palos delante de la masovera, que se compadeció. Le dijo que parara de pegarle y que ella se lo quedaría allí para siempre y le daría de comer. El padre se lo dejó encantado de la vida, que así se libraba del crío y se ahorraba la comida y los cuatro harapos que debía comprarle. Rubén estuvo una temporada en la masía, donde lo iban criando. Luego, otras masoveras se lo llevaban a sus casas para que a la mujer de Torre el Catre no le cayera tanto peso. De manera que fue pasando temporadas aquí y otras allá, siempre durmiendo en los pajares, siempre comiendo por caridad, siempre haciendo trabajillos que le mandaban. El padre nunca lo reclamó. Hasta que tuvo dieciséis o diecisiete años. Entonces conoció a unos compañeros del maquis y con ellos se largó. Me dijo que no se había despedido de nadie porque a aquellas alturas ya no paraba en una casa un tiempo seguido, así que nadie iba a echarlo en falta. ¡El pobre, debía de estar más solo! ... Yo de eso sé algo también, pero yo por lo menos tenía las ovejas, mi trabajo... No sé, yo tenía algo más, pero este muchacho... Yo le tenía mucha afición, me hacía gracia. Creo que él también me apreciaba a mí. Nunca me llamaba Pastora, siempre Durruti, porque el maquis era como su familia, y le gustaba hacerlo todo muy legal.

Rubén. El día que le leí un trozo seguido de un libro sin equivocarme se puso a dar saltos como si se hubiera vuelto medio loco. Claro, siendo sólo un chaval a veces era muy serio, pero otras tenía ganas de juerga. «¡Esto lo vamos a celebrar, Durruti!» Fue a buscar vino y nos echamos unos tragos. Estuvo brindando por mí: «Por todos los libros que leerá el compañero Durruti, que ya se ha convertido en un hombre con instrucción». Bueno, yo le daba golpes de broma y le decía que se callara de una vez, pero me gustaba que dijera aquellas cosas. Estaba contento además, me dio por pensar que si se enteraban todas las personas que me conocían no se lo podrían ni creer: «¿Teresot sabe leer? ¿Y quién le ha enseñado?». Pero no se enterarían, porque nadie iría a decírselo. Daba igual, el que había sido mi maestro estaba orgulloso, y yo también. Rubén saltaba con el vino en la mano: «¡Viva la cultura democrática y basta ya de opresión!». Como un crío de feliz, parece mentira que cuatro días después estuviera con la responsabilidad encima de matar a un guardia civil. Por mucho que se equivocara de hombre, la responsabilidad la tuvo y la muerte la cumplió. Era un guardia menos como dijo el Catalán, y en paz. Lo malo fue que unos días más tarde el que estaba muerto era él. No me entraba en la cabeza.

A Rubén lo mataron en Ejulve, cerca de la masía donde se había criado cuando su padre lo abandonó. Iban él y el Nano. Llevaban la misión de contactar con el sector XVII. Pararon justamente en la masía para que les dieran de comer, cuando volvió el Nano solo nos lo contó. A Rubén los dueños lo reconocieron, claro, y se saludaron. Le decían: «¡Hombre!, cómo se te ocurre venir a comprometernos después de que te has criado aquí». Les dieron panes y jamón, que lo único que querían ese día los compañeros era comer. Al marcharse, Rubén les advirtió: «No deis parte de que hemos estado aquí». Entonces un chaval que sería de su edad venga a echarle cosas en cara: «¡Pero vaya idea comprometernos a nosotros! Ya sabes que tenemos que dar parte si viene gente del maquis por aquí. Pero si ésta ha sido tu casa y hemos crecido juntos». Rubén no se acobardó, ni «hemos crecido juntos» ni leches, que él ya había vivido mucho aunque fuera joven. Así que el Nano dijo que les soltó: «Si nos denunciáis, volveré; y entonces tened por seguro que os mato». Él era así, sabía lo que tenía que hacer, como un hombre de verdad. Pero los denunciaron, claro, porque a ellos tres cuernos les importaba en el fondo si se había criado allí o en una cueva en la otra punta del mundo. Fueron los guardias a la casa, pero como ya habían volado, pues nada pudieron hacerles. Lo malo es que una pequeña dotación se quedó por los alrededores, no para buscarlos a ellos, sino para descansar. Se alojaron en una masía de Ejulve. De madrugada, el cabo sale a hacer sus necesidades al campo y entre la bruma ve a un hombre que está cogiendo almendras. Como iba sin armas, fue a buscar a los otros guardias, lo rodearon y lo mataron sin mediar palabra. Eso es lo que cree el Nano que pasó. Rubén se dio cuenta, el pobrecillo, de que iban a matarlo, y pidió auxilio al Nano porque se había dejado su arma un poco lejos, pero el Nano estaba encima de una colina y no pudo ni llegar. Vio desde arriba cómo se lo cargaban y cogían su metralleta, que la había dejado encima de una roca y ahí estuvo su error. Todos los errores se pagan, como decía el Catalán, y las instrucciones están para cumplirlas a rajatabla. Llevaba razón.

Seis días más tarde llegó el Nano al campamento. No había podido contactar con el otro sector porque el que se conocía dónde estaban las estafetas era Rubén. Venía destrozado por la muerte del compañero y cuando lo contó se puso a llorar. Todos los que estábamos allí nos quedamos con el corazón en un puño. Yo sentí mucha pena y coraje, le di puñetazos a la corteza de un árbol hasta que me hice sangre. Entonces el jefe Carlos el Catalán se puso tan enfadado que parecía que iba a estallar:

—¡Sois unos aficionados! —decía—. ¡Cuando se está fuera del campamento no hay que apartarse nunca del arma, nunca!

—El chaval tenía hambre y fue a recoger almendras. Iba a estar en el árbol sólo cinco minutos —protestaba el Nano.

—¡Ni hambre ni hostias! Mira ahora, ya se le ha acabado el comer para siempre, que los muertos no comen.

Yo creo que estaba furioso también porque no quería llorar, porque era el jefe, pero ganas sí debía de tener, porque le miré los ojos y los tenía mojados. ¡Quién no iba a sentir que hubiésemos perdido a Rubén! Luego se volvió al Nano:

—Y tú, ¿por qué coño no te sabías tú las estafetas?

—¡Joder, porque se las sabía él!

—¡Cojonudo! Pues ahora hemos perdido a un hombre y seis días. Así que mañana mismo vuelves para ver si podéis contactar con el otro sector de una puta vez. Que te acompañe Lucas.

—Rubén debía de llevar encima el diario que escribía —dije yo.

Carlos el Catalán se llevó las manos a la cabeza.

—¡Es verdad! Ahí apuntaba nombres de gente que colaboraba con nosotros. Ahora por su imprudencia caerán unos cuantos más. ¡Hay que joderse, Rubén, hay que joderse cómo la has cagado, compañero! ¡Largaos, largaos todos, que aquí ya no hay nada que hacer!

Nunca lo había visto tan fuera de sus casillas. Me fui a un rincón, me tapé con una manta, pero en toda la noche no pude dormir. Pensé que ya nunca aprendería a escribir. También me di cuenta de que de allí íbamos a salir pocos con vida. Seguramente un buen día me tocaría morir a mí. Ojalá que por lo menos, hasta que ese día llegara, pudiera llevarme por delante a unos cuantos: al teniente Mangas, al hijoputa que mató al dueño de El

Cabanil y le reventó los cojones, al que se había cargado a Rubén. Y si no era a ellos, pues a otros, que al fin y al cabo daba igual.

Oportunidades no me iban a faltar, porque en una salida que hicimos poco después nos rodeó la Guardia Civil y nos pegaron tiros y tiros, sin darle a nadie. Tuvimos que dispersarnos y volver cada uno por su lado. Todos comentábamos que parecía que los guardias civiles estaban creciendo como malas hierbas, cada vez había más.

Al cabo de un tiempo a Carlos el Catalán lo llamaron los del partido desde Francia. La última orden que nos dio antes de irse fue la de trasladar el campamento a las Salinas, que estaba entre Canet lo Roig y el barranco de Vallibona. Entre tres hicimos cinco viajes y transportamos cien kilos de arroz, cincuenta de fideos, jabón, embutido, chocolate, ropa, alpargatas... ¡Mira que he trabajado en mi vida, pero como en aquellos días!...

En aquel campamento estábamos varios, algunos venían de Francia. El jefe, que se llamaba José María, era el secretario del comité de grupo. Resulta que para formar el sector XXIII ya no éramos bastantes. No lo sé, a mí todo aquello de los sectores y los jefes y las idas y las venidas que hacían me daba lo mismo y no lo entendía bien. Yo cumplía lo que me mandaban. El nuevo jefe José María nos reunió una noche y dijo que los del partido, en Francia, le habían dicho que repartiéramos más propaganda y que no hiciéramos tantas acciones guerrilleras y de sabotaje porque las órdenes generales estaban cambiando. Bueno, pues la gente pensaba que eso estaba bien, pero que repartir octavillas en el monte no iba a ser cosa muy fácil.

Hasta finales de enero nos quedamos cinco en el campamento. Como se iban llevando mucha comida y material para los grupos, el almacén de víveres iba vaciándose. Por eso a Valencià y a mí nos mandaron a buscar suministros a la masía de Pla En Jover, en Canet lo Roig. Allí habían estado yendo siempre a comprar comida desde antes de que estuviera el campamento. Y allí sí que me pasó la animalada más gorda que me ha pasado en toda la vida. Puede parecer hasta gracioso lo que pasó, pero luego resulta que no tuvo ninguna gracia, porque las consecuencias fueron sonadas.

A la masía de Pla En Jover hacía mucho tiempo que iban los hombres del maquis. Se puede decir que desde que se formó la organización. Estaba en muy buen sitio, muy junto a Canet lo Roig. Tenían de todo en cantidad: arroz, trigo, tocino, aceite, jamones... Los compañeros iban allí y compraban de todo a precio especial. Las dueñas eran dos hermanas casadas que vivían en dos viviendas dentro de la misma masía. Vivían con los maridos y con los hijos pequeños. Pero la cosa es que, antes de salir del campamento, ya me explicaron que estas mujeres se acostaban con quien quisiera de los que iban a comprar. Yo les dije: «¡Anda ya, que me queréis tomar el pelo! ¿Cómo va a ser posible que se vayan a la cama con los hombres estando los maridos allí?». Entonces me contaron que era así de verdad, que los maridos consentían. Había que pagar un poco porque muy ricos no eran, pero si pagabas y demostrabas que eras un buen hombre sin más, entonces no había problema y podías escoger entre las dos. Tan verdad era que una de las hermanas tenía tres o cuatro hijos de otros tantos compañeros del maquis: de Miguel Serrano, del Cinctorrá, de Cano y de Conill de Ares. Yo me reía porque en el fondo no acababa de creérmelo. Pero bueno, el día de la salida nos encaminamos el Valencià y yo tan contentos con dinero y la lista de todo lo necesario. Llegamos sin retraso y nos recibieron muy bien. Nos hicieron pasar a donde tenían los almacenes de la masía y empezamos a mirar y a contar todos los víveres, que de todo parecía haber en abundancia.

Después nos invitaron a cenar una olleta muy rica que una de las mujeres había preparado. Es verdad que me fijé en que por la casa y los patios corrían unos cuantos críos, pero eso no aclaraba nada porque igual podían ser de los compañeros que de los maridos. Ellas me parecían mujeres corrientes, de las que hay en cada casa sin que tuvieran nada de particular. Cenamos tranquilos, charlando de cosas del campo y de los guardias civiles, que cada día había más en Canet lo Roig. En eso que, para postre, sacan unos *pastissets* y un poco de vino dulce. Estábamos comiéndolos y, delante de los maridos, dice una:

—Bueno, y ahora ya nos decís con cuál de las dos queréis subir a la habitación, o si cada uno con una de nosotras, o cómo queréis arreglarlo.

Nos hicimos de nuevas y como si no entendiéramos lo que querían decir, pero la más descarada se planta delante de mí y me suelta:

—A ti, ¿es que no te gusta hacerlo con mujeres?

Yo miré a Valencià, que se encogía de hombros como si con él no fuera la cosa. Me reía, pero enseguida vi que se ponían así como enfadadas y no me dio la gana de callarme y hacerme el tonto más tiempo, de modo que le contesté:

—Yo no quiero irme a la cama con nadie y ahora no estoy por la labor, y si me gusta hacerlo con mujeres o no, es algo que a nadie le importa.

—¡Vaya, pues a ver si te has creído que eres más guapo que los demás!

El marido, no sé si era el suyo o era el cuñado, también se puso cabreado y me miró con mala cara:

—Sí, debe de creerse que es un señorito o que las mujeres le van a ir detrás.

—¿Y tú, tampoco necesitas lo que los hombres necesitan? —le dice la hermana a mi compañero.

Yo no tenía ni idea de por dónde iba a salir y en un momento pensé que a lo mejor él salvaba la situación, pero parecía que Valencià tampoco estaba para fiestas, porque le respondió:

—Oye, a ver si nos dejáis en paz, que aquí hemos venido a comprar y no a joder con nadie. ¿O es que es obligatorio joder?

Se armó una buena. Los cuatro masoveros casi nos insultaban, hablaban todos a la vez, furiosos, creían que los hacíamos de menos y que aquello era un desprecio de verdad. Yo me callé como un muerto, pero Valencià cada vez estaba más seguro de sí mismo y más encabritado. Como la cosa tenía pinta de acabar mal, me levanté y le hice una seña al compañero. Nos íbamos a quedar a dormir en el pajar pero, viendo el color que tomaba la historia, era mejor que saliéramos por piernas y adiós.

—Pues sí, ya os podéis largar, y por aquí no volváis. Si no somos suficientemente buenas para vosotros, en esta casa no se os puede ofrecer nada. Decidle a vuestro jefe que a vosotros dos no os vuelva a enviar, que mande a otros que sean más hombres.

Nos largamos en mitad de la oscuridad. Dormimos en el campo, que cualquier sitio era mejor que en casa de aquellas dos locas. Valencià estaba que no se lo creía, como a él la ideología era una cosa que le iba mucho, no paraba de decirme:

—¿Has visto, Pastora? ¿Has visto lo que se ha hecho con el pueblo? Son gente sin moral, sin dignidad, que por un poco de dinero te venden a la mujer y a la madre también. Delante de los maridos, de los hijos que han tenido con hombres diferentes. Para eso luchamos, ¿comprendes?, para que los humanos no vivamos como animales que igual les da una cosa que la otra.

—Vale, vale, Valencià; déjalo de una vez. Les ha sabido mal que no les salieran dos novios y en paz. Tampoco hay para tanto. Lo malo es el frío que vamos a pasar y con el que no contábamos.

Un frío del demonio, que sólo llevábamos una manta y a mí en aquellas condiciones me importaba un bledo el pueblo y su dignidad, y al fin y al cabo otros compañeros maquis sí se habían acostado con aquellas mujeres. Menos mal que llevábamos vino en el material que habíamos comprado, y abrimos una botella para capear el relente. Nos la bebimos entera y luego nos dio por reír de lo que nos había pasado y comentábamos si se lo diríamos en el campamento a los compañeros o no. Nos tomarían a broma y nos llamarían maricones y de todo. Nos dirían que nos habíamos dejado avasallar por dos putas y tendríamos burla para rato.

Pero la cosa, como antes les dije, no iba de broma ni una broma resultó al final, y si lo era, fue muy pesada. Aquellas locas se habían ofendido tanto con nosotros que avisaron a la Guardia Civil de que habíamos estado allí, diciendo mentiras de que les habíamos robado a traición y con amenaza de violencia. Empezó entonces una persecución muy grande de la Guardia Civil, tanta que tuvimos que desmantelar el campamento de las Salinas. Montamos otro campamento pequeño en el nacimiento del río Servol y allí llegó la orden de que los restos que quedábamos del sector XXIII teníamos que incorporarnos al sector XVII. Se fueron por delante todos con Valencià, menos Saturnino y yo, que nos quedamos por La Sénia y por Santa Bàrbara. Nuestro deber era pasar de vez en cuando por las estafetas que montó Fabregat. Se nos acabaron los víveres. Comíamos lo que encontrábamos por el campo y llegamos a pensar que nos habían dejado tirados, pero al final vinieron a buscarnos Francisco y Tomás.

No trajeron buenas noticias. Habían muerto muchos guerrilleros y todo el maquis estaba desmoralizado. La Guardia Civil había asaltado el propio Estado Mayor de la guerrilla y se habían llevado armas, dinero, documentos importantes. Contaron que la vida en el monte cada vez se hacía más difícil y más peligrosa. Contaron que habían matado a Valencià y a Lucas. Me quedé sin sangre en las venas. Me acordé de la noche en que habíamos dormido al raso Valencià y yo, de lo mucho que habíamos reído después del vino. Me volvieron los mismos pensamientos que cuando mataron a Rubén: no quedará nadie de nosotros, pensé. Ésta es una vida que acaba siempre antes de cuando toca. Ninguno llegará a viejo. A lo mejor el proletariado sí que encuentra la dignidad y la libertad. A lo mejor en unos años todos tenemos los mismos derechos y no hay amos explotadores, pero desde luego, de los que estamos en el monte nadie lo verá. Todos muertos, todos con un tiro en la espalda o en la cabeza, todos enterrados en fosas comunes o despeñados por un barranco. No sirve de nada acordarse de los compañeros y de lo valientes que eran porque un tiempo más tarde el que se acuerda estará muerto también. Al final no habrá nadie que recuerde a los que nos jugábamos la vida, a los que saltábamos como cabras de piedra en piedra, a los que dormíamos al raso y pasábamos tantos peligros. Esas cosas pensé y a nadie se las dije, yo mismo me asustaba de pensarlas y me daba congoja.

Pararon en una aldea próxima a Tortosa y dejaron que transcurriera el día. Era preferible llegar al anochecer, cuando su presencia en el hospital no resultara tan llamativa. Ambos se encontraban decaídos y evitaban conversar. Con sus pertenencias cargadas en el coche y la sensación de no tener dónde ir parecían un par de bohemios que deambularan sin destino.

Las seis de la tarde era una buena hora para ponerse en marcha. Al entrar en Tortosa preguntaron la dirección del hospital y hacia allí se encaminaron, guardando un silencio expectante que el periodista rompió al fin:

—Todo lo que ocurra a partir de ahora te corresponde a ti dirigirlo.

Era una especie de recordatorio de su desacuerdo con lo que estaban haciendo. Nourissier no respondió, pero fue él quien, una vez dentro del hospital, se dirigió a la recepcionista preguntando por el juez.

—¿Son ustedes familiares? —fue la más que esperable contestación.

—Somos amigos.

—Esperen aquí.

La recepcionista, alta y fornida como un húsar, se alejó por el pasillo con paso cuasi militar.

—Ahora volverá con la Guardia Civil —cuchicheó Infante.

—En ese caso, prepárate para correr.

—Estás loco, doctor.

Regresó acompañada, pero de una hermosa mujer de apenas cuarenta años.

—Aquí tienen a la sobrina del señor Santillana. Ella es quien puede darles autorización para verlo.

La sorpresa fue total. Nourissier se preguntó qué demonio iban a hacer. Con cierto atropello se presentó y presentó a Infante, subrayando que eran amigos del paciente. Como la recepcionista escuchaba descaradamente desde su cubil, la sobrina del juez les hizo un gesto para que salieran a la calle. Nourissier advirtió que no iba preparada para el frío exterior.

—¿No debería coger algo de abrigo? —preguntó.

—Será sólo un minuto. Mi tío no tiene amigos, por lo que debe tratarse de una confusión.

Nourissier no hizo caso del tono poco amistoso y encadenó una batería de preguntas sin más explicación.

—¿Cómo se encuentra el juez? ¿Se sabe qué le ha sucedido?

La desconfianza se marcaba en la cara de la chica como un rasgo más de su fisonomía. Nourissier prosiguió, intentando tranquilizarla.

—Hemos pasado unos días en Morella e hicimos amistad con su tío. Nos enteramos de que había sufrido un accidente y queremos saber cómo está; eso es todo.

—Ya —dijo ella secamente—. Está mejor, pero tiene tres costillas rotas y eso es complicado en un hombre de su edad.

—¿Cómo fue el accidente?

Ella se quedó mirándolos y sonrió con desprecio. Dio media vuelta y se dispuso a entrar en el hospital:

—Adiós, señores, buenas noches. Ya le diré a mi tío que se han interesado por él.

Nourissier la tomó de un brazo.

—Espere, por favor.

—¡Suélteme! ¿Quiénes son ustedes en realidad?

—Todo lo que le he dicho es cierto. Soy psiquiatra y hago un estudio sobre la salud mental de los habitantes de la zona. Su tío me ayudó.

—¿Cómo le ayudó?

—Nos contó cosas sobre la guerra civil.

La mujer asintió varias veces, suspiró:

—Ahora lo entiendo todo. Les diré lo que ha pasado: a mi tío lo han agredido brutalmente, le han roto las costillas a palos. No ha habido ningún accidente de moto, aunque eso figure en su ficha del hospital. Me acaba usted de dar la clave de quién le ha pegado, y el porqué.

—Venga con nosotros. Ahí delante hemos visto un bar. Tomemos un café, charlemos. Se lo ruego, será un momento nada más.

Pensó, dejó vagar sus ojos bellos y tristes por el aire húmedo. Miró hacia el interior del hospital.

—Voy a buscar mi abrigo —dijo por fin—. Espérenme en el bar.

Hasta que no vieron entrar su esbelta figura en aquel local cochambroso, ambos pensaron que no comparecería; pero en aquel breve lapso de tiempo parecía haber acopiado fuerza y decisión. Se sentó junto a ellos, pidió una copa de vino y tomó la palabra en primer lugar.

—De modo que mi tío estuvo contándoles cosas sobre la guerra civil.

—Algo así.

Se tensó de pronto, una inesperada furia animó sus ojos, su tono de voz. Dio un pequeño pero contundente golpe sobre la mesa:

—No; «algo así», no. Le han roto tres costillas; de modo que quiero saber exactamente qué les contó.

—Habló sobre algunas actuaciones profesionales suyas en el entorno del maquis.

—¿Sobre cuáles?

Nourissier pronunció algunas frases que no eran sino subterfugios, hasta que Infante lo interrumpió, hablando por primera vez.

—La Pastora. Buscábamos información sobre La Pastora y el juez nos la brindó. Mi amigo quiere incluir a ese maquis en su estudio.

—Ahora entiendo por qué le han pegado. Deben de estar locos ustedes dos.

—No esté tan segura, la información que nos dio sobre esa bandolera fue irrelevante. No ha sido culpa nuestra que lo hayan agredido. Su tío se emborrachó y salió a la calle soltando gritos en contra de Franco.

—Lo sé. Hace tiempo que andaba buscándose una buena paliza. —Se bebió el vino de un trago. Cambió de actitud—. Me llamo María José. Soy maestra pero no ejerzo ya. Ahora tengo una pequeña papelería que me da para vivir.

Nourissier, más tranquilo, se apresuró a enumerar los buenos deseos que los habían conducido hasta el hospital:

—Cuando se encuentre mejor dígale a su tío que hemos estado aquí. Dígale también que lamentamos todo esto, que a nosotros la Guardia Civil nos ha expulsado de Morella, que nunca pensamos que las cosas terminarían así. Asegúrele que lo recordaremos siempre, que tenemos en gran estima su amistad.

Ella asentía, distraída y mecánicamente; su rostro había adquirido la indiferencia de un sonámbulo, su mente parecía perdida en otro lugar.

—De modo que La Pastora —bajó el tono—. ¿Saben que esa bandolera se ha convertido en un mito? La gente dice que es la única maquis que logró sobrevivir, que está viva aún, y escondida en el monte.

—Sí, lo sabemos.

—¿Mi tío les contó algo interesante sobre ella?

—Nada definitivo.

—Lógico, él no sabe gran cosa sobre esa mujer. Yo sé bastante más.

Una inmediata conmoción dejó momentáneamente inmóviles a los dos hombres. No supieron qué contestar. Ella continuó como si no hubiera dicho nada inhabitual.

—¿Piensan quedarse en Tortosa?

—Depende de lo que pueda ofrecernos la ciudad —dijo Infante con malicia.

María José sonrió. Era rubia, de grandes ojos y cuerpo armónico. Sin embargo, presentaba un aspecto un tanto desaliñado: ropa demasiado grande, zapatos llenos de polvo.

—Es mejor que no se queden aquí. Vayan a Santa Bàrbara. Hay un hotel pequeño en la carretera, el único del pueblo. Me conocen. Llamaré para que les den habitación aunque sea tarde ya. Yo me quedaré un día más cuidando de mi tío y luego iré a reunirme con ustedes. Podemos hablar. Si es que les interesa, naturalmente.

—¡Nos interesa! —exclamó inmediatamente Nourissier—. Su tío debe de estar feliz por tener una sobrina como usted.

Soltó una carcajada:

—Mi tío siempre ha sido un poco egoísta, y el egoísmo se acrecienta con la edad. Pero no puedo quejarme: me ha nombrado su única heredera.

Se levantó, caminó hacia la salida. Nourissier la siguió. Sólo Infante se había quedado quieto en su silla.

—¿No vienes, Carlos?

Negó con la cabeza. El francés, sorprendido, volvió hasta él.

—Dile a esa chica que venga también. No hemos acabado de hablar.

Ella lo hizo sin necesidad de indicaciones, con cara de fastidio. Se dejó caer sobre el asiento como un pesado fardo.

—Lo siento, María José, pero la seguridad del doctor Nourissier en España es un tema que me compete. No desconfío de usted, pero para mí siempre es muy importante comprender los motivos por los que la gente hace las cosas.

—¿Y?

—Quiero saber cuáles son los suyos. ¿Por qué va a darnos información?

—Me parece evidente. Quiero vengarme de la Guardia Civil por lo que le han hecho a mi tío.

—¿Puedo decirle que no me lo creo?

Se echó a reír y su risa encerraba un punto amargo.

—Usted es un tipo muy listo.

—Lo justo para sobrevivir.

—¿Y si no me da la gana de contarle mis motivos?

—Entonces será mejor que no hablemos. Cuento con otras fuentes de las que obtener información.

—Muy bien, en ese caso pídame un coñac; y dos más para ustedes, no pienso beber sola.

Cuando tuvo la copa frente a sí empezó a mover el licor, formando remolinos en los que se enfrascó. Una gran dureza subrayó sus rasgos. Bebió el coñac de un solo trago, se estremeció.

—Mis motivos son muy simples, muy personales también. Por eso tenía la sensación de que no era necesario exponerlos. Pero no pasa nada; de cualquier modo no son un secreto para nadie en esta ciudad. Mi marido formó parte del somatén durante varios años; eso me ha permitido estar al tanto de muchas cosas que desconocen los demás.

—Lo que yo quiero saber es por qué está dispuesta a compartir con nosotros esas cosas.

—No me avasalle, aún no he terminado y estoy harta de que me avasallen. Mi marido era del somatén y eso le ha reportado algunos beneficios: ahora es gobernador civil de Castellón. Además, ya no es mi marido.

—¿Se separaron?

—Me abandonó.

—Lo siento.

—No lo sienta; a lo mejor usted hubiera hecho lo mismo: ahora está con una chica de apenas treinta años y parece irles muy bien.

—¡Vaya, creí que dentro del Régimen todo el mundo tenía una moralidad intachable!

Soltó una carcajada sarcástica, buscó inútilmente en la copa vacía un poco más de coñac.

—¿Hay alguna intimidad más que deseen saber?

—Lo siento, no pretendía... —se disculpó Infante con torpeza.

—Me da igual lo que haya pretendido, de la misma manera que me da igual su investigación. Me apetecía una pequeña venganza personal y ustedes me la brindan, eso es todo.

—Ahora las cosas están más claras.

—Pues entonces me voy. ¡No se levanten, por favor! Acaben su copa y hagan sus comentarios. Nos veremos mañana.

—¿Se acordará de darle a su tío nuestros recuerdos? —preguntó Nourissier.

—Descuide, seguro que al enterarse de sus recuerdos, mejorará.

Salió exhibiendo una sonrisa irónica. Los dos compañeros se miraron. Infante resopló:

—Destila cierta amargura, ¿no te parece?

—Una amargura feroz.

—Pero bendigo mil veces haberla encontrado.

Realmente es como si Dios estuviera de nuestra parte, cuando parece que habíamos llegado al final del camino hay un recodo y detrás...

—Mi querido amigo, es más que eso, es como si nosotros fuéramos la propia mano de Dios. Gracias a nuestra intervención el pobre juez Santillana ha encontrado el castigo que buscaba y esta mujer quizá pueda sacarse una espinita del corazón.

—¡Cierto, por no hablar de los que han encontrado entretenimiento en nuestra visita y los que se han hecho con un poco de dinero! El único que se quedará con las ganas será Rogelio el literato. ¡Ni el propio Dios en persona sería capaz de encontrarle un editor!

Nourissier reía; ni siquiera la humedad y el frío que hacía en la calle consiguieron disipar su buen humor.

—Te agradezco que me hagas reír; es la única manera de sobrevivir a esta experiencia.

—Los españoles sabemos mucho de risas y chirigotas paliativas, nos transmitimos las claves de generación en generación.

Se pararon frente a la furgoneta, bajo una lluvia fina que empezaba a caer. Infante se quedó mirando el maletero con sus equipajes. Se volvió a su compañero:

—¿Te das cuenta? Somos como vagabundos: aún no tenemos una cama asegurada para esta noche y todos nuestros pertrechos están en ese costroso vehículo.

—Alguna vez añoraré esta situación cuando vuelva a Francia.

—Me extrañaría, señor burgués.

—Tú no has cenado en Navidad con mis tíos y los tíos de mi esposa, ni has asistido a los interminables claustros de la universidad, ni...

Infante lo interrumpió, serio:

—¿Te gustaría cambiar de vida?

Nourisssier se quedó parado, bajó la vista, sonrió con cierta tristeza:

—A veces tengo la sensación de que no hay nada en mi vida que yo haya escogido realmente. Nunca me he rebelado frente a la realidad, es un hecho.

—¿Y por qué ibas a rebelarte si todo lo que tienes te parece bien?

—El caso es que no lo sé, no me he puesto a pensarlo realmente, no he cuestionado lo que está bien y lo que está mal. Hay conceptos como la familia, el trabajo, el amor, la honradez, la respetabilidad, los hijos..., todo lo que conforma la vida en realidad, que me han venido impuestas por el medio. «Impuestas» quizá no sea la palabra; quizá «dadas» sería mejor.

—Esas dádivas no parecen nada desdeñables.

—¡No lo son!, pero jamás he dado un paso en una dirección que no estuviera marcada de antemano, y eso a veces resulta incómodo cuando lo piensas a cierta edad.

—Todos estamos limitados por nuestras circunstancias.

—Tú has sido más libre que yo.

—No lo creas —dijo el periodista, y su semblante se ensombreció. Salió rápidamente del *impasse* para afirmar—: Además, hay que atenerse a los resultados. Tú tienes a un montón de gente que te quiere.

En cuanto a mí... sólo podría mitigar el desastre comprándome un perro.

—La auténtica verdad, la auténtica verdad demoledora es cuando te das cuenta de que quizá no necesitas el amor de nadie, y de que en eso radica tu libertad, y de que si continúas formando parte de un entramado afectivo, es sólo porque piensas que los demás necesitan de ti.

Infante sintió que un peligro indefinible sobrevolaba la conversación. Soltó una risotada extemporánea:

—Debemos de estar locos, esa mujer ya lo descubrió antes. Es de noche, llueve, no tenemos dónde caernos muertos y lo único que se nos ocurre es ponernos a elucubrar. ¡Vámonos!

Pusieron rumbo hacia Santa Bàrbara. La calefacción, el silencio y el ronroneo del motor llenaban de sopor el aire. El psiquiatra quiso saber de pronto:

—¿Nos quedaremos varios días en ese pueblo?

—Al menos tres o cuatro.

—Lo digo por advertir a mi esposa. Se inquieta mucho si llama a una pensión y no me encuentra. Lo cual es comprensible, ¿no es cierto?

—Por supuesto, por supuesto que sí.

A su llegada, los dueños del pequeño hotel estaban esperándolos. Se trataba de un matrimonio de mediana edad.

—María José nos ha dicho que les reserváramos dos habitaciones que no den a la carretera, para que puedan descansar bien.

—¿Hay algún teléfono que pueda utilizar? Tengo que poner una conferencia a París —preguntó el psiquiatra.

—Está al final del pasillo. Venga, se lo mostraré.

En su cuarto, el periodista abrió el equipaje, sacó su alijo de alcohol y escogió una botella de ginebra que estaba sin empezar. Se sirvió un trago cumplido. Miró el líquido al trasluz de una raquítica lamparilla. «¡Ah, el querido doctor; no necesita amor pero corre a llamar a su esposa antes de que pueda inquietarse!» Ojalá él hubiera sido tan sensible al dictado del deber, porque era inútil pretextar ignorancia, siempre había sabido cuál era su deber. Sonrió con cansancio. Pensar, analizar, cuestionarse los imperativos del destino, aceptar las circunstancias de la existencia, sopesar, rechazar, atreverse..., el miedo, la soledad... Suspiró filosóficamente. Su vida había sido un desastre, y él era un miserable. Sin embargo, había ido aprendiendo a tolerarse, a vivir como si el protagonista de su biografía fuera otro, aunque era consciente de que aquel precario equilibrio podía venirse abajo en cualquier momento. Entonces ni una pequeña partícula de su armazón quedaría indemne, el desmoronamiento sería total. «¡Salud, Carlos Infante!», murmuró para sí, y acabó de un tirón el contenido del vaso.

Después de tantas muertes, Francisco se quedó como el amigo en quien yo podía confiar más. Habíamos hablado mucho, sobre todo él. Yo también le había contado cosas de mi vida, por ejemplo lo mal que llegué a pasarlo cuando iba vestido de mujer, también cómo me había conformado y cómo a fuerza de estar solo había sido por fin bastante feliz. Él de su vida me contaba pocas cosas, pero de ideas del proletariado y el comunismo me enseñó todo lo que sé. Es verdad que en los últimos tiempos que les digo, cuando todos andábamos desmoralizados por cómo iban las cosas, cada vez hablábamos menos de política. Francisco no se quejaba de nada, eso es verdad, pero igual que antes le faltaba ocasión para dar un mitin de ideas rojas cada dos por tres, ahora se quedaba más y más callado. Yo suponía que se imaginaba un poco la que se nos venía encima.

En marzo de 1950 llegó un grupo de siete maquis desde Francia con las últimas órdenes de los jefes del partido. Llegó con ellos José Gros, que le pusieron para la guerrilla «Antonio el Catalán» aunque nadie se lo llamaba. Era un pez gordo y venía a sustituir a unos jefes de sector por otros distintos. A Francisco, que era secretario de organización del grupo, también lo sustituyó.

Decía que teníamos que empezar a hacer las cosas de otra manera y con más seguridad, que ya no debían morir más hombres. También quería poner un poco de orden porque decía que estábamos desmandados y que cada uno hacía de su capa un sayo. Iba por las montañas con su grupo y de repente llamaba a algún jefe de algún sector para darle órdenes o hablar con él, pero no se presentaba y lo dejaba plantado.

Por fin convocó una reunión general en un sitio que le pareció seguro y que tenía un torrente cerca para que el agua no faltara. Allí dio la sorpresa a todos diciendo que el tiempo de la guerrilla ya había pasado. El partido mandaba la retirada y a todos los que estábamos en el monte nos irían pasando a Francia poco a poco. Mientras tanto, nada de grandes acciones porque ya habían muerto demasiados compañeros. Me contaron que la gente se quedó de una pieza, porque decir que nos retirábamos y que se acababa el maquis era como decir que nos habían vencido la Guardia Civil y los franquistas. Muchos hombres no durmieron y otros lloraban, pero como la cosa no era de hoy para mañana, se pensaba que ya veríamos lo que sucedería con el tiempo.

En junio el tal Gros y los que venían de Francia se presentaron en nuestro sector. Nuestro jefe entonces era Militar Rubio y él mismo nos dijo que estos de Francia venían a organizar las cosas pero también a ajustar cuentas con los que se habían saltado alguna línea del reglamento. Los hombres estaban nerviosos y no era para menos porque, nada más llegar, ya hubo la primera pelotera entre Militar Rubio y Gros. Le dijo éste que Santiago Carrillo le había dado la orden de tomar la dirección de la Agrupación Guerrillera de Levante y Aragón porque los hombres que el partido había mandado al maquis estaban todos muertos. Militar Rubio le contestó que allí estamos todos vivos y que no pensaba dejar el mando porque allí los hombres le apoyábamos, y era verdad. El de Francia replegó velas porque se dio cuenta de que podía meterse en un lío del que no había salida, porque una cosa es dar las órdenes en un despacho y otra distinta meterse en el monte con unos tíos muy baqueteados y decirles que hagan algo que no quieren hacer.

Bueno, pues el jefazo y sus hombres se quedan en nuestro campamento algunos días. En eso que una madrugada estoy durmiendo y me llega Francisco sin hacer ruido y me dice:

—Despierta, Pastora, pero no hables fuerte ni metas bulla.

Me senté y me restregué los ojos que tenía llenos de telarañas. Francisco estaba muy nervioso, a cada tanto se hacía crujir los dedos de la mano derecha con la otra mano. Se sentó a mi lado y me miraba con los ojos salidos como si se hubiera vuelto loco.

—Escúchame bien lo que te voy a decir porque a ti también te interesa. Hace un rato me han despertado porque Militar Rubio y el jefe de Francia querían hablar conmigo. Estaban sentados muy serios el uno al lado del otro y enseguida he entendido que iban a hacerme como una especie de juicio. El tío ése, el tal Gros que no conocemos de nada, va y me dice que creen que, a lo mejor sin quererlo, yo he pasado información a la Guardia Civil por medio de las masoveras del *mas* de las Morenas. Han dicho que la Guardia Civil siempre sabía cuántos hombres íbamos a salir en un batallón y que eso no es normal si no ha habido indiscreciones.

—Pero tú...

—Escúchame, Pastora, y calla, que lo que te estoy contando es muy gordo. Después va y dice Gros que él no se acaba de creer que yo haya pasado información al enemigo y que confía mucho en mí. Luego coge unos papeles y me dice que, para demostrarme esa confianza que me tiene, tú y yo tenemos que llevar unos documentos al sector XXIII, dárselos a Eduardo y volver después. Yo le digo que no hay problema, pero entonces el tío dice que para cuando volvamos de esa misión nos tendrá que interrogar sobre las circunstancias de la muerte del compañero Ricardo en aquella acción. Te acuerdas, ¿no?

Claro que me acordaba, al compañero Ricardo lo mató la Guardia Civil en una misión en la que nosotros tuvimos algo que ver. Corrieron rumores de que lo habíamos dejado a él y a los que iban en la misión solos por el monte sin hacerles de guía hasta el sector que buscaban, con tan mala fortuna que cuando iban a su aire él y sus compañeros buscando el camino, la Guardia Civil asaltó por sorpresa la expedición. Le dieron, iba herido y los compañeros hicieron un sálvese quien pueda y quedó abandonado. Así que parecía que había varias cosas que habíamos hecho mal. Militar Rubio, nuestro jefe, no quiso entrar al trapo enseguida, pero desde el principio nos dijo que más adelante se vería de quién había sido, parte por parte, toda la responsabilidad. Francisco siempre tuvo miedo de que le cargaran el muerto a él y aquella noche con más motivo. A mí también hubiera podido caerme un poco de culpa porque como siempre hacía de guía y señalaba los caminos que me parecían mejor... Aunque bien les aseguro que nosotros no tuvimos culpa ninguna porque... Pero ahora no estoy en eso, sino sólo contando lo que pasó aquella madrugada tan importante en que Francisco me despertó.

—¿Tú qué dices, Pastora?

—¿Yo?, ¿y qué quieres que diga yo?

—He oído muchas cosas desde que llegaron de Francia esos tíos, y tú también las has oído: compañeros a los que mandan a misiones y no vuelven más... Ya viste cómo a Gros intentaron matarlo metiéndole una bomba en la tienda de campaña, ¡y eso han sido los propios compañeros! Es un bicho y nadie lo quiere bien.

—Sí, pero ¿qué podemos hacer? Si nos manda que llevemos esos papeles habrá que llevarlos, ¿no? Y si al volver nos preguntan por lo del compañero Ricardo pues habrá que contestar.

—Yo me largo, muchacho, porque me huele que me preparan algo y de esa misión no regresaré.

—¡Pero eso es desertar! Y tú mismo me has dicho mil veces que la deserción es lo peor del mundo.

—¡Y qué más da! ¡Ya ves que están desmantelando todo el movimiento guerrillero, que quieren mandarlo todo a paseo! ¿Y qué nos espera aquí en caso de que volvamos vivos de esta misión de mierda? Un juicio de una cosa que pasó hace un montón de tiempo y en la que no tuvimos nada que ver pero de la que nos acusarán porque necesitan culpables. ¡Vaya final después de tanto luchar! Larguémonos y que les den morcilla.

—¿Y adónde vamos a ir?

—Iremos como maquis independientes, solos tú y yo. Conozco dónde hay varios depósitos de víveres y comida no nos faltará. Después ya nos iremos apañando.

Me quedé quieto un momento. Quería pensar pero los pensamientos se me iban cada uno por su lado y no veía nada con claridad. Desertar era algo que me daba muy mala impresión porque siempre había oído que quienes lo hacían eran cobardes, y yo cobarde nunca lo he sido. Pero en lo que decía Francisco también llevaba razón: ¿un juicio como si fuéramos gente de mala vida? ¿Por qué? Yo no había traicionado a nadie y al compañero Ricardo ése casi no lo conocía. Además, si no pasaba nada y nos iban mandando a Francia, yo no tenía papeles ni los podría tener porque ahora era un hombre. ¿Qué iba a pasar conmigo, tendría que volver a ser mujer? ¿Y qué haría yo fuera de esta tierra?, sólo sabía cuidar de los rebaños. Quizá era una buena idea marcharme con él. Luego, veríamos. Pero sobre todo y lo más importante es que Francisco era mi único amigo entonces, ya no tenía ninguno más. A los que había ido teniendo, a los compañeros que me querían de verdad, los habían matado. Le dije que sí, que contara conmigo, que me iría con él. Si hice bien o no ni siquiera ahora lo sé. Las personas como yo nunca tenemos muchos sitios adonde ir, ni muchos planes para la vida. Yo nunca había tenido ninguno, la verdad, vivía cada día que empezaba por la mañana y lo acababa por la noche.

Al día siguiente por la tarde nos preparamos para marchar a la misión a la que nos mandaban. Era 7 de octubre de 1950. Francisco me dijo que me acordara de la fecha porque era muy importante en la historia de nuestra vida. Llevábamos como enlace a Tomás, que se quedó en un punto de encuentro. «Hasta dentro de un rato, espéranos aquí», se despidió Francisco de él, yo no abrí la boca. Le dimos la espalda y empezamos a caminar. Pasamos de largo la torrentera que nos hubiera llevado al sector XXIII. Francisco andaba tan deprisa que me costaba seguirlo, y eso que yo iba siempre más rápido que él. Le pegué un grito: «¡Pero hombre, para ya, que no nos persiguen!». Y él me contestó: «¡Camina, Pastora, que ahora ya no podremos parar nunca!». No entendí bien qué quería decir con aquello, pero me pareció que estaba como furioso, y preferí quedarme callado. Después de aquel día muchas veces caminamos así, los dos callados, solos en el monte, dándonos prisa como si huyéramos todo el tiempo y detrás vinieran perros con los dientes afilados.

Santa Bàrbara no tenía el valor histórico de Morella ni el encanto agreste de La Sénia; era simplemente un pequeño pueblo que se extendía a lo largo de una calle central. Sin embargo, como sucedía en todos aquellos lugares, estaba muy cerca de las montañas, que impregnaban el paisaje con su grandeza. Un par de pasos fuera de la población era suficiente para respirar en pleno campo. Infante y Nourissier bajaron a desayunar, encontrándose con la sorpresa de que el hotel no tenía cocina. El dueño les indicó un bar donde podían hacer sus comidas y les comunicó que María José había llamado diciendo que llegaría sobre las doce.

Caminaron por la interminable calle solitaria, donde lo único que había eran casas bajas con las puertas cerradas. El mes de noviembre acababa de empezar y había traído consigo un frío intenso que se dejaba sentir especialmente a aquellas horas de la mañana.

—En Francia, los pueblos huelen a pan recién hecho desde el amanecer —dijo de pronto el psiquiatra.

Infante lo miró de través. Tenía resaca y muy pocas ganas de hablar, por lo que contestó con una especie de mugido. Había estado bebiendo durante más de tres horas la noche anterior. No haber podido tomar café intensificaba en su mente la sensación de extrañeza que experimentaba cada mañana al despertarse desde que la aventura comenzó: ¿dónde estoy?, ¿qué hago aquí?, ¿por qué demonio he venido? Miró las fachadas mudas frente a las que iban pasando y se preguntó dónde se metía la gente: ¿en el campo, en sus casas? No le parecía normal que no se viera un alma a las nueve de la mañana, ni un niño, ni una mujer que fuera al mercado, ni viejos que tomaran el sol. Igual que su compañero había tenido un rapto de añoranza por su país; él lo sintió por Barcelona. Cierto que se trataba de una ciudad agotada y triste tras una posguerra demasiado larga; pero, pese a ello, las calles siempre bullían de actividad: obreros, amas de casa, estudiantes, espectadores que salían del cine o del teatro... En cualquier caso, aquel recuerdo nostálgico era absurdo; finalmente su vida en Barcelona era parangonable a la de un fantasma. No tenía familia ni amigos, sólo se relacionaba con el mundo a través de los artículos puntuales de los periódicos. Sus contactos con mujeres eran esporádicos, y recurría con frecuencia al sexo pagado. Nada en aquella ciudad le pertenecía, nada había dejado atrás, nadie le esperaba ni estaba pensando en él en aquellos momentos. La evocación de Nourissier a propósito del pan caliente tenía sentido; la suya, no. Algo lógico si se comparaban dos vidas que no presentaban ningún flanco común. Los acontecimientos que estaban viviendo juntos eran aparentemente los mismos, pero nunca significarían para uno lo mismo que para el otro. Por mucho que hubieran oído idénticas palabras y presenciado imágenes iguales, nadie podría afirmar que sus mentes se habían rozado siquiera un segundo. Para él la violencia, el horror, la enemistad y la muerte nunca producirían un efecto equivalente al que podían haber generado en el francés. Estaban separados por demasiadas cosas. Al menos eso le pareció aquella mañana, ambos transitando por una calle inhóspita y kilométrica, fría y solitaria, una auténtica alegoría de la vida.

El bar era grande, destartalado, amueblado con mesas de mármol, sillas de madera y calendarios que anunciaban productos agrícolas en las paredes: «Abonad con Nitrato de Chile». En los rincones se apilaban cajas de sifón, y una gran salamandra de serrín caldeaba el ambiente. Como llegada de un mundo más feliz, una chica joven y bonita los recibió sonriendo.

—Por fin alguien parece alegre —comentó Nourissier cuando se hubo ausentado.

—Entonces será mejor que nos alejemos de ella; pueden hacerle daño.

—No digas eso, me siento muy culpable.

—Se te pasará.

Infante vio cómo su compañero torcía el gesto, aunque no le hizo caso. Nourissier se sentía culpable pero seguía en línea recta hacia sus objetivos, pasara lo que pasara. Quizá su determinación era la de un científico, pero también podía ser la de un hijo de papá, obcecado en conseguir a toda costa su capricho. Se fijó en la joven que los había atendido y se preguntó qué posibilidades tenía de prosperar, de conocer algo diferente, de cultivarse, de vivir. Muy pocas, ninguna probablemente. Permanecería varada en aquel lugar, sirviendo café a los viejos del pueblo, pelando patatas, fregando las baldosas del suelo una y otra vez. Para mucha gente, la felicidad debía consistir sin embargo en eso: ocultarse en una rutina que preserva del dolor. En la vida, el riesgo estribaba en aspirar a otras cosas, en hacerse ilusiones, en creer que mereces algo por el simple hecho de estar vivo.

A las doce en punto llegó María José. Una radio anunciaba la hora del ángelus cuando la vieron aparecer vestida con más elegancia que el día anterior. Se había pintado los labios de rojo intenso, lo cual intensificaba la dureza de sus facciones. Los saludó sin un amago de sonrisa.

—¿Dónde quiere que hablemos? —le preguntó Infante.

—He traído un poco de comida. Podemos salir al campo.

—¡Perfecto, un picnic es lo que nos apetece más!

Nourissier sintió la ironía de sus dos acompañantes rozándose en el aire, como un cruce de espadas. Empezaron a caminar. En principio, la situación podía parecer idílica: dos hombres y una mujer salen de excursión en un día soleado, buscando un claro donde comer. Sin embargo, en aquellas circunstancias resultaba un poco absurda; ni siquiera sabían si María José era fiable, de modo que un almuerzo placentero se le antojaba fuera de lugar. Anduvieron durante más de una hora. El sol caldeaba el ambiente como si fuera primavera en vez de otoño. Llegaron a un campo de almendros, descuidados y resecos. En medio había una caseta de labranza, que la mujer abrió con su propia llave.

—Este terreno es mío —afirmó—. En tiempos, los árboles daban unas almendras grandes y jugosas; ahora está echado a perder.

Sacó hasta el exterior unas tronadas sillas de enea, una mesita a punto de romperse. Luego extendió sobre la superficie de ésta papeles de periódico y extrajo el contenido de su cesta: pollo frío, tortilla de patatas y tomates maduros que partió por la mitad.

—Tengo hambre —se limitó a decir mordiendo un muslo con brío canino. Luego añadió—: ¡Coman! No he estado cocinando para nada.

La obedecieron y a cada bocado su apetito se acrecentaba en vez de menguar. Cuando casi habían acabado con las provisiones, María José anunció de improviso:

—La Pastora está viva. No se trata de ninguna leyenda. Puedo garantizarles que es verdad.

Nourissier dejó de masticar. Sus ojos brillaron con expectación.

—¿Dónde se encuentra? —preguntó con la precipitación de un niño que no intenta controlar su impaciencia.

María José se echó a reír de modo burlón.

—¿Cree que yo lo sé? ¡Nadie lo sabe! Pero puedo decirle que mi marido ha estado formando parte de muchas partidas que la buscaban durante los dos últimos años. Eran batidas que se mantenían en secreto, porque ya estaban hartos de hacer el ridículo. No lograron dar con ella, jamás lo consiguieron y, a cada nuevo fracaso, la gente de los pueblos, que acababa por enterarse, iba haciendo de ella un mito mayor. Unos piensan que es un monstruo, otros que es una especie de heroína, pero todos están de acuerdo en que nadie conseguirá nunca matarla o atraparla mientras se encuentre en el monte. Muy mala prensa para la Benemérita y el régimen de Franco, ya ven.

—¿Y eso qué prueba? —preguntó Infante.

—Eso no prueba nada; pero yo sé que la conclusión que han sacado es que se esconde en las montañas.

—¿De cuándo data su información?

—La última es muy reciente.

—¿Puedo preguntar cómo la ha obtenido? Creí entender que ya no vivía con su esposo.

—Entendió bien, y ahora entienda otra cosa: no pienso contarle de dónde saco mis datos.

—En cualquier caso, esa información no nos sirve de mucho.

—Si quieren puedo precisarla más.

—¿De qué manera?

—Diciéndoles en qué zona cree la Guardia Civil que está escondida.

—Adelante, la escuchamos.

—Lo siento, pero esa información tiene un precio.

Tomó la palabra Nourissier; Infante parecía demasiado asombrado al ver el cariz que la conversación iba adquiriendo.

—Podemos llegar a un acuerdo; diga una cantidad.

—No quiero dinero, sólo necesito que me hagan un favor.

IDESON'S

LANDSCAPE & GARDEN SERVICES

For all your domestic & commercial needs
from grass cutting to design & landscaping

- *Over 8 years experience*
- *All types of hedges topped/ trimmed or uprooted*
- *All waste removed*
- *Grass cutting*
- *Turfing*
- *Decorative pebbles & bark chippings*
- *Rotovating*
- *Fencing*
- *Vegetable & flower beds created*
- *Decking*
- *Dry stone walling*
- *Wet Walling*
- *Flagging*
- *Block paving*
- *Concreting*
- *Garden waste removals*
- *No job too large or small*
- *Jet Washing*

CSCS
CONSTRUCTION SKILLS CERTIFICATION SCHEME

City & Guilds NPTC

Full public liability insurance

For your free quote and advice please call today

Tel 07597 404791

Email: jamesideson@yahoo.co.uk

1 Whinny Gill Road, Skipton, BD23 2RP

5+20

—¿De qué se trata?

La mujer sacó un sobre cerrado del bolsillo, lo mostró con una sonrisa.

—Quiero que el doctor le entregue esta carta a mi marido y que, con su actitud, le haga creer que es mi amante.

—¿Yo? —preguntó Nourissier con una voz tan alterada que resultó cómica.

Ella abrió el sobre, les mostró una hoja manuscrita:

—Pueden leerla si quieren. No tiene nada de comprometedor ni nada que pueda representar un peligro para ustedes. Se trata de una carta de perdón. De falso perdón, por supuesto. Quiero que ese pavo presuntuoso vea que tengo otro hombre, que he rehecho mi vida sin él. Quiero que deje de enviarme dinero como si fuera una limosna. Quiero que no me compadezca más, eso es lo que quiero.

—Pero ¿por qué yo?

—Usted es el hombre ideal; no es español, no es conocido en la zona y... es apuesto.

Infante dejó escapar una risita burlona. El francés estaba sonrojado, titubeó y se lanzó por fin a desgranar una serie de razonamientos que intentaban demostrar lo absurda que era su candidatura al plan. Sin embargo, sus habitualmente magníficas dotes de persuasión no sirvieron de nada frente a la correosa María José.

—Lo siento, no voy a transigir. Usted verá lo que hace. Si quieren tener la más mínima posibilidad de encontrar a La Pastora, deberán saber al menos en qué zona cree la Guardia Civil que se esconde, y si usted, doctor, no hace lo que le digo no pienso abrir la boca.

Intervino Infante con voz decidida:

—Trato hecho; el doctor llevará esa carta y creo que representará muy bien su papel de amante.

—¡Pero Carlos!

—Yo le facilitaré la cita. No se preocupe, todo será muy sencillo. No le pido que sea mi amante de verdad; tan sólo que lo finja.

Nourissier dejó de protestar, si bien de vez en cuando lanzaba miradas de reproche sobre su compañero. María José se relajó a partir de aquel momento. Estiró las piernas y se sacudió las migajas que habían caído sobre su regazo. Encendió un cigarrillo, cerró los ojos y aspiró el humo con intensidad:

—¡Qué bien se está aquí! Antes de que los hombres envenenaran el aire con sus guerras, estas tierras eran las más hermosas del mundo. Ya nunca volverán a ser como antes. Ahora me parecen picos pelados, montes sin alma. Demasiada sangre. No sé qué idea romántica debe de haberse formado sobre La Pastora, doctor, pero le aseguro que era una fiera que sólo buscaba hacer daño. Yo estuve presente en el escenario de una de sus fechorías, acompañando a mi marido. ¿Quiere que se lo cuente o prefiere seguir con sus sueños?

—Me temo que es usted quien está formándose una idea equivocada. Yo sólo busco la verdad. Diga lo que tenga que decir.

—Sucedió en una masía de Vallibona. La Pastora y su compinche la habían atacado. ¿Sabe con qué botín? Ropa vieja, un par de jamones y veinticinco pesetas. Nada más, aunque, según contaron las víctimas, lo único que buscaban era vengarse. Parece que el dueño de la finca era su primo y que cuando ella era una cría le hizo chanzas por su aspecto masculino. No se olvidó. Ataron a la mujer y al hijo a la pata de una cama. Luego, La Pastora personalmente, armada con un palo, le pegó una paliza a su primo. Una paliza inhumana, descomunal, yo vi cómo quedó el tipo. Lo golpeó hasta que se le cansaron los brazos. Sólo le diré que, a raíz del asalto, quedó impedido para trabajar. Una hazaña gloriosa, la de su guerrillera. ¿Qué le parece?

—¿Qué cree usted que puede parecerme?

Infante interrumpió aquella conversación que empezaba a inquietarle:

—Sería mejor entrar en materia. ¿Cómo quiere que pongamos en práctica nuestro plan?

—Será mañana mismo. Usted irá a Castellón en su coche. El señor Infante le esperará en mi casa de Tortosa. Cuando usted haya acabado vendrá y nos contará cómo se ha desarrollado todo. Después seré yo quien les informe sobre el escondrijo de esa mujer. ¿Están de acuerdo?

—Sí —se apresuró a responder el periodista, temeroso del silencio reticente que guardaba Nourissier.

Regresaron caminando deprisa y sin hablar. Al llegar a Santa Bàrbara, María José apenas musitó un «adiós» antes de desaparecer. Ellos decidieron quedarse en sus habitaciones toda la tarde y reencontrarse a la hora de cenar. Subyacía una buena dosis de prudencia en semejante decisión: Infante temía las recriminaciones del francés por haber aceptado el plan y éste desconfiaba de sus propias reacciones, enfadado y confuso como estaba por lo que se había comprometido a hacer.

Durante la cena, sentados frente a frente en el bar, se dieron cuenta de que el tiempo transcurrido desde el mediodía había difuminado la situación sin resolverla. Infante aún estaba temeroso; Nourissier se encontraba todavía de mal humor. A pesar de ello, ambos podían tratar el futuro inmediato sin llegar a ninguna confrontación.

—¿Qué has estado haciendo esta tarde? —preguntó el catalán por entablar un diálogo neutral.

—He apuntado y comentado en mis notas el episodio de la venganza que esa mujer nos contó.

—Parece que La Pastora presenta ciertos claroscuros en su personalidad.

—Si no fuera así no andaríamos en esto.

—Diría que no estás de muy buen humor.

—Dirías bien. Me disgusta tener que participar en esta mascarada. Soy médico, no bufón.

—Yo no he escogido que las cosas salieran así.

—¡Tampoco te he oído negarte a las pretensiones de esa mujer, ni siquiera has intentado negociar con ella otras soluciones!

—¿Sabes cuál es la verdadera razón de tu enfado, Lucien? Si hubiera sido yo el elegido para llevar la carta te hubiera parecido bien, pero claro, que el eminentísimo doctor haga algo tan absurdo resulta humillante para su vanidad.

—¿De verdad piensas eso? —Nourissier le miraba con los ojos encendidos y la mandíbula adelantada en señal de desafío. Infante dio marcha atrás.

—No; sólo pienso que eres un maldito francés tan arrogante como todos lo sois.

Nourissier sonrió y masculló varias frases en su lengua que Infante no pudo oír.

—¿Qué has dicho?

—Que eres un maldito español, orgulloso y desconfiado como todos lo sois.

También sonrió Infante. Habían sorteado la posibilidad de un temporal. El periodista, como siempre provocador, fue un poco más allá en la broma:

—Lo malo del plan es si se trata de un marido celoso. Ya sabes que después de la guerra siguió siendo somatén, lo que viene a significar un individuo sanguinario.

—¿Crees que me veré obligado a huir por los tejados como los amantes de opereta? No tengo noticia de que Sigmund Freud tuviera que hacer algo semejante.

—Freud no poseía tu espíritu aventurero.

—En eso llevas razón.

Tras la cena salieron del bar con la intención de dar un paseo. Sin embargo, la noche era fría, húmedo el aire y la imagen de la calle iluminada por una hilera de bombillas mortecinas les hizo desistir del proyecto. Regresaron al interior donde podrían charlar tomando un café caliente, también una copa de coñac.

Éramos libres, es verdad. No teníamos que rendir cuentas a nadie y nadie nos mandaba lo que teníamos que hacer, pero a mí ni se me ocurría dónde ir, ni qué cosas eran mejores para nosotros. ¿Qué hacer cuando nadie te manda y no tienes trabajo? Pero no había que preocuparse, porque Francisco era muy listo y ya vi que, estando con él, no iba a faltarnos de nada. Lo que hicimos primero fue subirnos a las lomas de Ejulve y sacar los depósitos de víveres que tenía allí la Agrupación. Los cambiamos de sitio por si volvían en busca de comida. Ahora ya eran nuestros. Al principio se me hacía raro, para qué lo voy a negar, que todo lo hiciéramos por nuestro lado y para nuestro beneficio. Tanto nos habían dicho y repetido que todo lo del maquis era por los campesinos, el comunismo y la vuelta de la libertad a España que eso de ir a nuestro aire me parecía como que estaba mal. Pero claro, luego pensé que la vida iba a seguir como antes de haber entrado en el maquis, así que tenía que olvidarme de los últimos tiempos y volver a pensar como cuando era una mujer. Pero no era tan fácil, no sé si me hago entender, yo ya no era una mujer sino un hombre y además me perseguía la Guardia Civil, era un bandolero. Ya no podía pasarme la vida tranquila con las ovejas, ni bajar a bailar a los pueblos cuando eran fiestas, ni hacer faenas aquí y allá para tener un poco más de dinerito escondido. Nada de eso. «El pasado ya pasó —me dijo un día Francisco—. Mételelo en la cabeza. Nunca vamos a volver a vivir como vivíamos. No sé si hay futuro para nosotros, supongo que no. Así que lo que tenemos a mano es el presente y eso quiere decir que hay que luchar por estar vivo, por comer, por no pasar frío y sobre todo, sobre todo, por que no nos echen el guante, que si nos echan el guante ni pasado ni futuro ni hostias.» Sí, siempre había hablado muy bien Francisco, tenía mucha labia como se dice, pero como les comentaba no era tan fácil porque él estaba peor que yo. Yo, el pasado, pasado está, y lo único que había dejado atrás eran las ovejas, pero a él del pasado le quedaba la familia y cada vez se veía más claro que no volvería a verla nunca más. Ni a la mujer ni a la hija ni a la madre, nada, como si se hubieran muerto o, mejor dicho, como si se hubiera muerto él.

Al principio de estar solos, Francisco aún hacía las cosas acordándose del maquis. Por ejemplo, se acordaba de que le habían encomendado tiempo atrás la misión de ir a cobrar una multa a los masoveros de la masía La Moreta, en Villarroya de los Pinares, y que cuando estuvo allí, aquella gente sólo había podido pagarle dieciocho mil pesetas. Entonces prometió que volvería otro día a buscar el resto hasta cuarenta mil, que era el total. Pensó que era el momento y allá que fuimos. Ya era «otro día», aunque hubieran pasado años. Yo no sabía de qué manera sucedería el cobro, y si Francisco lo haría de manera distinta a como solíamos hacerlo. Pero no, fue como siempre. Nos presentamos en la casa al atardecer y él dijo que en nombre de la guerrilla venía a cobrar lo que era nuestro y hasta habló de la revolución y de todo lo demás. No nos salió bien, porque el hombre juraba que andaban muy apurados de dinero y que estaban pasando por un momento en el que les costaba hasta tener la comida suficiente para mantenerse toda la familia. Dimos una ojeada por la casa y pensamos que no nos estaban engañando porque aquello se veía más esquilmado que un prado después de pasar el rebaño. Entonces Francisco dijo que lo entendía, que él tenía mucha humanidad y que les perdonaba la deuda, pero que como compensación nos llevábamos arroz, tocino, unos panes y varias botellas de vino. Por lo menos sacamos para comer unos días. No estábamos contentos, pero hambre no íbamos a pasar. Volvimos a las lomas de Ejulve. Francisco no me dijo por qué, pero después de un par de días empezó a hablar de bajar a Castellot para ver a su familia. Ya les digo que no era tan fácil no acordarse del pasado. Él andaba triste, nervioso, como si se diera cuenta entonces de que haber desertado del maquis iba a traer sus consecuencias, que serían peores de lo que él había pensado. Porque dentro del maquis igual nos hubieran evacuado a Francia y de su familia no habría vuelto a saber más, pero yendo por nuestra cuenta ¿qué iba a ser de nosotros? Encima, no pudimos de ninguna manera acercarnos a Castellot, y mucho menos encontrarnos con su gente. Aquello estaba lleno de guardias y era muy peligroso. Dimos vueltas por el Val de la Bona, dormimos al aire libre... Hasta que yo le digo:

—Francisco, creo que tenemos que olvidarnos de ver a los tuyos porque no puede ser con tantos civiles como hay. Piensa sobre todo que, si nos cazan, nosotros vamos directos al hoyo, pero a tu familia le harán daño también. Déjalo como está de momento, ya vendremos más adelante.

Miraba al suelo, como si reconociera que aquello era verdad pero no quisiera decírmelo, como si esperara que, de repente, pasara algo que le abriera las puertas de su casa de nuevo. Por fin, con la cara muy colorada, dio una patada a una piedra y contestó:

—Sí, ya vendremos más adelante.

Yo tenía compasión de él, porque estaba claro que se conformaba como podía, pero que en el fondo sabía que «más adelante», para nosotros, no quería decir nada. Nos fuimos de allí y yo me fijé en que Francisco nunca volvió la vista atrás.

Decidimos encaminarnos a la masía de La Caseta dels Bous, en Castell de Cabres, una zona muy empinada en el monte, porque Francisco también sabía de antes que el dueño era de los que ayudaban a la Guardia Civil y denunciaba a los que podía. Yo cavilaba si volvería a decir que éramos del maquis y vi que sí, que ya había tomado la costumbre. Llegó y le soltó al dueño: «Venimos enviados por el jefe de la Agrupación de Levante. Sabemos de buena tinta que usted no es más que un fascista que ayuda a la Guardia Civil y a las fuerzas represoras». Aquel hombre, que ya era bastante mayor, no nos tenía nada de miedo, porque va y le contesta: «Pues oiga, ¿qué quiere que haga?, ayudo a los guardias justo lo que me mandan en el pueblo, ¿o es que quiere que me pelen? ¡Y poca gracia que me hace, no vaya a pensar! Cada tres semanas me hacen llevar al cuartel una carga de leña y una oveja. Pero no se crea que es a mí solo, eso obligan a hacerlo a todos los masoveros. Y de vez en cuando vienen por aquí y registran por si hay maquis; y, de paso, queso o pan que encuentran, queso o pan que se llevan. Así que no me venga con que soy un fascista, que entre los unos y los otros lo que están haciendo es amargarnos la vida a la gente de campo que sólo queremos trabajar».

Francisco se quedó de una pieza porque no se esperaba una contestación así. «¡Quédese con todo lo que tenga para usted, que nosotros no hemos venido a pedir limosna sino justicia! Y ya nos veremos en otra ocasión.» De verdad que yo no entendía lo que iba a pasar, y por qué nos largábamos tan de vacío. Lo entendí después, cuando nos quedamos por los montes de alrededor y Francisco desató un paquete de los de la Agrupación que llevábamos en el macuto. Eran panfletos del Partido que él había cogido. Esperamos a que se hiciera de noche, volvimos a la casa y los echamos por todas partes, por todas, hasta que no quedó ni uno en el paquete. «A ver cómo le explica esto a la Guardia Civil ese cabrón.»

Francisco estaba un poco más amargado cada día que pasaba. Se le había ido la alegría de los primeros tiempos en los que nos largamos del maquis, cuando decía que entonces sí teníamos libertad. Cuando pasábamos muchos días viviendo en paz y descansando en el campo se ponía muy nervioso. Enseguida pensaba que debíamos dar un golpe económico o conseguir más víveres, aunque tuviéramos todavía reservas de comida y algunas pesetas en el zurrón. Yo pensé siempre que si no había acción no estaba contento, primero porque era lo que había estado haciendo desde muchísimo tiempo atrás, y luego porque si nos quedábamos de brazos cruzados tenía más tiempo de darle vueltas a la cabeza sobre su familia y sobre lo que nos iba a pasar.

Así que hizo un plan para asaltar la masía de Torre el

Catre, que está por La Ginebrosa. Estábamos en el 1950, en noviembre. Entonces va y me dice:

—¿Sabes por qué tenemos que hacerlo ahora y no en otras fechas?

—No sé.

—Porque ahora hace un año justo que los fascistas mataron al compañero Rubén.

—¡Pues claro que me acuerdo de eso! ¡Cómo no me voy a acordar! Pero como dijiste que era un golpe económico y no una venganza...

—Puede ser las dos cosas, ¿o no?

—Ya, sí, pero como ahora ya no somos de la Agrupación, vengarse por lo que pasó cuando estábamos con ellos...

—¡Un momento, un momento, no te equivoques ni te hagas líos en la cabeza! Nosotros dos formamos la Partida Independiente del maquis, ¿comprendes?, no somos bandoleros ni asaltadores de caminos, ni ladrones, ni desgraciados que van dando tumbos por ahí. ¿Lo has entendido bien?

—Sí —dije, pero lo dije bajito porque eso de la Partida Independiente era la primera vez que lo oía y no tenía muy claro en qué se notaba. ¿Cómo íbamos a seguir siendo del maquis si ya no teníamos compañeros, ni recibíamos órdenes, ni sabíamos lo que les pasaba a los demás?

—Y, por cierto, Florencio, que no estaría mal que te cortaras el pelo y te pusieras ropa más nueva, que ya sabes que siempre se tiene que estar presentable para las misiones, y desde hace un tiempo vas hecho un desastre.

—¡Bah, me da pereza, ya sabes que yo soy más dejado que tú!

Yo no me arreglé y él no insistió. Sí que es verdad que

cuando estábamos listos para bajar a Torre el Catre, me pegó una mirada de arriba abajo con mala cara. Pero él no era mi jefe, que en la Partida Independiente no había jefes, así que si no le gustaba mi pinta se tenía que aguantar. Él iba mucho mejor que yo, desde luego, con un traje de pana que se reservaba y que era de buena calidad.

Llegamos a la masía sobre las seis y media. Íbamos armados como siempre: Francisco con la metralleta y yo con el fusil, que estaba viejo pero lo había engrasado a conciencia. Ya se hacía de noche y de la gente del *mas* unos estaban dentro y otros fuera pero por cerca de la puerta. «¡Quietos!», chilló Francisco, y a todos los hicimos entrar. Estaba el padre, ya mayor, la hija, su marido y los dos hijos que tenían. De catorce años y de diez.

—¿Falta alguien de la familia o algún pastor o criado? —preguntó Francisco.

—Mi hijo mayor está fuera, en el campo. Mi hija, en el pueblo, y hoy no vendrá —respondió el yerno.

Salí a buscar al que faltaba mientras Francisco se quedaba apuntándoles a todos. Lo encontré enseguida, atando un mulo a un árbol; era un chaval de poco más de quince años.

—¡Eh, tú, ven para acá! —le di una voz, y vino. Pero cuando ya estaba a dos pasos de la entrada me doy cuenta de que, como de tapadillo, echa mano a un cuchillo grande que había encima de un montón de remolachas. Me acerqué y se lo hice tirar de un sopapo en el brazo. Le di un pescozón.

—¡Pasa adentro de una vez!, ¿quién te has creído que eres, tontaina?

Francisco preguntó qué pasaba y yo se lo conté. Se enfadó como un mono:

—Sí, ahora resulta que hasta los mocosos quieren jugar a héroes. ¡¿Es que no veis que vamos armados, imbéciles, es que no lo veis?! ¡Un poco más de respeto es lo que tenéis que tener!

Encima, en ese momento, el abuelo, que no se enteraba de nada, va y suelta:

—Pero si nosotros siempre hemos estado a buenas con el somatén y la Guardia Civil, ¿por qué ahora ustedes nos tratan de esta manera?

El crío más pequeño de todos lo coge del brazo y se lo sacude:

—¡Calle, abuelo! ¿No ve que son maquis?

A mí casi me entró risa, pero Francisco se puso fuera de sí, empezó a dar unos gritos que de buena gana me hubiera tapado las orejas, porque me hacían daño.

—¡Callados, todos calladitos de una puta vez! ¿Pensáis que vamos de broma? Pues ya veréis qué mal acaba esta broma, ya lo veréis. Ahora mismo quiero que nos entreguéis cuarenta mil pesetas.

El padre de familia se adelantó un paso:

—No las tenemos aquí, lo juro por mis hijos. En la casa del pueblo algo habrá, aunque no llegue a tanto.

—Muy bien, pues que vaya tu mujer a buscarlas. Ahora veremos a qué sitio nos las va a traer mañana a las tres. Te llevaremos a ti y a ése como rehenes —señaló al chico mediano, que no había abierto boca—. Y si no viene mañana a la hora en punto con el dinero... ya sabéis, habrá dos bajas en esta familia.

La mujer, que estaba muerta de miedo, se puso a llorar. Francisco le dijo que se callara y le mandó que trajera unas cuerdas para poder atar a su marido y su hijo cuando nos los hubiéramos llevado, pero antes de que pudiéramos decir ni amén, el chico mayor, el que había querido coger el cuchillo, se ofrece muy dispuesto:

—Ya las traigo yo, que sé dónde están.

Salió corriendo y nos quedamos todos quietos donde estábamos, pero entonces me dio un ramalazo y me acerqué a la ventana. Desde allí lo vi cómo huía corriendo como una cabra a la que persiguieran y salí tras él. Oía los chillidos de Francisco diciendo:

—¡Atrápalo y tráelo, atrápalo, Pastora!

Empecé a correr como nunca he corrido en mi vida, a zancadas grandes, con fuerza, imaginándome que era un perro para correr más, para estirar y encoger las piernas como ellos hacen. Estuve muy cerca de alcanzarlo. Lo oía respirar por la boca que parecía que allí mismo se iba a morir, pero no se moría, el cabrón, porque era más joven que yo y había aprendido a correr a campo traviesa como yo aprendí de chico. Ni las piedras, ni las matas, ni los agujeros donde otro se hubiera partido la crisma lo hacían frenar. Hasta que me di cuenta de que ya se alejaba demasiado y de que no lo atraparía nunca. Me paré. El corazón me hacía daño en el pecho de tan deprisa como iba. Me eché al suelo de rodillas y allí me quedé un rato porque no podía más. ¡El jodido crío!, hubiera tenido que imaginármelo cuando lo descubrí intentando coger aquel cuchillo, el jodido crío era duro de pelar. Y ahora ya sabíamos lo que haría: avisar a la Guardia Civil, y como no sabíamos dónde podía encontrarse con una guarnición, no teníamos tiempo que perder. Volví a la masía a toda prisa.

Allí estaba Francisco con toda la familia, encañonándolos aún. Cuando me vio entrar solo se le puso la cara de vinagre:

—¿Y el chico?

—Se me escapó. Ya podemos largarnos antes de que los civiles se nos echen encima.

—¡Hostia! —dijo—. ¡La madre que me parió, que hasta un niño de teta se nos suba a las barbas ya es demasiado! ¡Poneos allí! —les gritó a los masoveros.

Me acerqué un poco a él, le toqué el brazo:

—¿Qué vas a hacer?

Pero estaba como ido, como si no fuera él, como si la furia se lo estuviera comiendo por dentro.

—Los chiquillos también, contra aquella pared.

La madre empezó a llorar, a llamar a Dios y a la Virgen Santísima. Entonces Francisco puso una voz seca, ronca, seria como pone un general cuando habla a los soldados y dijo:

—A día de hoy, noviembre del 1950, vengamos la muerte de nuestro compañero José González López, *Rubén,* asesinado por los fascistas hace un año justo.

No dijo nada más, empezó a disparar ráfagas de metralleta encima de aquella familia. El ruido era muy fuerte porque no estábamos al aire libre. Saltaban trozos de pared, pedazos de silla y de mesa. Cayeron todos al suelo, todos, como muñecos, los críos también. Después hubo un momento de calma total. Nos quedamos mirando a los muertos entre el humo y el olor fuerte de los tiros. Creí que Francisco iría hacia ellos para ver si había que rematar a alguno, pero no. Desde lejos les pegó una última mirada y dijo muy bajo:

—Ya está hecho. Ahora larguémonos de aquí.

Salimos de la casa con cuidado, pero era muy pronto para que el chico hubiera avisado y se presentaran a perseguirnos. Empezamos a caminar, deprisa pero sin correr. Yo iba detrás, le veía el cogote a Francisco. No se volvió ni una vez. Lo que pasaba en aquel momento por su cabeza yo no lo sabía, ni ahora lo sé tampoco. No le pregunté. No tenía ganas de saberlo en aquellos momentos. Pensé: si esto es la venganza por la muerte de Rubén, bien está como está. Al cabo de muchos kilómetros nos paramos a comer. Sólo hablábamos lo justo: «Pásame la navaja, dame un trozo de pan». Masticábamos y tragábamos. De pronto Francisco dice:

—Yo tampoco tengo familia, ¿te enteras?, que es como si también se hubieran muerto todos porque no puedo verlos. ¿Lo sabes o no?

—Sí, lo sé.

—Pues eso.

Quería que yo le dijera la más mínima para ponerse a discutir conmigo, pero no dije nada. ¡Y bien que hubiera podido decirle!, nunca había visto a nadie matar críos y no me gustó. Además, después de lo que había pasado en Torre el Catre iban a ir a por nosotros. Yo lo sabía y él también. Guardia Civil hasta debajo de las piedras. Aunque soltárselo y pelearnos no nos serviría de mucho. Al contrario, si empezábamos como el perro y el gato todo podía irse a la mierda. Y eso no era lo que nos interesaba, lo que nos interesaba era sobrevivir.

Sacó una botella de aguardiente que llevábamos y me la pasó. Antes de echar un trago la levanté un poco, brindé:

—¡Por el compañero Rubén!

Entonces la cara se le puso más tranquila y hasta sonrió.

—¡Por él, que su muerte ya ha sido vengada!

Le pareció más atractiva aquella mañana. Se había arreglado a conciencia, como si fuera a ocupar un puesto de honor en el espectáculo de su venganza. Llevaba un vestido de punto azul que se le ceñía al moverse, los ojos pintados con una línea de *khôl*. Infante sintió de pronto una gran curiosidad por ella, una mujer sibilina y conspiradora como una emperatriz romana. ¿Qué hacía allí, en aquella pequeña ciudad de provincias, resignada a su triste suerte? ¿Tan profunda había sido su pasión por aquel marido? Grandes pasiones en lugares pequeños, grandes tragedias en minúsculos escenarios. El ser humano guarda en su interior inmensidades que transporta consigo, es incapaz de minimizarlas y hacerlas desaparecer a su conveniencia. Las arrastra toda la vida con su mastodóntico volumen y se deja la piel en ello. María José a lo mejor conseguía aligerar su humillación gracias a un juego inocuo; pero el resentimiento moraría siempre en ella y le impediría huir hacia algún tipo de libertad. Apretó los puños, él conocía muy bien ese proceso paralizante.

Eran las once de la mañana y Nourissier acababa de marcharse a cumplir su rocambolesca promesa.

Infante no se había atrevido a bromear con él siquiera un poco porque su humor de aquella mañana bordeaba la cólera. Era ciertamente un papel un tanto desairado el que le tocaba representar, tanto más cuanto era un hombre de origen patricio y costumbres moderadas. Sin embargo, Infante se negaba a compadecerlo: quien se compromete en empresas inciertas sabe que pueden aguardarle situaciones poco habituales. En el fondo, al periodista le divertía aquella complicación; pensaba que le vendría bien al estirado doctor; un gramo de locura siempre ayuda a respirar. Cuando lo vio tomando la carta de manos de María José con el gesto de quien está dispuesto a sacrificarse por la patria, tuvo que hacer esfuerzos por no reír. Al quedarse solos, la mujer le dijo:

—No se preocupe por su amigo, no hay nada que temer. Mi marido es el tipo de hombre que carga su ira sobre el más débil. Su reacción será quedarse callado frente al doctor y llamarme luego por teléfono, quizá incluso venir a verme. Me dirá si he perdido el juicio, si es que ya no me preocupa mi reputación... Creo que voy a pasarlo muy bien cuando le conteste.

—Su marido es...

—Mi marido es un fascista y no quiero hablar más de él.

—¿Sus ideas son opuestas a las de su esposo?

—No tengo ideas políticas. Éste es un país de mierda donde te matan o te mueres de asco.

—Eso es exactamente lo que pienso yo.

—¿Usted tampoco es de ninguno de los dos bandos?

—Ni siquiera soy de mi propio bando.

Ella sonrió. Infante pensó que cuando las bras desaparecían de su cara, era de verdad boni

—Salgamos de aquí. Pasearemos por la ciuda luego le enseñaré mi librería.

—Es muy impresionante que sea la dueña de una librería.

—No piense que es ninguna maravilla. Me gano la vida vendiendo sobre todo libros de texto a los colegios, material de oficina... En la trastienda hay un sofá, una mesa camilla, un fogón en el que puedo hacer café... Me gusta estar allí, es como un refugio.

Caminaron por la ciudad, fueron al mercado, recorrieron las orillas del río, visitaron la oscura catedral. Ella parecía distendida, casi feliz. El rictus amargo de su boca se había borrado. Infante pensó que estaba claramente a tiempo de rehacer su vida, olvidar el abandono, desligarse de las miserias y venganzas que había urdido durante los momentos de dolor. Quizá debía dejar atrás aquella ciudad, que era como una charca paralizante en la que se veía obligada a vivir con un corsé imposible de aflojar. Pero no sería él quien se lo dijera, era el menos indicado para aconsejarla.

Subieron andando al castillo árabe de la Zuda. Estaba devastado, sembrado de botellas rotas y excrementos de animales. El panorama de la ciudad y los montes era sin embargo impresionante. Ambos guardaron silencio mientras lo contemplaban. Por fin ella exclamó:

—En algún lugar de esas montañas azules está su Pastora. ¿Por qué le interesa tanto al francés?

—Quiere estudiar su mente criminal.

—¡Puaf!, no encontrará nada interesante en esa cabeza; si acaso hambre y miseria.

—Tendrá sentimientos y emociones como todo el mundo.

—Instintos y poco más. ¿Y usted qué pinta en todo esto, también le interesa la mente de los asesinos?

—El doctor me paga por acompañarle. Y un poco de dinero me interesa más que cualquier mente.

Ella rio por lo bajo, lo miró directo a los ojos:

—Usted y yo nos entendemos bien porque los dos somos perros apaleados. ¿Me equivoco?

—Yo soy un perro que tiene hambre. ¿Cuándo vamos a comer?

Regresaron callejeando hasta la librería. Entonces María José abrió con su llave y encendió la luz. Ante ellos apareció un pequeño local lleno de estanterías repletas de libros y material de papelería. Infante los observó, ella llevaba razón: había muchos manuales escolares, algunos libros de cocina, colecciones de clásicos y libros infantiles. La mujer detectó la decepción en los ojos de él.

—Muy poca literatura, ¿verdad? No le he engañado, tampoco en lo de la trastienda, venga.

Descorrió una gruesa cortina tras la cual se extendía una sala de estar pequeña pero confortable. Alguien había preparado la mesa para comer y encendido una estufa.

—¡Sorpresa! Ahí encontrará un lavabo donde puede asearse. Yo calentaré el bacalao. ¿Le gusta el bacalao?

—Claro.

—Me alegro porque no hay nada más.

También había previsto una botella de vino tinto que Infante descorchó. Empezaron a comer con el apetito acuciante que les había despertado el largo paseo.

—Mi tío me ha dicho que se dedica al periodismo, ¿por qué?

—Me gustaría escribir novelas, pero no tengo suficiente talento.

—¡Hay muchos escritores sin talento! Yo vendo libros muy malos.

—No me gusta engañarme a mí mismo. De todas las estupideces que un hombre puede cometer, engañarse a sí mismo es la peor.

—A mí se me ocurren otras estupideces más graves.

—¿Como por ejemplo?

—Enamorarse.

—Sí, ésa tampoco está mal.

—¿Está casado?

—No puedo permitírmelo económicamente.

—¿Y si pudiera?

—Demasiado trabajo: enamorarse, casarse, hacer feliz al ser amado, que él te corresponda... Es más simple estar solo.

—Más simple y mejor. Yo nunca me había sentido tan tranquila como ahora. Cuando estaba con él sólo pensaba en hacerle la vida más fácil. Ahora pienso exclusivamente en mí.

—Y si es tan feliz, ¿por qué quiere vengarse?

—A todo principio le corresponde un final. Mi marido puso fin a nuestro matrimonio largándose con otra. Yo no he trazado una raya aún. La cosa está pendiente por mi parte. Sólo las buenas chicas se conforman, y yo no lo soy.

—A mí la gente buena no me gusta demasiado, a lo mejor por eso me gustas tú.

Se miraron a los ojos sin miedo. La había tuteado por primera vez. Ella hizo ademán de levantarse.

—Voy a buscar una botella de coñac y nos tomamos dos copas.

—A mí no me hace falta animarme para hacer lo que estoy deseando hacer.

—¡Juegas fuerte!

—Eso depende de mi compañera de juegos.

—Pues has encontrado la ideal para esta partida.

Infante se levantó, rodeó la mesa, llegó donde ella estaba y la besó intensamente en la boca. Se demoraron, empezaron a respirar con dificultad, a emitir jadeos entrecortados. Fueron trabados hasta el sofá. Allí cada uno se desembarazó de sus propias prendas. Luego hicieron el amor con una precipitación y un ansia que nadie hubiera presagiado momentos atrás. No se quedaron dormidos y cuando su abrazo acabó, separaron por completo sus cuerpos para que ni se rozaran. Infante dijo entonces:

—Nunca creí que hubieras ideado una venganza tan completa.

—Puedes pensar lo que quieras, pero te aseguro que esto no lo tenía previsto. ¿Sabes cuánto tiempo llevaba sin acostarme con un hombre?

—Quizá tanto como yo con una mujer.

Los dos se echaron a reír con algo cercano al compañerismo. Entonces él la asió por un brazo, le habló directamente a la cara:

—¿Por qué no te marchas de esta ciudad? ¡Vete, sal de aquí, date una oportunidad, empieza otra vida!

—Es inútil, cada uno lleva su cruz como en una procesión y al final, si no notas su peso en la espalda, parece que te falte algo. —Miró el reloj y dio un alegre grito—: ¡Las cinco menos cuarto, mi dependienta debe de estar a punto de llegar!

—¡Y Lucien debe de estar esperándonos!

Saltaron sobre sus ropas desordenadas y en la precipitación de ponérselas, se intercambiaron prendas accidentalmente, se trabaron con los botones y cierres. Ella reía como una niña. El periodista se preguntó si quizá llevaba más tiempo sin reír que sin acostarse con un hombre. Finalmente salieron a la calle y emprendieron una carrera alocada.

Nourissier los esperaba sentado frente a la casa de María José. Bajó de la furgoneta y los saludó con gesto fúnebre, observando cómo ellos recuperaban el resuello y la compostura.

—Lo siento. Insistí en enseñarle a Carlos la librería y se nos ha hecho tarde.

—No tiene importancia —dijo él, y miró al suelo.

—Subamos a casa.

Abrió la puerta del piso y los acomodó en el salón.

—Vuelvo enseguida. Voy a preparar un café.

Los dos hombres se quedaron solos. Infante sonrió, pero Nourissier esquivó su mirada.

—¿Todo correcto, Lucien?

—Según lo previsto.

Se hizo entre ellos un silencio incómodo. Nourissier tomó una revista que había sobre un sillón y empezó a hojearla con aire ausente. Ella regresó tras un instante, aún con las mejillas arreboladas y de espléndido humor.

—¡Venga, doctor!, cuéntenos todo desde el principio.

—¿Su tío se encuentra mejor?

—Sí, le dieron el alta en el hospital y ha regresado a su casa.

—Lo celebro.

—Olvidemos los formalismos, háblame de tú. ¿Puedes iniciar ya la crónica?

Nourissier estaba serio, no hacía nada por ocultar su mala disposición. Tensó el rostro y habló con voz monótona:

—Tu esposo me recibió tras media hora de espera. Le dije que era amigo tuyo y le entregué la carta.

—¿Cómo reaccionó?

—La leyó en mi presencia, luego la tiró sobre su mesa de trabajo y me hizo varias preguntas.

—¿Qué preguntas?

—Quién era yo, a qué me dedicaba y cómo nos habíamos conocido. Naturalmente tuve que mentir. Le conté que estaba de vacaciones por la zona y que nos encontramos al entrar yo en la librería para hacer una compra.

—¿Te creyó?

—Supongo que sí. Después quiso saber cuándo regresaría a mi país y si contemplaba la posibilidad de venir a vivir a España.

—¡Fantástico! —exclamó ella con expresión regocijada—. ¿Qué respondiste?

—Dije que pasaría en España un tiempo más y que no había hecho aún planes para el futuro. No le debió de gustar mucho mi respuesta porque me pidió que me marchara, la entrevista había terminado.

—¿Estaba enfadado?

—Estaba molesto, sí.

—¿No podrías ser un poco más explícito? Se supone que un psiquiatra sabe mucho sobre los estados de ánimo de la gente.

—Ya te he contado lo principal: al principio se sorprendió, luego sintió curiosidad y al final se le veía bastante enojado. Eso es todo.

—¿Y no hay algún detalle que...?

—Basta, es suficiente. He hecho lo que me pediste, pero no voy a darte detalles morbosos. Ahora te toca cumplir a ti tu parte del trato.

Ella sonrió, asintió varias veces y salió de la habitación. Al cabo volvió con un mapa y lo desplegó frente a ellos:

—Acercaos. Éste es un mapa topográfico de la región de Els Ports. Lo compré ayer para que pudierais ver la zona con todo detalle. —Cogió un lápiz de punta gruesa y marcó un triángulo ante los ojos expectantes de los dos hombres—. Aquí, en algún lugar entre Morella, Sant Pere y Sant Mateu, se esconde La Pastora.

—¿Es fiable ese dato?

—Absolutamente.

—¿Es actual?

—De hace tres meses. Yo estaba delante cuando se lo pasaron a mi marido. Al ausentarse un minuto de su despacho aproveché para mirar el informe. Fuentes directas de la Guardia Civil.

—Es como si la Providencia te hubiera puesto en

las manos todos los elementos para vengarte —dijo Infante.

Ella se echó a reír.

—Si os pescan y dais mi nombre lo negaré todo. Os aconsejo instalaros en Xert y hacer incursiones desde allí, por lo menos hay una pensión decente. El resto es puro desierto. Dudo de que encontréis a esa mujer, pero ha sido divertido conoceros.

Nourissier se puso inmediatamente en pie. Extendió una mano rígida hacia la chica.

—Es hora de marcharnos. Gracias por el café.

Infante se limitó a sonreírle. Ella se acercó y le dio un beso fugaz en los labios. Subieron en el ascensor sin mirarse el uno al otro. La mujer los observaba desde el quicio de la puerta. En el coche guardaron silencio. Solo después de haber recorrido varios kilómetros Infante dijo a Nourissier:

—¿Te encuentras mal? Estás muy callado.

—Sólo un poco cansado.

—¿Tan terrible ha sido?

—No tan fácil como a ella le he contado.

—Me lo imaginaba.

—El tipo era zafio, mal encarado. Cuando le di la carta estuvo a punto de echarme a patadas. Ni siquiera la leyó, pasó directamente al cesto de los papeles. «Lo que haga o deje de hacer María José me trae sin cuidado.» Ésas fueron sus palabras.

—Me lo imaginaba también.

—Fue muy desagradable para mí.

—Lo comprendo.

—Lo comprendes pero no hiciste nada por evitar esta mascarada.

—Ésta no es mi guerra sino la tuya.

—Pero cobras por que yo la gane.

—¿Y en qué parte del contrato dice que no has de sufrir ninguna incomodidad?

—No se trata de incomodidad, sino de un mínimo sentido moral.

—Tampoco es tan inmoral representar una pequeña comedia.

—Una comedia ridícula en la que he tenido un papel grotesco. Pero es lógico que no me entiendas tratándose de moral. Te has acostado con esa mujer, ¿verdad?

—Pues sí, ¿y qué? Pagarme no te da derecho a controlar mi vida privada.

—No, no puedo controlarla pero puedo dar mi opinión sobre lo que veo. ¿Y sabes lo que veo? Desde que llegué a este país no he encontrado en nadie ni un amago de sentido moral. Sois capaces de cualquier cosa: de venganzas, rencor, engaños, delaciones, crueldad... No me extraña lo que aquí ha pasado.

Infante paró el coche, miró a su compañero. Descendió. También Nourissier.

—Muy bien, señor predicador, si tienes más sermones que soltar te aconsejo que te subas a un púlpito. Me acosté con esa chica porque me apeteció, ¿comprendes?, porque llevaba tiempo sin follar.

Nourissier enrojeció, apretó los dientes y descargó un puñetazo directo a la cara del español. Éste retrocedió dos pasos, se llevó la mano a la boca para limpiarse el hilillo de sangre que había empezado a manar de ella, y dijo entre dientes:

—Volvamos al coche, ya no queda mucho para llegar.

—Iré a pie.

Se perdió en la oscuridad de la primera curva. Infante no hizo nada por detenerle. Abrió el coche, arrancó y puso rumbo a Santa Bàrbara. En cuanto llegó al hotel tomó una ducha larga y cálida. Cerró los ojos bajo el chorro. Luego se vistió, sirvió un poco de ginebra en un vaso y lo bebió a pequeños sorbos. Lo invadió un cansancio profundo. Dejó de tener fuerza en los brazos, en las piernas. Se sentó en la cama y se quedó dormido. Lo despertaron unos golpes imperiosos en la puerta. Maldijo por lo bajo.

—¡Abre, Carlos, por favor!

Se levantó de mala gana. Nourissier estaba mirándolo desde el exterior de la habitación con aire compungido.

—Carlos, por Dios, perdóname. Lo siento en el alma. No sé qué me ocurrió, verdaderamente no consigo entenderlo.

—Olvídalo, no tiene mayor importancia.

—¿Cómo voy a olvidarlo? Lo que te dije, el golpe... ¿Te hice daño?

—Mucho menos del que me hizo el teniente Álvarez.

—Estoy horrorizado. Es como si un impulso ajeno a mí me hubiera hecho reaccionar de esa manera tan primaria.

—Debe de ser la influencia de este país.

—No me digas eso, te lo ruego. Yo nunca he pensado de esa manera.

—Tranquilízate; en el fondo me encanta comprobar que no eres tan perfecto.

—Me siento avergonzado. Salgamos, vamos a cenar al bar.

—Esta noche no, estoy muy cansado.

—No puedes dejarme solo con semejante cargo de conciencia.

—De acuerdo, pasa, coge ese vaso vacío y sírvete.

Nourissier obedeció, Infante volvió a sentarse en la cama. Desde allí oyó de nuevo al francés expresarle su pesar, contarle el extrañamiento progresivo que sentía hacia sí mismo, pedirle disculpas una vez más. Escuchando en silencio cerró los ojos y se quedó dormido. El psiquiatra interrumpió su parlamento y estuvo un rato contemplándolo. Luego abandonó la habitación cerrando con cuidado para no despertarlo. No había terminado su copa, sabía que la congoja que lo atormentaba no se disiparía con la bebida, tampoco llamando por teléfono a su esposa como sucedía otras veces.

Desde el escondrijo de unas lomas los veíamos pasar: guardias civiles. Cuántos había no era posible decirlo, pero eran muchos. Iban de un pueblo a otro, se paraban en las masías y preguntaban... Yo sabía que vendrían a por nosotros con saña, pero no me imaginé que la cosa sería tan gorda. Francisco no decía nada, hasta parecía que le gustara que hubiéramos organizado tanto jaleo. Hacíamos como si no nos diéramos cuenta. Llevábamos comida suficiente y lo importante era ir alejándonos de allí, poco a poco, sin prisas y con cuidado. Caminábamos por la noche, que yo bien que me conocía las sendas y los atajos. De día nos escondíamos, comíamos, descansábamos. No hablábamos mucho, nunca hablábamos mucho con Francisco, pero yo le notaba que de la cabeza no se le iba la familia, los críos, su madre. A pesar de todo, como estábamos tan pendientes de lo que hacíamos por miedo a los guardias, no se acordaba tanto de los suyos y a primera vista parecía más tranquilo. Yo, viendo tantas partidas de civiles buscándonos, no las tenía todas conmigo, la verdad, pero tampoco decía ni pío porque de nada iba a servir hablar. A lo hecho, pecho, y en paz; claro que para lo que habíamos hecho esta vez hacía falta pechar mucho. La procesión me iba por dentro, sabía que si nos alcanzaban, esta vez sería a vida o muerte: o nosotros o ellos.

No pasó mucho tiempo hasta que se vio que llevaba razón. Una noche, en la Sierra de Monegrell, cerca de Torre de Arcas, nos habíamos parado a descansar. Justo íbamos a deshacer los petates para armar el campamento, cuando oímos voces en la espesura. Nos miramos y Francisco me hizo una seña para que cogiera el arma. Ni siquiera hacía falta, porque yo ya tenía amartillado el fusil y me había tirado al suelo detrás de una roca. Él hizo lo mismo con su metralleta. Se veían las sombras de varios hombres, pero no los distinguíamos bien porque no había ni un rayo de luna. Lo malo era que habíamos empezado a encender un fuego y del todo no lo pudimos apagar. Vieron los rescoldos y venían recto en nuestra dirección. Cuando estuvieron más cerca, Francisco empezó a disparar y yo le seguí. No podíamos esperar a que se nos echaran encima porque no sabíamos ni cuántos eran. No los cogimos por sorpresa, ellos también nos disparaban a todo meter. El monte se hizo de repente un polvorín y, aunque estábamos en campo abierto, el olor de la pólvora lo llenaba todo. De pronto, oí un quejido corto y bajo, como el de un animal cuando está herido.

—¿Te han dado?

Francisco me dijo que sí, pero no paraba de arrearle a la metralleta. Pensé muy rápido por dónde podíamos salir y enseguida se me ocurrió un sitio por el que no iban a seguirnos.

—¡Larguémonos de aquí! —le grité.

—¡No quiero dejar mis cosas!

—¡Olvídate de las cosas, ya nos agenciaremos otras! ¿Puedes andar?

—Me han herido en un hombro.

—Entonces tira para la izquierda, pasa delante de mí, yo te cubriré.

Cogí mi mochila y me puse a su espalda. Me dejó más tranquilo ver que corría como siempre. Yo iba tras él y de vez en cuando me volvía y soltaba unos disparos y no debían ir muy errados de dirección porque los tíos no nos seguían. Cuando ya me di cuenta de que era mejor no tirar para que no supieran por dónde nos escapábamos, apretamos el paso. No paramos de caminar hasta que casi había amanecido. Nos habíamos librado por esta vez.

Con un poco de luz ya fuimos capaces de ver bien la herida del hombro. No era grave porque no tenía la bala dentro, pero se tenía que curar. Yo llevaba alcohol, pero las medicinas se habían quedado en la mochila de Francisco. Cada vez que le echaba un chorro de alcohol en la carne abierta el pobre veía las estrellas. Pero no se quejaba, eso no. Cuando se hizo otra vez de noche encendí un fuego y allí nos arrimamos. Entonces Francisco se puso a hablar:

—Pastora, ya ves cómo están las cosas, vamos a ir apurados porque la herida no se me va a curar por las buenas. No llevamos vendas ni ninguna medicina. Yo creo que tendríamos que irnos para Castellot, que allí alguien de la familia me cuidará.

—¡Pero, hombre, Francisco! ¿Otra vez estás con eso? Si vamos les buscarás el mal a ellos y a nosotros.

—No seas burro, Pastora, a mi misma casa no digo que vayamos, pero por cerca de la finca de Val de la Bona hay casetas vacías donde podemos meternos. Luego vas tú a avisar a mi familia. Por allí los civiles no vendrán a buscarnos, que pensarán que estamos en la otra punta. Pero si tienes miedo...

—¡Y dale con el miedo! Miedo no tengo, ¡a mí qué más me da! Si eso quieres, eso hacemos.

Y eso hicimos. Por cerca de Val de la Bona nos metimos en un corral que tenía techado, más arriba de la finca de Francisco. Nadie nos vio y de civiles no había ni rastro. Allí dormimos o mejor dicho durmió él, que yo me pasé la noche dando cabezadas y con el fusil bien amarrado con las dos manos. De madrugada lo dejé solo y bajé hasta su finca con los ojos muy abiertos y corriendo de matorral en matorral, por si acaso. En la casa sólo estaba su madre, que cuando me vio por poco se muere allí mismo del susto. Yo le expliqué. Me dijo que guardias no había visto desde hacía tiempo. Eso me hizo quedarme más tranquilo. Cogimos comida, alcohol y vendas y todo lo que ella tenía en un botiquín y fuimos para arriba otra vez.

Al llegar dejé que entrara sola en el corral para no estar yo delante cuando se encontraran, para que no tuvieran vergüenza de abrazarse y todo lo demás. Me puse de guardia en la puerta. Los oía llorar y llorar, a los dos. Era lo normal con todo lo que había pasado y tanto tiempo como no se habían visto. La buena mujer no sabía ni que su hijo seguía vivo. Entonces pensé que desde que yo era hombre no había vuelto a llorar, con tanto que había llorado cuando era mujer. Había pasado un milagro o a lo mejor es que no me daba la gana de llorar.

Estuvimos allí unos días hasta que la herida de Francisco se cerró. Luego nos fuimos porque más tiempo no podíamos quedarnos. Si su madre iba al pueblo a buscar más medicinas o más comida podían sospechar. A la hora de marchar, la pobre mujer volvió a soltar lágrimas hasta que se le quedaron los ojos secos, pero Francisco ya no. Creo que se hacía fuerte para que su madre no sufriera aún más. Le dijo:

—No se preocupe, madre, que ya verá como pronto estamos juntos otra vez.

Pero por la manera que se miraban, el uno sabía que no era verdad y la otra también.

Nos pusimos en camino.

—Tiraremos para Beseit, ¿qué te parece, Pastora?

—Bien, esa parte me la conozco.

—¿Y qué parte hay que no te conozcas si eres como una cabra de estos montes?

Se reía a carcajadas fuertes, y yo creo que se reía por no llorar. Luego volvió a ser como era siempre y renegaba al acordarse de todas las cosas que habíamos tenido que dejar atrás por culpa del tiroteo con la Guardia Civil. No se olvidaba de lo que llevaba en el zurrón. Iba repitiéndolo como los curas cuando rezan los rosarios: unos anteojos, munición, medicinas, un par de alpargatas, jabón, medio cabrito abierto en canal, una piel de cordero, una talego de sal, un litro de aceite, unos calcetines nuevos, cuchillas de afeitar, un kilo de judías, una maleta vacía, un paquete de propaganda, un kilo de chocolate y una lata con dos kilos de chorizo.

—¿Todo eso llevabas?

—¡Y lo que me dejo porque no me acuerdo!

—¿Y a tu abuela dentro del ataúd no la llevabas al hombro, Francisco?

Se rio muy a gusto, que era lo que yo quería, verlo reír de una vez.

—¡Pero qué bruto eres, Pastora! La madre que te parió se quedó descansada. ¡Anda, tira para adelante! Vamos a ver si nos recuperamos dando algún golpe económico por ahí.

Lo intentamos una vez, en Las Parras de Castellot, en una masía que la llamaban La Terraza. Francisco los conocía y decía que eran unos chivatos, pero no tenían dinero y ni Francisco ni yo andábamos con ganas de matar, así que les llamamos de todos los nombres y pudimos coger una manta, un puchero de aluminio, seis kilos de harina, uno de tocino y un pan, y con eso quedamos conformes. Luego miramos a ver si había más suerte en otra masía que estaba cerca del pantano de Santolea. Me acerco yo y me encuentro con un hombre que estaba dando de beber a las caballerías en la fuente, pero antes de que pudiera decirle ni dos palabras, resulta que su mujer que venía con una criatura pequeña me vio desde lejos y se largó chillando como si se le hubiera presentado el demonio con cuernos. Fíjense ustedes si estaba asustada que se dejó a la niña sola. A Francisco, que estaba allí subido a un ribazo controlándolo todo desde arriba, le dio por reír y no paraba. Me pegó un silbido para que los dejara en paz y nos fuimos sin nada, claro está. Luego se me burlaba:

—Ya ves, Pastora, la gente te tiene miedo porque eres más malo que un dolor y más feo que un perro.

Reíamos, reíamos, pero como los golpes no salían bien se nos iban vaciando las bolsas. Pasamos por Sorita y por Castell de Cabres sin sacar nada. Menos mal que pudimos dar un golpe en La Caseta dels Bous, que ya nos conocían, y nos llevamos esta vez doce mil pesetas, un jamón, pan y un queso. Algo es algo. Salimos hincando por Pena-roja de Tastavins que yo le dije a Francisco que era el camino más seguro.

Por fin llegamos a los puertos de Beseit y sólo llegar nos cayó una nevada de las que lo tapan todo. Francisco se quedó mirando los árboles y dijo:

—Mira qué bonito, parece la ilustración de un libro. Sólo faltan diez días para Navidad, Pastora.

Después de pasar dos días en Xert, Infante acabó por pensar que todos los pueblos de la zona eran idénticos entre sí y, por regla general, poco estimulantes. Por el contrario, Nourissier encontraba en ellos cada vez más detalles singulares. Consciente de que se había enamorado de aquella tierra, sentía por ella atracción y cierto miedo reverencial. Se daba cuenta de que se encontraba en un lugar misterioso, y de que su exploración era un mero acercamiento que dejaba intactas raíces en las que no era capaz de penetrar.

La pensión les pareció a ambos acogedora. Situada en los aledaños del pueblo, tenía un gran jardín que la rodeaba en el que picaban gallinas y un perro perezoso los saludaba moviendo un poco la cola al entrar y al salir.

Los días anteriores, llenos de tensión y acontecimientos imprevistos, habían dejado en ellos, quizá como reacción, una marcada lasitud. Vegetaron en calma, y ni el francés se preocupó de preguntar a su compañero qué planes tenía, ni éste se puso a pensar qué pasos eran los próximos que debían dar. Se hubiera dicho que ambos habían adoptado la actitud de quien espera que Dios ponga en su camino las soluciones, igual que pone en el campo alimento para las avecillas. Sin embargo, mientras los pájaros no parecían pasar hambre, Dios no se ocupaba en absoluto de que se cumplieran los objetivos de su expedición. Una rutina agradable se había instalado en sus vidas al final de la primera semana: paseaban después del desayuno, comían un guiso local en la propia pensión y después cada uno se retiraba a su cuarto. Nourissier trabajaba mientras Infante leía, bebía e intentaba encontrar alguna vía que lo introdujera entre los lugareños con el propósito de lograr alguna información. Ese objetivo no parecía nada fácil, el bar estaba siempre poblado de los mismos viejos que no daban señales de estar vivos ni muertos, y la patrona tenía varios hijos y muchos nietos, lo cual la convertía en alguien con poco tiempo para desperdiciar en confidencias o noticias.

El primer domingo que pasaron allí, séptimo día de su estancia, Dios se ocupó por fin de su caso. Llovía desde la madrugada con tal intensidad que la tierra se convirtió en un magma fangoso y los regueros de agua corrían por las calles haciendo casi imposible transitarlas. A las diez de la noche, cuando se disponían a cenar, apareció otro huésped, el primero que veían en la pensión, ocupada hasta el momento sólo por ellos. Era un muchacho joven, veinticinco años a lo sumo, de maneras agradables y aspecto angelical. Venía mojado, cargado con un enorme petate, y tuvo al encontrarse con ellos una reacción que no era usual entre la gente de campo: sonrió. La patrona apareció armando ruido y lo conminó a sentarse en la misma mesa en la que ellos estaban.

—Si a ustedes les parece bien, claro —añadió quizá un poco tarde.

El muchacho se secó como pudo y, en cuanto los platos estuvieron servidos, se lanzó sobre el suyo sin soltar una sola palabra. Habló un poco más tarde, frente a las sardinas asadas que había como segundo.

—Perdonen que no haya dicho nada, pero tenía tanta hambre que creí que iba a desmayarme. Me llamo Joaquín Cuevas y soy el maestro del pueblo. Éste es mi primer año de ejercicio.

Infante hizo las presentaciones correspondientes y se sorprendió viendo el alborozo del maestro al enterarse de que su compañero era francés.

—*Comment allez vous, monsieur Nourissier? Enchanté de faire votre connaissance.*

Su pronunciación era tan deficiente y tantos sus titubeos para escoger las palabras, que Nourissier se apresuró a aclarar que hablaba perfectamente español.

—¡Me encanta el francés, aunque no lo domino! En España los estudios siempre dejan de lado las lenguas extranjeras, parece que lo único importante fueras las matemáticas o las ciencias naturales. Pero díganme: ¿qué están haciendo en Xert?

Verse interpelados de modo tan directo y agradable hizo que no se sintieran en absoluto cohibidos. Como siempre que entablaban conversación con una persona desconocida, fue Infante quien llevó las riendas.

—Mi amigo es psiquiatra y está escribiendo un libro. Yo le sirvo de guía local.

—¿Qué tipo de libro?

—Algo relacionado con la psicología de la gente del campo —respondió Nourissier, tan violento como siempre que se veía obligado a mentir.

—¡Qué interesante, y yo que hasta hace un momento creía que había tenido muy mala suerte!

Infante levantó las cejas a modo de interrogante. El otro se apresuró a puntualizar:

—Bueno, desde que llegué a Xert ocupo una habitación alquilada en casa de una familia del pueblo. Es justo la buhardilla, y hoy con las lluvias se ha abierto un agujero en el techo y he tenido que mudarme temporalmente aquí.

—Es un inconveniente.

—Eso pensaba, pero estando ustedes en la pensión la cosa cambia. Si no les importa me sentaré a su mesa alguna vez más. A lo mejor puedo ayudar al doctor con su libro. Mis alumnos vienen de todos los alrededores y son una constante fuente de información.

—Me parece una idea excelente —dijo Infante.

—¿Cuántos alumnos hay en su clase? —preguntó Nourissier.

—Veinticinco.

—¿De qué edad?

—Todas las edades están mezcladas, aquí no hay más maestro que yo. Piense que la mía es una escuela rural, doctor, pero me las apaño. Lo importante es que los chicos puedan tener instrucción.

Siguió charlando con entusiasmo sobre sus circunstancias personales: que era de León, que pasaría otro año allí antes de que lo trasladaran a su pueblo, que tenía cinco hermanos y una novia con la que a la vuelta pensaba casarse... Al final de la cena, Nourissier, un poco exhausto por tanta cháchara, se levantó, anunciando su intención de irse a la cama. Los otros lo siguieron, dando por terminada la tertulia. Cuando estaban frente a sus habitaciones, Infante invitó al psiquiatra a tomar una copa en la suya.

—¡Sí, encantado!, pero asegúrate de que ese chico no nos ha seguido hasta aquí para apuntarse a nuestra conversación.

—Es un poco pesado, pero creo que va a venirnos muy bien. El ofrecimiento que hizo sobre sus alumnos como fuente de información es algo que quizá debamos aceptar.

—¿Te fías de él?

—¿Tú no?

—Podría ser un espía franquista.

—Podría, pero dudo que los sistemas de inteligencia hayan llegado a tal perfección.

—Esperemos que así sea.

—En cualquier caso, falta sólo un mes para que regreses a París. Si no queremos conformarnos con los resultados que hemos obtenido hasta ahora, hay que arriesgar un poco más.

—Si a ti no te importa...

—¿Tienes miedo?

—A veces pienso que mi único temor es justamente regresar a París.

—Todos tememos volver a nuestra realidad cuando la hemos perdido de vista durante un tiempo. La rutina nos sostiene día a día, pero nos repele cuando la contemplamos desde fuera.

—Me temo que es algo más que eso. Lo que he

oído y visto en España me ha marcado de alguna manera.

—No lo creas. Cuando lleves un tiempo en tu casa todo esto te sonará como algo lejano. Al pasar un año, tendrás la impresión de haberlo soñado; y después de cinco, conservarás un recuerdo impreciso, como si nada de lo ocurrido te hubiera sucedido a ti realmente.

—Es posible, pero de momento me he acostumbrado a vivir al día. Nuestro futuro se reduce a la jornada siguiente. No sabemos a ciencia cierta dónde dormiremos mañana, con quién nos encontraremos, qué estaremos haciendo. Nunca había estado en unas circunstancias semejantes, y debo reconocer que me gusta.

—Pues enunciado del modo en que lo has hecho suena terrible.

—¿Terrible? ¡Es maravilloso! Toda mi vida ha sido un esfuerzo por acoplarme a lo que se esperaba de mí. Siempre he hecho lo más racional, lo más conveniente. Ahora nos movemos por una especie de instinto animal que me mantiene vivo, alerta, casi feliz.

—Quédate en España.

—Lo he pensado.

—¿Puedo preguntarte si tienes algún problema con tu mujer?

—Mi mujer está harta de todo este asunto. En sus cartas siempre me pide que vuelva, que abandone de una vez esta investigación. Ahora más que nunca está convencida de que toda esta locura, como ella dice, obedece a mi deseo de aventuras mucho más que a mis ansias científicas.

—Ten cuidado, Lucien, el matrimonio es un artefacto muy delicado que debe manejarse siempre con mimo y dedicación.

—Es curioso que un soltero recalcitrante piense eso.

—Justamente porque lo pienso soy un soltero recalcitrante.

Nourissier soltó una carcajada seca y agitó la cabeza como no dando crédito.

—¿Quién me mandaría a mí correr por el mundo con un maldito cínico? Dame otra copa, anda.

—Si te emborrachas será bajo tu responsabilidad.

—Esta noche me siento como un irresponsable, Carlos.

—Entonces has llegado al estado ideal. Bebamos.

Infante encendió un cigarrillo y le sirvió otro whisky a su amigo. Siguieron bebiendo y divagando hasta la madrugada. Así, el español pudo comprobar cómo a aquellas alturas el francés era capaz de aguantar el alcohol tan bien como él.

Yo nunca había celebrado la Navidad. Mi madre siempre decía que ésas eran cosas de ricos y de curas. Pero cuando éramos pequeños el día de Nochebuena nos hacía una cosa muy buena de comer, que era lo único fuera de lo corriente que teníamos. Cogía higos secos, les ponía por dentro una nuez y luego le echaba miel por encima. ¡Estaba tan dulce y tan bueno que nos los comíamos de dos en dos! Cuando yo vivía solo me preparaba eso mismo para la Nochebuena, y también me bebía un vaso de moscatel. Era mi celebración. Al día siguiente igual subía al monte a cuidar el rebaño como siempre, así que esas fechas eran como otras cualquiera y lo único diferente estaba en los higos con nueces y miel.

Cuando nos vimos allí, en los puertos de Beseit, con toda aquella nieve que se amontonaba y las ventiscas que se liaban por las noches, ya nos dimos cuenta de que aquel invierno iba a ser muy duro. A mí no me importaba demasiado porque habíamos encontrado una casa abandonada en medio del campo que se conservaba bastante bien. El techo estaba entero, el fogón de la cocina tiraba como un rayo y en la parte de arriba había paja seca que nos servía para dormir. No pasábamos frío, ¿qué más podíamos pedir? Pero a medida que se iba acercando el día veinticinco, Francisco se ponía mohíno poco a poco. Se quejaba de todo: que si la nieve, que si el viento, que si siempre comíamos lo mismo... Una tarde va y me dice que añoraba la Navidad de su casa. Yo le contesté que no lo entendía porque él no era de religión.

—Bueno —me contestó él—, pero nos reuníamos con la familia, los críos cantaban villancicos, comíamos magdalenas que hacía mi madre, bailábamos... No éramos de religión pero sí de familia, de alegría y de cachondeo, y ahora mira bien el panorama: mi familia destrozada, y tú y yo aquí como dos animales salvajes metidos en una madriguera. ¡Ay, la vida, Pastora, la vida qué perra es! ¡Y todo por el cabronazo de Franco y los hijoputas de los fachas!

Se le saltaban las lágrimas. Se desesperaba, el pobre. Y eso era malo porque la vida es como es y nadie lo puede arreglar de ninguna manera. Pero no sé qué esperaba, yo ya sabía esas cosas casi desde que nací.

Para que se pusiera un poco contento me fui por los bancales a campo través y cacé un conejo. El día de Navidad lo puse en la olla con aceite, sal, tomillo y romero y se coció despacio. ¡Nos chupábamos los dedos! Además, Francisco, que se las sabía todas, se había guardado en la mochila una botella de anís, que si mucho era lo que había abandonado en el camino, mucho era también lo que seguía llevando encima. Le pegamos unos buenos tientos. Él tenía ganas de emborracharse y yo también, pero no podía porque si nos daba un sueño de esos que no te despiertan ni las bombas, podían venir los civiles y cazarnos como al conejo que habíamos comido. Francisco me decía:

—Bebe, Pastora, bebe, que hoy no van a venir a buscarnos.

Pero no me fiaba y bebí sólo lo justo y disfruté igual. Además, a mí el anís siempre me ha parado en dulce y prefiero mil veces el coñac.

Aquel día los civiles no vinieron, Francisco llevaba razón, pero a principios de enero estábamos calentándonos antes de irnos a la cama y oímos voces fuera. No tardamos ni un minuto en coger las armas y en disparar. Era la Guardia Civil. Algún hijo de mala madre les había dado el soplo de que de la chimenea de la casa salía humo. Yo ya sabía que corríamos ese riesgo al encender fuego, pero ¿qué íbamos a hacer, morirnos de frío? Los tíos disparaban también y nos decían que nos rindiéramos. Pero nosotros éramos más rápidos de lo que ellos podían pensar, y enseguida Francisco ya había echado mano al saco de las municiones y les mandó por los aires una granada que les explotó en las narices. Dejaron de disparar y yo le dije que aprovecháramos para marcharnos, pero no me hizo caso, era como si le hubiera tomado el gusto a la batalla.

—Otra, vamos a mandarles otra más, que no se crean que estamos tan apurados.

Volvió a lanzarles otra bomba de mano y volvió a explotar. Entonces ya sí que no estuve para bromas y le estiré del brazo para que saliéramos de allí de una maldita vez. Cogimos los víveres que pudimos y nos encaramamos por el monte que había en la parte trasera de la casa. Yo sabía subir por una cañada por la que seguro que no nos veían. Oíamos los tiros detrás, cada vez más lejos, mucho daño no debían de haberles hecho las bombas, pero por lo menos pudimos huir. Nos habíamos librado, por esta vez. Caminamos y caminamos hasta que estuvimos reventados. Entonces yo me paré y le dije a Francisco que así no podíamos seguir: hacía frío, nos faltaba comida y la Guardia Civil nos la encontrábamos por todas partes. No pasaríamos el invierno de esa manera, imposible: moriríamos o nos matarían como a dos perros. Entonces él se puso a pensar y me preguntó si me parecía bien que fuéramos a la masía Llobrec, en Paüls. Era una masía que ya había ayudado al maquis años atrás. Él pensaba que si les pagábamos nos darían refugio y nos harían la comida. Le contesté que sí porque yo tampoco veía ninguna solución.

El camino fue largo, muy pesado, y siempre con miedo de toparnos con los civiles. Como ya casi no teníamos comida dimos unos cuantos golpes en algunas masías que encontrábamos al paso. Francisco les decía a veces que les ponía una multa en nombre del maquis, otras que íbamos a secuestrar y a matar a alguno de la familia porque era un fascista..., pero todo nos iba muy mal porque ya nadie guardaba dinero y quedaban pocos masoveros, que muchos se volvieron a los pueblos cansados de recibir tanto palo de unos y otros. Tampoco nosotros teníamos la fuerza ni el tiempo de antes ni la ayuda de los compañeros, y nos movíamos a la desesperada. Por lo menos sacábamos para comer: aquí pan y unos kilos de tocino, allá cecina y aceite..., ya digo, sólo para comer.

Por fin llegamos a la masía Llobrec. Por allí habían pasado el Valencià, Carlos el Catalán... Había sido un buen punto de apoyo, pero no sabíamos cómo estarían ahora las cosas.

Vivían allí el padre y el hijo, que los dos se llamaban

José Salvador, y sus mujeres. Francisco les pidió que nos dieran de cenar y también si podían ser nuestro punto de apoyo.

—¡Hombre! —contestó el hijo—. Aquí un poco de comida a nadie se lo negamos, pero todo está muy difícil y muchos maquis ya no se ven por aquí, en cambio guardias civiles... El pueblo está lleno, aparte de los que viajan de un pueblo a otro, que ésos ya ni se pueden contar. Todo muy difícil, os lo digo yo.

Entonces Francisco se sacó quinientas pesetas del bolsillo, que eran las últimas que debían de quedarnos, y le suelta:

—Te pagamos la cena y, con lo que sobre, vas a comprarnos mañana comida. Y dinos esta noche dónde podemos dormir que no sea en la casa.

Le cambió la cara al otro cuando vio el dinero, se puso a hablar de otra manera.

—Mi madre os hará una tortilla de patata grande y tocino frito con buen aceite. Más arriba del *mas* hay una caseta que está muy resguardada del viento y tiene leña apilada en un lado. Si luego me dices todo lo que necesitáis o me haces una lista, mañana mismo voy al pueblo y te lo traeré.

Yo me acordaba de cosas malas que había oído decir del José Salvador hijo, pero no era el momento para andarle con mandangas a Francisco, así que me callé. Comimos bien y dormimos como reyes. Al día siguiente el hijo volvió del pueblo y trajo todo lo que le habíamos pedido, pero lo mejor de todo es que allí no pasábamos miedo de ver aparecer en cualquier momento a la Guardia Civil. Luego estaba la parte mala, claro, y ésa era que no teníamos ni un duro más, y aquella gente no iba a dejar que nos quedáramos al abrigo y a llenarnos la barriga por nada. Francisco les dijo que queríamos hablar con el padre y el hijo para llegar a un acuerdo.

Cuando nos juntamos en el comedor, los Salvador tenían el acuerdo muy claro, como si se hubieran pasado toda la noche pensándolo. El hijo, que siempre llevaba la voz cantante y eso ya me lo maliciaba yo, dijo que él nos pasaría muy buena información de las masías donde hubiera dinero que robar, eso fue lo que dijo: robar. También nos diría los momentos que eran buenos para presentarse y dar un golpe. Él se quedaría con el veinte por ciento de lo que sacáramos. A Francisco el veinte le pareció demasiado pero se tuvo que aguantar.

Por la noche estábamos fumando un pitillo en el jergón y yo le dije:

—Francisco, a mí todo esto no me huele nada bien. No me fío ni poco ni mucho de estos tíos. Pensaba y pensaba en el hijo hasta que me he acordado de lo que me contaron de él. ¿Tú tienes en la cabeza al criado que nos llevamos secuestrado en la masía Almeleral y que luego tuvimos que dejarlo marchar? Pues yo estuve hablando por la noche con él mientras dormías y me contó que el padre de su novia conocía a este José Salvador, el hijo, y que sabía de buena tinta que había entrado a robar en un comercio de Paüls y que llevaba pistola cuando lo hizo.

—Bueno, ¿y eso a nosotros qué más nos da?

—¡Hombre, Francisco, pues nos da que es un ladrón! ¿Has oído lo que ha dicho con lo del veinte por ciento? Ha dicho: robar. Yo no he robado en mi vida. Porque una cosa es ir de parte del maquis y de la revolución, y otra entrar a saco y llevarse dinero para repartirlo con un ladrón como si fuéramos compinches.

Francisco, que estaba tumbado, se sentó, tiró la colilla y me miró muy fijo:

—Oye, Pastora, tú no te das cuenta de cómo estamos, ¿verdad? Estamos jodidos, ¿sabes?, pero jodidos de verdad: solos, con la Guardia Civil pisándonos los talones, sin un duro, sin saber adónde ir. Ahora somos enemigos de todos: del maquis y de los civiles. No podemos escoger, no podemos. Y si esperamos que la guerrilla le gane al franquismo estamos apañados. Ya has visto las últimas noticias que los Salvador nos han dado: los están matando a todos. Tú siempre me hablas de sobrevivir, pues bueno, yo te digo que si no nos espabilamos, moriremos como animales perdidos en el monte, así moriremos o nos matarán.

—Ya. Sí sé cómo estamos, sí que lo sé; pero en la montaña hay muchas maneras de sobrevivir.

—¡Como alimañas!, y yo soy un hombre civilizado. Pero no te preocupes, Pastora, que si lo que te da apuro son las palabras, cuando demos un golpe ya diré ¡viva la revolución proletaria! Si así te quedas más tranquilo...

No me convenció mucho, pero me callé. Francisco tenía ahora por dentro siempre como una rabia que hasta se le escapaba por los ojos, así que era mejor callar.

Nos quedamos allí y hacíamos salidas a Horta de Sant Joan, a Bot, a Gandesa. Al final, tanto hablar, y golpes grandes no dimos ninguno. Yo pensé que lo que le había dicho a Francisco sobre Salvador hijo, al final le había calado y no se fiaba de él. Un día nos propuso secuestrar a la hermana de un masovero de cerca de Paüls porque, según él, íbamos a sacar más de cien mil pesetas; pero Francisco dijo que lo veía demasiado peligroso y que si quería que lo hiciera él.

El 8 de septiembre cruzamos el río Ebro en una barca abandonada que encontramos. Por la parte de Tortosa comíamos lo que cogíamos de las huertas, sobre todo tomates porque se comen crudos. De vez en cuando íbamos a masías, pero sólo para pedir comida. Francisco, a lo mejor lo hacía por mí o a lo mejor porque le daba vergüenza, siempre les soltaba a los masoveros que éramos del maquis y que «debían organizarse para luchar contra el Régimen», así mismo lo decía.

Cuando ya estábamos cansados decidimos volver a la masía Llobrec y cruzamos otra vez el río por Miravet. Nos paramos en Corbera, que a la ida ya habíamos estado en casa de unos chatarreros que Francisco conocía. Cenamos con ellos y, en medio de la mesa, Antonio el Chatarrero va y le propone a Francisco que demos un golpe en un almacén de uva que había cerca de allí y que el día de pago los trabajadores tenían mucho dinero.

—¿Y tú qué sacas de eso, Antonio? —le preguntó.

—Pues una parte que me dais a mí.

—¡Joder con la gente del pueblo trabajador, pero cómo habéis aprendido a aprovecharos del maquis!

—¡Venga, Francisco, que vosotros del maquis ya no tenéis ni el nombre! A mí qué me vas a contar.

—Dejemos este asunto como está, Antonio, que no vamos a dar ningún golpe para que nos pelen. Más vale que todos sigamos de pobres pero seamos amigos, ¿no?

—Bien está como está, llevas razón —contestó el Chatarrero, pero yo me maliciaba que se había quedado enfadado.

Por eso, cuando fuimos al pajar a dormir, yo no solté el fusil de la mano y, como muchas veces había hecho ya, dormía con un ojo abierto. Francisco no, Francisco se quedó despatarrado y más feliz que unas pascuas. Pues bueno, a eso de las cinco de la mañana una buena patada le pegué en una de las piernas para que se despertara porque había oído ruidos fuera. Enseguida nos llegó la voz:

—¡Somos la Guardia Civil, entregaos!

Más deprisa que el viento, Francisco pega una ráfaga de metralleta desde la puerta y salimos corriendo. Los civiles también disparaban, pero se tuvieron que poner a cubierto. De vez en cuando nos volvíamos y ráfaga él, cuatro tiros yo, los manteníamos a distancia. Al cabo de un rato y gracias al camino por el que yo me metí, ya no nos seguían. Daba igual, no paramos de caminar a buen paso hasta que el sol nos calentó. Francisco se daba a todos los demonios por no haber tenido tiempo de matar al Chatarrero:

—¡Me cago en Dios, Pastora, el hijoputa nos ha vendido! Pero te juro por mi madre que volveré para meterle plomo en el cuerpo, volveré aunque me tenga que hacer matar.

No estaban las cosas como para pensar en venganzas, pero decir esas maldiciones le sentaba bien. Nos íbamos librando por los pelos de los civiles y eso era porque ellos estaban más acojonados que nosotros y no atacaban a fondo que si no... Yo sabía que mientras tuviéramos las armas y nos moviéramos por los sitios que conociera, siempre llevaríamos las de ganar, a no ser que nos traicionaran otra vez y nos pescaran de manera que no se pudiera huir.

Como siempre hacíamos, echamos a andar. Fuimos por Tortosa, por La Sénia, por La Pobla de Benifassà. Era noviembre y hacía frío, pero Francisco estaba muy nervioso y no quería parar en ningún sitio. Decía que con tanta Guardia Civil era peligroso quedarse quietos en un escondite. Yo veía que se nos acababan las provisiones y las fuerzas también.

—Vamos a alguno de los puntos de apoyo, que a lo mejor aún hay cosas que se puedan aprovechar —le decía yo, que no veía nada claro eso de caminar y caminar sin ir a ninguna parte.

—¿Qué quieres, que nos trinquen? A los compañeros que no hayan matado los habrán interrogado hasta dejarlos medio muertos y los civiles ya se conocerán todos los puntos de apoyo de la zona. No, ni hablar.

—Pero es que si seguimos así los que acabaremos el invierno medio muertos seremos tú y yo, Francisco. Vienen los meses duros y hay que parar y descansar, ponerse a cubierto de las heladas. ¿Por qué no nos vamos a una sierra, que yo sé dónde hay una cueva en la que estaremos bien?

Ustedes me perdonarán, pero de esta cueva el nombre no se lo voy a dar y no es porque no me fíe sino por seguridad de todos, porque acabo de salir ahora de allí.

—¿Y qué comeremos, sopa de tomillo todos los días? —me contestaba.

—Antes de meternos en la cueva y de arreglarla bien, damos un par de golpes en el término de Morella y cogemos lo que necesitemos.

Al final estuvo de acuerdo, me imagino que lo que dije sobre dar un par de golpes le gustó. Cuando estaba nervioso aún tenía más ganas de que nos metiéramos en faena. El primer golpe lo dimos en la masía Estret de Portes, de La Pobleta d'Alcolea. Sólo había dentro dos mujeres, así que fue fácil. Lo que sacamos no nos pareció ninguna suerte, pero tampoco estaba mal: tres kilos de fideos, diez panes y nueve kilos de tocino en cuanto a la comida. Luego registramos la casa y nos llevamos cinco camisas, un pantalón de pana, una chaqueta y un jersey de lana, una cadena de reloj, una alianza de plata y una manta casi nueva. Cuando ya nos marchábamos Francisco se acordó de que no había mirado en un dormitorio que no era el de matrimonio y se fue. Volvió con once mil pesetas que había en la mesilla de noche. «¡Eres el más grande!», le dije. Entonces me fijé en que las dos mujeres nos estaban mirando y me arrepentí de haberme alegrado en sus narices. Al fin y al cabo eran mujeres, y no muy jóvenes ya, y cuando nos fuimos las oí que se echaban a llorar.

Nos metimos en la cueva y empezamos a mejorarla para que se estuviera bien. Allí, encontrarnos no nos iban a encontrar, como ustedes han podido darse cuenta. Aunque, desde luego, lo que es guardias habían mandado unos cuantos a buscarnos. Vimos dos patrullas por la carretera. Nosotros caminábamos por un camino y no nos veían, pero nosotros sí lo veíamos todo.

Francisco estaba ahora más contento pero no lo estaba del todo. Decía que con la comida que teníamos no pasábamos el invierno ni de broma y que, aunque hubiera dinero, ir a comprar era mucho riesgo. Así que me hizo contarle dónde había algún *mas* que pudiéramos ir a hacerle una visita, así lo dijo él. Se me ocurrió el *mas* Candeales. Llegamos el 27 de noviembre a las ocho de la noche. Estaba el matrimonio solo, que eran mayores. Dinero enseguida nos dijeron que no tenían y parecía la pura verdad porque la masía se veía pobre y con muchas reparaciones que hacer. Bueno, pues nos llevaríamos comida, y de eso no salimos mal parados porque pudimos acarrear en un fardo catorce panes, dos kilos de tocino y uno de cecina, harina y... tres litros de coñac para darnos una alegría de vez en cuando. Ya nos marchábamos tan felices y en eso que oigo que alguien se mueve por el patio. Le doy el alto y era un joven que debía de ser el hijo y se puso a chillar como una gallina con unos gritos que no se aguantaban. Francisco se echó el hatillo al hombro y riendo me dijo: «¡Prepárate a correr!». Yo también me cargué la comida a la espalda y corrimos como dos cabras subiendo por el monte. Cuando ya estábamos lejos nos reíamos tanto que no podíamos ni andar.

Nos quedamos todo el mes de diciembre en la cueva, muy tranquilos y calentitos porque allí se podía hacer fuego sin temer. Yo estaba contento, porque, al final, toda mi vida la he pasado en el monte y, aunque no tenga ovejas que cuidar, no me aburro ni me molesta estar solo. Francisco lo llevaba peor. A veces daba vueltas por alrededor de la cueva como si estuviera dentro de una jaula. Otras, se pasaba horas y horas quieto como un muerto. Un día lo vi tirar piedras contra una roca como si quisiera hacerle daño. Yo no, yo caminaba, buscaba leña, cuando hacía sol me sentaba a tomarlo tranquilamente y preparaba todas las cosas que necesitábamos: prendía el fuego, hervía el tocino, cogía hierbas para darle gusto a la sopa, sacaba las mantas a orear, lavaba la ropa, calentaba agua para lavarnos y afeitarnos. ¡Me faltaba tiempo de luz de día para poder hacerlo todo! Por las noches dormía como un lirón. ¡Y encima lo tenía a él para poder hablar algunos ratos, o tomar una copita de coñac, o jugar a las cartas con una baraja vieja que teníamos! Yo estaba bien, mejor de lo que había estado muchas veces.

Pero llegó el mes de enero de 1952 y la comida se nos estaba acabando. Francisco parecía hasta que se alegraba. Decía que necesitaba «un poco de actividad», y yo ya sabía lo que eso quería decir. El día 9 bajamos a Castell de Cabres, a una masía que se llamaba Gabino y que yo la conocía y a Francisco le pareció bien, porque de aquellos pueblos y montañas no tenía tanta idea como yo.

Lo hicimos como siempre. A las siete de la tarde entramos en la casa con las armas. Yo me quedé vigilando la puerta, aunque todo estaba muy en paz. Dentro estaban los masoveros, que yo no me acordaba de quiénes eran, pero debía de tenerlos vistos de cuando campaba por allí. Al cabo de un rato empiezo a oír unos gritos que daba Francisco que ponían los pelos de punta. Entré, y me encuentro al masovero enfrente de él y Francisco me dice:

—Este cabrón no quiere colaborar. Vigílalo a él también, que le voy a arreglar la casa.

El masovero no me reconoció, pero yo enseguida me acordé de él. Se llamaba Juan. Había venido a comprarme leña más de una vez cuando yo era Teresa. Era un hijo de puta. Le dejaba la leña en el corral y siempre me miraba con una risita en la boca, como burlándose de mí. Siempre lo hacía, siempre, ni una vez se le pasó mirarme como diciendo que yo era menos que una mierda.

Me quedé apuntándole con el fusil y sin decirle ni una palabra, pero lo miraba todo el rato a la cara. Se puso nervioso:

—Dile a tu amigo que deje mis cosas, que en la casa no hay nada.

No le contesté. Mientras tanto oía cómo Francisco tiraba platos al suelo y corría muebles de sitio. Debía de estar haciendo un buen destrozo.

Al cabo de un rato apareció arrastrando un fardo donde se veía comida y en la mano llevaba una escopeta.

—Así que no había nada, ¿eh, cabronazo? —Se volvió para donde yo estaba y me dijo—: Date una vuelta por fuera a ver si todo sigue sin novedad.

Todo estaba tranquilo y volví a entrar. Entonces veo que la masovera estaba haciendo un tortillón así de grande con huevos frescos y Francisco, riendo, dice:

—Los huevos nos los vamos a llevar hechos, que hoy no nos apetece trabajar.

Nos puso la tortilla en una fiambrera de lata de esas de llevar la comida al campo y Francisco me hizo una seña con la cabeza como que ya nos podíamos marchar. Entonces yo le dije:

—Aún no, falta una cosa.

Tenía echado el ojo a unas trancas muy buenas que había en la chimenea para avivar el fuego, que debían de ser de olivo por la forma que tenían. Cogí una, la más grande, y me fui para el tío. Le puse mi cara justo delante de los ojos para ver si me reconocía por fin, pero no. Mi nombre no podía decírselo porque avisarían a la Guardia Civil y era peligroso. Entonces le dije:

—Ríete un poco, pero no con toda la boca entera.

Se creía que me había vuelto loco. La mujer se puso a llorar y yo la hice callar enseguida.

—Ríete un poco como si te estuvieras riendo por dentro o te pego un tiro.

Puso unas carotas que me daban risa a mí, pero era tan bravucón que al final sí se quedó como riéndose por dentro de verdad y entonces me acordé de toda la chulería y de cómo se burlaba siempre de mí sin decir nada. Me puse detrás de él y le pegué un golpe en la espalda con la tranca, un golpe fuerte de hombro a hombro que le hizo caerse de morros al suelo. Cuando ya estaba tirado con la cara en tierra me agaché y le pegué otro golpe a lo largo en la espalda también, como si le hubiese hecho la cruz. Francisco estaba en la puerta, mirando sin abrir la boca y entonces dijo:

—¿Vamos?

Cogí mi fardo y lo seguí. No hablábamos, estábamos atentos a los ladridos de los perros que nos llegaban junto con los lloros de la masovera. Seguimos oyéndolos por más de media hora. Le dije a Francisco:

—Vamos a buen paso a ver si nos plantamos esta misma noche en la cueva, es lo más seguro.

Él me dijo que sí con la cabeza y, al cabo de un rato, me preguntó:

—¿Qué te ha dado para arrearle con tanta saña al tío ese?

—Cosas que me he acordado de cuando era joven.

No dijo nada más. Seguro que tenía curiosidad, pero se la tragó. Desde que yo había entrado en el maquis siempre fue siempre igual: preguntas sobre mi vida, ni una. Yo creo que por eso les tomé a todos tanta ley y me sentía a gusto. Para ellos, yo nunca había sido una mujer. Nadie me gastó bromas, nadie me amargó la vida con tonterías ni quiso hacerse el gracioso a mi costa. Me habían tratado siempre con tan poco respeto en la vida, que no me acostumbraba a la buena educación que tenían después conmigo los compañeros.

Llegamos a la cueva que no había amanecido aún,

con los pies reventados. Yo estaba mejor, pero Francisco no tenía tanta costumbre de andar por el monte cuando era de noche y le había dado alguna que otra retorcida al tobillo. Se echó en su jergón y no lo oí más. Se había dormido hasta con las alpargatas puestas. Yo no. Me desnudé y me puse una camisa larga de felpa que daba muy buen calor. Pero la sorpresa fue que no me podía dormir. Tenía la cabeza viva y clara y me venían muchos pensamientos. Acordarme de quién era Juan el de la masía Gabino, que me había olvidado de él no sé por qué, me había puesto otra vez en medio de las cosas de antes. No me arrepentía de haberle pegado con el palo, no. Al contrario, me puse a pensar en por qué me había dado tanta rabia verlo. Sabía que me pagaba una miseria por la leña, que siempre se quería aprovechar, pero eso me habría dado igual. Lo que me dio un coraje que no pude aguantar fue acordarme de la sonrisita de chulo que ponía mientras me compraba la leña. Era una sonrisita que no podías acusarlo de hacerte nada malo, pero que quería decir lo peor que se puede decir de una persona. Algo como: una oveja es más que tú y una gallina y hasta los gusanos valen más. Se burlaba. Di vueltas y vueltas en el jergón. Empecé a pensar que había otros que me habían hecho burlas aún peores y que a lo mejor era el momento de vengarme de ellos. Empecé a pensar que a lo mejor hubiera tenido que matar al tío aquel. Francisco seguro que lo hubiera matado. Al final, cuando el sol ya casi calentaba, me dormí. Bien está como está, pensé, para otra vez ya lo sé, pero ahora tampoco es cuestión de hacerme mala sangre.

Pasamos todo el invierno y toda la primavera en la cueva. Comida íbamos teniendo, que yo la administraba bien y Francisco se acostumbró a estar allí bastante tranquilo. Dormía mucho y pensaba poco y ésa es una buena manera de resistir. No salimos hasta el verano, que la fecha era el 7 de julio del 52 en el calendario de Francisco. Le di una sorpresa cuando le dije:

—¿Qué te parece si damos un golpe, que los víveres empiezan a flaquear?

—Ya casi no me acuerdo de cómo se hace, de estar aquí escondido tanto tiempo me he vuelto como un animal salvaje.

—Yo te lo doy todo hecho. Vamos a ir a mi pueblo, y como tú dices «a visitar» a mi primo.

—¿A tu primo de verdad? ¡Joder, Pastora, ahora sí que no te entiendo!

—Ya me entenderás.

Habían pasado muchos meses pero a mí aún me bailaba en la cabeza la misma idea: se me había olvidado todo y no me había vengado de quien debía. Pero ahora ya no dábamos golpes en nombre del maquis sino de nosotros mismos, y era el momento de saldar cuentas. O ahora o nunca, y de paso aprovechábamos para llenar el almacén.

—¿Qué te hizo tu primo?

—Reírse de mí.

—Pero de eso ya hace mucho, ¿no?

—Ya sabes lo que dicen: «Ríe mejor el que ríe el último» y, de momento, el último aún es él.

Se reía, mirándome despacio, y movía la cabeza arriba y abajo:

—¡Pero qué jodido eres, Pastora! Parece que vayas a la tuya y que no te enteres, pero vaya si te enteras, vaya que sí.

—La cabeza es redonda y caben muchas cosas que no se pierden por las esquinas. A veces parece que se hubieran perdido, pero no, siguen ahí.

—Te advierto que necesitamos víveres y algo de dinero por si más adelante hay que comprar; no vaya a irse toda la fuerza en venganzas.

—Por eso no te preocupes que la masía de José es de las buenas.

—¿José se llama tu primo?

—José.

—Pues ojalá José tenga llenas las arcas, porque, si no, una buena sí le va a caer.

—Las tenga llenas o vacías una buena le caerá.

Hacía calor y el día duraba mucho, pero daba lo mismo, no queríamos llegar de noche, con llegar a las ocho ya era bastante. Si lo hubiéramos preparado no sale tan bien, porque estaban todos en la casa menos la nuera, que era la única que se podía salvar, que siempre se había comportado bien conmigo, ella estaba pastoreando las ovejas y no había llegado aún.

Entramos apuntando con las armas, bien directos. Francisco les dice que somos del maquis y que venimos a cobrar una multa en nombre de la revolución... Yo lo interrumpo, me planto delante de José y le digo:

—¿Me conoces o qué?

No me conoció de momento; luego se quedó como alelado, mirándome cada trozo de cara como si nunca hubiera visto nada igual. Al final me dice con la boca caída:

—Teresa, ¿eres tú? ¡Me lo habían dicho, me habían dicho que te habías echado al monte vestida de hombre!, pero ¿quién iba a saber si era verdad?

—No hables más que me mareo, luego ya hablaremos tú y yo.

Llamé a Francisco, sin decir nunca su nombre delante de ellos, claro, y le dije que trajera cuerdas para atar a la mujer de mi primo y a su hijo, que se llamaba Conrado. Él lo hizo. Los atamos a los barrotes de la cama principal. Casi no se podían mover. A José no, a José lo queríamos allí mismo, con nosotros, para que viera lo que nos íbamos a llevar y para que nos ayudara a saber qué era mejor para echarnos al saco. Nos ayudaba por obligación, no por gusto. Nos dijo dónde había jamones, ropa, aceite, vino del bueno y coñac. Íbamos preparados para llevárnoslo todo, todo. También arramblamos con harina y con sal y con fideos, que las alegrías no han de hacer que se olvide lo principal.

Luego llegó la parte del dinero, que era la más difícil siempre. Francisco le preguntó a mi primo dónde tenía las pesetas. Y él se puso a decir que ni hablar, que ya nos llevábamos todo y que dinero no íbamos a encontrar en su casa porque corrían malos tiempos. Aparté a mi amigo y me puse delante de José. Lo hice sentarse y me senté yo. Se le veía de mal talante. Me suelta:

—Oye, Tereseta, o como coño te llames ahora: me habéis limpiado la casa de arriba abajo que no sé qué vamos a comer en los meses que vienen, me habéis dado un susto de morirse. Me habéis atado al hijo y a la mujer como si fueran perros, ¿es que no somos familia tú y yo?, ¿por qué no te conformas ya con lo que tienes?

No le contesté enseguida. El tiempo es largo e igual nos hemos de morir. Pasó un rato y lo miré recto al centro de los ojos. Entonces sí que estaba un poco nervioso. Le hablé despacio:

—¿A ti te hago gracia, José?

—No sé qué me dices.

—Te digo que ahora que me llamo Florencio a lo mejor te hago gracia y tienes ganas de reírte de mí.

—Oye, Teresa, o Florencio, o quien tú quieras, yo no me meto contigo y ahora que os lleváis tantas cosas te prometo que no voy a dar parte a los civiles. Te lo juro, así que tengamos la fiesta en paz.

—A mí lo que me jures o me dejes de jurar no me importa nada. Lo que quiero saber es si te hago gracia o no.

Ahora sí que estaba nervioso, le temblaban las manos y la cara se le había puesto blanca porque veía que la cosa no se había acabado.

—No, no me haces gracia.

—Pues cuando era Tereseta bien que te hacía. ¿O era Teresot como me llamabas? ¿Qué tienes entre las piernas, Teresot? Me acuerdo de eso, fíjate tú.

Francisco se reía como un loco, pero mi primo, mi primo, señores, se había puesto a temblar de verdad que la boca se le desencajaba y los ojos se le salían para afuera. Le puse el fusil en el cuello y le apretaba con él. Entonces ya no pudo más y soltó:

—En el lavadero, primo, en el lavadero debajo de una teja roja que hay, encontrarás veinticinco mil pesetas, te lo juro por Dios, por quien tú quieras te lo juro.

Francisco salió escapado para afuera. Yo no me moví. Al primo José le caían lagrimones como puños por la cara, pero a mí eso no me daba ni frío ni calor. Al cabo volvió Francisco más contento que unas pascuas:

—¡Que es verdad, compañero, que es verdad! Aquí tu primo nos va a hacer un obsequio para que nos vayamos apañando con nuestros gastos.

Le daba golpes contra su rodilla al fajo de las veinticinco mil pesetas. Pero yo tampoco me moví entonces. Le había cogido el gusto a clavarle el fusil a mi primo en la garganta. Se puso desesperado cuando me oyó decir:

—¿Por qué te hacía tanta gracia cuando era una chica? ¡Anda, primo, dímelo!

Gritaba como uno a quien le hubieran cogido los espíritus:

—¡Déjame, déjame! ¡No tengo nada más, nada! ¿Qué más quieres de mí, qué?

Aquella vez llevaba mi propio palo preparado. Empecé a darle con él, a darle, a darle: en las piernas, en los riñones, en los brazos, en la barriga. Se cayó al suelo y yo seguía dándole: en los pies, en las manos, en el culo... Vino Francisco y me paró:

—Oye, compañero, o le pegas un tiro o nos largamos, que llevamos mucho tiempo aquí y la nuera no ha aparecido, no vayamos a cagarla al final.

Pegarle un tiro no quería. Me gustaba más que se acordara siempre de lo que había pasado para que le sirviera de lección. Bueno, eso es mentira y a ustedes no quiero mentirles: que le sirviera de lección me daba igual, lo que de verdad quería era que comprendiera que si te burlas de alguien que no puede hacer nada para remediarlo, llega un día en que esa persona te puede hacer daño: todo el mundo te puede hacer daño, hasta un pobre pastor que no sabe si es hombre o mujer.

Habían pensado que el clima invernal haría aquella tierra menos hermosa, pero al comenzar diciembre se dieron cuenta de que estaban equivocados. Los árboles no necesitaban hojas ni verdor para elevarse y retorcerse creando un gran dramatismo visual. Sólo los olivos permanecían intactos, como si las estaciones no pasaran por ellos. Nourissier se extasiaba frente a su inmovilidad centenaria, pero también le gustaban los algarrobos de aspecto oriental y los pinos mediterráneos, agrestes y perfumados. Infante reconocía preferir los troncos de los chopos, pelados en invierno. El primero se escondía tras un ánimo melancólico, que lo llevaba a una inactividad hasta entonces impensable en él. Parecía haberse desinteresado de su trabajo en general, de la búsqueda de La Pastora en particular. Paseaba, leía y pensaba, casi siempre en soledad. Infante se movía en las antípodas, no paraba un instante: salía a la calle, frecuentaba el bar, hablaba con todo el mundo haciendo preguntas discretas pero, sobre todo, se reunía continuamente con el maestro a quien habían conocido. Su intuición, que él consideraba una de sus mayores virtudes, le dictaba que seguir la estela de aquel joven les llevaría hasta algún pequeño tesoro informativo. A menudo ambos quedaban citados cuando había acabado el horario escolar y daban un paseo por el campo. Algunas tardes se encontraban en el bar y bebían cerveza mientras charlaban animadamente. Joaquín Cuevas quería saberlo todo sobre Barcelona: cómo era el ambiente de una gran ciudad, los nombres de los teatros y los cines, qué hacía la gente que poblaba las calles a cualquier hora. Entre él e Infante se había creado un lazo amistoso de urgencia. La hipótesis de que Cuevas fuera un espía franquista había perdido toda fuerza para ellos. Sin embargo, el periodista se mostraba prudente y procuraba no dar pasos en falso. Fue el propio maestro quien un día introdujo una alusión en el diálogo que Infante enseguida aprovechó.

—Hay algunos poetas que, por desafortunadas razones, no puedo mencionar a mis alumnos. Por ejemplo, García Lorca o Antonio Machado —dijo, y después guardó un significativo silencio.

Lo imprevisto del comentario no permitió una reacción inmediata del español, pero éste guardó cuidadosamente el dato y, en cuanto tuvo ocasión, invitó al maestro por primera vez a entrar en la habitación y tomar una copa con él. Joaquín se mostró encantado. Infante no informó de esta visita a Nourissier por si quería asistir también. Pensaba que su presencia estropearía el aire de confidencialidad que quería imprimir al encuentro.

Llegado el momento, una noche muy fría, el maestro llegó puntualmente, y lo primero que hizo fue quedar asombrado ante el alijo de alcohol que su anfitrión le enseñó.

—¡Qué barbaridad! —exclamó con la ingenuidad de la que siempre hacía gala—. ¿Todo esto es para bebértelo tú solo?

—Ya ves que no —respondió Carlos—. A veces lo comparto con mis amigos.

Con sus vasos bien llenos se sentaron frente a frente. Infante pensó que debía abandonar ya toda prudencia y no esperar a que el otro estuviera borracho para atacar.

—Te preguntarás si, viajando con tantas botellas, debo de ser un alcohólico o algo por el estilo.

—No se me ocurriría pensar nada malo de ti.

—Haces bien. No soy ningún alcohólico. Lo que sucede es que el trabajo que hago para el doctor está resultando muy duro para mí y de vez en cuando necesito un buen trago para seguir adelante.

—¿No te llevas bien con él?

—No es ése el problema, el doctor es bueno y amable, pero por desgracia se ocupa de un tema terrible: la enfermedad mental.

—Sí, te comprendo, a mí los locos también me deprimen mucho. Muchos no tienen cura.

—Así es, y otros tantos que pasan por cuerdos pero no lo son sufren sin que nadie lo sepa.

El maestro asentía juiciosamente como si no le interesara demasiado la conversación. Infante continuó:

—El doctor Nourissier opina que muchos criminales son locos que no han sido detectados como enfermos, pero que si fueran diagnosticados y se les diera tratamiento, dejarían de cometer sus fechorías.

—Nunca lo había pensado, pero parece lógico, sí.

Infante lo miró a los ojos, no dejó su arriesgada pregunta para más tarde:

—¿Qué ideas políticas tuvo tu familia durante la guerra?

El maestro desvió la mirada hacia el suelo. Se había puesto colorado hasta la raíz de los cabellos. Carraspeó.

—Doy por sentado que estamos entre amigos y que lo hablado aquí quedará —respondió al fin.

—¿Te molesta contestar a mi pregunta?

—No, pero ya sabes cómo están las cosas en España. Lo mejor es ser prudente.

—Yo lo soy.

—Mi caso es un poco especial, aunque tampoco tanto. Esta guerra ha separado a las familias de manera brutal.

—Lo sé.

—Mi madre era hija de militares y estaba educada en una manera de pensar muy ordenada. No era muy de derechas, pero creía en Dios, iba a misa..., ya te imaginas lo que quiero decir. Se enamoró de mi padre, que era profesor de latín en un instituto, y se casaron sin gran oposición de las familias. Todo les fue muy bien hasta que llegó la guerra. Entonces las cosas se liaron. Mi padre dijo que defendería la República hasta el fin y...

—¿Se separaron?

—Sí —balbució como si se enfrentara a algo indecoroso—. No se separaron legalmente, pero mi padre se fue de casa, o mi madre lo echó, eso no he conseguido averiguarlo. Mis hermanos y yo nos quedamos con ella y a él no volvimos a verlo más. Al final de la guerra nos enteramos de que lo habían matado en el frente del Ebro.

—Terrible.

—Terrible, sí.

—Pero esas historias pertenecen al pasado y debemos desear que no se repitan más.

—Eso mismo pienso yo.

Le sirvió más bebida y el joven la apuró. También bebió Infante, con cierta ansiedad, porque se encontraba nervioso después de lo que había oído. Era el momento de jugársela.

—¿Has oído hablar alguna vez de La Pastora, Joaquín?

Para su sorpresa el maestro asintió sin hacer el menor aspaviento.

—Sí, algo me han contado mis alumnos. Hay muchos rumores, dicen que es una maquis que está aún viva y que se esconde cerca de aquí.

—Nosotros la buscamos —declaró de sopetón.

El chico levantó su cabeza rubia y dijo en tono de pánico:

—Yo no sé dónde está.

—Claro, claro que no lo sabes; pero quiero que me escuches y valores lo que voy a proponerte. Eres un hombre culto y creo que me entenderás muy bien. El doctor Nourissier quiere encontrarse con esa mujer, hablar con ella un rato, hacerse una idea de cómo es su psicología.

—Es una asesina a la que busca la Guardia Civil.

—Nourissier no es un juez, es médico. Si consigue entrevistarse con ella, después no piensa entregarla a las autoridades. Hablarán y luego dejará que el destino siga su curso. Nadie se enteraría de ese encuentro.

—¿Y qué puedo hacer yo?

—Indagar entre tus alumnos o sus padres, los mismos que han hecho llegar los rumores hasta ti. Siempre con discreción, naturalmente.

—Dudo que ellos sepan dónde se encuentra La Pastora.

—Tu dijiste que esas gentes eran una buena fuente de información. Cualquier detalle o historia sobre la vida de esa bandolera también servirá.

—Eso es más fácil de conseguir.

—Ayúdanos, Joaquín; es importante para nosotros y tú eres nuestro amigo, un hombre instruido, capaz de comprender lo que es una investigación científica. ¿Lo harás?

Tomó varios sorbitos de whisky con la mirada perdida en el vacío. Transcurrió un largo minuto durante el que Infante no quiso insistir.

—Está bien —dijo al cabo—. Lo intentaré.

El periodista se quedó mirándolo fijamente, absorbiendo su expresión, su talante, el más mínimo gesto que le permitiera saber cuáles eran sus últimas intenciones. ¿Los ayudaría, los traicionaría? ¿Era lo suficientemente hábil como para recabar información sin levantar sospechas? Esta última duda fue mucho más intensa y recalcitrante en Nourissier cuando éste supo lo sucedido.

—No estoy seguro de que hayas hecho bien implicando a ese chico, Carlos.

—No había alternativa. Creo firmemente que puede hacernos llegar información. Está en un lugar privilegiado.

—Pero sincerarse con él...

—¿Qué es lo que temes?

—Lo que ha contado sobre su familia, eso puede determinar un comportamiento especial.

—No veo por qué.

—Es un trauma psicológico importante que ese chico debe de seguir arrastrando. El conflicto entre padre y madre, la influencia de ésta, la culpabilidad por la muerte del padre... Todo está imbricado con la guerra en este país, Carlos, todo: el amor, la familia, la amistad, la conciencia... Quizá el maestro no es fiable.

Infante dio un respingo que no pudo contener. Su cara se cubrió de una sombra encarnada. Con una repentina voz colérica respondió:

—No comparto tu docta opinión, lo siento. Para mí un hombre no queda invalidado por lo que pudiera ocurrir en esa maldita guerra. ¿No será que tienes miedo?

—Pero, Carlos, ¿a qué viene eso?

—No soy un imbécil. Por alguna razón que desconozco has dejado de tener interés en La Pastora. Muy bien, lo asumo. A partir de este momento no cobraré ni una sola peseta que venga de ti. Encontraré a esa mujer yo solo, y si corro el riesgo de que me cacen, me da exactamente igual, lo asumo también. Al fin y al cabo a ti poco puede pasarte, como mucho te expulsarán del país. Así volverás a tu tierra y podrás seguir sentando cátedra sobre lo miserables que somos los españoles, afectados por la guerra de por vida.

Dio media vuelta y se alejó con paso ligero. Nourissier oyó cerrarse con estrépito la puerta de su habitación. No lo llamó ni intentó hablar con él. Salió de la pensión, se alejó caminando por el campo. Soplaba el viento de la montaña característico de aquel lugar, y hacía sol. Se sentó sobre una piedra y dejó que hasta su nariz llegara el olor del tomillo y el romero. No sabía la razón, pero aquellas fragancias lo tranquilizaban. Pensó en su compañero. Nunca se conoce a alguien por completo, siempre se está en continua evolución. Aunque Infante no estaba cambiando poco a poco, sino que había sufrido una drástica metamorfosis desde que se encontraron en Barcelona, dos meses atrás. Todo lo que antes había sido indiferencia y cinismo, parecía haberse convertido ahora en pasión. ¿O era simple testarudez? A veces existe un corto trecho entre una cosa y la otra. Cierto que Infante había mutado en poco tiempo, pero debía reconocer que a él le había sucedido otro tanto. ¿Dónde quedaba el hombre metódico, sereno y ponderado que llegó a España? Si ahora se exploraba a sí mismo sólo veía a un ser disperso, contradictorio y lleno de confusión. Sin duda hubiera debido sentirse preocupado por tal decadencia, pero no era así, le daba igual. Se negaba a intentar regenerar en su ánimo los atributos perdidos. Su autocontrol, del que siempre se había sentido orgulloso, le provocaba ahora un cansancio infinito. Si la vida se analizaba en profundidad, nada tenía sentido. Paradójicamente, el ambiente de miedo, crudeza y convulsión que había observado en aquel país lo tranquilizaba. Quizá se debía a que allí el dolor parecía ser general, compartido, y por lo tanto más llevadero. Era una consecuencia monstruosa, pero real. En su consulta de París asistía a sus pacientes uno a uno, y ellos desgranaban ante sus ojos las terribles obsesiones, las experiencias traumáticas, el devenir funesto del sufrimiento psíquico. En ocasiones había tenido la sensación de que la miseria humana era pequeña, intrascendente, purulenta y personal como un grano en la piel. Sin embargo, en España aquella guerra convertía en tragedia los dolores del alma. Allí el padecimiento era específico, general, lógico: muertes, pérdidas familiares, hambre, humillación, miedo y pobreza. Nada podía hacer un hombre frente a aquella situación. Su ciencia resultaba inútil allí. Daba igual, todo le importaba mucho menos ahora: seguir luchando contra la enfermedad mental, seguir siendo el que había sido hasta el presente. Estaba centrado en apurar aquel exiguo plazo de libertad total que nunca volvería a disfrutar, apenas un mes.

Estaba claro que en la cueva nadie iba a descubrirnos. Aquélla era nuestra casa, por más que a Francisco le reconcomiera pensar que nunca saldríamos de allí para vivir en otra parte y como vive toda la gente normal. De vez en cuando había que ir a dar algún golpe porque se nos acababan los víveres, pero yo pensaba que, en el fondo, salíamos porque Francisco necesitaba un poco de movimiento. En cuanto había pasado un tiempo sin acciones ya le picaba todo como si tuviera hormigas en el cuerpo. Empezaba a darme la lata con aquello de que éramos como animales, escondidos en una gruta y sin ver a ningún ser humano. De la familia parecía que no se acordaba tanto, aunque a lo mejor la procesión iba por dentro y cerraba la boca para no marearme a mí. Yo iba tirando y como en el campo hay tantas cosas que hacer, no me aburría. Lo único que añoraba era tener unas cuantas ovejas para cuidarlas, y un perro o dos, claro. No me olvidaba de las ovejas porque a lo mejor eran lo único que yo tenía para añorar. Ahora, como por las noches había mucho tiempo para pensar, me venían a la cabeza muchas cosas de mi vida que no me había parado a mirar despacio. Pensaba que me había faltado lo que los demás tenían, como hijos y mujer. Pensaba que había trabajado siempre como una bestia. Pensaba que haber entrado en el maquis había sido bueno por muchos motivos, y malo por otros. Bueno, porque había tenido compañeros de verdad, porque había podido ser un hombre por fin, porque había aprendido a leer. Malo, porque toda la historia de la revolución no había salido bien y porque cosas de las que aprendí me hacían daño en el corazón. Ahora sabía todo aquello de la dignidad de la persona, de los derechos que tenemos, de la explotación que el amo le hace al trabajador. Era todo eso lo que me hacía pensar que mi vida había sido una mierda, dura como una piedra, sin nada de lo que un hombre tiene derecho a tener. No me quitaba el sueño, eso no, pero me hacía imaginar cómo hubiera podido ser de otra manera. Si mi madre no hubiera tenido vergüenza de mí y no me hubiera obligado a ser mujer. Si en vez de trabajar desde pequeño hubiera podido ir a la escuela. Si hubiera tenido una masía sólo de mi propiedad. Me hacía daño cuando lo pensaba, por la noche en el jergón, y para que se me pasara el disgusto cogía la manta y me salía al aire libre, hiciera frío o calor. Me tumbaba allí y miraba el cielo, como cuando era pequeño. Cuando estaba claro y se veían las estrellas ya me encontraba mejor. Me decía a mí mismo que aquello que para mí era fácil no todos lo habían tenido: poder dormir al raso, solo, más libre que un pájaro. El pobre compañero Raúl me solía contar que en las ciudades como Barcelona los obreros trabajaban en fábricas, que son como almacenes muy grandes en los que nunca entra el sol. Allí se pasan los hombres horas y horas encerrados. Luego les toca vivir en pisos pequeños como cajas de cerillas que no tienen ni patio. Eso sí que es una desgracia de verdad, eres como un preso en una cárcel y yo no lo hubiera soportado de ninguna manera. Hubiera querido morirme, seguro. Mientras que aquí, en el campo, tienes todo para ti y nadie te lo quita, sólo hay que quedarse quieto, mirarlo y ya está. No estás como un borrego en un corral. A veces me da por pensar que sería mejor que me matara la Guardia Civil, mucho mejor eso que cogerme vivo y meterme entre rejas. No aguantaría la prisión, no la aguantaría.

Para Francisco, el estar como estábamos ya le parecía la cárcel. Él no estaba para historias de campo ni de estrellas. A veces parecía un lobo que lo hubieran enjaulado. Cuando la Guardia Civil rondaba los caminos se ponía nervioso, creía que se acercarían hasta donde nos escondíamos y nos atraparían sin remedio. Una noche ninguno de los dos podía dormir. Yo me fui para afuera y al cabo de un minuto llegó él.

—¿Y si nos largamos a Francia, Pastora?

—¿Cómo vamos a irnos, andando?

—No tenemos prisa y andando llegaremos. Yo me ahogo aquí, no puedo estar más tiempo en esta madriguera. Cogemos dos petates y marchando, marchando, llegamos hasta Francia. En esta tierra ya no tenemos nada que hacer. A mi familia no voy a verla más, de eso estoy bien seguro, así que no pinto nada en estas montañas. En Francia seremos libres, los compañeros nos ayudarán, a lo mejor pueden buscarnos trabajo.

—Tienes que estar loco, Francisco. Los compañeros ya no lo son. Primero encuéntralos, que vete a saber tú dónde paran en Francia. Pero si los encontráramos, ¿crees que nos recibirían con los brazos abiertos? Para ellos somos desertores. Capaces son de montarnos un juicio, o de pegarnos un tiro entre los ojos. Ganas no deben faltarles. ¿Y tú sabes lo peligroso que es cruzar la frontera? Nos cazan seguro.

—Pues entonces nos vamos a Andorra.

—¿A Andorra, para qué?

—¡Joder, Pastora, que pareces tonto! ¿A qué va a ser?, ¡a trabajar! Hay mucha gente de los pueblos que se va para Andorra a buscar trabajo. Allí necesitan muchas manos para los campos de tabaco, y yo oí decir que pagan bien y no como en esta mierda de país.

—¿Y los civiles? Ya has visto que cada vez hay más. Ponen cuarteles hasta en los pueblos pequeños, y no paran de moverse de un lado a otro por los caminos. ¿Tú sabes cuánto tardaríamos en llegar a Andorra a pie?

—¿Lo sabes tú?

—No estoy muy seguro de saber dónde está Andorra.

Cogió un mapa que teníamos y me lo enseñó. Me dijo que aunque era un país no más grande que un poblacho, era un país de verdad. Entonces me di cuenta de que hablaba en serio y me puse a calcular por dónde se podía llegar y cuánto tardaríamos.

—Por lo menos dos meses y medio —le dije. Él me miró y se diría que le parecía muy poco tiempo, porque se puso contento y soltó casi riéndose:

—¡Justamente! Estamos en abril, así que para el verano nos plantamos en Andorra, que es cuando necesitan más trabajadores. ¿Qué te parece, eh, qué te parece mi plan?

—Me parece peligroso.

—Antes no eras tan gallina.

—No soy gallina, lo que pasa es que no quiero morir.

—Bueno, pues me iré yo solo. Tú quédate aquí asustado como un conejo. No creas que me haces ninguna falta. Ya sé apañármelas solo.

Pero no era verdad, no sabía, se hubiera perdido a la primera de cambio por los montes. Se metió en la cueva, enfadado. Yo me quedé fuera un rato más, pensando. Me había cogido por sorpresa con aquella idea que no me esperaba. Tenía que decidir si quería irme con él. Por mí me hubiera quedado donde estaba, pero ¿qué iba a hacer sin Francisco? Me había acostumbrado a su compañía y sin él tampoco tenía adónde ir. Así que entré en la cueva y le dije que adelante, que cuando quisiera nos largábamos a Andorra.

Salimos a finales del mes de abril, les hablo del año 1952. Habíamos dejado bastantes armas escondidas cerca de la cueva y nos llevamos con nosotros yo una pistola y Francisco la metralleta Stern, que no quería separarse de ella por nada del mundo. No tuvimos problemas para llegar, los dos sabíamos muy bien qué es eso de caminar a campo través. Hacíamos jornadas hasta el anochecer, nos parábamos, comíamos de los víveres que llevábamos y buscábamos refugio en algún sitio para dormir. Tuvimos suerte porque no llovió casi ningún día y pudimos avanzar más de lo que habíamos pensado. Yo había calculado dos meses y medio, pero no llegó a los dos meses. El día 18 de junio llegamos a Andorra y, durante todo el camino, ni rastro de guardias. Francisco estaba feliz y me daba golpes en la espalda diciendo que era el mejor guía del mundo, y que si no hubiera sido porque estábamos como estábamos, me haría famoso en toda España por lo bien que lo hacía en cuestión de orientarme y andar. Yo le contesté que había cumplido mi parte, y que ahora le tocaba a él cumplir la suya, porque toda aquella historia del trabajo y lo bien que nos iban a pagar no la veía muy clara. Pero tampoco él falló, y todo lo que había contado de que se necesitaba mucha mano de obra para preparar el tabaco y almacenarlo resultó ser la pura verdad. Nos contrataron a los dos como temporeros. A mí me pagaban seiscientas pesetas al mes y a Francisco algo más, porque como sabía bastante de números, apuntaba las cantidades de bultos de tabaco que todos trajinábamos. Además, nos daban la comida y ropa limpia. Dormíamos en barracones y eso para mí era lo peor porque, como ustedes ya saben, notarme encerrado no me gustaba. Aunque daba igual, por la noche llegaba tan cansado que dormía de un tirón.

La cosa más estupenda de todas era saber que no nos perseguía la Guardia Civil. Nos habíamos acostumbrado a ser como zorros en un bosque, siempre alerta, siempre con un ojo abierto y una mano cerca del arma por lo que pudiera pasar. Así que vivir tranquilos nos cogía de nuevas y casi nos hacía reír. No teníamos documentación, pero nadie nos la pidió. Lo que querían eran hombres fuertes en edad de trabajar y nosotros éramos fuertes como rocas. A veces veíamos pasar gendarmes franceses y también policía andorrana, pero ni se fijaban en nosotros. Ya debían de saber que a los temporeros era mejor no preguntarles.

Volver a vivir como un hombre normal, con un trabajo, una mesa y una silla para comer y una litera con colchón para acostarte me parecía bien. Me acordaba con pena de cuando yo era pastor y cobraba dinero por guardar el rebaño y hasta tenía mis ahorros. Pero, en fin, tampoco merecía la pena ponerse triste porque la vida de cada uno es como es. Además, tampoco tuvimos tiempo de acostumbrarnos a otra manera de vivir. A principios de octubre nos echaron a la calle a nosotros y a casi todos los demás. El trabajo se había terminado y ya no necesitaban gente.

Francisco y yo nos fuimos a un bar a tomar café y pastas. Yo no sabía muy bien qué íbamos a hacer, pero él no parecía muy disgustado por haber perdido el empleo. Dijo que ya se lo imaginaba, que cuando se acercaba el invierno siempre era así y que en todas partes corrían malos tiempos, no sólo en España. Luego dijo también:

—Te aseguro que ya estaba un poco harto. No creas que me gusta demasiado que me den órdenes y tener que apechugar con todo. Además no estamos en nuestro país, y el país tira mucho.

—Pero en nuestro país no nos quieren, Francisco, justo lo que quieren es pelarnos y quitarnos de en medio.

—¡Eso ni hablar! No nos quieren los franquistas, los somatenes, los fascistas, los falangistas y la puta Guardia Civil, pero ésos no son el país, ésos son los ladrones que se lo han quedado como si fuera suyo de buena ley.

—Bueno, pero son los que mandan.

—Manden o no manden me da igual, mi país es España y yo soy tan español como el que más.

Pues bien, no iba a ser yo quien le llevara la contraria, pero eso de que tira mucho el país sólo podía querer decir una cosa: que estaba pensando en volver. Yo no estaba tan seguro de querer volver. ¿Para qué, para escondernos otra vez y estar perseguidos y asaltar masías?

—¿Por qué no pasamos a Francia? Ya que estamos aquí... —le dije—. A lo mejor puedo encontrar a mi hermano y nos busca trabajo y...

—Pero, Pastora, si ya no fuimos a Francia por lo difícil que es.

—¡Hombre, no hay nada que no se pueda hacer!

—Estás muy equivocado. En la frontera francesa hay más vigilancia que en la de Andorra, ¡dónde vas a parar! Y además, los franceses no aceptan gente sin papeles.

—¡Somos del maquis! A otros han dado cobijo.

—Eso era antes, ahora ya no. Si nos cogen nos devolverán a las autoridades de Franco y ahí sí que no tienes por dónde salir. Además, ¿tú hablas francés, Pastora, hablas francés? Porque a lo mejor es que lo hablas y yo no me he enterado todavía.

—Ya sabes que no.

—Pues entonces no sé qué cojones vamos a hacer en Francia. Y dime una cosa: ¿hay algún sitio en el mundo, Francia o no Francia, donde tú sepas moverte como te mueves en la sierra de Benifassà?

—Podría aprender.

—Bueno, pues te vas a Francia tú solo.

—No, si yo no lo decía por que piense que en Francia podamos tener mejor fortuna, pero ¿tú sabes lo que es volver? Otra vez a salto de mata, y huyendo de los guardias, metidos en cualquier parte para dormir, comiendo lo que caiga... No sé yo si ésa es una vida para personas.

—Yo lo que no sé es si una persona es una persona de verdad sin poder encontrarse con su familia.

Se le había roto la voz al decir aquello y se echó la mano a los ojos para tapárselos porque se había echado a llorar. Enseguida se le cortaron las lágrimas, se las tragó, pero miraba al suelo con mucha tristeza.

—¿Es que quieres que vayamos a ver a tu familia, Francisco?

Dijo que sí con la cabeza y no quería hab
echaba a llorar otra vez, pero al final se pus
dijo en voz baja:

—Quiero verlos aunque sea una vez más,
sólo una vez. A mis hijas, a la mujer. Yo creo q
deben ni acordarse de mí, mira lo que te digo. N
de saber ni quién soy.

—No digas tonterías, hombre.

Bueno, siempre había tenido miedo de lo que acababa de pasar y había pasado. Francisco no se iba a olvidar de los suyos. Supongo que nadie que tiene una familia de verdad la olvida así por las buenas. Sobre todo si ha tenido que dejarlos por obligación y sin querer, si se ha visto con ellos alguna que otra vez a escondidas y sin poder vivir juntos como viven las familias. Otra cosa hubiera sido si Francisco se hubiera enamorado de otra mujer, como aquellos indianos que contaban en Vallibona que se iban a América y se volvían a casar y a tener hijos allí. Pero no era el caso. Lo consolé como pude, ¡qué iba a hacer!

—¿Por qué no me decías que querías verlos, eh? Te has pasado todo el verano trabajando aquí y sin soltar prenda. ¿Cómo puedo saber yo lo que llevas en la cabeza?

—¿Te irás a Francia, Pastora?

—Pues claro que no. ¿Adónde voy a ir? Empezamos juntos en esto y juntos seguiremos. Total, a mí no me espera nadie ni en Francia ni en España. Soy como una mala hierba que igual crece aquí que allá. Volveremos. Iremos a Castellot y ya nos las apañaremos para que veas a tu gente.

—Eres un buen compañero, Pastora, eres el mejor.

Soy el mejor porque no tienes más.

—¡Aunque tuviera cien, aunque tuviera mil, fíjate! Tú siempre seguirías siendo el mejor.

—A cien o mil tíos corriendo por el monte seguro que los cogía la Guardia Civil.

Se rio y yo me reí también. Mientras nos acabábamos las pastas pensé que más me valía tomarles bien el sabor, porque pronto desaparecerían los platos finos y las galletas hechas con azúcar blanco, con leche y con miel fresca.

Infante estaba nervioso; desde su pacto con Joaquín Cuevas tenía la sensación de que el tiempo se arrastraba con una lentitud exasperante. La inactividad a la que se veía condenado repercutía en su manera de ser, casi siempre tranquila, sumiéndolo en frecuentes momentos de ansiedad. A menudo rondaba la escuela como un perro merodeador, haciendo lo posible para que el maestro lo viera. Incluso un par de veces esperó a que saliera de clase para abordarlo y preguntarle por los avances que hubiera podido hacer. Cuevas se mostraba cauteloso, pero en ningún momento pareció contrariado por verlo o por tener que hablar con él. Le contaba cómo estaba sembrando entre sus alumnos y sus familias para poder recoger información y le instaba a tener paciencia, a confiar en sus buenos oficios.

Tras una semana de espera fue el propio maestro quien acudió a buscarlo a la pensión.

—Creo que he encontrado datos interesantes. Una señora viuda que tiene un par de chicos en la escuela dice que vio a La Pastora y a su compinche cuando asaltaron una masía en Herbers.

—¿Cuándo fue eso?

—Un día del invierno de 1953.

—Ha llovido mucho desde esa fecha.

—Pues eso es lo que he averiguado. Por el momento no hay más.

—¿No sabe ella dónde se encuentra ahora la maquis?

—No, nada en absoluto; estoy seguro de que si hubiera oído algún rumor me lo hubiera dicho, quería colaborar.

Infante se quedó pensativo, cabeceó, su desilusión era tan evidente que el joven remachó:

—Tienes que tener un poco de calma y fe en mí. Algún soplo me llegará.

—¿Cómo puedes estar tan convencido?

—Carlos, convencido no puedo estar. Lo que pretendéis saber es algo secreto y muy peligroso, ¿comprendes?, peligroso de verdad. Así que la gente, de entrada, prefiere no abrir la boca. Pero he pensado mil veces que si la bandolera se esconde por esta zona es imposible que nadie haya tenido ni la más mínima noticia de ella. ¿Ningún masovero se la ha encontrado robándole en la cosecha algo para comer? ¿Ningún pastor la ha avistado siquiera en la lejanía? Me extrañaría mucho que no fuera así. Y si así ha sido, ese encuentro se habrá contado entre amigos y vecinos y luego se habrá extendido como la pólvora por todas las poblaciones vecinas. Ten confianza, te lo ruego. Tirando del hilo toda la madeja se puede desenrollar.

—¡Tengo confianza en ti, pero estoy cansado, no me gusta la inactividad!

—¿Queréis hablar con esa mujer o no le digo nada?

—Hablaremos con ella; al menos así hacemos algo.

Nourissier estuvo de acuerdo, si bien desde hacía un tiempo todo parecía resbalarle cada vez más. Se dedicaba a pasear beatíficamente por el campo, a leer. Incluso las continuas anotaciones en sus cuadernos habían perdido interés para él. Infante había creído que, cuando se aproximara el final del plazo, el psiquiatra lo acosaría pidiendo resultados, pero nada de eso se había cumplido. Muy al contrario, era como si su compañero ya hubiera llegado al último día.

—No sé si tiene sentido entrevistarnos con esa señora —confesó Infante sus resquemores—. Más o menos ya sabemos lo que nos dirá: entraron en la masía al atardecer, uno se quedó en la puerta con su fusil vigilando para que nadie pudiera sorprenderlos, y el otro obligó a los masoveros a darles dinero, comida y ropa. Según el humor que tuvieran en aquella ocasión o cómo se desarrollaran las circunstancias del atraco, los apalearon. La Pastora iba vestida de hombre, parecía tranquila y casi no habló. ¡Me lo sé de memoria!, dudo de que otro testimonio vaya a aportarnos ninguna novedad!

—¡Quién sabe! —exclamó el francés lánguidamente.

—Iremos a la cita por no desairar a Joaquín; el pobre se ha tomado esto como una cosa personal y está dedicándole mucho esfuerzo. Además, demuestra tal seguridad en que encontraremos el paradero de La Pastora que cuesta no tomarlo en serio.

—Me parece muy bien.

—Sí, y si hubiera decidido lo contrario también te parecería estupendo. Tengo la sensación de que todo esto empieza a importante un pimiento.

—No hables así.

—Es como si hubieras olvidado para qué viniste a España. Me pregunto qué le dirías a La Pastora si pudiéramos hablar con ella mañana mismo.

—¡Ah!, pues llegaría hasta ella y luego le diría: «La Pastora, *I presume*».

—¡Vete al infierno! —exclamó Infante, y se alejó entre carcajadas.

Nourissier quedó solo y sonrió con tristeza. Aquel cínico que dos meses atrás se deslizaba con lentitud por los acontecimientos como si no fueran con su persona, había devenido ahora en una especie de hombre de acción. Bien podía decirse que formaban un tándem perfecto que variaba según las necesidades, porque él mismo no se sentía en absoluto propenso a actuar. Estaba apagado y melancólico pero, al mismo tiempo, inmerso en una gran paz. Lo veía todo con lejanía, con la extraña ponderación de quien ha hecho el trayecto de ida y vuelta tantas veces que ya puede caminar sin fijarse en los detalles. La vida consiste en muchas cosas, pensó, pero un solo hombre no consigue abarcarlas todas, no debe intentarlo siquiera. Él había vivido muchos años con la impresión de encontrarse en el centro del mundo, y ahora por fin comprendía que había ocupado un pequeño lugar, un círculo cerrado, la cima de una loma poco elevada desde donde sólo se distinguía un horizonte parcial. ¿Y qué hace uno cuando toma conciencia de que el reino que domina es un grano de arena, seguir igual? Parecía evidente que no, pero la cantidad de vías abiertas por las que se podía continuar era inmensa. ¿Qué le garantizaría haber escogido la acertada esta vez? Nada. Ninguna solución existencial era global y poderosa, ninguna aseguraba un mínimo de plenitud, todas tendían a demostrar que la inutilidad era en el hombre casi un fin del que huir resultaba casi imposible. Suspiró; al menos había sido capaz de darse cuenta. En ese momento le avisaron de que tenía una llamada desde París. Por fortuna el teléfono ocupaba un lugar discreto en la pensión desde donde no se oían las conversaciones. Distinguió la voz de su mujer.

—Lucien, ¿sabes quién soy?

—Por supuesto, querida. ¿Cómo estás?

—No te he llamado para contarte cómo estoy, sino para preguntarte si sabes la fecha de hoy.

El tono seco y cortante lo sorprendió. Buscó en su mente con urgencia alguna efeméride familiar de la que hubiera podido olvidarse, pero no la halló. Decidió no perder la calma.

—Hoy es doce de diciembre.

—Cierto. Dentro de unos días será Navidad y supongo que estás preparándote para volver a casa.

—El plazo no vence hasta...

—El plazo, ¿qué plazo, puedo saber de qué me estás hablando? Te fuiste a realizar un presunto trabajo con un objetivo concreto. A día de hoy creo entender que ese objetivo no se ha cumplido. ¿Qué piensas hacer, seguir ahí agotando los días, y para qué? Ésa es mi pregunta, ¿para qué?

—Estamos en un momento en el que pienso que

un acercamiento al objetivo es más que probable. Verás...

—No quiero oír nada de eso, Lucien, nada. Llevas más de dos meses fuera de casa y es hora de que regreses y vuelvas a asumir todas tus responsabilidades de una vez.

—Evelyne, estás muy nerviosa. No creo que sea el momento ideal para hablar.

—¿Y cuándo lo es? Ya nunca llamas, ni escribes, es como si hubiéramos dejado de importarte, como si no fueras el mismo y otra persona ocupara tu lugar. Tus hijas me preguntan por ti cada vez con menos frecuencia y llegará un momento en que te olvidarán.

—¿Me olvidarán por quince días más de ausencia? ¡Por Dios, querida, eso es una tontería! Se trata de esperar sólo un poco.

—¡No, basta, no pienso representar el papel de la estúpida que espera hasta que a su marido se le ha terminado la diversión! Has colmado mi paciencia.

—No hay nada de divertido en lo que hago aquí, te lo aseguro. Es más, estoy pasando por unos momentos psíquicos muy duros.

—Me importa poco. Quiero que me contestes: ¿vas a venir inmediatamente? Porque de lo contrario...

Nourissier la interrumpió, alterado al fin:

—¡Es inadmisible que entre nosotros exista algún tipo de chantaje! ¿Comprendes?

—En ese caso, adiós.

Oyó el ruido que hacía el auricular cuando se cuelga abruptamente. Tragó saliva. Se dirigió a su cuarto con paso cansino. Se encerró. ¿Y bien? Pocas veces había visto enfadada a su esposa. Evelyne era normalmente tranquila, comprensiva, y nunca se permitía expansionar sus sentimientos negativos. Con las niñas era paciente, firme pero nunca impositiva. Y con él..., a veces había pensado que de no haber sido por su comprensión infinita, no hubiera avanzado como lo había hecho en su carrera profesional. Pero en esta ocasión no había soportado el alejamiento, lo había vivido como un abandono, una falta de interés por su parte. Analizaba esa reacción desde dos puntos de vista. Por un lado, Evelyne había notado que él estaba en cuerpo y alma en otro lugar. Lo cual era cierto, no dudaba de que se trataba de un estado transitorio, pero su vida anterior a aquel viaje se le antojaba lejana, casi ajena, y su mujer pertenecía a ella. Por otro, en cuanto echaba la vista atrás, se daba cuenta de hasta qué punto había sido un hombre dócil; tanto, que sólo al despertarse en él una pequeña rebelión, su esposa la juzgaba intolerable. Dócil y continuista, ésos eran los calificativos que expresaban bien su comportamiento hasta aquel día. Había sido un chico estudioso y formal, un hijo respetuoso y atento, un marido impecable, un padre amante. Había seguido los pasos de la profesión paterna y su ejercicio de la medicina siempre se había distinguido por su honradez y abnegación. Todo eso estaba muy bien, pero podía enunciarse de otra manera: siempre, absolutamente siempre sin excepción, había hecho lo que los demás esperaban de él. Ni una sola de las reglas sociales que imperaban en su ambiente había sido transgredida, orillada, ni siquiera cuestionada. Se había convertido en el producto perfecto de su clase, de su pequeño mundo burgués. Aquel pensamiento no lo tranquilizó; lejos de eso, le hizo experimentar una incomodidad enorme. ¿Era justo que, ni siquiera una vez en la vida, pudiera tomarse un tiempo para profundizar, para conocer otras realidades, para reflexionar sobre el sentido de su existencia? ¿No parecía excesivo que, habiendo dado todo su corazón a una mujer, ésta careciera de la generosidad necesaria para permitirle un alto en el camino? Quizá la elección existencial que había hecho Carlos Infante no fuera tan cínica ni tan egoísta. Dejar pasar los acontecimientos sin compromiso ni implicación era más una consecuencia que un punto de partida. Nadie tiene derecho a poseer la voluntad de un hombre: ni padres, ni esposos, ni profesiones, ni sociedad alguna. ¿Quién podía saber en qué individuo se hubiera convertido de no haber sido fiel a todos los convencionalismos? ¿Sería como uno de aquellos pobres campesinos españoles que habían dejado la vida defendiendo sus convicciones? Imposible saberlo ya; su destino lo había arrastrado sin que él opusiera la menor resistencia. Decidió que volvería a llamar a su mujer al día siguiente, o al otro, cuando su mente se encontrara un poco más sosegada.

Joaquín Cuevas los había citado en la carretera a las siete de la tarde. Él serviría de guía hasta la casa cercana a Vallibona donde los padres de su alumno vivían. Se le veía contento y nervioso, como si aquel corto viaje fuera en realidad una excursión campestre. Durante el trayecto no paró de charlar, dándoles detalles sobre lo muy buena gente que eran los miembros de aquella familia y aventurando cuáles serían los resultados de la entrevista con ellos.

El cuadro que vieron al llegar no les resultó novedoso. Una mujer de mediana edad con tres chavales, todos ellos mirándolos con los ojos fijos. Cuevas, voluntarioso, representó su papel de enlace a la perfección. Los presentó, intentó tranquilizar a todo el mundo y fue él mismo quien comenzó a preguntar.

—Venga, Mercedes, cuénteles a estos señores lo que pasó cuando estaba usted visitando el *mas* de Herbers.

La mujer no se veía asustada porque debía de haber sido convenientemente instruida por Cuevas. Asintió, despachó a los niños en un gesto de prudencia, y los invitó a pasar a la estancia principal de la masía. Allí había preparado unos vasos, vino dulce y una bandeja de *pastissets*. El marido la siguió sin abrir boca. Tanto Infante como Nourissier se fijaron en la deferencia que los dos masoveros mostraban de cara al maestro. Cuando habían cumplido con todos los pasos previos que dictaba la hospitalidad, el marido comenzó a relatar lo que había visto en el *mas* de Herbers un día de noviembre.

—Entraron cuando ya se estaba haciendo de noche. Yo había ido a pasar el día con mi amigo Manuel. Le había llevado unas semillas de tomate muy buenas que él me pidió. Su mujer preparaba la cena cuando oímos voces fuera de la casa. Eran los dos maquis de los que ustedes quieren saber.

—Quieren saber sobre todo de La Pastora, espero que lo recuerdes, La Pastora es lo más importante para estos señores —le interrumpió Joaquín. El hombre cabeceó afirmativamente y prosiguió.

—Fue la Guardia Civil quien nos dijo después que era la Pastora, pero allí fue vestida de hombre y con el pelo cortado como un hombre. Iba muy desastrada, con una americana a rayas blancas y negras que le caía demasiado grande. Llevaba unos pantalones del color de los que llevan los soldados, calcetines blancos, sandalias y boina. El otro se había vestido con un traje de pana todo negro y alpargatas. La ropa de los dos se veía vieja pero no sucia. Nos llevamos un susto muy grande porque tenían armas.

—¿Diría usted que estaban muy cansados, hambrientos? —preguntó Nourissier.

—Sí, y para el frío que hacía iban muy desabrigados. Hubiera dado pena verlos si no hubiera sido porque eran mala gente. Muy delgados también estaban, y lo primero que pidieron fue comida. A la mujer de Manuel le dijeron que les preparara dos tortillas de patata. Mientras ella las hacía, el que no era La Pastora se fue con mi amigo Manuel a dar una vuelta por la casa. La Pastora nos apuntaba todo el rato con un rifle. Daba miedo porque no hablaba, sólo nos miraba de vez en cuando con unos ojos que eran como si te dejara en cueros.

—¿Le pareció que estaba asustada o a lo mejor incluso un poco desesperada? —intervino de nuevo el psiquiatra.

El masovero se encogió de hombros, hizo ademán de no saber. El maestro quiso ayudarle.

—El señor quiere decir si la vio usted como si ya

no pudiera más, como si ya no tuviera ninguna esperanza en la vida.

—No le sé decir; tenía una escopeta y estaba alerta de dos cosas a la vez: vigilaba que nosotros no nos moviéramos y que no llegara nadie a la masía. Nerviosa no estaba, eso no. Al cabo de una hora más o menos ya tenían en medio de la cocina lo que se querían llevar. Me acuerdo de que habían cogido ropa: un mono de trabajo, un traje de pana... También comida: panes, jamón, una bota de vino... ¡Ah!, y todas las cajas de cerillas que había en la casa.

—¿No querían dinero? —preguntó Infante.

—No, del dinero ni hablaron. A Manuel le extrañó mucho; pero a lo mejor ellos ya se dieron cuenta de que la masía era pobre. Lo que sí pidieron fue una escopeta, y no se creían que mi amigo no la tuviera. Allí sí que hubo un momento que yo pensé que se iba a liar, pero no pasó nada. Para mí que si ya llevaban tantos años en el monte como dijeron los guardias, no estaban para muchas historias y lo que querían era comer y largarse.

—Cuéntales más cosas de La Pastora —intentó el joven hacerle hablar.

—Ya les he dicho todo lo que sé, señor maestro; si supiera más cosas, más le diría, que nosotros tenemos mucha confianza en usted.

—Pero piensa bien, a lo mejor algún detalle se te ha pasado.

Infante se levantó en un impulso y, enfilando la salida de la casa, dijo:

—No creo que sepa nada más. Os espero fuera.

Nourissier y Joaquín, sorprendidos, acabaron de

completar el ritual de cortesía. Cuando subieron al coche, no les fue difícil percibir el enfado del periodista.

—¿Te ha parecido poco interesante, Carlos? —preguntó el maestro, apurado.

—Todo lo que ha contado ya me lo sé: uno se queda en la puerta vigilando, La Pastora iba vestida de hombre y casi no abrió la boca, Francisco exigió registrar la casa. La única diferencia entre una historia y otra está en el botín: unas veces roban panes y otras harina. Por lo demás, sin novedad en el frente.

—Lo siento, Carlos; de verdad. Yo hago mis averiguaciones y los convenzo para que os cuenten su experiencia, pero no puedo saber si es valiosa o no.

—Pues si eso es todo lo que puedes conseguir, dudo mucho que debamos seguir adelante. Te estás significando para nada.

—Ten un poco de paciencia. Estoy convencido de que alguno de esos padres de alumnos nos dará una pista definitiva, ya verás.

—¿Cómo puedes estar tan seguro?

—Lo noto en sus caras, en el sigilo que guardan al principio de hablar con ellos, en las miradas que se lanzan unos a otros.

—Ya no estamos para intuiciones, ¿comprendes?, perder el tiempo es lo peor que podemos hacer.

Nourissier le puso una mano en el brazo que agarraba el volante:

—Carlos, por favor —musitó para tranquilizarlo.

El silencio dominó el resto del trayecto. Compungido en el caso de Cuevas, mohíno en Infante, preocupado en Nourissier. Lo depositaron fren su alojamiento. El maestro dio las gracias y son como despedida.

—Has sido muy injusto con él —le afeó el psiquiatra a su compañero.

—Me da igual, no deja de darse importancia y marear la perdiz para nada.

—Creo que deberías tranquilizarte un poco.

—Yo creo que no. Teníamos un ovillo e íbamos tirando de un hilo que nos conducía hacia delante, pero de repente todo se para y estamos en el centro del ovillo otra vez.

Nourissier no respondió; suponía que Infante llevaba razón, pero no sentía el menor deseo de soliviantarse. Aunque todo parecía estar en contra, él se encontraba en un estado anímico ideal para pensar, y era lo único que le apetecía hacer: reflexionar sobre su vida, sobre él mismo.

Llegaron a la pensión. Era demasiado tarde para cenar, así que cada uno se encaminó hacia su dormitorio tras una mínima despedida. Dos minutos después de que el francés hubiera cerrado la puerta, Infante lo llamó.

—Me voy a dar una vuelta por el campo, ¿te apetece venir?

—¿A estas horas?

—Llevo una linterna y hay una luna llena espectacular.

—¿No tendremos mucho frío?

—También llevo calefacción —se abrió la pelliza y mostró una botella de coñac.

—Espera, voy a abrigarme.

Abandonaron el pueblo caminando a paso ligero, sin hablar. El aire era frío, pero seco. Nourissier empezó a respirarlo con placer.

—Ha sido una gran idea este paseo nocturno. ¿Sigues de mal humor?

—Con un par de copas se me pasará.

Llegaron a una era abandonada que absorbía la luz intensa de la luna, como un lago.

—¡Es precioso! —exclamó el psiquiatra—. ¿Me has traído a propósito hasta aquí?

—Vengo a veces, mientras tú te dedicas al trabajo científico en tu cuarto.

Se sentaron sobre el círculo plateado. Infante sacó la botella, bebió a gollete, se la pasó a su compañero.

—Hace días que no trabajo —dijo éste, y bebió también.

—¿No trabajas? ¿Y qué haces tanto tiempo encerrado en esa maldita pensión?

—Pienso.

—¡Vaya por Dios!, pasarás de psiquiatra a filósofo.

—Ojalá.

—¿Y has llegado a alguna conclusión?

—Para pensar se necesita serenidad, para sacar conclusiones, paciencia, y para ponerlas en práctica, valor.

—Pues yo no tengo ninguna de las tres cosas. Por eso prefiero no pensar.

Se echaron a reír y le dieron un nuevo y largo tiento a la botella. Nourissier notó cómo el alcohol empezaba a calentarle las venas y se sintió bien.

—Tienes suerte, Carlos —dijo.

—¿Se puede saber por qué?

—Porque eres libre, haces siempre lo que te da la gana.

Infante se puso serio, miró a la luna, después a su compañero:

—A veces pienso que ser libre es hacer lo que debes y no lo que te da la gana.

Nourissier dio un grito burlón, se puso a aplaudir:

—¡No puedo creerlo, te has convertido en un moralista!

—He aprendido de ti.

Se había creado ya una inercia con la bebida y se pasaban la botella el uno al otro cada pocos minutos. Nourissier rompió de nuevo el silencio.

—¿Por qué te acostaste con aquella mujer?

—No sé, me apetecía. Llevaba mucho tiempo sin hacer el amor. ¿A qué viene eso ahora, te apetecía a ti también y no te atreviste?

—Ni siquiera me lo planteé. Ése es el problema conmigo; hay cosas que nunca me he planteado. Pienso que no me corresponde hacerlo y punto.

—¿Cómo sabes lo que te corresponde y lo que no?

—Ése es otro problema: no lo sé. Supongo que lo aprendí de pequeñito, me lo dijeron, lo vi... Mediocridad, mi querido amigo, mediocridad.

—No te pongas solemne. Bebe un poco más.

—He oído cosas terribles en este país, las he palpado, las he sentido. No creo poder seguir viviendo como hasta ahora lo he hecho. Me parece que soy como un niño mimado y no quiero serlo más.

—Me alegro mucho de que te hayas dado cuenta;

en efecto, la vida es una mierda, pero no me des la lata, por favor. Bebe de una vez.

—La botella está casi vacía.

—Perfecto. Acabémosla y servirá de diana. La pondré allí y haremos un campeonato de tiro de piedra. ¿Aceptas el reto?

—Lo acepto.

Dieron los últimos sorbos. Infante se levantó, algo tambaleante, y se acercó a los matorrales buscando un sitio donde colocar la botella. De pronto vio cómo una sombra se movía en la oscuridad, muy próxima a él. En vez de gritar o pararse, siguió avanzando y, cuando se encontraba muy cerca, apartó los matorrales y pudo distinguir con claridad la cara del joven que otras veces lo había seguido. Se abalanzó en su dirección con intención de agarrarlo pero tropezó y cayó sobre unas zarzas. El chico saltó por encima de él para huir, pero Infante, a pesar de estar algo borracho, pudo ponerse en pie casi inmediatamente y empezó a perseguirlo. Ambos pasaron a toda velocidad junto a la era en la que estaba tumbado Nourissier, que no entendía qué estaba pasando.

—¿Adónde vas, Carlos? —preguntó con voz lastrada por el alcohol.

Infante estaba casi alcanzando a su presa, pero no conseguía aproximarse lo suficiente como para lanzarse sobre sus piernas. En un momento de desesperación empezó a chillar:

—¡Párate, cabrón, párate! ¿Por qué me sigues, di, por qué?

En el esfuerzo de hablar, la pequeña ventaja que le llevaba el muchacho se hizo mayor y, tras un instante, se incrementó lo suficiente como para que perseguidor comprendiera que había perdido la carrera. Sin respiración y con un fuerte dolor en el pecho, Infante se dejó caer de rodillas sobre la hierba. Allí, poco a poco, fue recuperando el resuello hasta que pudo levantarse y regresar hasta la era, aún jadeando. Nourissier, completamente derrotado por la bebida, estaba a punto de dormirse cuando llegó pero, al verlo, se reanimó y dijo en tono ebrio:

—¡Carlos!, ¿adónde habías ido?

Su compañero estaba furioso, enloquecido de frustración. Descubrió que aún llevaba la botella de coñac en la mano y, en un arrebato, la estampó contra el suelo haciendo que los cristales saltaran en todas direcciones. El francés no se inmutó demasiado.

—Pero, Carlos, ¿qué haces? ¿Y ahora qué vamos a beber?

—Beberemos la sangre de los inocentes.

—Entonces vamos a pasar mucha sed, porque inocente, lo que se dice inocente, no existe casi nadie.

Infante se dejó caer junto a él y comenzó a reírse a carcajadas. Era una risa metálica, crispada, histérica, que se extendió en la noche como un eco fantasmal.

—No te rías tan fuerte, que no puedo dormir.

—Duerme, francés, duerme, tú que tienes conciencia de ángel.

El aire, claro y transparente, empezó a moverse en imperceptibles ráfagas de viento que fueron incrementándose cada vez más. De madrugada, un enorme vendaval estremecía las copas de los árboles, arrastraba hierbas secas y movía los cabellos de los dos hombres dormidos sobre la era.

Volvimos a lo nuestro, que era caminar y caminar por el monte. Dimos rodeos hasta enfilar hacia Castellot porque seguía la alerta de la Guardia Civil, que veíamos guardias pasar en camión de un lado a otro como si no tuvieran nada mejor que hacer. ¿Hasta cuándo iban a estar buscándonos?, le daba yo a la cabeza, ¿no se iban a quedar conformes hasta que nos mataran? Seguro que estaban muy furiosos porque ya no quedaban otros maquis a los que cazar. Iban a por nosotros, porque además debían de pensar que ya estábamos en las últimas. Pero no, podíamos escondernos y vivir. Claro que ya no era como antes cuando estaban los compañeros y teníamos puntos de apoyo. No, ahora había que ir apañándose día a día. Volvimos a robar. ¡Hasta un par de corderos robamos!, por la noche, cuando no estaba el pastor. Nada de presentarse y llevarse las provisiones en nombre del pueblo y la libertad. Pero ¿ustedes saben lo que es robar un cordero? Hay que matarlo, desollarlo con la navaja, esperar que se seque la sangre y luego cargarlo monte arriba hasta donde hagas vida. Una faena muy grande. Acabamos los dos molidos, sin fuerza ni para hacer fuego y asar algo de carne. Nos echamos a dormir en cuanto llegamos. Yo llevaba sangre del cordero por el cuello que se me había mezclado con el sudor y parecía que me hubieran pegado un tiro. Pero el peor era Francisco que, aunque cargaba con el cordero más pequeño, al no tener tanta fuerza como yo arrastraba los pies y más de una costalada se dio. Yo, por mí, hubiera dejado los corderos vivos y los hubiera criado para verlos crecer y que nos hicieran compañía, pero Francisco me dijo que si estaba loco, y llevaba razón; hay que estar muy loco para decir eso. Pero es que sin querer me salían esas cosas porque lo que quería era quedarme quieto en algún sitio, hacer como que teníamos una vida normal.

Nada, miserias, que nos habíamos vuelto unos miserables sin nada en el mundo. Francisco ahora sólo miraba por encontrarse con su familia, pero no pensaba qué pasaría al día siguiente de verlos. Yo sí, y me daba cuenta de que no pasaría nada, de que seguiríamos igual por el monte, sacando un poco de comida de aquí y otro de allá, unos cuantos duros quitados a algún masovero de vez en cuando. Aquello era una batalla perdida, pero daba igual; yo haría lo que quisiera Francisco porque era mi amigo y si quería ir a Castellot pues iríamos. Él me dijo un día en el camino:

—Oye, Pastora, que si quieres voy solo y tú me esperas en un sitio seguro, que esto es peligroso y tú no tienes por qué pasarlo.

Le contesté que me dejara en paz y que yo iba donde me daba la gana y que todo era peligroso ahora para nosotros: irse o quedarse, tirar para arriba o para abajo. En cualquier parte nos podían matar, a cualquier hora. Así que más valía no tener conversaciones sobre los peligros, no fueran a traernos mal fario.

Llegamos por fin a los alrededores de Castellot a

últimos del mes de mayo. Ustedes ya me conocen un poco como para saber que no me gusta darme importancia y decir cosas buenas de mí mismo; por eso lo que voy a decir ahora tómenselo para bien: yo soy un hombre valiente y también era valiente cuando era mujer. Habrá sido a lo mejor por pasarme la vida tan solo y haberme criado casi como un animalico, con los corderos en el monte; pero el caso es que miedo, lo que se dice miedo no he tenido jamás. Pues bueno, aquel día de Castellot sí tuve un poco. Era como ir a meterse en la boca del lobo, y la boca se podía cerrar de un momento a otro. Guardias había a mansalva. Claro que ya hacía tiempo que habían pasado las cosas y no tenían la casa de Francisco vigilada; pero aun así, a ver cómo nos acercábamos para darles noticia de que estábamos allí al lado. Francisco me dijo:

—Podías vestirte de mujer otra vez y llegarte hasta casa de mi madre, que por lo menos está más apartada de la plaza.

—Quítate eso de la cabeza porque yo de mujer no me voy a vestir nunca más, y menos ahora que pueden pegarme un tiro y ¿qué quieres, que me muera disfrazada? Pues no, yo moriré como hombre que soy —le contesté.

Al final hicimos lo más fácil y lo único que se podía: me acerqué yo por la noche y quedamos que la familia iría a una masía abandonada donde ya se habían visto otras veces. La madre avisaría a su nuera, que acudiría con las hijas. Y así fue.

Yo, como siempre, me escondí lejos para que no se quedaran cortados por mi culpa ni les diera vergüenza. Pasó por allí toda la familia y en el último momento estuvieron solos marido y mujer, me imagino que haciendo sus cosas de matrimonio. Nos trajeron bastante comida que habían comprado con el poco dinero que tenían. Cuando se acabó la visita me creí que iba a ver a Francisco como ya lo había visto otras veces que tenía que dejar a los suyos, con los ojos encarnados de tanto llorar, pero no, estaba seco como un palo cortado, más seco que nunca y con la vista perdida en el aire. Para mí que sabía que era la última vez que iba a verlos, que les decía adiós para siempre sin decírselo a las claras, y que ya sabía que las lágrimas no iban a cambiarle la suerte. Y de eso estuve ya seguro cuando quiso que, al salir de Castellot, fuéramos a Villarluengo para visitar a un matrimonio anciano con una hija loca que eran tíos de su mujer y él los quería mucho. Allí cenamos con ellos y también nos dieron comida para llevarnos. Pasó lo mismo: besos y abrazos y todo el mundo muy triste, pero a Francisco se le veía duro como una piedra. Se despedía y no quería llorar más. Seguro que íbamos a marcharnos lejos y por mucho tiempo, me imaginé.

Aquella mañana, Infante había salido a dar una larga caminata por el monte. Lo hacía a menudo en los últimos días porque sólo así lograba apaciguar su ansiedad. Había abandonado la esperanza de que alguien en el bar o en algún lugar del pueblo, mediante una conversación casual, le facilitara datos sobre el escondrijo de La Pastora. Y sin embargo, a pesar de aquel desierto total de pruebas, tenía siempre la impresión de que la teoría del maestro era correcta. No resultaba creíble que los habitantes de la zona no hubieran visto nunca, ni siquiera en un vislumbre, a una mujer que se encontraba escondida en los alrededores. La conclusión era que, simplemente, guardaban silencio para evitarse cualquier complicación. En tal caso, tarde o temprano Joaquín Cuevas daría en el blanco. La seguridad que éste tenía en el éxito también lo indicaba así. La única duda estribaba en saber con qué celo estaba cumpliendo el cometido que prometió llevar a cabo. A veces tenía la sensación de que el maestro le daba largas a propósito, como si ya conociera el paradero de la mujer y estuviera reteniendo la información por algún motivo que no conseguía imaginar.

Andando por aquellos caminos, subiendo laderas y bajando barrancos, se preguntaba dónde podía ocultarse la bandida. Cuando se acercaba a alguna cueva natural se le aceleraba el corazón. Caminaba hasta la boca y miraba dentro. El aire fresco de las sombras le daba en la nariz. ¿Quién podía ser capaz de vivir allí durante dos años en completa soledad? ¿Cómo sobrellevar las largas noches, el frío en invierno, la incomodidad? ¿De qué manera se aprovisionaría de comida, de agua? ¿Qué haría cuando le doliera una muela o creyera necesitar a un médico? Y sobre todo, ¿qué temple era necesario en una persona para mantenerse tanto tiempo sin ver a un semejante, sin hablar, sin la más mínima comunicación humana? Todas aquellas dificultades, sin embargo, no eran nada comparadas con la ausencia de futuro. Todo el mundo se mostraba consciente de que el régimen franquista no era una situación política que fuera a desaparecer en un plazo breve. Entonces, ¿qué planes podía hacer una fugitiva atrapada en el monte? Si lo único que buscaba era sobrevivir, acabaría convertida en una alimaña. Eso le hacía pensar en las historias inventadas o ciertas de niños salvajes amamantados por los lobos en el bosque, criados a su propio albur en un medio hostil. En algunas ocasiones tenía aún la impresión de que todo aquello era una locura imposible, algo que había leído en un libro, una leyenda sin fundamento real.

Cuando llegó a la pensión, sumido en sus cavilaciones, se llevó una sorpresa mayúscula al ver un taxi de Barcelona aparcado en la calle. Dejándose arrastrar por un extraño impulso, estuvo a punto de dar media vuelta y marcharse de nuevo. Luego, avergonzado por su absurda reacción, entró en la casa y se dio de bruces con la patrona.

—¿El taxi...? —Antes de que hubiera terminado de formular la pregunta, la mujer le informó, emocionada por lo inusual del hecho:

—Es un taxi de Barcelona que ha traído a una señora francesa. Yo diría que es la mujer del doctor porque está en la habitación con él. El taxista me preguntó dónde estaba el bar del pueblo y se ha ido para allá.

Infante subió a su habitación con un verdadero ataque de curiosidad; deseaba enormemente saber cómo era la esposa de Nourissier, pero tuvo que aguantarse. Al pasar por delante del cuarto de su amigo, oyó voces en el interior y no le pareció adecuado llamar, así que entró en el suyo dispuesto a dejar la prudencia de lado. En cuanto percibiera que salían, iría a su encuentro.

Nourissier, a pesar de estar hablando con su mujer, se dio cuenta de que los pasos de Infante habían sonado en el pasillo. Estuvo seguro de que para su compañero sería tan sorpresivo ver a su esposa como lo había sido para él un par de horas antes. Al abrir la puerta había permanecido quieto y sin reaccionar; únicamente su voz le hizo salir del pasmo y tomarla entre sus brazos para apretarla contra sí. Besos, caricias, nuevos abrazos... Ambos cayeron sobre la cama y, antes de intercambiar una palabra, hicieron el amor con deseo, pero también con un cariño desbordado y gozoso. Después rieron, sorprendidos y felices por haber antepuesto el sexo a alguna otra consideración. Se vistieron y empezaron a charlar. El psiquiatra estaba exultante y se preguntó a sí mismo cómo había sido capaz de vivir sin su mujer todo aquel tiempo.

—¿Qué te ha hecho venir faltando tan poco para mi regreso? —le preguntó, sonriente.

—Quería darte una sorpresa.

—¡Pues me la has dado, vaya que sí! ¿Cómo están las niñas?

—¡Te echan tanto de menos!

—Yo también a ellas. Había días en que temía que cambiaran tanto en tres meses que no pudiera reconocerlas.

—¿Y de mí no te acordabas? —dijo ella, mimosa.

—Cada hora, a cada instante. Pero no me había dado cuenta de hasta qué punto te añoraba. Ahora sí, ahora sé lo mucho que te necesitaba.

—Bueno, ya pasó todo. Ahora volveremos juntos y no nos separaremos nunca más.

—¿Piensas quedarte hasta que acabe el plazo?

Ella se tensó de repente, no contestó enseguida, se quedó mirándolo con dureza.

—Ese plazo lo has puesto tú, ¿no es cierto, Lucien? En ningún caso se trata de que tu jefe en el departamento, o un juez, una autoridad máxima, una obligación ineludible te obligue a quedarte aquí quince días más.

El rostro de Nourissier se había ensombrecido. Miró a su esposa tristemente.

—Sí, es cierto. Ese plazo lo he puesto yo y creo que debo cumplirlo hasta el final.

—¿Por qué, de verdad piensas que en quince

días vas a conseguir lo que no has conseguido en dos meses y medio?

—No, es muy posible que lleves razón y no vaya a conseguir nada, pero se trata de una especie de..., no sé cómo llamarlo, una especie de acuerdo conmigo mismo, algo así como un símbolo.

Ella elevó la voz, nerviosa, alterada:

—¿Un símbolo, un símbolo de qué, Lucien?

—Un símbolo de mi libertad.

Toda la contención de la que ella había hecho gala hasta el momento desapareció y su emotividad se vio desbordada. Los labios empezaron a temblarle y su mirada se volvió fiera.

—Exacto, tú lo has dicho: de pronto descubres tu auténtica cara. Has vivido todo nuestro matrimonio sólo pensando en tu profesión, en tus pacientes, en tu sagrado deber, en tus estudios, en ti mismo. Yo y las niñas somos sólo un adorno, la familia que parece necesaria como marca de respetabilidad, pero en el fondo no te importamos nada.

—¿Cómo puedes decir eso, Evelyne? Tú sabes que no es cierto, sabes que no hay nada más importante para mí que vosotras, sabes que os adoro.

—Entonces vuelve conmigo a París hoy mismo. Tengo un taxi que nos llevará a Barcelona, tengo dos billetes de avión para mañana por la mañana.

—Por lo que veo, esto se ha convertido en una especie de reto. Lo crucial no es estar conmigo, sino hacerme volver. ¿Puedo preguntar por qué?

—Porque en estos meses he tenido tiempo para pensar y necesito una prueba de que no antepones tu mundo a tu familia.

—Lo siento, no voy a jugar a ese juego. Volveré dentro de quince días como estaba planeado y si fueras una mujer realmente madura lo comprenderías y no forzarías esta absurda situación.

—Tú sí puedes jugar, ¿verdad? Juegas a erigirte en héroe de los pobres y desesperados de este maldito país, representas el papel del científico que sólo busca el bien de la humanidad, pero en el fondo sólo eres un niño mimado, ególatra hasta la saciedad. Me voy, Lucien, vuelve cuando quieras, pero aunque sigamos juntos debes saber que nada será igual entre nosotros, nunca más.

Salió precipitadamente y dio un portazo. Sólo unos segundos después se percató de que había olvidado su bolso, entró de nuevo en la habitación y volvió a salir. Nourissier fue tras ella. En ese momento, Infante abandonaba su cuarto porque el golpe en la puerta le había dado la señal que esperaba para conocer a la mujer de su amigo. Se aproximó hacia ella con una sonrisa en la cara y la mano extendida. Nourissier aventuró una presentación:

—Evelyne, él es Carlos Infante, mi compañero de viaje.

Lo miró de arriba abajo con un rictus de desprecio infinito en los finos labios y les dio a ambos la espalda sin decir una sola palabra. Luego caminó deprisa pasillo adelante hasta que la perdieron de vista en la escalera. Le pareció una mujer bellísima: morena, alta, con la piel muy blanca y aspecto espiritual. Comprendió que algo no iba bien. Mirando la desencajada mueca de Nourissier, dijo discretamente:

—Perdona, luego nos encontramos.

El francés atajó el movimiento que hizo Infante para encaminarse a su habitación y le pidió en voz baja:

—Pasa.

Obedeció. Ocupó el asiento en el que sólo un momento antes estaba la esposa del psiquiatra. Guardó silencio.

—¿Sabes qué dice mi mujer? Dice que ha tenido tiempo para pensar y darse cuenta de que soy un ser egoísta que sólo vive para sí mismo. ¿Y sabes qué pienso yo? Pienso que lleva razón.

—No decías eso el otro día.

—Te equivocas; que haya estado siempre en el lugar destinado para mí no alteraba el orden de mis prioridades, y es cierto que mi familia no ocupó nunca el primer lugar. A la cabeza siempre he estado yo: mi trabajo, mi carrera, mi mundo.

—¿Y ha venido desde París para decirte eso?

—Ha venido porque está harta y quería una demostración de amor por mi parte: que regresara hoy con ella a nuestra casa.

—¿Eso tiene arreglo?

—No. Si vuelvo con ella, me pliego una vez más a lo que es mi papel. Si me quedo, algo muy importante se romperá. Siempre es así, la vida se vuelve tan compleja, se intenta compaginar tantas cosas, que al final todo se tambalea bajo tus pies y te conviertes en un ser indefenso que no sabe adónde agarrarse.

—Los campesinos que viven en estas tierras no tienen ninguna elección, ni los tipos que han matado en la guerra, ni esa condenada Pastora a la que buscamos. Pero tú sí la tienes.

—Eso no hace sino aumentar mi conciencia de ser un estúpido.

—Oye, te estás atormentando inútilmente. Siempre se paga un precio por todo, ¿no sabías eso? Poder escoger se paga también.

—Tú has tenido la inteligencia de saber renunciar a muchas cosas.

—No hablemos de mí. ¿Qué sabes tú de mí?

—Lo que me has dejado saber.

—Demasiado, quizá. Dejemos esta conversación, me pone nervioso y además es inútil. ¿Te sientes bien?

—No lo sé.

—¿Quieres salir a dar un paseo?

—No, me quedaré un rato aquí.

—¿Quieres que tomemos una copa?

—No, mejor no.

—Entonces me voy. Nos veremos después.

—Gracias, Carlos.

Infante no respondió al agradecimiento. Abandonó la habitación, se puso su zamarra y salió a comer en el bar.

Yo ya me imaginaba que las cosas no iban a ser lo mismo después de la última visita a Castellot, pero no sabía por dónde iba a salir Francisco, si le daría por volver a nuestra cueva y quedarnos allí tranquilamente o si querría seguir corriendo de un lado a otro. Tuve que esperar para enterarme. Primero sí que fuimos a la cueva, parando algún día por el camino para comprar víveres. Llegamos que sería el día 8 o 10 de noviembre. Hacía frío y yo estaba cansado, así que la cueva me pareció como mi casa. Hice un fuego fuerte y nos calentamos. Todo estaba como lo habíamos dejado porque era muy claro que aquel sitio no lo podía encontrar nadie. Las pieles de poner en la cama, los candiles, la leña apilada, un par de garrafas de vino, una cántara de miel pequeña, las armas de repuesto..., todo estaba igual. La verdad es que yo no había tenido una casa tan apañada y tan segura en toda mi vida. A Francisco le gustaba menos, seguramente porque había vivido en sitios mejores. Renegaba de vez en cuando diciendo que parecíamos lobos en su gruta o conejos en su madriguera. Yo no me hacía mala sangre y todo me parecía bien. De todas maneras, no creo que fuera por culpa del sitio por lo que enseguida quiso salir a hacer correrías. Por las provisiones tampoco, que teníamos aún algunas cosas guardadas. Más bien quería salir porque no estaba tranquilo y en paz y allí, quieto y un día igual que el otro, se condenaba. También supongo que pensaba como siempre en su familia y se ponía malo imaginándose que no los vería más. Y ya se sabe que se piensa menos moviéndose que parado.

El día 26 de noviembre ya quiso ir a dar un golpe a un *mas*. Dijo que le apetecía comerse una buena tortilla y no todos los días pan y jamón. Nos plantamos en la masía Arnau y es verdad que le dijo a la masovera si tenía huevos para cocinarlos. No pidió dinero. Nos llevamos unas cuantas cosas: cerillas, panes, un poco de ropa vieja..., luego volvimos a la cueva. Ese día yo sí que me enfadé. Mirando lo que habíamos sacado me planto delante de él y le digo:

—Oye, Francisco, ¿tú crees que vale la pena arriesgarse por esta miseria?, ¿te parecería bien que nos cogieran los civiles por habernos comido una tortilla, por más buena que esté?

No nos peleamos porque él enseguida me reconoció que llevaba razón.

—Tranquilo, Pastora, que ahora nos quedamos aquí refugiados todo el invierno. Y si nos falta algo iré yo a robarlo. Nada de asalto, un robo cuando nadie me vea y en paz.

Así fue, nos quedamos todo el invierno en la cueva y él se llegó a Vallibona varias veces por la noche para robar harina. Sí es verdad que se hacía muy pesado comer cada día lo mismo, pero yo enseguida me acostumbré. Y hasta hacía sopas con pan y la grasa del jamón. Francisco no lo decía, pero le gustaban.

Todo lo bueno se acaba, dice la gente, y se acabó el

invierno bueno que habíamos pasado y llegó la primavera. Francisco había estado todos los meses de frío bastante tranquilo. Apagado, sin ganas de nada y sin humor alegre, todo el día rumiando y metido en sus pensamientos. Pero en cuanto llegó marzo y luego abril, ya quería meneo. Empezamos otra vez con los asaltos. Hicimos muchos. Lo malo era que nos dábamos cuenta de que los masoveros ya nos miraban mal. Como los compañeros maquis estaban en Francia y no se les había visto más el pelo, no era como antes. Antes algunos, muchos masoveros, estaban a favor del maquis y contra Franco. A nadie le hacía gracia soltar cosas o dinero por las buenas, pero había gente que la comida te la regalaba con gusto. Ahora no, ahora el tiempo iba pasando y todo aquello se olvidaba. Así que había que amenazar con las armas y todos parecía que te querían ver muerto. Y amenazábamos, yo el primero, porque como además no te recibían bien, te daban más ganas de ponerte en plan hijoputa, con perdón.

En aquellos asaltos Francisco cada vez se iba atreviendo más, pero no para sacar mejor provecho, que poco había al final, sino como si tuviera muchas ganas de arriesgarse. Y yo iba detrás de él, y delante si hacía falta. Hasta que pasó lo que tenía que pasar. En la masía Blasco pasó. Había allí dos matrimonios viejos y otro más joven con sus cinco hijos. Llegamos a las diez de la noche cuando ya se iban a dormir. Francisco había dicho que ya estaba harto de que sacáramos miserias de los asaltos y que esta vez iba a pedir dinero. Pidió diez mil pesetas y los amenazó con matarlos a todos. Les advirtió que aquello era una venganza por cómo lo habían tratado a él seis años antes; así que al dueño lo mataríamos de todas maneras y que, con el dinero en mano, se salvarían todos los demás. Les llamó de todo, insultos y reniegos, y les dio golpes con la mano, con la culata de la metralleta también. Chillaban y lloraban, pedían que los dejara vivos, pero él no se apiadó. El yerno del dueño salió a decir que no tenían tantas pesetas en casa, pero que iría al pueblo a buscarlas y que vendría con ellas. Francisco lo dejó ir y le dio un plazo de tres horas, ni una más. Si no se presentaba o si avisaba a los civiles nos cargábamos a toda la familia, a todos, a los niños también. Yo me lo creí porque hacía mucho tiempo que no lo veía tan furioso y era como si a cada momento que pasaba se fuera poniendo más.

No habían pasado las tres horas cuando yo, que vigilaba sin parar en la parte de fuera, me di cuenta de que a no más de cien metros se movía gente y nos estaban rodeando. Me fui despacio y sin hacer ruido para la puerta y di unos golpecitos que teníamos convenidos si había peligro. Luego me escapé un buen trecho hasta que los vi por la espalda, eran guardias y estaban escondidos entre la maleza. Me puse a dispararles, pero en ese momento salía Francisco de la casa y ellos empezaron a dispararle a él, así que tuve que cubrirlo y tirar más tiros aún. Mi compañero no se acobardó, oí que les pegaba varias ráfagas de metralleta. Después se subió a un tejado y les lanzó dos granadas de mano. Salió al patio de atrás y oí gritos y más ráfagas. En la oscuridad pude ver que saltaba al campo de centeno junto a la casa y empezaba a correr hasta donde había calculado por los tiros que yo estaba. Los civiles se volvieron locos a disparar, pero no le dieron porque, como les digo, estaba muy oscuro. Le hice una señal y le di un pitido y enseguida me encontró.

—¡Vámonos, Pastora! —me gritó, y salimos corriendo por el monte. No nos seguían, pero daba igual, seguimos corriendo y luego andando cuatro o cinco horas más sin pararnos un momento y sin hablar. Cuando ya nos pareció que estábamos bastante lejos, nos echamos al suelo para descansar.

—¡Me cago en Dios! —soltó Francisco—. ¡Tener que dejar los macutos con todo lo que llevábamos! Ese hijo de puta del yerno tiene que pagármelas alguna vez. Volveremos.

—Déjalo en paz y olvídate de él. ¿Qué fueron esos gritos en la casa y las ráfagas que pegaste al final?

—Tuve que cargarme a un tío que no me dejaba salir.

—¿Pues no decías que en la masía sólo estaba la familia?

—Ése venía de la montaña por la parte de atrás.

—Entonces debía ser el pastor que tenían.

—Pues ya hay un pastor menos en el mundo, mira tú.

—Has estado a punto de que te mataran.

—Me da igual.

—Es que eso de los secuestros es muy mala historia, Francisco, porque nadie tiene dinero en su casa y si han de ir a buscarlo al pueblo, siempre la vamos a liar. Ya no es como antes y la gente avisará a la Guardia Civil seguro. Si dejas marchar a alguien de la casa, estamos vendidos.

—¿Tienes miedo, Pastora?

—No.

—Entonces no me marees.

No lo mareé y seguimos haciendo secuestros. En cuanto llevábamos un tiempo tranquilos en la cueva, se ponía nervioso y, aunque no necesitáramos dinero ni comida ni ropa, salíamos «de ronda» y cada vez era todo más peligroso. Pero eso era normal, porque los peligros los buscaba él. Por lo menos así debía de parecerle que estaba menos amargado y el tiempo le pasaba más deprisa avistando las masías, vigilando las entradas y salidas de los dueños... y si estaba mejor así, así lo haríamos.

Asaltamos masías en la provincia de Teruel, también la masía Colela, cerca de Morella. Secuestramos a las nietas del tío Valero, como venganza por lo que había hecho cuando ayudaba a la AGLA, la Agrupación Guerrillera de Levante y Aragón. En todas partes repartíamos bastantes palos y nos íbamos con diez mil pesetas, que era lo máximo que pedíamos porque todo el mundo estaba pobre y no se podía sacar más. En todas partes avisaban al final a la Guardia Civil y siempre salíamos con ellos pisándonos los talones, pero ni por casualidad nos alcanzaron jamás. Lo hacíamos bien y nos lo conocíamos todo al dedillo, así que los civiles debían de estar rabiosos como fieras de no poder nunca tocarnos ni un pelo.

Yo amenazaba y pegaba como el que más porque nadie me daba lástima. ¿Quién había tenido alguna vez lástima de mí? Pero no me ponía tan fiero como Francisco, que parecía que todo el mundo tenía la culpa de sus males. En fin, íbamos escapando con bien y mi compañero estaba bastante en paz, que eso ya era mucho. Sólo una vez, en una masía cerca de Fortanete, creí que las cosas se iban a torcer. Llegamos al atardecer y la mujer estaba en la cocina preparando la cena. El marido y los hijos estaban fuera, en el campo aún. Los esperamos y, según iban entrando, los íbamos cazando. Francisco los mandó a todos sentarse en el suelo de la cocina. Empezó la historia de siempre: «Queremos diez mil pesetas», «No las tenemos» y así mucho tiempo. En un momento del tira y afloja, de repente Francisco se queda mirando a una de las crías, la más pequeña, como si estuviera loco. La miraba fijo, fijo como si fuera a comérsela con los ojos. De repente va y dice:

—¡Qué lástima me da! Yo tengo una hija de la edad de ésa y no volveré a verla nunca.

La madre estaba temblando de miedo, temblando. Le pasó la mano a la niña por encima del hombro y dijo:

—No le haga nada, por Dios se lo pido.

Le caían lagrimones por la cara y la barbilla le temblaba como si tuviera mucho frío.

—Yo no mato niños; cállate ya.

Pero no era verdad, yo le había visto matar críos; por eso yo estaba tan nervioso como la mujer. Menos mal que se le pasó enseguida.

Al final se fue el padre a buscar el dinero y quedamos con él en un punto del monte adonde tenía que venir a dárnoslo. Nos trajo siete mil pesetas y las otras tres mil se las perdonamos. También avisó después a los guardias, pero nosotros ya estábamos lejos.

De vuelta, andando, andando, Francisco volvió a acordarse de la cría que habíamos visto y le volvió a dar la pena que siempre le entraba cuando pensaba en su familia, pero esta vez aún más fuerte y con más tristeza. Le dije que nos sentáramos a comer un rato debajo de un pino muy hermoso. Sacamos pan y tocino. Nos pasamos la bota. A pesar de los tragos no se le iba la niña de la cabeza. Dijo:

—Bueno, Pastora, las cosas de la vida son así, y anda que nuestra vida no ha sido mala, mala malísima. Todo por lo que he luchado se ha ido al traste y las pocas personas a las que quiero en el mundo no puedo verlas nunca más.

Yo, cuando se ponía de esa manera, siempre hacía como que no veía la verdad y lo consolaba con que no se preocupara, con que no era así, con que un día todo esto pasaría y volvería con los suyos, sus niñas y su mujer... pero esta vez me callé. Me callé porque él hablaba muy en serio, como si ya supiera que no había nada que hacer y se conformara. ¿Qué iba a contarle yo que él se creyera?

—Pero ahora, Pastora, ya me he hecho a la idea y lo mismo me da ocho que ochenta. Estamos más perdidos que las ratas, pero no pienso acoquinarme ni arrastrarme como un gusano. A lo hecho, pecho. Que corra como un conejo el que sea cobarde. Yo haré lo que tenga que hacer, pero no me voy a decir mentiras a mí mismo: a mis niñas no las veré ni crecer ni ya crecidas, a mis niñas no volveré a verlas más. Así es.

Yo me acordaba de cosas que había oído cuando crío: hombres que se colgaban de una viga porque no podían aguantar la tristeza, otros que se ponían la escopeta de caza en la boca y se pegaban un tiro porque sabían que iban a pasarlo muy mal y preferían morir. En aquel momento tuve miedo de que a Francisco le diera un viento de ésos y se saltara allí mismo la tapa de los sesos. Pero luego, por otra parte, ¡lo veía tan sereno y tan en su sitio! No sabía por dónde cogerlo y me callé. Estuve callado todo el rato mientras hablaba.

—Pero ya verás, Pastora, haremos grandes cosas a partir de hoy. Se acabó la miseria en la casa del pobre.

Vamos a hacer que todos esos cabrones de guardias y capitalistas bailen al son que nosotros toquemos. Se van a enterar. Pero hagamos lo que hagamos hay una cosa que tengo segura, y es que a mis niñas no volveré a verlas más.

Todo lo que dijo resultó ser verdad: tenía planes para hacer grandes cosas y a sus hijas no volvió a verlas más, nunca más.

Los días sucesivos a la intempestiva visita de Evelyne Nourissier tuvieron un sabor amargo que ninguno de los dos compañeros quiso reconocer. El psiquiatra pasó del ritmo lento que había impuesto a sus acciones a la completa inactividad. Se recluía en su habitación de modo sistemático y sólo se reunía con Infante para las diferentes comidas del día. Durante ese tiempo, no se mostraba deprimido sino ausente. Participaba en la conversación con una triste sonrisa y no parecía preocuparse por nada de lo que le rodeaba, como si se hallara flotando en un estado de conciencia superior. Infante le seguía aquel juego de apariencia civilizada, pero cada vez se sentía peor. Era como si estuvieran dejando pasar el tiempo pausadamente, sabiendo que pronto llegarían a lo que sería un desenlace incompleto y frustrante. De cualquier modo, no se atrevía a sincerarse con el francés, atento siempre a su estado de ánimo frente a lo que a todas luces parecía una ruptura sentimental. Anclado en aquel lugar de manera absurda, tenía la sensación de haber pasado toda la vida así: callado, inactivo, reconcomido por sus problemas internos sin atreverse nunca a dar un paso en algún sentido que supusiera una liberación.

Los contactos con Joaquín Cuevas seguían siendo tan continuos como improductivos; aunque quizá era injusto decir eso, pensó Infante, porque en realidad el maestro no paraba de ir a verlo con nuevas posibilidades de testimonios. Era como si todos los padres de sus alumnos hubieran sido atracados alguna vez por aquella mujer, o estuvieran cerca cuando ella actuó o alguien les hubiera contado algún caso en el que La Pastora se erigía en personaje central. El propio periodista declinaba la ayuda. Nada nuevo podía aportar la narración de unos asaltos que estaban siempre cortados por el mismo patrón. Además, había decidido no contarle nada a Nourissier de aquellos ofrecimientos. Por mucho que afirmara estar interesado en las narraciones de los testigos, lo cierto es que después demostraba prestarles poca atención.

Todas aquellas circunstancias no pasaban en balde para Infante. Poco a poco, su sensación de parálisis e inutilidad se iba acentuando. En vano se decía a sí mismo que era mejor para sus intereses permanecer tal y como estaban. Pronto se cumpliría el plazo final y Nourissier le pagaría una cantidad que era más que suficiente. Lo único que tenía que hacer era aceptar el dinero y volver a su vida habitual. Sin embargo, era en ese punto, teóricamente la meta deseada, donde su sensación de malestar se acentuaba. El mero hecho de pensar en lo que hasta entonces había sido su vida diaria le hacía sentir un leve mareo. Estaba en un callejón sin salida y le horrorizó representarse qué encontraría en aquel *cul de sac*: su casa destartalada, la soledad, el trabajo mercenario y mentiroso, pero sobre todo su propia personalidad, una mente obsesiva, el desprecio de sí mismo, las ideas dolorosas que martilleaban continuamente contra sus sienes. En nada influiría tener un poco más de dinero. Había llegado al final de algo, pero aún era incapaz de saber en qué consistiría ese desenlace.

Una tarde oscura y fría, con el cielo amenazando lluvia, su aburrimiento empezó a devenir en desesperación. Encerrado en su cuarto, harto de buscar un poco de paz en la bebida, sintió el impulso de largarse de allí. La aventura había tocado a su fin, era tiempo de hacer algo, de enfrentarse a su propia vida de un modo diferente. No lo impulsaba ninguna esperanza, sino sólo el deseo de huir del mundo que se había construido alrededor. Aunque quizá sí existieran soluciones: salir de España, intentar trabajar en otra parte, olvidar. Otros horizontes le ayudarían a enterrar el pasado. Abandonó su habitación dando un golpe al cerrar, y llamó a la puerta de Nourissier.

El francés lo recibió con la sonrisa melancólica que había en sus labios últimamente. Le hizo pasar. Infante comprobó que no estaba trabajando. Todos sus cuadernos, libros y papeles se encontraban arrumbados en un rincón de la mesa. El hueco de su cuerpo sobre la cama indicaba que no había hecho más que tumbarse durante horas en silencio.

—Tenemos que marcharnos, Lucien; aquí no hacemos nada.

—¿Qué mosca te ha picado?

—No es un picotazo lo que he sufrido, es más bien un hormigueo general. Despídete de La Pastora, no vamos a encontrarla en el tiempo que nos queda. Esto se acabó.

—¿Te das por vencido?

—Sí.

—Vete tú, te pagaré esta misma noche. Yo me quedo hasta que el plazo haya expirado.

—No necesito más dinero; con lo que me has pagado hasta ahora es suficiente. Pero ¿puedo preguntarte por qué quieres quedarte aquí, en este pueblo maldito, sin hacer otra cosa más que dejar pasar el tiempo?

—No estoy muy seguro, quiero pensar. Me gusta esta tierra, aquí se está bien.

—¡Déjate de historias!, te esperan en tu casa, en tu consulta. En esta tierra no hay nada para ti. Éstos no son tus problemas, éste no es tu mundo. Haz el equipaje y mañana saldremos.

—No. Vete tú, Carlos, yo estaré bien.

Infante dio un puñetazo sobre la pared, se volvió hacia un sorprendido Nourissier:

—De acuerdo, si tú te quedas me quedo yo también. En realidad sólo se trata de coger unas cuantas borracheras más.

Salió hecho una furia, dejando abierta la puerta de su amigo. Éste se precipitó hacia el pasillo, llamándolo un par de veces; pero sólo consiguió verlo desaparecer casi corriendo.

Se dirigió con pasos acelerados hacia la escuela, renegando entre dientes. Al llegar vio por la ventana que el maestro se encontraba en plena clase. Le daba igual, abrió la puerta sin llamar y un olor a lapiceros y modorra le llenó la nariz. Joaquín Cuevas se puso en pie como un autómata. Estaba pálido, sonrió desvaídamente con su aspecto angelical:

—Enseguida acabamos la clase, ¿puedes esperarme fuera?

El periodista no pensó que fuera necesario ningún disimulo. Pasó la vista por encima del grupo de atónitos críos y respondió con enfado:

—No. Tengo que hablar contigo ahora.

El maestro puso cara de apuro y volviéndose hacia sus alumnos dijo:

—Copiad toda la página veintidós del libro de historia de España. Yo tengo que hablar un momento con este señor.

Salió y cerró tras de sí. Miró luego a Infante con una sonrisa inocente.

—¿Sucede algo, Carlos? —preguntó.

—Nos vamos a ir antes de lo que pensábamos, Joaquín. He venido a decirte que no es necesario que busques más testimonios. El doctor da por cerrada la investigación.

El rostro del maestro se contrajo por la sorpresa.

—¿Justamente ahora?, ¡imposible! Tengo una información que no podéis perderos, algo que nos llevará seguro hasta La Pastora.

Infante saltó sobre él, lo cogió por la pechera de la camisa, puso su cara muy cerca y masculló:

—Estás guardándote información, ¿no es eso, cabronazo?

—Suéltame, Carlos, por favor; los niños están mirando.

En efecto, arracimados en las ventanas de la escuela con aspecto de barracón, los críos observaban perplejos la escena de violencia. Infante se apartó y le hizo a Cuevas una seña con la cabeza para que fuera con él a la parte trasera de la casa. Éste obedeció y juntos se encaminaron a un pequeño claro sin ninguna vegetación. En cuanto llegaron, y sin dejarle que empezara a hablar, Infante le propinó al maestro un fuerte puñetazo en la boca.

—¡Dime todo lo que sabes de una puta vez y no me hagas perder más tiempo!

—No, espera, ten un poco de calma.

El puño del periodista volvió a estrellarse contra el frágil mentón.

—Dime lo que sabes o vas a volver a esa clase con la cara como un mapa.

—Lo sé, sé dónde está esa mujer, no me pegues más.

—¿Cómo, qué has dicho, quieres repetirlo, por favor?

—La madre de uno de mis chicos es medio parienta suya. Se vieron un día y sabe dónde está No ha dicho ni una palabra por miedo, pero confía en mí, nos enseñará el lugar. No quiere que sepáis ni siquiera su nombre.

—¿Desde cuándo sabes eso?

—Un par de días, tan sólo un par de días, te doy mi palabra de honor.

—¿Y por qué te has callado?

—Tengo miedo, ¿comprendes?, miedo de verdad. Es un asunto muy peligroso. Si nos ve, La Pastora puede pegarnos un tiro antes de preguntar quiénes somos. Si nos ve y escapa se quedará con nuestras caras y volverá para matarnos. La mujer que me dio el dato dice que siempre lo hace así. No le asusta nada, sabe que es invencible, que la Guardia Civil no ha podido atraparla ni nunca podrá. Pero si no está donde ella indica, pueden enterarse los guardias de que hemos ido a buscarla y entonces...

—Bueno, basta ya. Es suficiente. Ve a lavarte la cara y vuelve a clase. Esta noche ven a buscarnos a la pensión e iremos a dar una vuelta, haremos un plan.

—¡Dios, has sido muy injusto conmigo, me has tratado como a un perro! Creí que eras mi amigo.

—Lo siento.

—¡Después de todo lo que he hecho por ti!

—¡Te he dicho que lo siento!, ¿qué más puedo hacer? Estoy nervioso y harto, llevo casi tres meses con esta maldita historia y quiero acabar cuanto antes. Lamento haberte pegado, si no hubieras abusado de mi paciencia esto no hubiera pasado.

—Está bien. Iré esta noche a buscaros.

Se alejó con aire rencoroso, frotándose la barbilla herida. Infante lo observó sin un atisbo de piedad. ¡Un par de días!, falso, estaba seguro de que conocía el paradero de La Pastora desde hacía bastante más tiempo. Era muy probable que, de no haberlo presionado, jamás lo hubiera confesado. No, para hacerse el interesante le bastaban aquellos relatos de asaltos. Con seguridad, cuando aquella mujer le dio el dato crucial que no esperaba, se sintió aterrorizado y decidió callar. ¡Pobre diablo!, pensó, loco por trascender, por sentirse esencial, por ser alguien o aparentarlo. Detestaba a ese tipo de gente. Ahora su propia estupidez lo había metido en el ojo del huracán; aunque cumpliría lo acordado, ¡vaya si cumpliría!; de eso se encargaría él personalmente.

Caminó deprisa hacia la pensión y, cuando se dio cuenta, iba corriendo. Subió a grandes trancos y abrió la puerta de la habitación de Nourissier sin llamar siquiera.

—¡Hemos localizado a La Pastora!

Nourissier estaba en la misma postura indolente en la que lo había dejado y pareció tardar unos segundos en comprender de qué hablaba su compañero. Por fin la cara se le iluminó y se sentó en la cama de un brinco.

—¿Qué?

—Lo que oyes. La madre de un alumno de Joaquín dice saber dónde se esconde. Son parientes lejanas.

—¿Crees que es cierto?

—No lo sé, pero me extrañaría que alguien mintiera en un asunto como éste. Tampoco es seguro que siga en el mismo lugar; pero resulta poco lógico que, habiendo desaparecido por completo, cambie a menudo de escondite. En resumidas cuentas: existe una probabilidad alta de encontrarla.

Nourissier bajó la cabeza, se cubrió la cara con las manos.

—¡Dios, me noto el corazón desbocado!

—Pues embrídatelo inmediatamente. Tenemos que hacer un plan y te necesito tranquilo y con la cabeza clara.

—Lo estaré.

—Me alegro, últimamente parecías un alma en pena. ¿Vamos a tomar un vino?

—Sí, necesito salir de esta habitación.

Excitados por la noticia, ganaron el bar y bebieron cerveza. Empezaron sus comentarios, que exploraban todas las opciones con las que podían encontrarse. Nourissier había abandonado su melancolía e Infante su mal humor. Les parecía mentira estar hablando de lo que hablaban.

—¿Cuevas confía en esa mujer?

—Dudo de que quisiera hacer planes con nosotros si no fuera así, porque está aterrorizado.

—No es para menos. Habrá que darle la posibilidad de no acompañarnos hasta el final.

—Por supuesto, le diremos que, una vez localizado el lugar, podrá marcharse. Temo además que pueda meter la pata.

—¿Y tú, confías enteramente en él?

—Querido Lucien: ha tenido tiempo más que suficiente para entregarnos y no lo ha hecho. Encima es nuestro cómplice. Mantendrá la boca cerrada. De todos modos, como es un hombre débil, será mejor hacerlo cuanto antes.

—¿Has decidido cuándo?

—Sí, mañana mismo.

—¡Dios! —musitó Nourissier.

—¿Tienes otra vez el corazón desbocado?

—No, esta vez creo que se me ha parado por completo.

Se echaron a reír y luego intercambiaron una mirada llena de incógnitas.

Joaquín Cuevas estaba profundamente nervioso cuando habló con ellos. Era evidente hasta qué punto se encontraba arrepentido de haberse brindado a hacerles aquel favor. Infante temió que llegara incluso a desdecirse.

—¿Tú ya sabes dónde está ese lugar?

—Sí, lo sé; pero no puedo decirlo. Se lo he jurado a esa mujer. Además, no os serviría de mucho sin saber cómo llegar.

—¿Vendrá la mujer con nosotros?

—Ni mucho menos. Sólo se fía de mí, pero me ha explicado muy bien el camino.

Hablaba casi en un susurro y desencajaba los ojos a cada palabra. Nourissier intentó tranquilizarlo:

—Serénate, Joaquín. Del mismo modo en que la madre de tu alumno confía en ti, tú debes confiar en nosotros. En ningún caso delataremos a esa bandida ni a su pariente. ¿Ha avisado esa señora a La Pastora de que iremos a verla?

—No, doctor, que sepa dónde está y se comunicara una vez con ella no significa que pueda ir a visitarla como si fueran una familia normal.

—Por supuesto. No hay problema ninguno, yo le daré voces amistosas cuando nos acerquemos y llevaré una bandera blanca si es necesario.

—¿Y si los coge la Guardia Civil?

—Te prometo que no diremos nada sobre quién nos informó del paradero.

—Sí, todo eso está muy bien, pero a lo mejor con sólo aproximarnos ya recibimos un tiro.

—No tienes por qué acompañarnos hasta el final. El último tramo podemos hacerlo solos.

—Está bien. Me parece más justo.

—¿A qué hora saldremos?

—En la madrugada del domingo, antes de que nadie en el pueblo esté despierto.

Intervino Carlos Infante, que había estado pacientemente callado hasta el momento.

—Hay que hacer algunas puntualizaciones. Por ejemplo, ¿qué demonio de voces amistosas piensas dar: «No dispare, por favor, sólo venimos a charlar»? Absurdo, Lucien, las cosas no funcionan así. Necesitamos el nombre de su pariente, es la única manera de poder acercarse hasta ella, gritando que venimos de su parte.

—Pero yo no puedo decírselo, he prometido guardar el secreto.

—¡No seas estúpido, Joaquín, qué más nos da a nosotros saber si se llama Pepa o Lola!

—Pero...

—¡Basta, te dije basta una vez y te lo repito ahora! No voy a soportar ni una tontería más.

Levantó la mano sobre el rostro del maestro, que se replegó sobre sí mismo. Nourissier, horrorizado, obstaculizó el posible golpe y susurró:

—Carlos, por favor...

—Déjelo, doctor, no sería la primera vez que me pega. Además lleva razón; la mujer se llama Juanita la dels Cavalls, La Pastora sabrá perfectamente de quién se trata si le dan ese nombre. Es prima suya, originaria de La Pobla de Benifassà.

—De acuerdo. Te esperamos pasado mañana al alba. Y deja de preocuparte, todo lo que has pactado con el doctor se respetará.

—Del doctor sí me fío.

Se alejó, dolido y triste. En cuanto hubo desaparecido de su vista, Nourissier se volvió hacia Infante.

—Creí que erais amigos, que no habías ejercido la más mínima presión sobre él.

—Sólo ha sido al final, cuando empezó a poner excusas. Nada de importancia.

—Te pedí que cuidaras tus métodos, que dejaras de lado cualquier violencia.

—No habríamos llegado hasta aquí sin mis métodos. Y ya te he dicho que no fue nada, un par de sopapos para que se le quitara el miedo.

—A lo mejor han conseguido justamente lo contrario y llegado el momento no se presentará.

—Lo dudo, ahora está tan pringado como nosotros.

—Carlos, créeme, nunca hubiera pensado que...

—No sigas, ya conozco el discurso: detestas la violencia y la fuerza bruta, y todos los españoles no somos más que bárbaros acostumbrados a ejercer ambas cosas hasta llegar incluso a matar. Somos un país de mierda, ¿no es eso? No intentes convencerme, yo pienso lo mismo; pero esto es lo que hay. Dices que te has enamorado de esta tierra, ¿verdad?, pues esta tierra es así y no como todos quisiéramos que fuera.

Dio media vuelta y se alejó, dejando al psiquiatra en medio de una confusión profunda, cercana al dolor.

No quiso que volviéramos a la cueva, así que me temí lo peor. Él ya sabía que no merecía la pena volver porque no iba a aguantar ni una semana. No se estaba quieto un momento y por las noches dormía mal; yo lo veía dar vueltas y más vueltas en el jergón, levantarse y fumarse un cigarro, acostarse otra vez. La cabeza la tenía siempre en otra parte, estaba de mal humor, casi no hablaba. Le pegaba patadas a las piedras al andar. Renegaba por lo bajo de los mosquitos y las moscas, del calor. Desde Fortanete fuimos a Xert y desde allí a los alrededores de Rossell. Nos quedamos cuatro días debajo de los algarrobos porque dijo que quería pensar. Al cuarto día salió con que quería que habláramos un rato; había tenido una idea.

—Esto es una mierda, Pastora, así no podemos seguir, dando golpes de cuatro duros y dos trozos de tocino, escondiéndonos como bichos en la tierra y luego vuelta a empezar. Hay que hacer un asalto serio, de mucho dinero, de un montón de dinero.

—¿Para qué?

—Nos iremos a Francia y en paz; ¿no es eso lo que siempre has querido? Allí empezaremos una vida nueva. Sin familia ni nada, ¡qué más da! A lo mejor con el tiempo puedo mandar a buscarlos y que vengan a Francia conmigo.

—Lo de Francia no está nada fácil, los papeles..., tú mismo me lo dijiste cuando yo quería ir.

—Con dinero se compra todo, Pastora: papeles, un nombre nuevo, lo que sea. Y yo sé dónde hay mucho dinero.

—¿Dónde?

—En la finca de los Nomen, en Els Reguers. ¿Sabes quiénes son los Nomen?

—Sé que venden arroz.

—¡Venden arroz!, no tienes ni idea de lo que dices, muchacho. Los Nomen lo cultivan, lo empaquetan, lo mandan a todo el país. Son los industriales más ricos de España, al menos de los más ricos. Y pasan el verano en su finca de Els Reguers, una masía preciosa. Me lo dijo el Catalán, que sabes que tenía la zona muy trillada, aunque a meterles mano a los Nomen nunca se atrevieron los compañeros del maquis.

—¿Y nosotros nos atreveremos?

—Nosotros sí. Nosotros tenemos mucha práctica y sólo somos dos.

—Pues entonces, peor.

—No, no, Pastora. Tú no tuviste formación estratégica para entrar en el maquis, pero yo sí. Meses estuve aprendiendo la guerra de guerrillas con los del partido. Y una de las cosas más importantes que me dijeron fue que un comando muy pequeño que tenga la técnica bien engrasada puede poner en jaque a todo un ejército. Con estas mismas palabras me lo dijeron. Y nosotros la técnica nos la conocemos al dedillo. No hace falta ni que hablemos, cada uno ya sabe lo que tiene que hacer y se entiende con el otro sólo con la mirada.

—Eso es verdad, pero no estaremos en contra de un

ejército, sino de una casa cerrada en la que no sabemos qué nos vamos a encontrar.

—¿Es que te crees que vamos a llegar allí por las buenas? Nada de eso. Mira, hoy mismo tiramos para Tortosa y paramos cerca de Els Reguers. Allí montamos un campamento en un sitio tranquilo y cada día hacemos una vigilancia a la masía. Las horas que hagan falta, los días que sean necesarios. Nos enteraremos de todo: cuánta gente de la familia hay, si tienen sirvientes, si tienen guardianes, en qué momento del día o de la noche entran y salen, comen y cenan, se van a dormir. Tú no tienes que preocuparte porque lo vamos a preparar bien.

—Nunca habíamos intentado una cosa tan gorda.

—¿Tienes miedo? Esta vez sí tienes miedo, di la verdad.

—El miedo se tiene o no se tiene, según sea.

—No entiendo qué quieres decir.

—Pues que si no hay más remedio que hacer algo se hace y santas pascuas, no hay miedo que valga. Pero si es algo que puedes dejar pasar...

Francisco se levantó de la roca donde estaba sentado y se vino hacia mí. No estaba violento, pero tenía los ojos abiertos de par en par y una mirada de loco que daba impresión. Se me acercó mucho a la cara y me puso una mano en la rodilla:

—¿Tú has visto cómo vivimos, Pastora? ¿Crees que esto que llevamos es una vida digna para un par de hombres como nosotros? ¿Qué haremos el día de mañana, lo has pensado?

—Desde que nací nunca he pensado qué haré el día de mañana. Estamos vivos, ¿no?

—Y para qué quieres vivir si no tienes casa, ni amigos, ni familiares. No puedes acercarte al bar y tomar un vino mientras te ríes un rato. No puedes ir a comprar tabaco, ni salir a dar un paseo con tu familia. Somos como endemoniados; nadie quiere nada con nosotros, sólo matarnos. Estar vivo por estar vivo es cosa de animales. Yo prefiero morir si sigo así. Me entiendes, ¿verdad?

—Sí, claro que te entiendo.

—De todas maneras, yo también entiendo lo tuyo, así que lo mejor será que me ayudes en la vigilancia y luego el golpe lo doy yo solo. Tú te vas y me esperas.

—¿Te ha entrado en la cabeza el aire de la montaña o te ha dado demasiado el sol? Yo no me voy a ninguna parte. Lo haré contigo, como siempre.

—Entonces no hablemos más de muerte. Hablemos del dinero que sacaremos, que será mucho.

Y así fue, de muerte no se habló más. Lo que hicimos fue tirar para Tortosa con un calor que partía las piedras. El día 26 de julio, siempre le hablo de hace dos años, ya llegábamos a Els Reguers. Allí se estaba bien porque hay mucha agua y como es la montaña corría una brisa que refrescaba. Hicimos un buen campamento escondido entre los pinos de una loma. No había miedo de que nos encontraran. Teníamos jergones, agua cerca para beber y para lavarnos, comida en abundancia que habíamos traído, tabaco... No nos faltaba nada, que a mí eso de montar campamentos no me costaba ni un minuto.

Busqué un sitio desde donde podíamos hacer la vigilancia de la masía. Sólo mirando alrededor ya vi uno que me gustó. Como toda esta zona tiene lomas y cerros donde subirse, vigilar se hace fácil. También así te das cuenta de si te puedes acercar y por dónde.

Pasamos allí ratos y ratos. Francisco era el que más

largos hacía los turnos, como si nunca se cansara. Teníamos a mano los anteojos que él llevaba siempre, nuevos, que se los quitamos a un masovero después de haber perdido los nuestros. Veíamos entrar a la familia: dos más viejos, dos más jóvenes, los hijos pequeños... Había también criados, unos cuantos. Los dos hombres Nomen se movían en un coche cada uno. Les llevaban los víveres en una camioneta. A mediodía comían dentro, pero por la noche, a la fresca, en el jardín. Se sentaba la familia en una mesa de piedra, redonda y grande. Les servía una chica.

La finca tenía también las casas de los trabajadores, y la del capataz, que estaba en la entrada; pero desde donde mirábamos se veían alejadas de la masía principal. Nunca había visto una masía tan buena.

Al cabo de una semana lo teníamos todo listo. Nos sabíamos de memoria cómo y cuándo se movían los de la casa. Francisco dijo que no íbamos a esperar ni un momento más. ¿Para qué? No había que hacer ni siquiera planes porque el plan ya sabíamos cuál era, el de siempre: en medio de la cena, sin ponernos nerviosos, él con la metralleta y yo con mi fusil. Llevaríamos también bombas de mano por si acaso. Pensaba pedirles doscientas cincuenta mil pesetas. Si no tenían el dinero en la casa, escoger un rehén y hacer el secuestro mientras fueran a buscarlo. Si algo se ponía de culo, tirar a matar. Pero Francisco estaba muy seguro de que no habría sangre, era gente rica que pagaría por su vida sin rechistar.

La tarde del 2 de agosto nos lavamos a conciencia con mucho jabón. Yo le corté el pelo a Francisco, que siempre le gustaba llevarlo muy corto. Nos afeitamos los dos hasta que nos quedó la cara como a la salida del barbero. Él se puso un pantalón de pana y una camisa de la milicia que tenía. Yo, un traje de pana negra. Nos habíamos traído desde el campamento alpargatas nuevas. En vez de a un asalto, más bien parecía que íbamos al baile.

Esperamos a que se hiciera más oscuro y tiramos para nuestro punto de observación. Allí nos pusimos a esperar tranquilamente. Sólo habíamos llevado agua para beber. A los golpes hay que ir muy sereno. Se hizo de noche por fin. Cenaban siempre a las diez, pero aquella noche empezaron un poco más tarde, no sé por qué. Cuando Francisco vio que sacaban de la casa los primeros platos dijo: «Vamos allá», y bajamos la loma para coger el sendero de entrada. Habíamos quedado en que estaríamos tranquilos, como si fuera un atraco corriente, como tantos habíamos hecho; pero algo nos pasaba por la cabeza porque ninguno de los dos había dicho ni media palabra desde hacía mucho rato.

Al entrar en la finca ladraron los perros, pero debían de estar apartados en un cercado porque no nos salieron al paso. Íbamos con las armas en la mano. El primero con el que topamos fue el capataz, que supimos que era él porque siempre llevaba una camisa blanca muy grande con las haldas por fuera. Francisco le puso la metralleta delante de la cara y le dijo: «Llévanos hasta tu amo y dile que queremos hablarle».

Entramos en el jardín detrás de él, que iba siempre encañonado y no había abierto la boca. La abrió en cuanto fuimos a dar a la gran mesa de piedra donde cenaba la familia. La criada les estaba sirviendo el segundo plato. El capataz habló entonces y dijo lo que Francisco le había mandado. Lo oí: «Señor Nomen, estos señores quieren hablar con usted». Pero, claro, ya vieron que los señores éramos nosotros y que entrábamos con fusil y metralleta, con un cinturón de bombas Francisco.

El hijo mayor del dueño de la masía se puso de pie. Era joven, veintipocos debía de tener. Francisco lo hizo sentarse.

—Todos quietos y callados. No quiero que haya heridos ni muertos.

Estaban comiendo pescado y bebían vino en unas copas tan bonitas como yo no había visto jamás. La cría pequeña se puso a temblar toda ella, como una hoja, como si le fuera a dar un ataque o algo así. Su madre le colocó la mano en el hombro y la tranquilizó.

Lo primero que hizo Francisco fue atarle las manos al hombre, por detrás y bien prietas. Me mandó cachearlos a todos, a las mujeres también. Ponían más cara de asco que de miedo cuando las tocaba, aunque miedo también se veía que estaban pasando. No llevaban nada encima. Entonces Francisco dijo que se iba con Nomen a dar una vuelta por la casa para ver si tenía armas escondidas. Yo me quedé de guardia, apuntándoles a toda la familia y con un oído en la entrada por si alguien se acercaba desde fuera del jardín. La mujer vieja dijo suspirando: «¡Ay, Dios mío!», y yo le dije que se callara.

La casa era muy grande, así que enseguida me di cuenta de que Francisco no iba a poder registrarlo todo, aunque si había escopetas de caza o armas grandes sí podría encontrarlas. Volvieron al cabo de media hora con una pistola.

Nomen no estaba nervioso. Le dijo a Francisco que nos sentáramos como personas civilizadas para hablar y llegar a un trato porque hablando se entiende la gente y todo se puede arreglar. Francisco tampoco estaba nervioso, y le contestó que justamente era lo que queríamos nosotros, hablar y hacer un acuerdo, porque a lo mejor habían oído por ahí que éramos unos asesinos y gente sin entrañas, pero que no era verdad, que hacíamos lo que hacíamos obligados por las circunstancias y por el franquismo, así lo dijo él. Pero luego siguió hablando y les explicó que habíamos estado vigilando la casa, así que teníamos toda la información de lo que pasaba y de toda la gente que allí vivía. «¡Ni un solo intento de engañarnos o correrá la sangre!», soltó, que hasta a mí se me erizaron los pelos de los brazos por la forma en que lo dijo.

El padre Nomen le pidió que se calmara, que nos sentáramos todos a la mesa, también el capataz, porque él era un hombre de palabra y teníamos que fiarnos de él. Nos sentamos. Era verdad que aquel hombre daba confianza. Entonces Francisco dijo que queríamos doscientas cincuenta mil pesetas.

—Pero ¿tú sabes lo que estás pidiendo? Eso es una barbaridad. ¿Cómo quieres que tenga ese dinero en una casa que es la de veraneo y no en la que vivimos siempre? Ni siquiera en la que vivimos siempre tengo tanto guardado. Hombre, sé razonable, por favor.

Empezó el tira y afloja que yo ya había oído tantas veces. Pero Nomen hablaba despacio, muy tranquilo y como si en el fondo te estuviera diciendo las cosas por tu propio bien. Claro que Francisco no se dejaba ablandar con buenas palabras y seguía en sus trece. «Pero usted es rico.» «Que sea rico no quiere decir que disponga del dinero aquí mismo. Además, soy rico porque he trabajado mucho en la vida.» «A mí eso me da igual —contestaba Francisco—, que yo también he trabajado siempre como una mula y no tengo dónde caerme muerto.» Pasaron así casi dos horas, pero a mí eso no me sorprendía porque yo ya sabía que sería una noche muy larga.

Nomen le dice por fin a Francisco: «Mira, muchacho, en esto todos tenemos que perder, vosotros también, porque si mañana hago sacar doscientas cincuenta mil pesetas del banco y me las llevo debajo del brazo sin dar explicaciones al director, pues van a sospechar que pasa algo extraño y entonces se puede organizar algo que no queremos ni tú ni yo. Te propongo una cosa práctica y sencilla: busco todo el dinero que haya en la casa y el que podamos llevar en los bolsillos, que ya serán tres o cuatro mil pesetas, y os vais tranquilamente sin que yo dé parte a la Guardia Civil». Pero Francisco no estaba para oír coplas de tres o cuatro mil pesetas, porque debía de pensar que con eso no se huye a Francia, ni se compran papeles, ni se empieza una nueva vida ni nada de nada. «No, seguro que en esta casa tiene más. Con tres o cuatro mil pesetas no hacemos nada.» «Se me ocurre una idea —dice Nomen—, os doy también, aparte de las pesetas, un caballo joven que acabo de comprar, precioso, que me ha costado mucho. No tiene precio, es lo más valioso que tengo hoy aquí. ¿Qué me dices?» «Le digo que no; yo con un caballo no sé qué hacer y venderlo es una complicación. Pero para que vea que tengo buena voluntad le bajo la cantidad. Si me da ahora mismo ciento cincuenta mil pesetas nos vamos y no sabe más de nosotros. Palabra de honor.» «Pero ¡hombre de Dios!, ¿por qué no me crees? No tengo cantidades grandes de dinero guardadas en la casa. Ni doscientas cincuenta mil, ni ciento cincuenta mil, ni veinticinco mil tampoco.» «Pues entonces hay que pasar a la acción. No me deja otra salida.»

Francisco se levantó y dio vueltas alrededor de la mesa. De repente se paró detrás de la silla donde estaba sentada la niña que antes había temblado de miedo.

—¿Quién es esta chiquilla?

—Mi hija pequeña —contestó Nomen.

—Pues la tomaremos de rehén mientras usted va a buscar el dinero. Las doscientas cincuenta mil pesetas, ni un céntimo menos, que ahora ya no estoy para acuerdos. ¿Me ha comprendido?

—Bueno, hijo, no te pongas nervioso.

—No estoy nervioso, pero una cosa tiene que tenerla muy clara: estamos dispuestos a matar, a matarlos a todos. Si intentan dar parte a los civiles o avisar a alguien o... cualquier maniobra, la primera que pagará será la chiquilla. Luego a lo mejor tenemos que salir corriendo, pero volveremos. Hemos vuelto muchas veces para hacer venganzas, que se lo diga aquí mi compañero. Nunca se ha quedado nadie sin su merecido: desde el que nos ha denunciado a quien nos ha dicho una mala palabra. Todos han pagado. Y ustedes también pagarán, y si tiene una fábrica se la quemaremos, y si tiene dos casas, arderán también. Siempre volvemos, a nosotros la Guardia Civil nunca ha podido tocarnos ni un hilo de la ropa. Así que póngase a pensar qué es lo que más le conviene. Usted verá.

—Hijo, estamos llevando esta historia por donde no tiene que ir. ¿Por qué no nos sentamos todos y hablamos de la cantidad que quieres que vaya a buscaros?

Pero con calma, con serenidad. Mira, hijo, tú ya has visto que no te voy a hacer nada. Soy un hombre mayor y desarmado. ¿Por qué no me desatas las manos? Me hace daño la cuerda, así no puedo pensar. Llevamos aquí mucho rato hablando y hablando. Yo creo que lo mejor sería que nos sentemos todos, tu compañero también, y que mandemos traer unos *pastissets* y los comemos en paz, yo con las manos libres. Y volvemos a hablar ya más tranquilos.

Francisco aceptó. Desató al hombre, que estuvo un buen rato frotándose las muñecas. Me hizo una señal para que me sentara a su lado. La señora había pedido a la criada que trajera una fuente de *pastissets*, y los trajo. Empezamos a comer. Estaban tan buenos que no podíamos parar, ¡tanto tiempo sin comer dulce llevábamos! En eso que el hijo mayor se levanta de la mesa.

—Voy a por vino dulce —dijo, y se metió en la casa. El padre habló otra vez:

—Bueno, y ahora volvamos a empezar. Hay que llegar a un acuerdo; cuanto antes, mejor. Un acuerdo de los buenos, que es aquel del que nadie sale demasiado perjudicado.

Entonces se encendió la luz de la casa, que estaba a nuestra espalda, y yo me volví. Lo que vi me dejó sin poder respirar. El hijo tenía una pistola en la mano y le decía a la criada: «¡Apaga, imbécil, apaga la luz!». La criada estaba de pie dentro de la casa, quieta como una muerta al lado de la llave de la luz, con cara de miedo. Me eché al suelo y le di un empujón a Francisco para que lo hiciera también. En ese momento empezaron a llover balas sobre nosotros. Tiros y tiros que hacían saltar las copas por los aires, los platos. Gritos de la familia, un gran jaleo. Pero aquel cabrito del hijo no dejaba de disparar aunque pudiera herir a uno de los suyos. «¡Al suelo, meteos debajo de la mesa!», les chillaba a todos el padre, a grandes voces. Nosotros también empezamos a disparar. Se rompieron lámparas y bombillas, no se veía nada, pero los tiros continuaban, los suyos y los nuestros. Había tanto ruido que creí que me quedaba sordo. Me arrastré hacia la salida sin dejar de disparar. Vi que Francisco venía detrás, soltando ráfagas de metralleta. Pasó rato, mucho rato, sin que dejáramos el fuego cruzado, aunque disparábamos sin ver el objetivo, a tientas, a lo loco. Yo ya casi estaba en la puerta del jardín. Era el momento de salir chutando, de poner tierra de por medio, de desaparecer en la montaña.

—¿Vamos ya? —le dije bajito a Francisco. Pero no me contestó. Volví la cabeza y vi que se había quedado muy atrás y que venía arrastrándose de mala manera. Había dejado de disparar y yo paré también. De pronto se hizo un silencio total, ni los perros ladraban ni los grillos cantaban en la noche. Aquel hijoputa tampoco usaba su pistola ya; a lo mejor se había quedado sin munición, pero no era cuestión de volver a entrar. Cuando Francisco llegó a mi altura, le dije—: Larguémonos, ya está todo perdido.

Y en ese momento me quedé de una pieza porque Francisco hace un gesto de dolor y me dice:

—Me ha dado, Pastora, me ha dado.

—Pero ¿qué dices, dónde te ha dado?

—En los riñones —le oí decir en la oscuridad, al mismo tiempo que oía un crujido en las matas del jardín. No esperé ni un momento más. Lo ayudé a levantarse y, llevándolo agarrado por un brazo, echamos a andar como buenamente pudimos. Yo lo arrastraba a ratos, otros el brazo se me dormía y le hacía caminar a él. Cuando ya estábamos un poco lejos, paré y lo miré a la cara. La tenía amarilla como la cera de una vela.

—¿Estás bien, Francisco, cómo estás?

—No puedo caminar más, Pastora. Aquí me quedo, vete tú.

—Calla. Siéntate un momento.

—Nos cogerán.

—Nadie nos sigue y no ha dado tiempo a que llamen a los civiles. Siéntate.

—Estoy perdiendo mucha sangre. Me la noto bajar por las piernas.

—Ya lo veo. Ahora lo arreglaremos.

Me quité la camisa y la hice trozos. Entonces le vendé las heridas de la espalda. Le salía la sangre a mares, tanto que me llenó las manos, los brazos. Íbamos dejando un reguero de su sangre por allí por donde pasábamos y aquello no podía ser, porque así nos encontrarían enseguida. Los tiros de los riñones ya los llevaba más o menos atajados, pero algo de sangre aún se escapaba. Cogí dos trozos más de camisa y se los até fuerte a los camales de los pantalones por la parte del tobillo para que la sangre no pasara de ahí. Me pareció que, más o menos, funcionaba el apaño. Entonces con la navaja corté la rama de un árbol y la pelé, para que le sirviera de bastón.

—Bueno, compañero... —le dije—. Y ahora ¡a caminar!, ¿es que hemos hecho tú y yo otra cosa en la vida, más que caminar?

Me miró con los ojos turbios como el agua de un

charco y decía que no con la cabeza, sin ánimos para hablar. Yo no le hice caso y lo levanté tirando de él.

—No puedo —dijo entre dientes. Yo le chillé:

—¡Puedes, vaya si puedes!

—Vete, Pastora, déjame aquí.

—¡Ya te he dicho que no me voy, hostia, y no me lo repitas más! Si no puedes andar te cargaré como cargaba a los corderos.

Sacando fuerza de donde no la tenía se puso de pie, pero en cuanto estuvo derecho apartó la cabeza y empezó a vomitar. Luego acabó y escupía bilis.

—Me encuentro muy mal —dijo.

—Ya te encontrarás mejor. En cuanto lleguemos a la cueva te haré una sopa caliente. Y dentro de un rato, que estemos más retirados de Els Reguers, paramos y descansamos todo lo que quieras. Venga, adelante, aguanta un poco más.

Sí que aguantó casi una media hora, pero después, de pronto, se dejó caer, se tumbó en el suelo con la cara mirando para el cielo. Me agaché a su lado. Tenía una bolsa negra debajo de cada ojo y se puso a tiritar muy fuerte, con todo el cuerpo.

—Tengo frío, Pastora.

Le cogí las manos y las tenía como hielo.

—Enseguida enciendo una hoguera, una hoguera de las grandes.

La tiritera le pasó a una especie de saltos que le daba el pecho, como si alguien lo estuviera empujando por detrás. Después respiraba como con un ronquido. Luego, ya no respiró.

No dije nada, ni le llamé por su nombre, ni le grité porque sabía que estaba muerto, muerto para siempre, tal y como la muerte es. Miré alrededor. No sabía qué hacer con él: enterrarlo, imposible; tenía que seguir huyendo. Pensé en ponerle unas ramas encima que lo taparan un poco, pero ¿para qué? Entonces vi que sus armas se habían quedado tiradas por allí. Recogí la metralleta Stern y se la puse justo al lado. Le quedaban un montón de cartuchos sin disparar. También le dejé las bombas, todas sin usar. Y seguí caminando, sin mirar atrás ni un momento.

Salí del barranco de Vall Cervera y continué, siempre a campo través, hacia nuestra cueva escondida. Empezaba a clarear. Cuando alcancé una loma me paré y miré al cielo. El sol salía por un lado y la luna aún estaba allí. Míralos bien, me dije para mí, mira bien el sol y la luna porque ésos son los únicos compañeros que a partir de ahora vas a tener. ¡Qué sola te has quedado, Tereseta, qué sola vas a estar! Entonces me dejé caer de rodillas, me tapé la cara con las manos y me eché a llorar. Era la primera vez que lloraba desde que dejé de ser mujer.

Se levantaron a la seis de la mañana y salieron sin desayunar. Infante, previsor sin embargo, había hecho que les prepararan unos bocadillos en la pensión. Ironizó frente a Nourissier:

—Propongo que nos los comamos antes de llegar, quizá sea nuestro último bocado.

—No acabo de creer que vayamos a encontrarnos con ella.

—¿Entonces piensas que moriremos?

—Simplemente algo saldrá mal.

—Es más que probable. Todo ha sido demasiado lento en el prólogo y demasiado precipitado al final. Demasiado difícil y demasiado fácil al mismo tiempo. Este tipo quiere marcarse un tanto pero no tiene en el fondo nada sustancial que ofrecer.

—¿Miente?

—No lo creo, pero da por seguro lo que no es sino una posibilidad. De cualquier manera, no podemos dejar de ir.

—Cierto, y sí deberíamos dejar de hablar de ello.

Infante sonrió; Nourissier llevaba razón. Ninguno de los dos era un hombre de acción auténtico. Consecuentemente, la especulación siempre precedía a cualquier movimiento. Sin embargo, había llegado la hora definitiva: cualquiera que fueran los resultados, aquella aventura tocaba a su fin. Se abrochó los últimos botones de la pelliza antes de salir, hacía frío aquel día, el sol no tenía fuerza para disipar los nubarrones que cubrían el cielo desde el amanecer. También Nourissier se había abrigado y en la mano derecha llevaba su cuaderno de apuntes. En esa misma mano cargaba Infante con la bolsa de los bocadillos. Intercambiaron una mirada en el momento de salir y, al comprobar mutuamente su aspecto de niños que salen de excursión, se echaron a reír con nerviosismo. Luego empezaron a caminar con ímpetu.

A dos kilómetros del pueblo, en un recodo de la carretera, les esperaba Cuevas tal y como habían convenido. Llevaba un abrigo bastante raído y su cara expresaba el frío y el miedo a partes iguales. Infante casi se apiadó de él; si la mujer que le había dado el soplo cometía alguna indiscreción o decidía entregarlos, el joven maestro sería quien saldría peor parado. La primera represalia consistiría en apartarlo de su trabajo, y después vendría todo lo demás. Les sonrió como sonreiría el ratón más miserable que habita una casa.

—Buenos días —dijo desmayadamente, y luego intentó aparecer un poco más animoso añadiendo—: Hace frío a estas horas, ¿verdad?

Nourissier respondió con cortesía, pero Infante no tenía ganas de hablar.

—Pongámonos en marcha, se hace tarde.

Caminaron en silencio, sólo se oían sus pasos en la

tierra. Anduvieron por espacio de cuatro horas, pasando por pequeñas sendas abiertas entre los matojos. No había ninguna finca arada o parcelada, ninguna cabaña de pastor; era una zona completamente agreste y solitaria. Al llegar a una vaguada llena de cantos rodados, el maestro se detuvo.

—Ya estamos muy cerca; yo me quedo aquí. Sigan recto hasta el final de este valle y suban por la colina. Desde allí verán a una mujer que los espera. Vayan con ella. Lo demás queda bajo su responsabilidad.

—Se supone que La Pastora no va a recibirnos con una ráfaga de metralleta, ¿no es eso, Joaquín?

—La madre de mi alumno me ha jurado que La Pastora es buena persona, que si está aún en el mismo sitio, seguro que hablará con ustedes; pero yo prefiero no verla. Me siento más tranquilo así.

—Ya ha hecho bastante —dijo Nourissier—. Le agradecemos mucho toda su ayuda. Buscaremos la manera de compensarle, se lo prometo.

—No necesito ninguna compensación. Ojalá tengan suerte.

—Te veremos después —se despidió Infante.

Les dijo adiós desvaídamente antes de dar la vuelta. Ellos dos siguieron adelante. Tras un cuarto de hora, Nourissier pidió agua. Infante le pasó la cantimplora que llevaban. Miró alrededor mientras su compañero bebía; estaban en tierra de nadie, un lugar salvaje donde sólo las águilas parecían encontrarse en su medio natural. ¿Cerca de allí llevaba dos años escondida aquella mujer? ¿Cómo había sido capaz de sobrevivir, de seguir comportándose como un ser humano?

Nourissier se había entretenido mirando unas minúsculas flores silvestres.

—¿Has visto estas flores? —le dijo a su compañero—. Si te fijas detenidamente puedes admirar lo complejas que son; como orquídeas liliputienses.

—Déjate de botánica y vámonos.

Giró sobre sí mismo y entonces lo descubrió, oculto entre arbustos. Estaba inmóvil, como un animal mimetizado en el entorno. En ese momento cayó en la cuenta de quién era y fue directo hacia él, ante el asombro del francés, que no sabía qué ocurría.

—Hoy sí que no te me escapas. ¡Quédate donde estás!

Se le echó encima y le inmovilizó los brazos con sus manos, pero advirtió que el joven permanecía estático sin hacer nada por zafarse de su acometida. Le miraba con calma.

—¿Qué buscas, qué quieres de mí, por qué me has seguido tantas veces? —le chilló.

El chico, que en efecto tantas veces le había seguido y había huido al verse descubierto, no tenía en la cara ninguna expresión. Sólo dijo:

—Al otro lado del cerro os espera la Guardia Civil.

Infante reaccionó antes de comprender, antes siquiera de escuchar. Lo tomó por la camisa y se lo acercó a la cara de manera compulsiva:

—¿Qué dices, de qué hablas, quién eres tú?

Nourissier se había acercado, corriendo, y apartó a su amigo, se interpuso entre él y el joven, que continuaba tranquilo e inactivo.

—Suéltalo, Carlos, por favor. Déjalo hablar. Dinos quién eres y por qué has venido.

—Me llamo Diego. Soy amigo de La Pastora. Ella me conoce desde que nací. El maestro os ha engañado. La Guardia Civil os espera allá donde vais.

—¿Es eso verdad?

—Ahora os lo enseñaré. Venid conmigo.

—¿Cómo sabemos que no eres tú el que miente? ¿Por qué nos has seguido durante tanto tiempo, eh? —rugió Infante.

—Os he seguido porque quería saber por qué buscabais a La Pastora, si teníais intención de hacerle daño. Ahora ya sé que no. Venid conmigo hasta la parte alta de esa loma.

Infante, nervioso, no sabía qué hacer, y fue Nourissier, sereno, quien tomó la determinación de acompañarle. El chico pasó al frente y empezó a trepar. Cuando casi habían coronado el montículo les hizo una señal para que se agacharan y llegaron arriba escondiéndose tras las matas. Una vez allí se tumbaron en el suelo.

—Mirad —les dijo—. Eso es lo que os espera. Esa persona vestida de negro que parece una mujer es un guardia disfrazado. Los demás están allí, al lado del camión.

A hurtadillas comprobaron que no les había mentido. Una mujer de negro se paseaba sola de derecha a izquierda. Detrás de unos arbustos frondosos se escondía un camión y varios guardias civiles de uniforme, armados, se movían alrededor, fumando o charlando entre ellos.

—¡Joder! —musitó Infante—. Alguien ha traicionado al maestro.

—No —respondió el joven—. Desde el principio

el maestro ha estado al servicio de la Guardia Civil. Ellos lo pusieron para pescaros con las manos en la masa. A él también he estado siguiéndolo, desde el día que llegasteis lo sigo. En cuanto se separaba de vosotros se pasaba por el cuartelillo. Ha esperado a que tuvierais confianza en él para que os pudieran detener y acusaros de ir a encontraros con La Pastora.

Siguieron observando en silencio, como hipnotizados por el peligro del que acababan de librarse.

—¡Dios mío! —susurró Nourissier.

—Es mejor que nos marchemos. Cuando vean que tardáis demasiado se pondrán en acción, buscarán por los alrededores. ¿Aún queréis ver a La Pastora?

—Sí, pero...

—Ella también quiere veros, que la gente sepa su historia de verdad. Os espera en un sitio que hemos convenido. Venid, no tengáis miedo, yo no os traicionaré.

Fue Nourissier el primero en seguirlo. Infante, algo remiso, se encaminó finalmente tras ellos, no sin antes lanzar una última mirada sobre aquel ya inútil grupo de la Guardia Civil.

Caminaron sin hablar durante más de tres horas. Se preguntaron a sí mismos dónde estaban, cómo era posible encontrar un lugar tan vacío de gente en el mundo.

—Estamos llegando —dijo su guía al fin. Infante se volvió hacia Nourissier y le preguntó casi al oído:

—¿Estás dispuesto a morir tiroteado por una bandolera?

—Estoy dispuesto a continuar hasta el final. Quédate tú. Regresa.

—Debes de estar loco si crees que haré eso. No, la curiosidad es una buena razón para morir.

Después de haber culminado la última colina, una extensión de tierra amarillenta se abrió ante ellos. En ella se veía una cabaña de piedra derruida, apenas tres paredes levantadas a medias sobre la hierba seca. Sentado sobre una roca había un hombre. Se aproximaron a él. El chico elevó el brazo haciéndole una seña. El hombre se puso en pie. En los últimos pasos pudieron verlo bien. Era alto, muy delgado, con el pelo bastante largo, moreno, la tez blanca. Llevaba un traje de pana muy usado y ninguna prenda de abrigo. Tenía los ojos más tristes que Nourissier había visto jamás. No sonrió, no hizo ningún gesto, simplemente esperó a que llegaran. En la mano llevaba una escopeta casi destrozada, con la culata formada por cuatro barras de metal que malamente lograban darle forma.

—Siéntense —dijo con un hilo de voz, y les mostró dos rocas planas como el anfitrión que muestra a sus invitados los mejores sillones que posee. Luego se volvió hacia el joven—: Vigila por si alguien se acerca, hijo.

Fue inmediatamente obedecido. El joven se alejó y dejaron de verlo. Tanto Nourissier como Infante estaban mudos, paralizados, expectantes, casi mareados por la emoción que sentían y que se mezclaba con otras muchas sensaciones: duda, curiosidad, repulsión y atracción al mismo tiempo, incredulidad y fascinación.

—Ese chico siempre fue como un hijo para mí —dijo el hombre—. Nos hemos encontrado muy pocas veces desde que estoy escondido en un sitio que no puedo decirles y casi nunca hemos hablado. Demasiado peligroso. Pero él ha venido de vez en cuando y, desde lejos, ha visto que seguía vivo.

Infante carraspeó, logrando salir de una especie de ensoñación para preguntar:

—¿Usted es Teresa Pla Meseguer?

—Sí, me llamaba Teresa cuando era una mujer. Ahora soy un hombre y mi nombre es Florencio. Florencio Pla Meseguer. En el maquis me pusieron «Durruti», pero la mayor parte de los compañeros me llamaban Pastora. Como La Pastora me conoce la gente de los pueblos y como La Pastora me busca la Guardia Civil. Ellos creen que aún soy mujer y que voy disfrazada de hombre sólo para despistar.

—Mucho gusto —respondió incongruentemente Nourissier. Después se presentó a sí mismo y presentó a Infante.

—Diego los ha seguido por todas partes. Dice que sólo quieren hablar conmigo y que no me buscarán ningún mal.

—Es exactamente así; sólo queremos hablar con usted.

—¿Le dirán a la gente la verdad sobre mí? Tienen que contar a todo el mundo que yo no he matado a nadie.

—Diremos lo que usted quiera contarnos.

—Se lo contaré todo, la historia de mi vida, desde el principio hasta hoy. ¿Llevan comida en esas bolsas?

—Bocadillos y un poco de vino.

—¿Bocadillos de qué?

—De chorizo, de queso, no lo sé muy bien. Nos los han preparado en la pensión.

—¿Puedo pedirles que me den un poco? Diego no puede traerme comida por el peligro que eso tiene, y hace mucho tiempo que no pruebo el embutido.

—¡Claro, por supuesto que sí!

—Yo tengo higos secos; podemos intercambiarlos, si a ustedes les parece bien.

—Tenga, coma, nosotros no tenemos mucha hambre.

Comió y ellos comieron los higos para no despreciarlos. Nourissier miraba sus manos delgadas y nervudas. Observaba cada detalle, cada gesto. Cuando hubo terminado el primer bocadillo bebió un trago de vino, luego agua y finalmente pareció preparado para llevar a cabo lo que le había traído hasta allí. Suspiró profundamente y dijo:

—No puedo hablar bien, pero ya se me pasará cuando haya hablado más tiempo. Llevo dos años solo y no sé cantar, así que no me he oído la voz en dos años. Cantar era también peligroso porque podían oírme. Los lobos no hablan ni cantan, por eso siguen vivos en el monte....

Acabó su prolongado relato cuando caían las primeras sombras de la tarde. Estaba afónico, cansado y triste. Nourissier no había parado de tomar notas, apuntar sus palabras, escribir claves que lo ayudaran más tarde a recordarlo todo. También estaba exhausto. Infante miraba al suelo, al aire y de vez en cuando sus ojos se habían llenado de lágrimas. Se vio un relámpago en el cielo.

—Huele a tormenta. Es mejor que se marchen. Ahora ya lo saben todo sobre mí. Diego les acompañará hasta un camino que ya puedan reconocer. Yo me vuelvo a mi cueva.

Nourissier le asió un brazo, lo miró intensamente a la cara.

—Florencio, ¿hasta cuándo va a seguir viviendo solo en la montaña? Quizá nosotros podamos ayudarle, darle dinero, echarle una mano para pasar a Francia.

—No voy a quedarme ahí escondido mucho tiempo más. Ahora que he hablado con ustedes creo que es el momento de marcharme. Pero no pueden ayudarme. Lo haré solo, como casi siempre lo he hecho todo. Sólo denme un poco de dinero para poder salir de España.

—Puede confiar en nosotros.

—No puedo confiar en nadie. Si alguna vez confío en alguien, me traicionará.

—Nosotros...

Se puso en pie y cogió su arma, que había mantenido siempre junto a él.

—Hay demasiada gente que me odia. Demasiadas cuentas pendientes —dijo, y echó a andar sin pronunciar ni una última palabra de despedida.

Vieron cómo se alejaba con un paso ligero y contundente, como el de un alce. Al cabo de un instante se había internado en la espesura y no volvieron a verlo más. De otro lugar de esa misma espesura surgió Diego como por encantamiento y, poniéndose delante de ellos, dibujó un gesto con la cabeza para que lo siguieran. Lo hicieron en silencio. Durante casi una hora caminaron bajo los signos cada vez más cercanos de una tormenta. Llegados al lugar donde habían visto el operativo oculto de la Guardia Civil, el joven les preguntó:

—¿Saben volver al pueblo desde aquí? Es muy fácil, siempre en línea recta hacia el sur.

Luego desapareció como había desaparecido La Pastora, mimetizado por la tierra y las matas, por el campo salvaje y solitario. Continuaron caminando solos y hablaron por fin. Infante fue el primero:

—Misión cumplida —susurró.

Nourissier tenía los ojos vidriosos, tal era la magnitud de su ensimismamiento.

—¿De verdad crees que nunca ha matado a nadie?

Infante se encogió de hombros.

—¡Quién sabe! No tiene mucha lógica pensar que en semejante contexto de violencia nunca haya matado, pero ¿hay alguna parte de esa vida que acaba de contarnos que parezca mínimamente lógica?

—Es verdad.

Un trueno poderoso retumbó en las montañas y el cielo se puso oscuro como la noche. Empezó a llover con furia. Infante arrancó a correr hacia un saliente que había en las rocas. Nourissier le siguió. Se guarecieron y permanecieron viendo cómo el agua fluía junto a sus pies.

—Tengo hambre —dijo Infante.

Nourissier echó mano al bolsillo y sacó el saquito de higos secos que había recibido de Florencio. Los comieron con auténtico apetito.

—Ahora ya casi somos como La Pastora —bromeó el periodista.

—Como Florencio, querrás decir.

—Sólo él mismo sabe quién es en realidad.

—¿Qué pasará ahora cuando volvamos?, ¿nos detendrá la Guardia Civil?

—A ti no. No tienen nada en tu contra. Simplemente hemos pasado un día de excursión.

—¿Y en tu contra tienen algo?

—Lo tendrán.

—No te entiendo.

Infante sonrió con tristeza, como tantas otras veces le había visto su compañero sonreír.

—Yo no voy a volver contigo a la pensión, Lucien. Iré a entregarme directamente al cuartelillo de la Guardia Civil.

—Pero ¿qué dices?

—Lo que has oído, me entregaré y contaré que he ido en busca de La Pastora, que la he encontrado y que la he ayudado a huir. Diré que tú quedaste perdido en el monte, que te dejé atrás. De todas maneras, al no haber podido pescarte in fraganti, lo máximo que harán será expulsarte. Te recomiendo que antes te largues tú.

—Como broma no consigo apreciarla, perdóname.

Infante sacó del interior de su pelliza una botella de whisky de medio litro.

—¡Ah, no esperabas este detalle de prudencia!

¡Suerte que he logrado salvarla de ese depredador de Florencio!

Echó un trago largo y profundo. Nourissier le observaba sin entender. Infante le pasó la botella y lo miró seriamente.

—Soy un traidor, querido amigo, soy un traidor. ¿Te suena lo que es un traidor? Apuesto a que no estás muy seguro, pero yo sí, yo lo sé muy bien. Cuando me escribiste al periódico en Barcelona, me puse en contacto inmediatamente con la Policía. Ellos me dijeron que te dejara hacer. Luego, cuando nos encontramos y me propusiste tu plan, fue la propia Policía quien me pidió que te tutelara, que te despistara para que no obtuvieras ningún resultado en tus pesquisas. Era la mejor manera de no organizar escándalos internacionales. Engañarte como a un pardillo y que te fueras de vuelta a Francia contento y sin enterarte de nada. ¿Sabes cuál fue la única condición que les puse? Que me dejaran cobrarte y el dinero fuera para mí, lo único que me importaba.

Nourissier escuchaba en silencio. Notaba en la nuca la presión de una garra que lo atenazaba, en la garganta un nudo grueso y doloroso que le impedía tragar. Tomó la botella y echó un trago. Se oía la lluvia golpeando las piedras, los regueros de agua bajaban haciendo surcos en la tierra.

—¿Y eso ha durado todo este tiempo? —preguntó el francés haciendo un esfuerzo por hablar.

—¡No! —casi chilló Infante—. No, Lucien, te lo juro. Me rebelé desde el principio, y tomé la determinación de cambiar mis planes cuando aquel guardia hijo de puta me pegó. Ahí acabó mi connivencia con la Guardia Civil. Puedes no creerme, pero te equivocarás. A partir de ese momento fui a lo mío y lo mío era encontrar a La Pastora y servirte de verdad. Por eso sufrimos algún acoso, por eso prepararon la trampa del maestro que les permitiría atraparnos con alguna acusación firme. ¡Tienes que creerme! Todo lo anterior era mentira, mentira, ¿comprendes? Mira, te lo contaré: ¿recuerdas al tío Tomás d'en Baix? Se trataba de un montaje. La paliza que le di era falsa, fingida. ¿El joven guardia civil que escribía? Te iba dando carnaza. Lo que nos contó era cierto, pero intrascendente en sí mismo. El...

—Basta, Carlos, no te esfuerces. No me cuentes más mentiras ni más verdades. Limítate a decirme cuál debía ser el final que me teníais reservado.

—Muy sencillo: tú te conformabas con cuatro datos que íbamos dejándote saber, al mismo tiempo que impedíamos una auténtica investigación. Regresabas a Francia y seguías feliz en tu mundo.

—Hábil. ¿También cobrabas de la policía?

—No.

—Un auténtico detalle por tu parte.

—Puedes ser todo lo cínico que quieras, lo tengo merecido; pero aunque no me creas dejé de estar conchabado con la policía por amistad, por tu amistad. Cada vez era más consciente del horror que íbamos descubriendo, de lo terrible que era todo. Tú me hiciste ver con tu manera de ser que no se puede seguir metido hasta los ojos en el barro toda la vida.

—Mi bondad ha acabado siendo simple estupidez. Te recomiendo que no te entregues por haberme traicionado; a mí me da igual cualquier cosa que puedas hacer, me es indiferente tu vida. No volveremos a vernos más; sigue con tus traiciones, debe de ser ése tu auténtico papel. Te pagaré todo el dinero que acordamos.

Hubo un momento de silencio. Luego, Infante respondió, pero su voz ya no contenía ninguna vehemencia, sino más bien una espesa resignación.

—Sí, has dado en el clavo, soy un traidor, siempre lo he sido. ¿Quieres saber una historia maravillosa? Te da igual, ya lo sé; pero quiero contarla. Yo entregué a mis padres a la Policía franquista. Ambos estaban condenados a muerte tras la guerra por sus actividades en el Partido Comunista. Se escondían en casa de un amigo esperando poder pasar a Francia. La policía me presionó y yo los delaté sin oponer resistencia. ¿A cambio de qué? No fui a la cárcel ni tomaron represalias contra mí por ser hijo suyo. Me permitieron trabajar como periodista.

Nourissier lo miraba fijamente, con cara de horror.

—¿Qué sucedió con ellos?

—Los mataron, Lucien, los mataron, y te aseguro que desde entonces no ha habido un solo día en el que no me haya despreciado a mí mismo. Me he ahogado en alcohol cada noche, pero eso no se me irá de la mente mientras viva, lo sé. Por eso me entrego, quizá en la cárcel consiga dormir sin fantasmas.

El psiquiatra se tapó la cara con las manos, las puntas de sus dedos se volvieron blancas al presionar sobre la frente.

—Éste es un país terrible, Dios mío, terrible —susurró.

La lluvia había amainado, pero seguía lloviendo aún. Infante se puso de pie.

—Tenemos que ponernos en marcha, se está haciendo de noche.

Nourissier le siguió. Caminaron esquivando piedras y barro, sin dirigirse la palabra ni una sola vez. Dos horas más tarde, ya en plena oscuridad, arribaron a las estribaciones del pueblo. Infante debía encaminarse hacia la salida sur, donde estaba el cuartel de la Guardia Civil. Nourissier seguiría hasta el centro, donde se encontraba la pensión. El primero no paró siquiera un instante, tomó su rumbo y dijo en voz baja:

—Adiós, Lucien.

El francés, quieto bajo la lluvia, lo dejó avanzar varios pasos, luego lo llamó:

—¡Carlos!

Fue hacia él. Cuando estuvieron frente a frente, ambos se paralizaron por un brevísimo lapso de tiempo; después se abrazaron agarrándose los gruesos chaquetones empapados, con auténtica fuerza, con desesperación. Infante se echó a llorar a pequeños espasmos liberadores; a Nourissier le corrían silenciosas lágrimas por la cara.

—¿Qué vas a hacer? —preguntó Carlos.

—No sé, quizá regrese pronto a esta tierra; quizá me convierta en un médico rural, trabaje para quien lo necesita..., es una idea hermosa, pero no sé. Lo que sí veo claro es que no puedo seguir viviendo como hasta ahora porque ya no soy el mismo.

—Vuelve a tu casa, Lucien, olvídate de todo lo que has visto y oído, intenta ser feliz.

—Imposible, sería como suplantar a otra persona.

Infante asentía. Se sonrieron forzadamente entre los rastros del llanto en sus caras. Deshicieron el nudo de su abrazo.

—Seguro que volveremos a encontrarnos, ¿verdad? —preguntó Lucien.

—Claro, claro que sí —respondió Carlos, y echó a andar en su dirección. El otro fue en la suya y los pasos de ambos, que al principio los hicieron avanzar de modo titubeante, cobraron fuerza y decisión a medida que los alejaban. Ninguno de los dos intentó aconsejar al otro de nuevo sobre lo que debía hacer. Quizá ambos eran conscientes de que el destino de todas las personas acaba por cumplirse inexorablemente, aunque nunca sepamos en qué consiste ni dónde nos aguarda.

Ficción y realidad

Todos los episodios que narra el personaje de La Pastora en su monólogo pertenecen a su biografía real. Del mismo modo, los hechos de otras partes de la novela donde éste interviene son también auténticos.

Para mí «la realidad» ha sido el libro del periodista José Calvo, *La Pastora. Del monte al mito*, basado en cinco años de investigaciones «de campo», que incluye todo tipo de documentos, testimonios y entrevistas. Este precioso material ha sido imprescindible para poner en pie mis ficciones.

La nota que sigue narra cuál fue el destino real de este insólito hombre desde el año 56 (tiempo en el que se localiza la acción de la historia) hasta su muerte.

Los personajes de Infante y Nourissier nunca existieron, son puramente literarios, por lo que jamás pudieron encontrarse con La Pastora.

Nota final

El 19 de septiembre de 1956, La Pastora abandona su refugio del Forat de l'Àliga, en la sierra de l'Espadella, que se encuentra junto al camino que une las poblaciones de Xert y Vallibona. Su destino es de nuevo Andorra. Para llegar allí utilizará la misma ruta que ella y Francisco recorrieron cuatro años antes. Su equipaje es un macuto, y sus ahorros ascienden a doce mil pesetas, que también lleva consigo. Tardará apenas diez días en alcanzar el Principado.

Una vez allí, encuentra trabajo en una masía de Sant Julià de Lòria. Se ocupa de las labores del campo y durante el verano recupera su querido trabajo de pastoreo, subiendo a la montaña con las ovejas. Ganaba dos mil quinientas pesetas al mes, más alojamiento, comida y ropa limpia. Aumentaba sus ingresos ayudando temporalmente en el acarreo de hojas de tabaco. Sin embargo, es sabido que también se dedicó al contrabando mercadeando con nailon y cigarrillos. No sólo eso, sino que trabajó como hombre de confianza de contrabandistas a mayor escala, sirviendo de guarda en un almacén de mercancías donde acudían los porteadores a llevarse las cargas.

Con todas estas ganancias, más su talante ahorrador, tras cuatro años acaba acumulando una pequeña fortuna. Conoce a un tal Maño y le entrega, para que se las guarde, ochenta mil pesetas, pero el Maño huye con el dinero. Entonces recuerda que le ha prestado una cantidad mucho menor a Francisco el de Personada, uno de los contrabandistas con los que trata, y decide reclamársela para hacer frente al apuro. El 19 de abril de 1960, La Pastora se presenta en casa de su deudor y le pide que le devuelva el dinero. Éste se niega. La Pastora lo amenaza con denunciarlo a la policía andorrana. El contrabandista se burla diciéndole que, sin documento de identidad, difícilmente podrá denunciarle ante las autoridades. Entonces La Pastora recobra su aire justiciero y le jura que volverá para cortarle el cuello. Esto atemoriza de tal modo a Francisco el de Personada que opta por denunciarlo a la policía.

El 5 de mayo de 1960 a las ocho y media de la mañana, se presentan tres guardias uniformados en la masía donde La Pastora trabaja. Le exigen que los acompañe por ser persona reclamada por la justicia española. La conducen a Andorra la Vella y la meten en la cárcel. A las seis de la tarde del mismo día, los tres policías la llevan a la frontera con España. Le devuelven su cartera con el dinero que llevaba, tras haber descontado ciento cincuenta pesetas por los gastos que les ha ocasionado su detención. Luego es expulsado oficialmente de Andorra.

En territorio español pasa a manos de dos guardias civiles pertenecientes a la 224 Comandancia de Fronteras, por quienes es detenido. Se le transporta al acuartelamiento de La Seu d'Urgell. Ese mismo día, a las nueve de la noche, un capitán y un sargento lo interrogan por primera vez. Dice llamarse Florencio.

La identificación de La Pastora es el primer problema con el que se enfrenta la Guardia Civil. Todos piensan, según los testimonios que se tienen, que se trata de una mujer de aspecto hombruno que en los últimos tiempos ha ido disfrazada de hombre. La única fotografía con la que cuentan muestra, en efecto, a una mujer peinada con permanente y elegantemente vestida. Sin embargo, el detenido que tienen frente a sí es un hombre de complexión fuerte. Un teniente coronel de Castellón oye decir que uno de los guardias de su plaza ha conocido a La Pastora. Lo manda llamar y le pide que la describa para enviar su retrato verbal a La Seu d'Urgell. Los rasgos que éste aporta dibujan los de una mujer de aspecto masculino, pero una mujer. Sin embargo, el guardia recuerda súbitamente que La Pastora tenía una cicatriz en la boca (su operación de labio leporino), y ese dato resulta crucial para determinar su identidad.

Permanece tres días en La Seu, sin que le quiten ni un momento las esposas. Después la mandan a la prisión provincial de Lleida, donde estuvo veinte días. De allí pasa temporalmente a la cárcel de Tarragona y por fin es enviada el 30 de mayo a la prisión de mujeres de Valencia en calidad de «presa ratificada». Tenía barba crecida en aquel momento, pero aun así le dieron para vestirse una falda corta y una blusa tan apretada que casi le impedía respirar. Lo aíslan durante ocho días en una celda. Recibe la comida por la ventanilla de la puerta.

El 9 de junio hubo de salir de la prisión para ir a la comisaría de Valencia, donde médicos militares debían reconocerlo. Como su aspecto con aquella ropa es ridículo, se le facilita ropa masculina. Cuando acaba el reconocimiento y vuelve a la prisión le obligan a lucir de nuevo el atuendo de mujer hasta que los médicos «resuelvan» su caso.

Llega por fin el largo informe de los forenses, un urólogo y un ginecólogo. Éste viene resumido en tres puntos:

1. El individuo reconocido pertenece al sexo masculino.

2. La constitución de sus órganos genitales es defectuosa, presentando un hipospadias perineal y un escroto bífido que, junto a las reducidas dimensiones del pene, hacen que sea clasificable entre los casos de seudohermafroditismo masculino.

3. Dado su sexo gonadal, no debe ser recluido en la cárcel de mujeres por ser peligrosa su convivencia con individuos de sexo contrario al suyo.

Después de esta contundente conclusión, La Pastora es recluida como hombre y nunca más volverá a vestirse de mujer.

Se le acusa de bandidaje y terrorismo, de modo que el 12 de diciembre de 1960 debe sufrir un primer consejo de guerra en Tarragona por los delitos cometidos en toda la demarcación. Su defensor de oficio es Manuel López González.

Cuando La Pastora se presenta ante el tribunal militar tiene un aspecto serio y abatido, porte digno.

Va vestido con un traje marrón oscuro de buen corte y lleva corbata. El pelo, bien arreglado y peinado hacia atrás. La impresión que produce en los presentes es que se encuentra como ausente de lo que sucede a su alrededor.

El fiscal militar lo acusa de veintinueve crímenes, subversión política y bandidaje y solicita para él la pena de muerte. Su principal testigo es Enrique Nomen, quien mató a su compañero Francisco, el cual ratifica con voz segura todos los acontecimientos ocurridos en el asalto a la casa de campo de su padre.

El defensor utiliza como argumentos exculpatorios la escasa preparación cultural del detenido, su defecto físico, que siempre ha condicionado su carácter, la dureza de su infancia. Añade que nunca ha tomado parte directamente en ningún delito de sangre y pide para él prisión mayor.

El presidente del tribunal, coronel Menchén Pérez, dice al final del juicio con gran energía: «¡Teresa Pla Meseguer, póngase en pie!». La Pastora obedece y, cuando se le concede la palabra, balbuce que nunca ha matado a nadie y que su misión en los diversos asaltos en los que reconoce haber tomado parte se limitaba a vigilar la puerta del lugar. El procedimiento queda visto para sentencia.

El segundo juicio militar contra La Pastora se lleva a efecto en Valencia, el 21 de febrero de 1961. Las acusaciones que pesan sobre el reo son «bandidaje y subversión social en las provincias de Castellón y Teruel». Las muertes acaecidas en algunos asaltos también le son imputadas.

La acusación pide la pena de muerte; la defensa, prisión menor, aportando los mismos argumentos exculpatorios del anterior juicio en Tarragona.

Aguardará la sentencia en la sección de presos políticos de la cárcel de Valencia. Ésta será de pena de muerte, pero se le conmutará por treinta años de prisión mayor de acuerdo con un decreto del 2 de mayo de 1961.

En esta cárcel permanecerá ocho años. Los partes internos indican que su comportamiento fue bueno. Al principio, sus compañeros políticos lo rechazan, pero después es aceptado plenamente. Los testigos que quedan de esa época lo han recordado como un hombre un poco ausente y poco sociable, a quien se le notaba que había pasado su vida en soledad. Se le llamará escuetamente por su apellido: Pla.

Un funcionario de prisiones, Marino Vinuesa Hoyos, se interesa por su caso y habla frecuentemente con él. Brindándole poco a poco su confianza, La Pastora acaba contándole toda su historia, por la que el funcionario queda conmovido. A partir de entonces procurará asesorarlo en sus derechos carcelarios y protegerlo hasta extremos que veremos más adelante.

En 1968, el preso es trasladado a El Dueso, el penal de Santoña (Santander), que ya no es tan duro como en la primera época franquista. Tiene entonces cincuenta y un años. Antes del traslado, el médico de la prisión provincial de Valencia debe efectuarle un segundo reconocimiento tendente a reafirmar su condición sexual de hombre. El informe ratifica el diagnóstico anterior y describe minuciosamente los genitales de La Pastora: «Se aprecia escroto hundido en dos mitades y en el interior de éstas se albergan sendas gónadas que por su tamaño, movilidad, forma y consistencia hacen pensar en testículos normales... El pene es de tamaño reducido y se halla medio oculto sobre las dos mitades del escroto. Tiene un glande de un tamaño proporcional al del pene, siendo su tamaño mucho mayor que el de un clítoris... Por referencias propias el individuo dice tener apetencias por el sexo femenino y haber tenido eyaculaciones». La Pastora afirmó en algún momento haber estado masturbándose durante un tiempo con periodicidad casi diaria.

La estancia de La Pastora en El Dueso viene consignada en los certificados como la de un preso ejemplar. Redime tiempo de condena con trabajo carcelario realizando labores de limpieza, y más tarde de forjado en el taller de metalistería. En conjunto reducirá pena por un total de seis años, ocho meses y once días. El funcionario Marino Vinuesa viajará desde Valencia en varias ocasiones para visitarlo.

Su expediente médico sólo recoge dos incidencias: en una ocasión el preso solicita atención oftalmológica por pérdida de visión, que le es concedida. En otra debe ser trasladado de urgencia al centro médico de Valdecilla por presentar un cuadro de colapso circulatorio, del que no se conocen consecuencias.

En toda su estancia en prisión no recibe más visitas que las de Vinuesa, su protector; y como correspondencia, únicamente un giro postal proveniente de su hermana Vicenta. Ésta le comunica que ha vendido las cinco últimas ovejas propiedad de La Pastora y le manda el dinero obtenido en la transacción. Sin embargo, el preso cuenta aún con una pequeña cantidad en efectivo y, pensando que Vicenta pueda necesitarlo más que él, le devuelve lo girado.

Vinuesa nunca lo ha dejado de la mano, y es él quien inicia la documentación necesaria para su cambio oficial de sexo, que sigue siendo femenino. Del mismo modo, con fecha del 31 de marzo de 1977 eleva un escrito en nombre del preso a la autoridad militar de Cataluña pidiendo su excarcelación definitiva. Lo firma Teresa Pla y en él hace constar que su pena era de treinta años, de los que lleva ya diecisiete cumplidos, lo cual, sumado a su tiempo de reducción de pena por trabajo, suma veintitrés años y veintitrés días de prisión ininterrumpida. Paralelamente, y por si esta petición fracasa, Vinuesa eleva una instancia al Rey pidiendo el indulto para La Pastora. Justifica su protagonismo en esta petición por «la ausencia de familiares que se interesen en la suerte de este ser tan necesitado de perdón y comprensión», y la argumenta a favor del preso citando los años de largo cautiverio, su buena conducta y su especialísimo caso. Incluso se ofrece a brindarle su hogar para vivir, en el supuesto de que ningún patrono se avenga a contratarlo dada su edad.

Tres meses más tarde, La Pastora es puesta en libertad. Su petición ha sido atendida por los Juzgados Militares de Valencia y de Cataluña, si bien Vinuesa siempre estará convencido de que el Rey influyó en estas decisiones positivas.

La Pastora tiene sesenta años. El funcionario le ha ofrecido su casa en caso de que no tenga adónde ir. Una noche, cuando el hombre sale de servicio, se encuentra en la puerta a La Pastora, con una maleta en la mano. Sólo le dice:

—Don Marino, aquí estoy.

Él le responde:

—Pues no se hable más. —Y se lo lleva a su casa en Olocau, Valencia.

El 25 de marzo de 1980 se resuelve el expediente gubernativo del cambio de sexo oficial de La Pastora. A partir de ese momento dejará de ser Teresa Pla Meseguer y pasará a llamarse para siempre Florencio Pla Meseguer.

Florencio vive vinculado a la familia Vinuesa hasta su muerte. Los Vinuesa tienen un jardín donde hay una caseta en la que se instala. Allí duerme, aunque realiza las comidas con la familia en la casa principal. Cobra una pequeña paga del Estado. Allí transcurren sus días plácidamente. Habla a menudo con los vecinos del pueblo, aunque nunca visita sus viviendas. No le gusta la televisión. Se acuesta y se levanta muy temprano. Tiene dos perras a las que adora: *Betty* y *Tuna*. En su última conversación con José Calvo (autor de la mayor documentación que sobre este maquis existe), le cuenta:

—Las perras me siguen a todas partes. *Tuna* se me ha quedado ciega y es, además, diabética. Tendría que llevarla al veterinario para que le pusiera una inyección. Estos días estaba arreglando una jaula y ella estaba siempre con la cabeza pegada a mí. Si yo me iba a buscar una madera, ella me seguía. Siempre detrás de mí. Me doy la vuelta y, sin darme cuenta, chocamos; porque yo también estoy perdiendo la visión de un ojo.

En la misma conversación, Calvo le pregunta:

—¿Ha vuelto a encontrarse usted con alguno de sus compañeros del maquis?

Y él responde:

—No, nunca, en ninguna prisión, en ningún sitio.

—¿Cree que los mataron?

—La mayor parte marcharon a Francia.

Esta idea de La Pastora no es cierta. Sólo Carlos el Catalán alcanzó tierra francesa en el año 49. El resto de los integrantes de su grupo fueron todos muertos en los años cincuenta. Sólo él sobrevivió.

Murió el 1 de enero del año 2004. Estaba acabando de cenar y comía una pera como postre. La mujer que lo atendía habitualmente se volvió y lo encontró muerto.

Llevaron su cuerpo al cementerio de Valencia, un día de mucho frío. Un empleado de la funeraria recuerda que el cadáver llevaba varias prendas de abrigo superpuestas. Es incinerado el día 4. Sus cenizas son depositadas en la Pirámide del Jardín de los Recuerdos, en el mismo cementerio de Valencia, donde se coloca un rótulo con su nombre unos días después.

La gente de Olocau que lo conoció lo recuerda como un hombre encorvado por el peso de los años, buena persona, muy amante de sus perros, a quienes sacaba a pasear por el barranco del Carraixet. Llevaba una vida sencilla, madrugaba.

A su muerte, la imaginación popular, que siempre había rodeado su figura de leyendas, se disparó en la zona, pensando que había dejado algún tesoro enterrado, perteneciente a los muchos botines de sus atracos; pero, por supuesto, nada de eso pudo comprobarse.

En los consejos de guerra nunca pudo demostrarse de modo fehaciente que hubiera cometido alguno de los veintinueve asesinatos que se le imputaban. La gente que lo conoció afirma que era incapaz de matar, lo cual tampoco puede ser probado. Vivió solo, murió solo; ésa es la única realidad que resulta evidente.

Vinaròs, septiembre de 2010.

Black Print CPI Ibérica, S. L.
Torrebovera, s/n (esquina c/ Sevilla), nave 1
08740 Sant Andreu de la Barca (Barcelona)